南開詩學書系

民國詞話叢編

第七册

MINGUO
CIHUA
CONGBIAN

孫克强
楊傳慶
和希林
／編

社會科學文獻出版社
SOCIAL SCIENCES ACADEMIC PRESS (CHINA)

第七册目録

近詞案記

葉恭綽◎著

葉恭綽（1881～1968），字裕甫，又字玉甫、玉虎、玉父、譽虎，號遐庵，晚年别署矩園，室名宣室。廣東番禺人。葉衍蘭之孫。曾任北洋政府交通總長、南京國民政府鐵道部長等職。中年以後，沉潛於詩文書畫。著有《遐庵彙稿》《遐庵詞》等，編有《全清詞鈔》《廣篋中詞》。《近詞案記》刊載於《民族詩壇》1938 年第 5 期，即《廣篋中詞批語》，本書即據此收録。張璋《歷代詞話續編》曾收録葉氏《廣篋中詞批語》，名之曰《遐庵詞話》。

《近詞案記》目録

近詞案記

遐庵先生纂録光宣以還諸家詞，繼譚仲修《篋中詞》爲《廣篋中詞》四卷。間加案語，足供文學史料，兹録刊於此，藉覘近數年詞壇述作，且足示初學以階梯焉。

一　陳廷焯

陳廷焯，亦峰，《白雨齋詞存》。《白雨齋詞話》，極力提倡柔厚之旨，識解甚高，所作亦足相副。

二　王僧保

王僧保，西御，《秋蓮子詞》。西御湛深詞學，所作《學詞紀要》《詞律參論》《詞律調體補》《隋唐五代十國遼宋金元詞人姓氏爵里匯録》《詞評所見録》《詞林書目》及《松雲書屋詞選》正副篇，惜皆失傳。

三　張德瀛

張德瀛，采珊，《耕烟詞》。采珊先生於詞學研討至深，所作《詞徵》六卷，深美平實，足與《藝概》抗衡。

四　李綺青

李綺青，漢父，《聽風聽水詞》《草間詞》。漢父丈爲詞卅載，功力甚深，清迴麗密，可匹草窗、竹屋。

五　潘之博

潘之博，若海，《弱庵詞》。弱海爲詞孟晋，思深力沉，天假以年，足以大成，惜哉！

六　譚獻

譚獻，仲修，《復堂詞》。仲修先生承常州派之緒，力尊詞體，上溯風騷，詞之門庭，緣是益廓，遂開近三十年之風尚。論清詞者，當在不祧之列。

七　鄭文焯

鄭文焯，叔問，《樵風樂府》。叔問先生沉酣百家，擷芳漱潤，一寓於詞，故格調獨高，聲采超異，卓然爲一代作家。讀者知人論世，方益見其詞之工。

八　王鵬運

王鵬運，佑霞，《半塘定稿》。幼遐先生於詞學，獨探本原，兼窮藴奥，轉移風會，領袖時流，吾常戲稱爲“桂派先河”，非過論也。彊邨翁學詞，實受先生引導；文道希丈之詞，受先生攻錯處亦正不少。清季能爲東坡、片玉、碧山之詞者，吾於先生無間焉。

九　况周頤

况周頤，夔笙，《蕙風詞》。夔笙先生與幼遐翁崛起天南，各樹旗鼓。半塘氣勢宏闊，籠罩一切，蔚然詞宗；蕙風則寄興淵微，沉思獨往，足稱巨匠。各有真價，固無庸爲之軒輊也。

一〇　繆荃孫

繆荃孫，小山，《碧香詞》。藝風先生作詞不多，而所藏歷代精槧名鈔之詞甚富。所輯《常州詞録》，亦極詳審。

一一　劉毓盤

劉毓盤，子庚，《濯絳宧存稿》。濯絳宧所編《詞史》及輯《唐五代宋金元人詞》，極見辛勤。自作詞亦負盛名，而稍傷於碎。

一二　王以敏

王以敏，夢湘，《檗塢詞存》。余年十五，學詞於夢湘丈，今遂四十載。丈詞奄有梅溪、夢窗之勝，以不爲標榜，故知者較稀。然實湘社中翹楚，足與湘雨、楚頌并驅中原。

一三　吴昌綬

吴昌綬，伯宛，《松鄰遺集》。伯宛校刊《雙照樓宋元人詞》，精密絶倫，有功詞苑。自爲詞不多，皆温雅可誦。

一四　徐珂

徐珂，仲可，《天蘇閣詞》。仲可先生著述甚富，關於詞者有《近詞叢話》及《清代詞學概論》暨《歷代詞選集評》，爲時傳誦。

一五　洪汝沖

洪汝沖，未丹，《候蛩詞》。味聃同學，中年專力詞學，秀韵不凡。

一六　蔣兆蘭

蔣兆蘭，香谷，《青蕤庵詞》。蔣先生《詞説》一卷，論詞頗有見地。自作者不逮所見。

一七　曾習經

曾習經，剛甫，《蟄庵詞》。蟄庵詩深美粹潔，於同光間獨標一幟。詞雖罕作，而迥非凡響，彊邨翁收入《滄海遺音》，有以也。

一八　沈曾植

沈曾植，子培，《曼陀羅寱詞》。子培丈詞，力矯凡庸，乃詞中之玉川魁紀公也。

一九　沈澤棠

沈澤棠，芷鄰，《懺庵詞鈔》。芷鄰丈詞，取徑朱、厲，而能去其碎。

二〇　陳鋭

陳鋭，伯弢，《褒碧齋集》。褒碧居吴，與朱、鄭齊名，但功力稍遜。

二一　王允晳

王允晳，又點，《碧栖詞》。碧栖詞脱胎玉田，而無其率滑。

二二　程頌萬

程頌萬，子大，《定巢詞》。子大少日填詞，與易五抗手而無其荒率。此選多晚年作，所謂文章老更成也。

二三　朱祖謀

朱祖謀，古微，《彊邨語業》。彊邨翁詞，集清季詞學之大成，公論翕然，無待揚榷。余意詞之境界，前此已開拓殆盡，今兹欲求於聲家特開領域，非别尋途徑不可。故彊邨翁或且爲詞學之一大結穴，開來啓後，應有繼起而負其責者，此今日論文學者所宜知也。至所作之兼備衆長，不俟再論。

二四　周慶雲

周慶雲，夢坡，《夢坡詞存》。夢坡建兩浙詞人祠堂於西溪，復編《兩浙詞人小傳》《潯溪詞徵》，沆瀣流傳，用意良美。所作亦清拔殊俗。

二五　蔡楨

蔡楨，嵩雲，《柯亭長短句》。嵩雲邃於詞學，所作《詞源疏證》，於音律剖析精微，多發前人未盡之意。自填詞，亦當行出色，無愧作者。

二六　郭則澐

郭則澐，嘯麓，《龍顧山房詩餘》。嘯麓爲詞未五年，高者遂已火攻南宋，能者固不可測也。

二七　陳曾壽

陳曾壽，仁先，《舊月簃詞》。仁先四十爲詞，門廡甚大，寫情寓感，骨采騫騰，并世殆罕儔匹，所謂文外獨絶也。

二八　黄侃與汪東

黄侃季剛、汪東旭初。黄、汪二君，并太炎先生高足弟子，詞皆有家數，殆所謂教外别傳也。

二九　仇埰

仇埰，亮卿，《鞠讌詞》等。南都蓼辛社同人，守律極嚴，擇言尤嚴，裒然成集，足式浮靡。

三〇　易孺

易孺，大庵，《宜雅齋詞》。大庵詞，審音琢句，取徑艱澀。

録其較疏快之作，解人當不難索也。

三一　張爾田

張爾田，孟劬，《遁庵樂府》。孟劬詞，淵源家學，濡染甚深，與大鶴研討，復究極幽微，故所作亦具冷紅神理。

三二　林鵾翔

林鵾翔，鐵尊，《半櫻詞》。鐵尊詞，深得彊翁神髓，短調尤勝，可謂升堂入室。

三三　陳洵

陳洵，述叔，《海綃詞》。述叔詞，最爲彊邨所推許，稱爲一時無兩。述叔詞固非襞積爲工者，讀之可知夢窗真諦。

三四　吴梅

吴梅，瞿安，《霜厓詞》。瞿庵爲曲學專家，海内推挹。詞其餘事，亦高逸不凡。

三五　陳寶琛

陳寶琛，伯潛，《弢庵詞》。弢庵先生七十後始爲詞，猶是詩人本色。

三六　王易

王易，曉湘，《簡庵詞》。曉湘所著《詞曲史》，征引繁博，論斷明允，所作亦淵雅可誦。

三七　黎國廉

黎國廉，季裴，《秫音集》。季裴丈老去填詞，刻意夢窗，功力深至。

三八　趙尊嶽

趙尊嶽，叔雍，《珍重閣詞》。叔雍早歲學詞於況夔笙先生，克傳衣缽，近作益臻深美。曾彙刊明人詞至二百餘種，信大觀也。

三九　夏孫桐

夏孫桐，閏枝，《悔庵詞》。悔庵填詞極早，平生不事表襮，故知者較稀。今巋然爲壇坫靈光，正法眼藏，非公莫屬已。

四〇　林葆恒

林葆恒，子有，《訒庵詞》。子有輯《閩詞徵》六卷，采集略備，已作亦足稱後勁。

四一　夏敬觀

夏敬觀，盥人，《吷庵詞》。劍丞平生所學，皆力辟徑途，詞尤穎異，三十後已卓然成家，今又廿餘載矣。詞壇尊宿，合繼王、朱，固不徒爲西江社里人也。

四二　張茂炯

張茂炯，仲清，《艮廬詞》。《艮廬詞》，審律甚嚴，而絕無粘滯膚廓之病，當在鄉先輩紅友、順卿之上。

四三　邵瑞彭

邵瑞彭，次公，《揚荷集》。次公詞，清渾高華，工於鎔剪，殘膏剩馥，正可沾溉千人。

四四　邵章

邵章，伯褧，《雲淙琴趣》。《雲淙詞》，精力彌滿而審律綦嚴，無一字不經洗煉，足稱苦心孤詣。

四五　廖恩燾

廖恩燾，懺庵，《懺庵詞》。懺庵老去填詞，力仿覺翁。

四六　梁啓勳

梁啓勳，仲策，《海波詞》。仲策著《稼軒詞疏證》及《詞學》二書，識超義卓，考證精詳，足稱佳著。

四七　冒廣生

冒廣生，鶴亭，《小三吾亭詞》。鶴亭丈，少學於先大父南雪公，爲詞瓣香朱、陳；中年以後，兼采衆長而才情横溢，時露本色。

四八　袁榮法

袁榮法，帥南。帥南近輯《湖南詞徵》，搜采甚廣，有功桑梓。

四九　楊玉銜

楊玉銜，鐵夫，《抱香詞》。鐵夫校釋夢窗詞至於再三，可謂覺翁功臣。所作亦日趨渾成，七寶樓臺，拆之可成片段。

五〇　龍沐勛

龍沐勛，榆生，《風雨龍吟室詞》。榆生承彊邨先生之教，以詞學傳授東南，苕溪一脉，可云不墜。近年余與諸友倡《詞學季刊》，榆生實任編輯，主持風會，願力甚宏。

五一　唐圭璋

唐圭璋，圭璋，《春水緑波詞》。圭璋致力詞學，精勤不懈。所輯《詞話叢編》《全宋詞》《宋詞三百首箋》及《南唐二主詞箋》諸書，風行一時，有功詞苑。

五二　盧前

盧前，冀野，《紅冰詞》。冀野曲學專家，馳名海内外。詞不多作，恰是出色當行。

五三　朱衣

朱衣，居易，《清湖欸乃》。居易爲榆生高足弟子，於詞學備得其傳。助余編選《清詞》，能別具手眼。所作亦不愧師承。

絳岑詞話

何　嘉◎著

何嘉（1911～1990），字之碩，號頵齋、碩父，又號練西詞隱、絳岑居士等，江蘇嘉定（今上海市嘉定區）人。中國公學大學部畢業。午社成員，夏敬觀弟子。曾任中國公學、國立中央大學講席，并任南方大學教務長、青海省西寧市政協委員等。工畫，尤精倚聲，專工小令。著有《詞調溯源箋》《頵齋樂府甲乙稿》《石床墨瀋》《石床清話》《石床詞話》《頵齋詞話》《石淙閣詞話》等。《絳岑詞話》原載《社會日報》1938年11月11日、11月13日、11月17日、11月19日、11月21日、11月29日、12月3日、12月7日。本書即據此收録。

《絳岑詞話》目録

絳岑詞話

一 清詞

詞至明代，衰敝已極，雖有作者，駁雜蕪蔓，無當大匹，即謂之一代無詞，亦非過甚。遜清建國，學術中興，然而作詞者，猶沿明人墜緒，習氣極深，其中納蘭小令，間有雅音；鹿潭慢調，結構非常，碌碌餘子，則難免鄶下之譏。迨夫晚清，詞人輩出，洗盡前人濫習，力追兩宋諸彦。若文道希、王半唐、朱古微、陳伯弢、鄭文焯、夏吷庵、況蕙風、程子大諸公，各極其詣，駸駸乎靳乘宋前。不特爲清初諸家所不及，即元明諸子，亦不足以相并論，故可謂爲詞之中興時代。流風所沫，詞學大昌，以之名家者，不下三四十人，亦南渡以來，僅見之盛也。

二 朱古微詞

朱古微先生詞，格高韵遠，一寄其忠愛悱惻之思，而能哀而不怨，樂而不淫，深得騷雅之致，允爲一代大家。即置之《草堂》諸賢中，亦無愧色。當世論者，譽無異辭，初不待復爲贊費焉。

三 朱古微鷓鴣天

先生人品之高，亦爲當世詞人中，所罕見者。讀其最後遺作〔鷓鴣天〕詞，未嘗不爲之慨然有感也。

（以上《社會日報》1938 年 11 月 11 日）

四　陳鶴柴

廬江陳鶴柴先生（詩），當代騷壇祭酒也。老成碩望，及門桃李，數逾三千，其詩享盛名者，幾四十年。至其能詞，則知者鮮矣。先生自謂盛年自好爲此，曾以所作示朱古微先生，朱評之曰“詩人之詞”也。後朱亦以詩就正先生，先生評曰“詞人之詩”也。蓋意有所指，而妙處不宣，一時傳爲美談。

五　陳鶴柴評詞

先生性和藹，好獎掖後進，於愚尤加青睞。曾評拙作詞品，有“楊柳曉風摹北宋，桃花春水夢南朝”之句。并詔予曰，閱晋人書，造語自雋，學詞者不可不知云。

六　潘蘭史

南海潘蘭史先生（飛聲）粤東老名士也，歿後數年，遺稿散佚甚多。去年始由葉遐庵、夏吷庵、姚虞琴諸丈，及其高足某君，爲之輯刊《説劍堂集》，後附《説劍堂詞》，多酬應之作，慮不足以傳先生耳。（《説劍堂詞》，係綜合《海山詞》《花語詞》《長相思詞》《珠江低唱》《飲瓊漿館詞》《花月詞》多種而成，想佚去者必多。）

（以上《社會日報》1938 年 11 月 13 日）

七　陳伯弢

武陵陳伯弢先生（鋭）早歲出於王湘綺先生之門，而能卓然成立，自名一家。顧性坦率，善感易怨，作令江南，于時多忤，遂將其憂傷憔悴之思，一寄於詞。顧托體極高，奇芬潔旨，抗古探微。小令慢曲，追摹二晏、柳、周，而入其堂奥，亦近代詞壇，一大作手也。

八　陳伯弢詞

先生于北宋人詞，頗崇屯田，當時唯馮夢華、鄭大鶴引爲同調，以爲宋之歐、蘇諸賢，均以詩之餘力爲詞，故稱詞曰詩餘，至柳三變乃專詣爲詞，其深美處，不讓周、吴，允推爲北宋巨手。乃世多以俳體輕之，實未足以盡柳詞也。

九 陳伯弢論詞

先生曾曰："詞源於詩，而流爲曲，如柳三變，純乎其爲詞矣乎。"又曰："屯田詞在院本中如《琵琶記》，清真詞則如《會真記》；在小説中如《金瓶梅》，清真詞則如《紅樓夢》。"可謂比擬恰當。

一〇 陳伯弢褎碧齋詞話

又所著《褎碧齋詞話》，殁後由李拔可、譚畏公諸君，搜輯附於集後。評騭當世詞人，頗多見地。曾自謂其詞天分太低，筆太直，徒能以作詩之法作詞，蓋謙辭云。

（以上《社會日報》1938 年 11 月 17 日）

一一 夏吷庵

新建夏吷庵師敬觀，論詞以北宋爲宗，嗣響周、吴，力斥異端，平時至有不讀宋以後詞之説。其所著《吷庵詞》三卷，於三十年前，即已行世。一時詞壇，深致欽崇。如武陵陳伯弢先生稱其詞："秀韵天成，似不經意，而出其鍛煉，仍具苦心。"又謂其詞："奄有清真、夢窗之長，早據西江一席。"錢唐張爾田則太守謂："近代學北宋詞，能得真髓者，非吷庵莫屬。"即一代宗匠之朱漚尹侍郎，亦稱其詞："能于西江前哲，補未逮之境，于北宋名流，續將墜之緒……"之數子者，於當世詞壇，迭稱雄長，而于吾師，獨推重如此。小子不敏，雖飫聆誨益，何敢更贊一辭，蹈標榜之嫌哉。

一二 吷庵詞

又《吷庵詞》最初刻本三卷，光緒丁未二月付梓。刻者黄岡陶子麟，係晚清最知名之刻手。今此本已爲海内詞家搜藏一空，重金難覓矣。最近中華書局主者，以之編入先生近作詞，仿宋印行，所謂《吷庵詞》四卷本是也。

（以上《社會日報》1938 年 11 月 19 日）

一三　任堇叔

山陰任堇叔先生（堇），爲任伯年氏哲嗣。伯年畫法，稱一代名家。先生獨以文章書法鳴于時。晚年賃一廡于蒲石路，小樓半楹，圖書數架，嘯傲自樂，足迹恒經月不下也。

一四　任堇叔侍香金童

先生喜蓄古琴，尤能通樂理。余每挾異書往謁，聽其滔滔論説不倦，精博淹雅，使人欽佩無已。亦工詞，好稼軒、白石，造語生澀如其詩，無圓俗之敝。如爲吴醜簃題董美人墓志（〔侍香金童〕）："苔碣啼斑，近冢無乾土。奈蜀殿銅人歡已故。蜕玉親問傷骨語。摧櫬頹鬟，宫斜日暮。　　算磨痕臣僕玄姬廝黑。鎮對影慳松孫壽鷊。艷極生頑憨轉憮。擁卧春宵，倘爲夢雨。"

一五　任堇叔詞集

其詞名曰"嫩凉"，自先生作古人，遺稿散佚殆盡。長公子昌垓，治泰西文學，於先生手澤，不知寶愛。近聞其高足陳涵度君，擬爲之搜羅付梓，甚望能早日蕆事也。

（以上《社會日報》1938 年 11 月 21 日）

一六　林鐵尊

林鐵尊先生鵾翔，别字無垢居士，歸安上强村人也。村之人工詞者，在明有茅孝若，在近代則有朱古微。迨先生出，隱然亦欲以詞名天下，地靈人杰，良有以哉。

一七　林鐵尊半櫻詞

先生曾執贄於朱古微、况蕙風二先生之門，稱詞弟子，所造亦多以二先生爲宗尚。能不蹈纖艷之失，所謂取法乎上者是也。歲庚申春，以學監東渡，公暇輒倚聲度曲爲樂。著有《半櫻詞》二卷，行於世。曰“半櫻”者，蓋謂其遥情深致，寄托於櫻花者爲多也。

一八　况蕙風

蕙風先生論詞精密，爲近代所罕覯。於先生詞，獨深致詡辭，即古微先生亦數數稱道其詞。余曾因友人袁君帥南之介，識先生，與之語，藹然有君子之風，及讀其集，益嘆其煉聲鍛句之苦心。聞之人云，先生填詞時，每以一字一句，推敲經旬，一詞之成，往往累月。則其用功之勤且專，亦可敬佩矣。

（以上《社會日報》1938 年 11 月 29 日）

一九　詞不可輕作

詞者聲律之文也，調有定格，字有定音，非可率爾操觚者。沈伯時《樂府指迷》云：“音律欲其協，不協，則成長短之詩；下字欲其雅，不雅，則近乎纏令之體。”然平仄之道，初學亦知，若平有陰陽之異，仄有上、去、入之分，則類爲今之學詞者所忽矣。

二〇　吴曾源

吴縣九珠詞人吴曾源先生，于詞操律絶嚴。歲己巳，曾與張艮廬、鄧邦述及其侄瞿安，結社吴門。一時入社者，無不以嚴律相要約。度聲下字，輒斤斤於四聲之道。遠近風氣，爲之一變也。

二一　吴曾源江南春

先生詞集，曰《井眉軒長短句》，於癸酉歲鐫板行世。效周、吴澀體諸詞，允稱佳構。余愛其〔江南春〕云："金粉銷沉，江山綺麗，都教圖入吟筆。流鶯樹底，怕亂飛烟柳如織。春去終難覓。花開謝幾人認識。况對此經年小别，作客哀吟，誰憐庾信蕭瑟。

長干路，猶記得。奈銷住芳華，倍增凄惻。樓臺倒影，料過目看朱成碧。風景猶如昔。牆頭杏二分减色。隨手寫來，知否王孫，朝陵去兮分魂隔。"

（以上《社會日報》1938 年 12 月 3 日）

二二　葉譽虎

番禺葉譽虎先生恭綽，一字遐庵，文章政事，久爲世所稱道，書法遒勁，得者珍之。先生早年，曾從其大父南雪翁學詞，《南雪詞》爲清季一大作家。先生淵源家學，自非淺涉者所可比擬焉。

二三　葉恭綽西河

先生之詞，如其書法，挺拔闊厚，饒有陽剛之美，而無纖佻之敝，素爲余所愛誦。如〔西河〕《用片玉韵》："歌舞地。龍蟠勝勢誰記。傾城半面晚妝殘，夢雲捲起。八公草木未成兵，真人遥在天際。　　凝情處，瑟罷倚。曲終柱鳳愁繫。一時王謝總尋常，燕迷故壘。小樓昨夜幾多愁，臨江休問春水。　　漲空蜃氣幻海市。甚窺牆惆悵臣里。不分閲人成世。暗啼鵑泪斷，千紅都盡，狼藉春臺城里。"清真此詞，和者極衆，獨此作深得咏嘆之致。

二四　葉恭綽編印清詞鈔

近數年間，先生擺脱政事，以吟咏翰墨自遣。家富收藏，珍本之詞集尤多，以之校刊享世，稱善本也。又發起編印《清詞鈔》，亦爲文化界一絶艱巨之工作，今則不知進行如何？誠望能克成大業也。

（以上《社會日報》1938 年 12 月 7 日）

顗齋詞話

何　嘉◎著

《顗齋詞話》原載《永安月刊》1943年第48期，著者署名"碩父"。本書即據此收録。楊傳慶、和希林《輯校民國詞話三十種》收録該詞話。

《顗齋詞話》目録

頵齋詞話

一 作詞十法

元高安周德清（挺齋）撰《作詞十法》，謂作詞大抵先要明腔，後要識譜，審其音而作之，庶無劣調之失云。周氏所舉十法，爲知韵、造語、用事、入聲作平聲、陰陽、務頭、對偶、末句、定格等是也。元人之所謂詞，即今之所謂北曲，然周氏十法，亦可通之於詞也。

二 務頭

務頭之説，後之學者每不知其究竟，而各家之説，亦時有出入。近人任氏中敏云："學者倘一時不解何處爲詞之務頭者，但看譜中某調注明某某字必當去上，去平，上平，去上平等等不可移易者，即知是該調聲音美聽之處。填詞時若嚴守之，而文字又務求精警，務令聲文合美，則雖不悉中爲務頭之處，要亦相去不遠。"此與吴瞿安先生"每一曲中，必須有三音相連之一二語，或二音相連之一二語，即爲務頭處"之論，蓋相符也。

三 曲分南北

明陸深《溪山餘話》云："歌詞代各不同，而聲亦易亡，今世踵襲，大抵分爲二調：曰南曲，曰北曲，胡致堂所謂綺羅香澤之態，綢繆宛轉之度，正今日之南詞也。登高望遠，舉首高歌，而逸懷浩氣，超乎塵垢之表，近於今之北詞也。”詞曲分南北之説，始於明人，蓋北音高亢，南音柔靡，地域使然，有不能強同者矣。至於宋賢詞則婉麗與豪健者并有之，在當時殊無南北之説也。

四　詞貴守律

詞貴守律，前賢言之者多矣。（清人詞有極不守律者。）自陽羡萬氏樹（紅友）《詞律》一書出，學詞者往往奉爲規臬也。夫古人作詞或前後兩首，偶有不同，亦爲習見。承學之士，往往以此爲藉口，率爾亂填，或妄自製腔調，滋可厭也。坊肆有所謂詞譜者，每於古人詞旁，亂注可平可仄，最爲誤人。微特平仄須當注意，即四聲陰陽，亦以不苟爲是。一調之中，豈無數字自以互用，然必無通篇可以隨便通融之理，學詞入手時，應嚴格自繩，他日受用不盡也。

五　求唱詞之法

自填詞之説盛，而唱詞之法亡。南渡以降，樂譜亡佚，元曲大行，其音節已非。故今人而欲求唱詞之法，殊非易事。余維昆曲、南詞，多沿用宋詞調名，如〔風入松〕〔臨江仙〕〔二郎神〕〔洞仙歌〕〔采桑子〕等均是，以爲必尚有宋樂遺意（譬如六十年前之鼓詞，其調沿襲至今，詞意内容，雖常有改作，而其調依舊。），以此推之，殆亦相去不遠矣。

六　唱詞之法

余爲探求唱詞之法，曾求教於當世諸詞學名家，而所以見授者，不過爲哦詩之法，私心不然也。乃更從南曲老樂工學，俾於昆曲之歌宋詞者以歌詞。詎知昆曲中，同一詞牌，往往唱法各異，甚至每曲之歌同一調名，亦各不相同（如《紅梨記·亭會》一折，小生所唱之〔風入松〕，與旦唱之〔風入松〕，其所吹之工調，不盡相同。）。因此而轉覺茫然莫知所從焉。

七　解唱曲於詞學有裨益

解唱曲者，於詞學大有裨益，如《千鍾禄·八陽》一折，蓋北詞遺意也，其《傾杯玉芙蓉》“受不盡苦雨淒風帶怨長”一句，曲之唱音最高亢處也，非至唱時，不知其上去聲搭配之妙，“苦雨”“帶怨”四字若易以他字，决唱不到，亦决不能如此動人。日後填詞時，便深知四聲之不可不講求矣。

石淙閣詞話

何　嘉◎著

《石淙閣詞話》原載《永安月刊》1943 年第 52、第 54 期，著者署名“碩父”。本書即據此收録。楊傳慶、和希林《輯校民國詞話三十種》收録該詞話。

《石淙閣詞話》目録

石淙閣詞話

一　大鶴山人與張孟劬書

大鶴山人與張孟劬丈書，論詞極精，可爲學詞者之藻鑒，今摘録其言於下："沈伯時論詞云：'讀唐詩多，故語多雅淡。'宋人有檃栝唐詩之例。玉田謂：'取字當從温、李詩中來。'今觀美成、白石諸家，嘉藻紛縟，靡不取材於飛卿、玉溪，而于長爪郎奇雋語，尤多裁制。嘗究心於此，覺玉田言不我欺。因暇熟讀長吉詩，刺其文字之驚采絶艷，一一匯録，擇之務精。或爲妃儷，頓獲巧對。温八叉本工倚聲，其詩中典要，與玉溪'獺祭'稍别，亦自粹以藻咏，助我詞華。必不臆造纖靡之辭，自落輕俗之習，務使運用無一字無來歷。熟讀諸家名製，思過半已。"夫詞者詩餘也，兩宋名家多有裁剪唐人詩句入詞者，自明人造作纖仄柔靡之辭，詞之博雅風格爲之掃地，故欲求詞境之高，詞句之典，多讀唐人詩，爲不二法門也。

二　吴伯宛壽樓春

仁和吴伯宛先生（昌綬），博通群籍，爲一代名士，殁後遺作多未梓行，詞稿亦不知散佚何處。頃見其和張山荷〔壽樓春〕詞《有懷吴門舊燕》云："慚衰顔梔黄。聽鹽聲鵲外，蜜語蜂旁。猶記揉雲梨夢，膩脂蕁鄉。欹寶瑟，如人長。鳳城南，秋衾宵凉。恨卸朵鬟花，凝冰泪酒，輕别踏搖娘。　嗟漂泊，浮江湘。贈回文錦字，年少疏狂。誰遣蕉抽心捲，藕連絲量。悲弱絮，懷猗桑。問空梁、燕泥存亡。誤石上三生，吴宫屧廓春草香。”自注云：此詞不惡，但用字太多，有類《演雅》，然不忍弃也云。先生寓居吴下時，嘗數與朱漚尹侍郎相和唱，侍郎恒稱道其詞學之邃焉。

（以上《永安月刊》1943 年第 52 期）

三　周保璋

錢君西園，郵示鄉前輩周保璋先生《鏡湄軒長短句》。先生爲邑名諸生，澹泊自持，不慕榮利，著書自遣，意宴如也。晚歲築室清鏡堂上，因自號曰鏡湄居士。其詞不務紛華，自見真色，亦可覘其爲人也。精音韵之學，著有《聲韵雜論》等書，未刊。其論詞之音律有云：“詞出於詩，詩原於《三百篇》，上而《卿雲》《南風》，皆已被之弦歌。《書》曰：詩言志，歌永言，聲依永，律和聲。觀此數言可知音律之大概也。四聲之説，於古無傳，《三百篇》之韵，多平仄通叶，後世一字數音者，古音多略，究未知古人有無平仄之别，其爲詩也，豈有斟句酌字以求合律者？詩成而歌之，一詩有一詩之性情，即有一詩之音節，於是以樂器和之，所謂聲依永也；協之以律，定其某韵某調，使聲之高下清濁雜而不越，所謂律和聲也；高山流水，聽其聲而可知其志，殆亦音節之出於性情者，後世詞家自度之腔，或務求悦耳，未必盡合古意，而因情生聲，尚近自然。……”文長不能悉録，夫近世詞人於四聲之説，争辯紛呶，引古證今，莫衷一是，聞先生之言，其亦可以休乎！

四　花間集

《花間》一集，詞華紛茁，錯采鏤金，所謂古蕃錦者是也。然學其字面之縟麗，不如學其情境之濃摯。陽春翁於時名輩雖較後，然語淡而意真，實開晏氏父子、歐陽、子野一脉。夫學詞者不可不自小令入手，學小令應以陽春翁爲矩範，既可免雕飾之病，咏嘆比興，亦可以知其大概焉。

（以上《永安月刊》1943 年第 52 期）

石床詞話

何　嘉◎著

《石床詞話》原載《永安月刊》1944年第62期。本書即據此收録。

《石床詞話》目録

石床詞話

一　王鳴盛詞

王西莊先生爲一代大儒，學術精邃，與錢辛楣先生齊名。所著《十七史商榷》一書，士林傳誦，爲治史學者之津梁。餘事爲詞，亦戛戛獨造。《謝橋》一集，余求之數年。頃得錢氏玉振堂手鈔本，不禁狂喜，其中佳構極多，難勝遍舉，兹録其〔雙雙燕〕《題張憶娘簪花圖》云："小屑秀靨，訝壓衆風流，趁時梳裹。冰甃露萼，依約鬢邊花朵。當日平康占斷，按金縷瑶笙吹和。赢他妙手調鉛，染出翠顰輕鎖。　低亸。娉婷婀娜，自化彩雲歸，粉香摧挫。釵鸞箏鴈，都逐亂紅飛墮。空剩霜紈塵涴，有多少留題傳播。泪濕青衫，一種傷心似我。"其風格在東山、梅溪之間，可謂杰出當時。

二　程庭鷺詞

程序伯先生庭鷺，博學不仕，以丹青著譽，東南稱爲小四家之一。詩已刊者曰《以恬養志齋集》，所爲詞曰《紅蘅别譜》，未刊。近承錢君西園録副相眎，余愛其《向湖邊青溪訪張麗華》詞："結綺臨春，一番塵劫，付與六朝啼鳥。脂井雲荒，春長紅心草。翠輦紅梁陳迹换，薄幸黄奴，甚甘被嬋娟笑。烟月蕪城，有啼螿凄吊。　欲問叢祠，捲夢靈旗杳。衹小姑獨處，門外青山繞。嗚咽溪聲，算珮環歸去，正賞心亭外月初曉。休重憶，花發後庭歌殘玉樹，落盡棠梨，暮雨行人悄。”麗華祠在賞心亭側，比年旅食白下，訪之不可得。讀先生詞，重有慨焉。

三　和温庭筠歸國謡

温庭筠〔歸國謡〕，一作牛嶠、馮延巳製。奥衍縟麗，爲小令杰構，古今無和之者。余妄用其韵倚聲，頗爲詞壇傳誦。詞云：“苕華玉。鳳蹙寶鬘搖簏簌。吴綾香染紅粟。照甋雙袖緑。　尊梅半簪銀燭。踏歌蓮步促。寸波遥遞心曲。墜歡能再續。”

碧慮簃詞話

黄孝紓◎著

黄孝紓（1900～1964），字公渚、頵士，號匑庵、匑厂，别號霜腴、輔唐山民、漚社詞客等。福建閩侯人。與弟孝平、孝綽并稱“江夏三黄”。主持劉承幹嘉業堂多年，與况周頤、朱孝臧等詞壇宿儒多有交往。後長期執教於山東大學。著有詞集《東海勞歌》《匑厂詞》等。《碧慮簃詞話》原藏於蓬萊市慕湘圖書館，本書即據此收録。李婧、楊愛娟曾整理刊發於《國學季刊》第5期（山東人民出版社，2017）。

《碧廬簃詞話》目録

碧慮簃詞話

一　陳弢詞

吾鄉螺州陳弢丈太傅，耆望宿望，爲海内靈光。今春正月以微疾不起，老成云亡，曷勝虎賁客坐之思。近於林忉庵處得詞數闋，深入顯出。太傅雖不以詞名，而佳處乃爲詞人所不能及。憂天閔人之思，厭亂思治之意，蓋所藴蓄者深，固自與衆不同，此范希文、歐陽永叔輩詞之所以獨有千古也。

〔尾犯〕《咏雁字》云：

何恨苦牋天，天遠塞遼，風送如墨。旋整還斜，織秋光成畫。霜信緊、憑伊報與，旋愁深、無人會得。弋矰休羨，萬里南來，防有上林帛。　　年年勞遠目，倚闌處，險斷消息。那計東西，悔春泥留迹。諒生性、隨陽難寫，擬名流、書空太劇。亂鴨更迭，盡鳳泊鸞漂誰惜。

〔霜葉飛〕《咏落葉》云：

一秋無緒，霜天裏，朝朝風籜辭樹。夜長還要警孤眠，聽打窗如雨。更惻惻，危枝倦羽，添薪虚憶庭槐古。盡唱徹哀蟬，底處覓，題紅那管，客衣緇素。　　長記九日江亭，商飆獵葦，此題周甲曾賦。而今人亦禿成翁，贏共階蛬語。怎撇却，乾梢斷縷。飄零休便隨流去。但保得，冬心在，轉緑回黄，是歸根處。

〔金縷曲〕《寒鴉》云：

朔氣催成暝。莽沉沉，亂雲堆墨，横斜千陣。槐柳故宫密藏處，禁得霜天淒冷。正又恐，争栖難定。寒日無光何時曙，記翩飛，曾帶昭昜影。終古恨，幾人省。　夜啼動攪孤眠醒。更憐伊，月明繞樹，最擔虚警。投止蒼黄知誰屋，接飯叢祠差幸。且珍重，羽毛休損。開口易招南兒唾，漫誤人，北雁傳邊信。頭白盡，故山迥。

〔定風波〕《斜陽》云：

畫裏殘山一道斜，際天衰柳帶餘霞。陵闕誰家那忍問，傳恨。故宫明滅付歸鴉。　無分南榮長炙背，何意。晚晴西閣尚留些。還是枯葵偏耐久，廝守。知時讓與合昏花。

〔錦纏道〕《戊戌冬至》云：

九九圖成，子半一昜微動。憶郊壇，迭曾陪從。衮龍仙樂千官擁。雪點豐貂，了不知寒凍。　剩圜丘已蕪，盛年如夢。悄黄鐘，律猶吹中。恁老來，虚過團圓節，一家三地，又欠搓丸供。

〔淡黄柳〕《花朝》云：

無花自若，誰信花朝及。九九餘寒消不得，却誤閑蜂浪蝶，争趁林圖偵春色。　恁蕭寂，東風竟無力。稍回暖，霰旋集。看山桃，欲破還邀勒。最是冬郎，往年猶可，凄斷今年此日。

〔驀山溪〕《寒食》云：

東風不競，熟食寒猶劇。嫩緑柳初稊，便借作千門春色。漢宫傳燭，回首艷易天，半仙戲，萬花輿，能料成今日？
紙錢麥飯，出郭人如織。錫粥望諸陵，新來事，傷心何極。過家草草，忍憶舊焚黄，黄州感，柳州悲，七載仍爲客。

〔淡黄柳〕《新柳》云：

回黄轉緑，誰透春消息。入畫纖眉舒未得，寄語行人莫折，留與千門作寒食。　御河側，青青自今昔。乍裝點，可憐色。憶當年，重爲靈和惜。試念東風，玉關遮斷，猶有羌兒怨笛。

〔醉鄉春〕《酒痕》云：

涴遍故衫休滌。知是幾場餘瀝。望疑影，齅猶香，誰信墜歡難拾。　慘緑暈成碧，壚下可憐陳迹。比白傅，説杭州，滿襟况是聞琶濕。

二　陳郇廬詞

湘鄉陳郇廬毅爲王益吾入室弟子，古文詩詞靡不兼綜。惟性慨慷，參與丁巳復辟之役，事敗僅以身免。淀園播遷，羈紲相從，與陳焦厂、胡自玉志同道合。崇陵事變，奉命往勘，有《東陵道紀事詩》。歸感寒疾，以死勤事。身後長子公卓失蹤，可謂極人生之極慘矣。余少治聲學，從公商榷，詒書往復。曾手寫詞稿見寄，亂後散失，嘗從公家訪求遺稿，亦不可得。前於友人處見有〔定風波〕《斜陽》云：

無盡餘霞散太空，一痕斜映入簾櫳。衹怕黄昏留不住。遲暮。碧樓千樹爲伊紅。　　樓外水天音信絶。明滅。亂流人影各西東。細度岐山山下洛，休誤。便含雨氣亦成虹。

三　齊天樂和詞

羈居又入蕤賓律，新唫蓊然槐柳。苦鵙愁聽，荒蛙猒聒，琴曲近風初奏。冠緌似舊。任賫恨聲聲，怎消長晝。不是先鳴，變聲容易落秋後。　　無情宫樹一碧，况蕪平梗泛，何恨回首。露逐盤移，天留葉翳，高處猶堪廝守。違山許久。剩對鬢愁衰，蜕身憐朽。別動經年，更煩相警否。

此弢广丈〔齊天樂〕《咏早蟬》詞。觸緒類情，蓋有感於淀園從亡諸人也。余亦有和章云：

苓根未懺多生恨，還憐蜕仙孤峭。高柳烟籠，新桐雨拭，吟轍江南秋老。塵寰夢攪。奈鬢影蕭疏，怕臨銅照。譜入么弦，啼痕衣上更多少。　　齊宫魂斷最苦，翳形陰縱美，休嘆孤調。珠露愁晞，綃衣怨薄，惜取光陰須早。蟲天縹緲。莫待得秋來，墜枝空抱。獨客南冠，故園歸思悄。

四　胡自玉詞

胡自玉閣丞與陳詒重、劉潛樓交最摯，亦丁巳復辟中之人物也。填詞能以苦思超得象外，深似王碧山。

〔江城子〕《憶梅》云：

幾年香國孕春遲。和苔移。水邊籬。夢地昏黄，稜月半成規。愁雨愁風應過了，吹舊曲，玉龍飛。　　澹妝蛾緑失幽期。碎瓊思。阿環知。孤艷難酬，霜骨瘦於詩。銷得歲寒心鐵石，天萬里。寉歸時。

〔聲聲慢〕《秋聲》云：

危樓燭灺，倦枕鐘疏，西風驟生蘋末。容易清商，驚换嫩寒時節。誰家促弦脆管，迸今宵，催添華髮。判不寐，偏無情，天地乍悲遠噎。　　苦盼吴波霜訊，蕭瑟處，菰蓬姓名誰説。一雁寥空，響入斷雲明滅。輸他砌蛩絮夜，似低徊，人間輕别。酒易醒，怕長安，吹滿落葉。

〔無悶〕《自題五峰草堂圖卷》云：

吾愛吾廬，林壑宛然，輕付閑鷗一笑。甚别後、西湖黯塵難掃。空費文章結構，却迸入蘭成傷心稿。幾曾領略、鶯初雁始，隔簾昏曉。　　凄悄。歲華杳。便味俊蒓鄉，迹遲歸棹。盡異國，登樓坐銷孤抱。何日西望約夢，恐已是、池塘多秋草。待問取，蘐桂連蜷，可似小山人老。

五　趙孝陸詞

安丘趙孝陸趙録績中書，光緒壬寅進士，嗜古，富收藏，山左文獻之家也。詞學夢窗，工於琢句，而清氣流轉，尤得言倉已影之旨。年來與余同流寓青島，展晤於心一齋中，談讌甚歡。録示所作詞數十闋，甄録佳者，如〔木蘭花慢〕《題疆村樂府》云：

素秋朱鳥去，水雲泣，冷西臺。痛慘緑塵飛，冬青月苦，釦砌荒苔。低徊玉璫怨札，剩滄江涕泪漬璚瑰。一掬椒漿桂醑，詞仙何日歸來。　心灰。鷄鹿夢初回，凉吹露莖摧。看御檖銀沫，花奩鈿粟，空賦龍媒。沉哀。帶蘿被荔，恍臨風三嗅楚蘭哀。傳遍弓衣樂府，闲情删盡風懷。

〔高陽臺〕《凉夜》云：

露泣幽蟲，烟呼倦羽，寒光蕩玉新姓。金粉滄洲，凄凄殘月朧明。檖天擬乞靈簫謚，訊飛仙，誰覓瑶扃。更何年，翠管花裙，夜沸春聲。　璇臺夢冷華芝老，望秋河縹緲，激灧疏星。病草零花，回風夜夜堪驚。微聞孽海冤禽悴，恁寒潮，落了還生。正懷人，孤負青棠，絡緯衰鐙。

《夕陽》云：

風葉揉丹，霜柯綉紫，明霞散落林塘。暮景飛騰，虧他絶麗斜陽。文窗丫鳥朱屢迴，殢行雲，孰惜流光。最憐伊，珠網璚疏，漠漠昏黄。　西風不解宛央熱，戀微微光影，獨守蘅芳。燕去誰家，商量錦字携將。卷葹未死紅心苦，染緗羅，密裹瑶璫。且招要，千里嬋娟，來畫虚廊。

〔長亭怨慢〕《畫湖重到，風葉漫天，渺渺余懷也》曰：

又來聽，畫湖風葉，一片琤瑽，碎璚騷屑。斜日危闌，斷腸烟柳不堪折。燕嗔鶯懶，還憶否，春雲熱。舊事愴延秋，算衹有，城烏能説。　凄絶。望丹山隱隱，香霧百重明滅。笙寒月暝，誰更倚，小樓吹徹。撚素手，沸沸清商，早涌起，亂愁千叠。怕玉兒孫孃，零落舞裙如血。

〔憶舊游〕《苦雨》云：

盡騷騷屑屑，密密疏疏，雨滴風泠。涼滲宛央水，影青荷霜悴，羽蓋飄零。綉帷冥漠香霧，斷續可曾聽。恁激楚流商，桐淒竹碎，倦旅偏驚。　　娉婷，怨遥夜，道簾外溽溽，羅荐如冰。玉砌雕闌在，恐緑陰陰地，狼藉苔生。孤花泣碧無恙，剩泪漬星星。任敗葉淋浪，疏檑穗顫一縷鐙。

〔摸魚兒〕《聞簫，旹薔薇大開，幽素可愛》曰：

倚雲簫，酒望飄蕩，歌塵微漾簾影。玲瓏幽素薔薇小，哀玉錦涇淒迸。驚斷夢，君不見，秦娥妝泪紅錦冷。絲絲引鳳。又合按鋁簧，清商叠怨，從倚畫闌憑。　　聲嗚咽，是否秋宵暗殿，瑶姬低訴孤另。緱山縹渺仙郎遠，鸞背五銖衣重。君試聽，見説道，青虯罷鼓諸天暝。吹寒自警，度宛宛回風，綿綿絮語，綺緒黯銷凝。

〔徵招〕《聞歌》云：

飄揺珠箔春鐙落，狂花亂飛瑶席。素手倚危弦，遏行雲無力。滄波清滴，恁沁入，花衫凝碧。霸氣雕殘，酒魂零落，亂愁如織。　　淒戾玉龍哀，璇閨冷，誰念怨娥岑寂。擣麝已成塵，更熏鑪狼籍。濛濛香霧濕，漸萬里，月華愁羃。争怪他，舞錯涼州，背錦屏慵立。

〔燕山亭〕《霜露漸至，敗葉滿階，淒然賦此》云：

敗葉鳴廊，夗瓦凍塵，愁浸荒寒彰月。金虎禦風，幾日飛揚，翠水石鯨吹裂。慢理璚觚，前番事，悲歡難説。淒絶，衹彈墨羅衣，泪痕猶熱。　　記否綾被温馨，算長夢如烟，熏鑪空爇。雕悴怨紅，冷雨滄江，芳馨有誰堪折。待不關情，奈狼藉，粉枯香滅。傷別，剛憶我，故山猿隺。

六　陳匪石詞

江寧陳世宜匪石，爲張次珊高足，中年需次蘇州，得與鄭大隺、朱彊村尊俎唱酬。詞修潔自喜，嘗欲以楚騷、陶詩迷離淡永之旨，爲詞開一境界，與余往日主張相同。用楚騷迷離之境爲詞，大隺晚年已先吾輩爲之。至參用陶詩境界，必更有可觀，蓋可一葯近代學夢窗末流之弊。惜此事至艱，非學問到最上工夫不可。吾與匪石期共踐此言也。頃示數闋，似當學夢窗、白石者。

〔浣溪沙〕云：

咫尺紅牆入望迷。帶香蝴蝶一雙歸。無風無雨是佳期。未免有情殘醉後，不堪回首落花時。隔簾誰唱縷金衣。

〔綺寮怨〕曰：

縹緲神山何處，海光回望遥。聽廣樂、醉引流霞，清虚府、絳袂曾招。呼龍耕烟種玉，玻璃碎、鏡日誰更敲。怕爛柯、對弈無人，空中語、夢鹿重覆蕉。　　漫信跨鸞上霄。紅朝翠莫，雲翹慣怨回飆。貝闕珠巢。儗同賦，水仙謡。天孫聘錢償否，洗泪眼，愛河潮。樓頭弄簫。前宵當解珮，臨漢皋。

〔浣溪沙〕：

宿雨初收日未斜。游蜂顫影撲窗紗。蜀葵新放一藂花。何處蘭苕栖翡翠，當年門巷種枇杷。夢中不信有天涯。

〔惜紅衣〕《夜泛北湖，經慵廬未泊，用夢窗均賦寄》云：

斷嶼留雲，澄波浸月，際空一白。老柳扶疏，微風颺柔碧，篷窗鬢影，如燕子、飛來斜掠香陌。花外璚簫，疑秦僊仙迹。　　芳州兩側。緑蓋紅衣，依稀舊時色。沙鷗夜夢，正熟萬緣寂。晨夕獨經行地，凝望斗南箕北。想故人無恙，雙槳來時應識。

〔水調歌頭〕《東山賦金陵懷古，平仄夾協，効其體，因其意，爲下轉語》：

陳迹渺江滸，六代帝王居。浮漚吹雨，泊舟河畔覓珍珠。椒殿春移蓮步，狎客狂吟璚樹，長夜醉中徂。誰遣韓擒虎，一戰沼東吴。　　訪紅羅，歌白苧，驀回車。埭鷄催曙，千年沉睡破華胥。依舊龍蟠虎踞，重見雲連星聚，彈指闢榛蕪。翹首扶摇路，旌旆蕩陽烏。

〔内家嬌〕《懷邵次公大梁》云：

冉冉斜陽，滔滔逝水，花影霧中頻看。書城坐擁，人海深藏，未覺年芳催换。舊頓劫塵漸冷，樊廔夜燈仍爛。甚路長，夢阻青天雁字，空寫離怨。　　放眼。乾坤游子倦。料買醉，河橋畔。有春星凌亂。照馬上單衣，鏡中皺面。縹渺高邱愁起，凄涼莫笳聲斷，空赢得，一曲迷陽，獨自長嘆。

七　趙孝陸咏荷詞

疏華手把荷衣冷，菲菲浴蘭芳潔。麗緒嬋媛，瑶情爛熳，祕簡曾繙玉葉。滄江泪咽，算故國沉哀，中仙能説。花草斜昜，舊鄉臨眺夢雲熱。　　江山金粉似洗，剩雕殘霸氣，腕底明滅。鳳味吹香，鷺牋唾碧，淺縹雲林萬叠。幽光歕薄。看簌簌璚觚，碎鈿零玦，一代騷魂，喜千葩絢發。（調〔如此江山〕）

此甲戌年孝陸游四方公家園亭咏荷詞也，意内言外，隱然有黍離麥秀之思，頗近王中仙。

八　秋岳詞

秋岳致力於詩，於詞不恒作也。自來江左，雅愛倚聲，半年之中，得詞一卷。秋岳才富，其佳者深得白石遺意，皋牢萬有，詞壇中之曳落河也。

〔氐州第一〕《金陵初雪和清真》云：

殘埭生寒，江墅迥晚，鍾山氣勢都小。不捲簾旌，遠呵硯滴，檐角烟痕縹緲。生白虚庭，便筭是、冰蟾睒照。一樣淒清，三春漏泄，鬢邀人老。　　倦旅花悰和睡少，祗贏取、路迢情繞。昨夜熏篝，明朝翠袖，總損閑懷抱。想樓中、攲枕處，相思夢、雙渦印咲。那得歸來，共闌干、層瓊映曉。

〔還京樂〕《寧滬道中大雪》云：

颾風絮，觸撥離愁，似發誰能理。念車輪無角，歲時爲汝，鷺腸拋費。迤邐吴山外，西樓此際香篝委。冣憶睡，髭䩞絳蠟，前宵垂泪。　　記閑坊底，有雲鬟拖玉，烟腰著素，初逢林下俊味。江南盡許移家，總辜伊、大堤桃李。漫登臨，正密霰封階，斜枝照水。黯黯高城暮，角聲助我憔悴。

〔綺寮怨〕《和清真》云：

舊夢和天俱遠，枕函寒易醒。耿此際，落月窺樽，念殘雪，定照江亭。當年長爲北客，一角山映青。撚鬢絲，不颺春風，金仙恨，辭漢清泪盈。　故國漫思雁程。哀箏幾柱，臨秋記弄璚璚。别意凄清，倚簾立，殢愁聽，星眸玉顔都老，更何事，可牽情。陽關渭城，釭花那忍别，看粉零。

〔齊天樂〕《别西湖一年矣，聞杭州大雪，游侣睽隔，愛而不見，輒和美成此曲寄感》云：

玉龍觑取雙峰睡，横遮越天昏晚。磢雨妨篷，酣雲抱屋，凍壓苔梅千剪。峨鬟悄掩，正凝怨瓊梳，曳光冰篁。臘日老坡，應摹清景入行卷。　白門吟望最苦，鳳鞾初掃處，銀海相限。夜棹山会，詩囊灞岸，不共珠塵流轉。飛鷥路遠，待良夕烹茶，定甌親薦。後約東闌，漫愁嵐黛鎩。

〔念奴嬌〕《花朝與兑之、纕蘅、散釋山行，前一日風雪，紅杏狼藉而野梅猶著數花，賦呈同游》云：

辛夷初發，乍陰姓，作弄惱人天氣。來日菜花，開陌上，纔襯吴波新翠。夜雨鳴廊，驚風戲玉，頓減春滋味。鍾山低首，冰壺换盡人世。　絶好粉絮闌干，料量晴鳺唤，俊儔同倚。緋杏飄苓，天不管，但把梨雲扶起。雲谷松窩，孝陵櫻錦寂，寂幽尋意。賞心記取，一枝猶戀寒水。

〔蘭陵王〕《用梅溪韵題三圃秋英圖》云：

後湖側，新割鍾山翠色。憑闌意，遥黛近香，共攬清寒付鶩碧。秋痕眼底織，玉尺還爲珮飾。梁園返，奩華嫵吟，采采離根晚芳積。　　驚風退千鷁，剩鵲繞新枝，鷗借片席，繁英昨夜和霜摘。教裁玉流瀣，折金飛縷，丹青莫避醉袖濕，恣佳語闌入。　　凄寂，感今昔。念快雪窖臺，前景難覓，吴波底似蒹葭白。影湛湛江水，峭帆無力。東坡將老，釀桂畔、漫替得。

九　陳郇廬礐許詞稿

湘鄉陳郇廬身死，詞稿大半散佚，前僅見載〔定風波〕一首。近頃君坦弟得寄《礐許詞稿》，乃壬戌年郇廬寄家大人手稿，移録於左。〔金明池〕《咏秋草》曰（癸丑感事作。）：

秋燒無痕，春游有迹，但惜王孫已去。還説甚、歸程太遠，更三里兩里間阻。莽天涯、遍覓芳蹤，竟未見、千里青青如故。剩幾點流螢，低徊根際，照見荒原無主。　　了却江南烟和雨，祇一寸紅心，疾風留住。休悄悵、青袍寂寞，應懊惱、碧裙遲暮。料明年、綉陌春回，便似褥如茵，香輪憐汝。奈此景荒寒，秋陰接地，怎得將愁交付。

〔解連環〕《秋鷺》曰：

素翎孤潔。兼遥天暮碧，襯伊明滅。便望裏、如許蒹葭，料凉露滿江，静眠高絶。恁好丰標，算贏了、一秋風月。把前身舊約，付與鏡湖，幾度飛越。　　娟娟細沙净澈。奈窺魚竟日，驚見霜髮。但覺垂白絲絲，裊空際烟波，澹影飄瞥。轉入風灘，又帶起、蘆花如雪。待何時、更序故群，玉霄再列。

〔摸魚兒〕《秋鶯》云：

信春盟、被春耽誤，而在春在何處？流年暗轉如梭擲，應悔擲梭春樹。春已去，悔不盡，栖遲背世同悲魯。偷瞧舊塢，剩幾葉芭蕉，數枝楊柳，一帶野花竹。　笙謌地，依舊千門萬户，無端芳事非故。梧桐井上西風悄，吹損彩衣金縷。誰耐訴，那井上，梧桐黄葉蕭蕭雨。知音幾許，縱烏柏林邊，詩人側帽，腸斷總無語。

〔點絳唇〕《哭錦郎》云：

一瞑無心，哭唬都算前身事。問天何意，踪迹飄蓬寄。
强慰伊孃，咽盡心頭泪。還偷記，那宵游戲，剩有球拋地。
鎮日提携，十分憐愛如身命。那堪一病，驀地成孤另。
嬌小離魂，怎識歸來徑。從誰偵，夢無憑證，相見何時更。
一燧殘燈。照人明滅參差似。牽衣拭涕，更有垂髫姊。
不是春愁，恁地愁如此。誰無死，斷綳遺屣，觸處傷心起。
痛絶成痴，幾番覓到曾游處。夕陽西去，不見兒何許。
似唤爺孃，兀坐頻驚顧。詳聽取，喃喃索乳，却是鄰兒語。

〔點絳唇〕《三月初視錦郎壙》云：

何處黄泉，可曾聞得爺孃唤。一聲聲顫，總向兒心轉。
孤冢他鄉，何日重來看。三齡半，千秋亭畔，竟作千秋算。
兒夢先醒，奈予翻入思兒夢。死當誰送，細想成追慟。
新草依墳，似爲回生種。情無縫，自根抽蕻，此意幽明共。
累恨成心，除心消却方無恨。越難排悶，越怕人憐問。

正待招魂，又是清明近。東風緊，際天無盡，吹斷柔腸寸。

一〇　董授經詞

武進董授經年丈目録之學爲當世碩果，與余同主嘉業堂，商兑故籍，至爲款洽，而不知丈工於倚聲也。近承示數闋，風華旖旎，蓋《蒼梧》之嗣音也。〔木蘭花慢〕《代閨人送別》云：

奏驪歌一曲，情柀柀、韵悠悠。問候潮遄返，不因重利，可爲封侯。凝眸遥思此後托，雲鬟玉臂盡温柔。離緒未銷眉際，前塵驀上心頭。　知不燕市骨誰酬，鴻雪迹曾留。奈棋劫頻更風凄，太液烏集，延秋工愁。低徊翠袖伴金仙，一樣泪消流。鄭重一聲將息，海天佇盼歸舟。

一一　冒鶴亭歌頭

〔六州歌頭〕要以氣勢爲主，挾排山倒海、駕雷驅霆之勢，運以跌宕頓挫之筆，方爲合作，免於促碎之譏。南宋以張于湖“長淮望斷”一首爲千古絶唱，其次劉龍洲“揚州”一首庶幾驂靳，雖以韓無咎“小桃枝”素以穠至擅名一時，究嫌氣弱。晚近冒鶴亭檃栝史事爲〔歌頭〕二首致佳，裁剪天衣，渾然無縫，氣勢自噴薄也。

子卿足下，榮問暢清時。陵不敏，托異國，藐流離。昔人悲。湖自初降後，至今日，念老母，臨年戮，妻與子，化鯨鯢。但有穹廬毳幕，風雨夕羶酪充飢。更胡笳四起，牧馬遠鳴嘶，晨坐聞之，泪雙垂。　記提步卒，出大漠，將失道，誤師期。猶振臂，起創病，突重圍，死如歸。誰復能稽顙，對刀筆，受鞭笞，生別世，死異域。永長辭，幸謝故人無恙，北風

起，在遠休遺。嘆家翁受辱，負國負相知，能不依依。（李陵《答蘇武書》）

闕然不報，憤懣不終舒。僕非敢，如此也，僕罷駑。無令諛，謬以陵降虜。非得已，終報漢，上疑僕。爲游説，不加誅。遂命下之於理，交手足棰楚肌膚。此少卿親見，僕豈不然乎？夫以爲誣，陷刑餘。　　昔韓受械，彭縶獄，周請室，季鉗奴，邱無目，臏斷足，咸操觚，著專書。僕乃稽成敗，綜終始，忘其懸，凡篇目，百三十，付鈔胥。儻播通都大邑，雖萬戮，猶幸桑榆。且浮沉從俗，一死忍須臾，敢布區區。（司馬遷《報任少卿書》）

臣諸葛亮，涕泣表云云。惟漢賊，不并立，今三分。益州民，追念先皇帝，刱王業，未及半，殂中道，貽陛下，以維新。所望開張聖聽，光遺德，簡拔忠純。凡事無大小，宫府體維均，要遠僉人，近賢臣。　　念臣往者，耕隴畝，全性命，老偏氓。嘗痛恨，桓靈世，起黄巾，帝蒙塵。奉命於危難，因感激，遂忘身，興漢室，報先帝，矢憂勤。今者南方已定，東吴事，外結和親。請責臣討賊，昭去爾群神，獎率三軍。（諸葛亮《出師表》）

一二　朱况詞

往余客嘉業堂，與臨桂况蕙風合編《詞人考鑒》，朝夕共事。甲子移宫之變，彊村記以〔鷓鴣天〕八首，蕙風和以〔浣溪沙〕，移録於右：

風雨高樓悄四圍，殘燈黏壁淡無輝。篆烟猶裊舊屏幃。
已忍寒欺羅袖薄，斷無春逐柳綿歸。坐深愁極一沾衣。
花與殘春作泪垂，何論茵溷已辭枝。憐花切莫誤情痴。
聽雨聽風成暫遣，如塵如夢最相思。斷腸都不似年時。

荏苒霜華改鬢絲，自從青鏡見顰眉。杜鵑啼徹落花時。

屏上有山非小別，釵頭無鳳不長離。一泓清泪影娥池。

一晌温存愛落暉，傷春心眼與愁宜。畫闌憑損縷金衣。

漸冷香如人意改，重尋夢亦昔游非。那能時節更芳菲。

紅到山榴恨事多，斷無消息奈愁何。尊前唱徹懊儂歌。

猧子局翻悲短劫，鮫人泪織委孔波。鈿盟禁得幾蹉跎。

風雨天涯怨亦恩，漂摇猶有未消魂。能禁寒徹是情根。

月作眉顰終有望，香餘心字索重温。不辭痴絶佇黄昏。

慘碧蹙天問不譍，護花新得幾金鈴。摧殘風雨若爲情。

搗麝塵香終淡薄，飛龍骨出亦伶俜。總然無夢不如醒。

錦瑟知人恨已深，如何弦柱不侵尋。暗思萬事擁輕衾。

燈炧自憐偏炯炯，更長難得是沉沉。一簪華髮十年心。

（以上况蕙風〔浣溪沙〕。）

生小仙娥不自妍。璧臺金屋誤嬋娟。幾曾宛轉酬千琲，已忍伶俜過十年。　　虯箭水，鵲鑪烟。無端芳會散金錢。簾櫳早是愁時候，争遣新寒到外邊。

金斗餘薰向夕凉。撲簾真見倒飛霜。竊香鳳子紛成隊，撼局猧兒太作狂。　　三嘆息，百思量。回腸斷盡也尋常。鏡前新學抛家髻，猶被狂花妒淺妝。

微步塵波避洛神。玉顔團扇與温存。牽牛夜殿憐私語，騎馬宫門拜主恩。　　翻覆雨，合離雲。經年纔雪舊啼痕。清狂一往寧無悔，却綉長旛禮世尊。

罷轉歌喉道勝常。多生争忍不疏狂。直饒在髮爲香澤，未願將身作枕囊。　　蟾嚙鎖，鵲横梁。東家著意在王昌。情知薄幸青樓夢，且坐佳人錦瑟旁。

聞道嬋媛北渚游。東風連苑冷於秋。無多裝綴花宫體，禁斷排當鞠部頭。　　槿易散，夢難留。女床鸞樹向人愁。紅蠶憔悴同功繭，繅盡春絲未放休。

臨鏡朦朧懶卸釵。無聊啼笑枉多才。探看青鳥沉歡訊，横卧烏龍本妒媒。　　筸字錯，錦梭回。肯將心力事妝臺。不知下九還初七，且疊紅牋寄恨來。

未必芳期未有期。等閑蜂蝶劇嬌痴。側商小令翻新水，捲地狂香故枝。　　風雨裏，苦禁持。有人低唱比紅兒。總知滿樹金鈴繫，未省秋人落葉悲。

歷劫相思信不磨。親將雙帶綰香羅。未灰蠟苣拼成泪，垂絶鵾弦忍罷歌。　　休躑躅，已蹉跎。珊鞭拗折負恩多。人間會有相逢事，奈此青春悵望何。（以上壘村〔鷓鴣天〕。）

紉芳簃讀詞記

陳運彰◎著

陳運彰（1905～1955），原名陳彰，字君謨，一字蒙安、阿蒙、蒙庵、蒙父、蒙公，號華西，又用孝成、證常、仄夷、華民、鏤冰、吴絲詞客，齋名有蓬齋、紉芳簃（簃）、須曼那閣、華西閣、證常庵、五百蘭亭室等。原籍廣東潮陽銅盂，生長於上海，"狂放自傲"，爲上海"十大狂人之一"。陳氏爲南社社員，曾任之江文理學院、太炎文學院及聖約翰大學教授。工書畫，善治印。又爲况周頤入室弟子，以詞名於時。著有《紉芳簃詞》《雙白龕詞話》《紉芳簃説詞》《紉芳簃讀詞記》《校詞札記》等。《紉芳簃讀詞記》原載於《之江中國文學會集刊》1940年第5期，本書即據此收録。

《紉芳簃讀詞記》目録

紉芳宧讀詞記

一　蓮社詞一卷道情鼓子詞一卷

附重校定本。

右《蓮社詞》一卷，附《道情鼓子詞》一卷。宋張掄材甫撰。《蓮社詞》見《直齋書録解題》，已佚。《鼓子詞》初未見著録，今以吴兔床藏舊鈔本，校《彊村叢書》勞畀卿校本。勞氏以卷首九首從花庵《中興以來絶妙詞選》（卷二）録入，遂疑改易標題爲汲古毛氏所爲。吴伯宛《宋金元詞集》見存卷目從之。因别析爲卷，其説頗允。吴鈔與勞校章次并同，而調下各題，勞校多無之。闕文間有異同，足資互補。吴鈔闕十首，目録則否，且諸題亦未全，蓋同有脱失也。勞氏據《陽春白雪》（卷四）補〔春光好〕一首，《武林舊事》（卷七）補〔壺中天慢〕一首，以首九首，及〔春光好〕合十首，爲《蓮社詞》中作。按花庵所選第一首〔柳梢青〕、第四首〔臨江仙〕，今并見於《武陵舊事》。花庵且云集中多應制詞，則〔壺中天慢〕草窗雖有或謂是康伯可所賦之説，别無他證，亦可謂《蓮社詞》中作也。今重爲寫定，凡《蓮社詞》十一首，《道情寶鼓子詞》一百首。吴鈔頗多誤字，并爲著之。宋人所著録之詞，則校其異同，頗疑調下諸題爲後人所加，然亦出宋人手。〔臨江仙〕"禁中丹桂"，《全芳備祖》既入牡丹部（前集卷二），復重出於岩桂花部（前集卷十三），固當時花庵諸人隨意所附著也。《武陵舊事》

數則，及龔卿手跋，別録於後。庚辰三月蒙庵記。

吴鈔本凡宋詞六家，爲蓮社、拙庵、松坡、文簡公、碎錦、雙溪，共二册，每半葉八行，行十八字。有兔床、漫叟兩印，即彊村先生所藏。己未十月，彊翁校刻明鈔《松坡詞》，曾據以校改若干字。跋中所稱鋟木既竣，始於滬上見吴兔床手寫本者也。疑蓮社刻成在先，故未及覆校耳。辛未歲，彊翁謝世，藏書間有散出者，越歲正月，於友人齋頭見之，假歸一夕遽還之，僅及此種。惜未盡其餘。蒙庵又記。

二　晦庵詞

校江氏刻汲古閣本刻《宋元名家詞》

右《晦庵詞》一卷，凡十八首。以嘉慶壬辰閩中重刊晦庵先生《朱文公文集》第十卷《樂府》校毛鈔，即從《全集》裁篇别出，以詞調短長爲先後，遂失原本章次。今一一分注於下，〔水調歌頭〕《聯句問訊羅浮同張敬夫》一首，别繫於〔念奴嬌〕之後，閩刻《全集》列諸最後。附注云，此篇與南軒聯句，一本次於第五卷《蓮花峰次敬夫韵》詩下。毛氏所見全集，當是别一本，故後來補入，不復與前四蓮同列矣。〔憶秦娥〕《雪梅二闋懷張敬夫》題下注云，從《朱子全集》增入，蓋江氏所爲。此二闋見第五卷《東歸亂稿》中。編者注云，二卷合次樂府，以看後詩，仍舊編附此。其後詩云，題二闋後自是不復作矣：久恶繁哇混太和，云何今日自吟哦。世間萬事皆如此，兩葉行將用斧柯。自花庵誤爲張安國詞後（《中興以來絶妙詞選卷二》），後來選本如《全芳備祖》，永以爲張作。汲古閣《于湖詞》亦有之。乃子晋所補，檢宋本《于湖居士集》三十一卷至三十四卷樂府。景宋本《于湖先生長短句》五卷，《拾遺》一卷，均無之，可證也。江氏僅云，從《全集》增入，頗易滋疑。海寧趙君《宋金元名家詞補遺》，從《釣臺集》下得〔水調歌頭〕“不見嚴夫子”一首，爲《全集》所無，因補録之，紉芳簃校畢并記。運彰。

三 天游詞

右《天游詞》一卷，元古郢詹玉可大撰。原二十三首。《四印齋宋元三十一家詞》據傳鈔明弘治寫本，復從《詞綜》《樂府紀聞》補入〔清平樂〕一首。今按《天游詞》見《天下同文》前甲首卷五十僅二首，元鳳林書院《精選名儒草堂詩餘》卷上得九首，《同文》二首即在此中。《詞綜》卷廿七爲四首。而即選《歷代詩餘》所録達十八首之多。所未録者惟〔渡江雲〕〔一萼紅〕〔滿江紅〕〔漢宫春〕〔霓裳中序第一〕〔清平樂〕六首而已。今以《元草堂》校之。則此諸詞見同卷他人之作者竟達十三首之多。其〔洞仙歌〕《送張宗師捧香》一首、〔歸朝歡〕一首、〔點絳唇〕《墨本水仙》一首爲滕玉霄詞；〔滿江紅〕《牡丹》一首、〔臨江仙〕《自結》一首、〔瑞鷓鴣〕二首、〔蝶戀花〕二首、〔月下笛〕一首、〔六醜〕《楊花》一首（此本調名誤〔多麗〕。）爲彭巽吾詞；〔木蘭花慢〕《白蓮》一首爲曹通甫詞；〔臨江仙〕《白髮》一首爲謝醉庵詞。以上諸家，《元草堂》即次於《天游》後。僅〔浣溪沙〕《楊侯席上作》一首爲《元草堂》所無而已。《元草堂》隨得隨刊，參差不一。當時傳本頗稀，鈔本又多譌奪，竹垞選《詞綜》即以趙晚山詞誤作王竹澗，可證也。頗疑此本爲明人從《元草堂》鈔撮成帙，如汲古刻白石諸家之例，而所據本未善，遂成此誤。若云作僞，似不應爾。〔浣溪沙〕一首，亦見《樂府紀聞》。〔清平樂〕或以爲石次仲，或以爲毛平仲，汲古《樵隱詞》無之，正見於《金谷遺音》。然則《天游詞》之存世者，僅十首耳。《歷代詩餘》所録與此本當同出一源，而〔浣溪沙〕從《樂府紀聞》，〔桂枝香〕則從《天下同文》出。觀其詞題可知。庚辰三月望夜，以各選本校一過，既畢書此，蒙父。

四　東海漁歌

校補西泠印社活字本。

右《東海漁歌》四卷，西林顧春太清著。臨桂况先生據如皋冒氏鈔本重校印行。冒鈔闕第二卷，從錢塘沈湘佩女史（善寶）《閨秀詞話》所引，爲三卷中所無者，得五首，爲《補遺》一卷。既而山陰諸貞壯先生得一鈔本，四卷完善，持校况刻，頗多異同。蓋屢經改定，其稿本非出一時也。聞東瀛藏書家乃有六卷之鈔本，其五、六兩卷之目，曾經傳布（鈴木虎雄《支那文學研究》），惜未見其詞也。諸氏藏本，彊村先生曾假之以校况刻，復迻録第二卷，謀補印以成完帙，未得果，僅以二卷佚詞印入《詞學季刊》，其第一卷刻本尚闕〔望月婆羅門引〕〔臨江仙慢〕〔賀聖朝〕三首，第三卷闕〔乳燕飛〕〔廣寒秋〕〔一叢花〕三首。第四卷闕〔踏莎行〕二首。其《補遺》中〔浪淘沙〕〔惜分釵〕二首，已見第二卷，其他三首，當在五、六兩卷中。其目録可按也。蒙古三六橋藏善孚齋王孫乘槎載妓圖，有西林所題〔齊天樂〕一首，亦爲四卷所無者。今諸氏藏書樓已爲絳雲之續，留此副本，而東瀛秘籍，雖未得窺全豹，亦露一鱗片爪，不可謂非厚幸矣。舊所校本爲貞白索去，兹復更寫一通，因附録諸佚詞及五六卷目，别有《附記》，書之左方，庚辰三月嬰香寮書。

東海漁歌四卷本佚詞

望月婆羅門引·中元步月

海棠花底，亂蛩啼遍小闌干。月明雲浄天寬。立盡梧桐影裏，深草露華寒。聽哀音幾度，痛哭中元。　　蒿燈細然。蕩萬點小金丸。看到香消火滅，過眼浮烟。秋風庭院，破塵夢，清磬一聲圓。南窗下，剪燭更闌。

右詞在第一卷〔垂楊〕《秋柳》之次

臨江仙慢・白雲觀看坤鶴老人授戒

閬苑會仙侶，金鐘低度，玉磬初敲。松陰下，仙音一派風飄。笙簫早，人語静，幢幡繞，壽字香燒。張坤鶴，被霞裾鶴氅，寶髻籙翹。　消摇。同登道籙，看取天外鸞軺。擁無邊滄海，皓月銀濤。相邀滌除玄覽，瑶池宴已熟蟠桃。功成後，行不言之教，萬物根苗。

右詞在第一卷〔浣溪沙〕《中秋作》之次

賀聖朝・秧歌

滿街鑼鼓喧清晝。任狂歌狂走。喬裝艷服太妖淫，盡京都游手。　插秧種稻，何曾能彀。古遺風不守。可憐浪費好時光，負良田千畝。

右詞在第一卷〔長相思〕《爲陳素安姊畫紅梅小幅》之次

乳燕飛・挽許金橋呈珊枝嫂

日暮忽聞訃。驀傳來，金橋厭世，痛心驚仆。三日云何成長往，莫是庸醫耽誤。廿八歲摧殘玉樹。母老家貧情特慘，况安人，年少孀兒孺。傷心事，意難訴。　簞瓢陋巷安其素。最難忘、音容笑貌，翩翩風度。斷簡殘編零落散，渺渺錢塘歸路。何日葬半山墳墓。哭不成聲心已醉，挽斯人、未盡斯人苦。權當作，招魂賦。(許氏先塋在杭州半山。)

右詞在第三卷〔更漏子〕《憶雲林》之次

廣寒秋・題慈相上人竹林晏坐小照

瑯玕陰里，是心清浄，晏坐了無餘説。岩花閑草任潤吹，更不許紛紛饒舌。西方何處長安道，遠且向者休邊歇。掃除一切性光圓，本來法，無生無滅。

右詞在第三卷〔菩薩蠻〕《登石景山天空寺望渾河》之次

一萼花・題沈湘佩鴻雪樓詞選

雪泥鴻爪舊游踪，南北任飄蓬。花簾昔有吟詩侣(吴蘋香女士)，喜天游邂逅初逢。彩筆一枝，新詩千首，名重浙西東。　　哀而不怨宛從容。珠玉燦珍瓏。鴛鴦綉了從君看，度金針滅盡裁縫。大塊文章，清奇格調，不減古人風。

右詞在第三卷〔浪淘沙慢〕《久不接雲姜信用柳耆卿韵》之次

踏莎行 · 恨次屏山韵

黛淺環鬆，欲消無價。者般滋味因誰惹。香消風静月明時，更添一倍新愁也。　　拍遍闌干，立來花下。怕春歸去催花謝。待安排處費安排。旁人錯解成閑話。

右詞在第四卷〔踏莎行〕《夢次屏山韵》之次

前調 · 老境

臘盡春回，歲華虚度。隨緣隨分行其素。非非是是混行藏，圯橋且進黄公履。　　偶爾拈毫，曲成自顧。唾壺擊碎愁難賦。敢將淪落怨天公，虚名多爲文章誤。

老境蹉跎，寄懷章句。潛身作個鑽研蠹。自憐多病故人疏，消愁剩有中山兔。　　每别思量，熱心如炷。問天畢竟何分付。但求無事是安居，成仙成佛何須慕。

右詞在第四卷〔塞上秋〕《牽牛》之次，第一首刻本已有，但多不同，因并録之，别有説見後。

齊天樂 · 善孚齋乘槎載妓圖

衆香國裏香風起，靈槎流風而下。天女腰肢，維摩眉宇，聞是王孫自寫。欲何爲也。有百八牟尼，一函般若。不著纖塵，屏除一切更嫻雅。　　本來心在雲水，現官身説法。恁般瀟灑。不染峰巒，不增泉石，一片青天光射。翠眉嫱姹。豈謝傅東山，管絲游冶。載個人兒，散天花侍者。

右詞見玉并《香珊瑚館詞》附録

右太清佚詞。自〔齊天樂〕以上，并從諸氏鈔本。補録〔踏莎行〕《老境》二首，刻本存其一，即以二首合并改成者。以此例之，則所缺諸詞，定稿時或有所删汰也。太清詞格，況先生所評爲至確當，所謂其佳處在氣格，不在字句，當於全體大段求之，不能以一二闋爲論定一聲一字爲工拙。斯語最爲可味。按東瀛本目録第三卷缺詞，尚有〔木蘭花慢〕一首，諸氏鈔本無之，無從補録。昔人有謂鐵嶺詞人，男中成容若，女中太清春，直窺北宋堂奥。（見《蘭雲菱夢樓筆記》引。）今二家佚事并多傳聞異辭，詞集傳世，亦各本紛歧，如出一轍，亦一奇也。吴絲詞客記。

東海漁歌第五卷目録

黄鶴引　玉燭新　舞春風　水調歌頭　鶯啼序　古春慢　金縷曲　醉翁操　雪獅兒　秋波媚　金縷曲　滿江紅　金縷曲　滿庭芳　占春芳　憶仙姿　高陽臺　惜餘春慢　沁園春（二）　江神子　凄凉犯　南鄉子　青山相送迎　惜秋華　玲瓏四犯　山鬼謡　比梅　鶿山溪　訴衷情令　沁園春　惜春郎　海棠春　洞仙歌　明月棹孤舟　一剪梅　輥綉球　定風波　惜秋華　看花回　瑶臺聚八仙　暗香　疏影　上昇花　庭院深深　醉太平　醉春花　桃園憶故人　惜黄花　多麗　玉交枝　愁春未醒　新雁過妝樓　桃花水　風蝶令　南鄉子　殢人嬌　定風波　燕山亭　早春怨　菩薩蠻（二）　金縷曲　虞美人

東海漁歌第六卷目録

醉花陰　醜奴兒　瑣窗寒　憶人人　鵲橋仙　早春怨　喝火令　長相思　浣溪沙　賀新凉　南柯子　滿江紅　雲淡秋空　畫屏秋色　金風玉露相逢曲　鬢雲鬆令　意難忘　減字木蘭花　菩薩蠻　齊天樂　踏莎行　滴滴金　南鄉子　風光好　金縷曲　賀新郎　金風玉露相逢曲　金縷曲　西江月　醉太平

右《東海漁歌》卷五、卷六詞目。從彊村先生傳鈔本，當從鈴木氏文中録出者，未見原本，不知有否譌奪。其第二卷目録校諸鈔本（即《詞學季刊》所據本。），多〔風光好〕一首，而少〔步蟾宫〕一首，可見二本非出一源。諸鈔第二卷中亦多重改之處，不知孰爲後先，安得盡聚諸家所藏，并凡對勘，勒成一定本也。十七日寫竟附記。

五詞林書目

右《詞林書目》一卷，儀征王僧保西御輯。分專集、選集二類。專集自唐温庭筠《金荃集》起，訖元滕賓《涵淵子詞》，凡二百四十三集。選集自《御定歷代詩餘》起，訖《詞林紀事》，凡七十一集，蓋以竹垞《詞綜·發凡》所引詞目增益重編者。其專集或無卷數，選集或闕人名，間附按語，僅及簡明目録，類分未晐。序次多舛，當屬未定草稿也。西御當道光季年，與江都秦玉生、甘泉徐嘯竹聯淮海詞社，當時推爲竹西詞學之冠，後在城殉難［見《選草叢譚》（二）。］。所著有《秋蓮子詞》（刻本極難得。）、論詞絶句三十六首（見《選草叢譚》。），尚有《學詞紀要》《詞律参論》《詞律調體補》《隋唐五代十國遼宋金元詞人姓氏爵里彙録》《詞評所見録》《松雲書屋詞選正副篇》均未見，此爲彊村先生手寫本，小有譌敚，因爲重録一過訂定之。庚辰三月正行寫訖題記。

雙白龕詞話

陳運彰◎著

《雙白龕詞話》刊於《雄風月刊》1947 年第 2 卷第 2 期、《茶話》1948 年第 23 期，均署名“蒙庵”。本書即據此收録。張璋《歷代詞話續編》曾收録刊載於《雄風月刊》之 21 則。孫克強、劉少坤曾匯輯整理刊載於《文學與文化》2012 年第 1 期，楊傳慶、和希林《輯校民國詞話三十種》收録該詞話。

《雙白龕詞話》目録

雙白龕詞話

一　大題小做

小題大做，不如大題小做。一則刻意經營不免張脉僨興。一則隨手拈來，自然妙契機微。

二　選家之能事

以一己之意思，能使古人就我範圍，此選家之能事。然結果反爲古人所囿。束縛之，馳驟之，乃至不能自脱。

三　市井語

沈伯時《樂府指迷》云："孫花翁有好詞，亦善用意，但雅正中，時有一二市井語。"此病至深，不可不知，昔人評書，所謂"如王謝家子弟，縱復不端，正奕奕有一種風氣"。此則關乎性情懷抱，益以讀書洗伐之功，不可强求者也，彼三家村學究，孤陋寡聞，使其描寫珠光寶氣、雍容華貴之意象，必致愈裝點，愈覺其寒傖，何以故？以其未曾夢見，心所本無故。

四　詩詞界限

《楊柳枝》，本唐人樂府，劉、白諸作，純乎唐音。及《花間》所收，則不能不名之爲詞，然詩詞之界限，究竟若何而分，難言也。劉、白非《花間》，《花間》亦决非劉、白。斯不可誣耳。

五　碧山詞與山中白雲之優劣

碧山詞與《山中白雲》較，信爲勁敵，叔夏之流美，聖與之凝煉，爲草窗、山村所不逮。其弊也，乃病滑與琢，兩家别集，慎加抉擇，則精者亦不過十之三四而已。

六　凌次仲論詞

凌次仲（廷堪）論詞，以詩譬之，其言曰："慢詞如七言，小令如五言。慢詞北宋爲初唐，秦、柳、蘇、黄如沈、宋，體格雖具，風骨未遒。片玉則如拾遺，駸駸有盛唐之風矣。南渡爲盛唐，白石如少陵，奄有諸家，高、史則中允、東川，吴、蔣則嘉州、常侍。宋末爲中唐，玉田、碧山，風闊有餘，渾厚不足，其錢、劉乎？草窗、西麓、商隱、友竹諸公，蓋又大曆派矣。稼軒爲盛唐之太白，後邨、龍洲，亦在微之、樂天之間。金、元爲晚唐，山村、蜕岩，可方温、李，彦高、裕之，近於江東、樊川也。小令唐如漢，五代如魏、晋，北宋歐、蘇以上如齊、梁，周、柳以下如陳、隋，南渡如唐，雖才力有餘，而古氣無矣。"次仲填詞，守律最嚴，於詞雖不專主一家，而深解音律，其微尚固與白石老仙爲近也，且其詞集名曰《梅邊吹笛譜》，又嘗乞張桂巖（賜寧）爲畫〔暗香〕〔疏影〕詞意小照，可知其瓣香所在矣。

七　情與境

情與境，不可以户説而眇論也，須身受而意感之。漬漸之功，在乎自養。

八　治詞學與説詞境

以研經考史之功治詞學，與自己了不相干，此是爲人。以語録話頭之言説詞境，使人家永不明白。不但欺人，直是自欺。

九　初學爲詞

初學爲詞，以不看論詞之書，爲第一要義。以其精警處决不能瞭解，瞭解處即非精警。且各有看法不同，不可以躐也。

一〇　蕙風詞話

《蕙風詞話》曰："余嘗謂北宋人手高眼低。其自爲詞，誠敻乎弗可及。其於他人詞，凡所盛稱，率非其至者，直是口惠，不甚愛惜云爾。後人習聞其説，奉爲金科玉律，絶無獨具隻眼，得其真正佳勝者。流弊所及，不特蘊没昔賢精誼，抑且貽誤後人師法。"按清代詞人乃反是。其流傳論詞之語，議論之精闢，乃有敻絶古人者。迨其自爲之，乃多不踐其言，不僅爲眼高手低已也。是以讀宋人論詞語，當别白是非。讀清人説詞，尤當知其所蔽。昔人以初學填詞，勿看元以後詞。余謂閲詞話者書，於清代諸家，非慎選嚴擇，其流弊亦相等也。

一一　詞選

張氏《詞選》，如惜抱之《古文辭類纂》。然則《宋詞三百首》，其湘鄉之《經史百家雜鈔》乎？

一二　艷詞

《湘綺樓日記》有言："古艷詩，惟言眉目脂粉衣裝，至唐而後，及乳胸鬠足，至宋、明乃及陰私，亦可見世風之日下也。"按此言詩體云然。若倚聲之作，殆又甚焉。五代、北宋之艷詞，其骨艷，其意摯，愈樸愈厚。南宋之作，不免刷色，自此以降，徒以侔色揣稱爲能事。儇薄相尚，尖新纖巧，無所不用其極，直可覘世運之遞降也。劉改之〔沁園春〕指、足二闋，爲龍洲詞中最下下者，而世艷稱之。即賢者如邵復孺（亨貞），亦嘖嘖稱道，刻意追摹，《蛾術詞選》卷三（復孺詞集名），〔沁園春〕序云："龍洲先生，以此詞咏指甲、小脚，爲絕代膾炙，繼其後者，獨未見，彦強庚兄，示我眉目二作，真能追逐古人於百歲之上，不既難矣。暇日偶於衛立禮坐上，以告孫季野丈，爲之擊節不已，因相約同賦，翼日而成什焉。”龍洲詞於宋人中，未爲上乘，其横放杰出之才，更不可厚非。復孺爲元代詞人，亦卓然名家。其集中擬古十首，若《花間》、雪堂、清真、無住、順庵、白石、梅溪、稼軒、遺山、龍洲，靡不神似。可見其功力之深至。後世盛稱復孺詞，亦僅及其〔沁園春〕眉、目兩詞，失其真矣。至若竹坨、葆酚、秋錦諸公，偶事游戲，分和賡咏，愈出愈奇，出人意表，捃摭故實，飣餖成文，縱不至於穢褻，究無當於大雅。可憐無補費精神，致斯道爲之不尊。未始非諸公扇此隳風也。

一三　學詞與填詞

學詞要從相信自己起，不相信自己止。填詞要不學古人起，能學古人止。能事畢矣。

一四　憶雲詞

《憶雲詞》删存稿〔菩薩蠻〕《戲仿元人小令》云：“夜來風似郎縱憨。曉來雲似郎情薄。窗外柳飛綿。問郎心那邊。　誓盟全是假。衹合將花打。見面説相思。知人知不知?”此種詞，直是元人艷曲，古人固有此一格，然其中自有消息，亦不必再學之也。蓮生詞爲復堂所推重，吴瞿安乃謂與《靈芬館詞》同一流弊，其致毁之由，當屬此種。

一五　詩詞之寄托

讀《古詩十九首》，不外傷離怨别，憂生年之短迫，冀爲樂之及時。其志愈卑下，而其情彌真切。爲僞道學家所萬不敢言者，此其所以爲千古絶唱也。自有寄托之説興，詩詞遂成隱謎。自有派别之説起，語言乃不由衷情。故南宋以下，遂無真文字矣。

一六　西圃詞説

田山薑（同之）《西圃詞説》云："後來詩詞并稱，余謂詩人之詞，真多而假少。詞人之詞，假多而真少。如《邶風》燕燕、日月、終風等篇，實有其别離，實有其擯弃，所謂文生於情也。若詞，則男子而作閨音。其寫景也，忽發離别之悲。咏物也，全寫捐弃之恨。無其事而有其情，令讀者魂絶色飛，所謂情生於文也，此詩詞之辨也。"此論殊精警。惟所謂真多假少，假多真少，尚須視乎其人，非漫然生情，及言之不文者，所能概之耳。

一七　閨襜詞

以婉曲之筆，達難言之情；以尋常之語，狀易見之景。此閨襜中人，所獨擅其長。其病也，或患於淺，或傷於薄。然情真則語摯，意足乃神全。是語益淺近，而愈覺其深厚，景至平庸，而不礙其韶秀。要本出之自然，不假雕琢，斯爲得之。此惟《漱玉詞》近之，世以幽栖居士與之并稱，非其偶也。

一八　填詞六字真言

彭瑟軒（鸞），評《獨弦詞》云："疇丈（按謂端木子疇。）肆力古文辭，餘事倚聲，奇氣自不可掩。亦有工致綿密，神明規矩之作。《獨弦詞》（按《獨弦詞》吴縣許鶴巢玉瑑著。），同工異曲，卓然名家，足當厚、轂、秀三字。"瑟軒與子疇、鶴巢、半塘諸公相唱和，嘗取子疇《碧瀣詞》、鶴巢《獨弦詞》、半塘《袖墨詞》益以吾師蕙風先生《新鶯詞》，序而刻之，爲《薇省同聲集》。當時詞風，爲之丕變，譚復堂所謂："四人，人各有格，而衿抱同栖於大雅者也。"半塘論詞，以重、拙、大三字爲揭櫫，乃人人所習聞者，此厚、轂、秀三字，則知者鮮矣。嘗謂能厚、轂、秀，始能達"重、拙、大"之境，此固互相表裏，亦填詞之六字真言也。

一九　山中白雲用韵氾濫

仇山村稱張玉田詞："律吕協洽，當與白石老仙相鼓吹。"然《山中白雲》，用韵至爲氾濫，真、文、庚、青，闌入侵、尋；元、寒、删、先，雜用覃、臨。句中於雙聲叠字，亦有安之未洽者，讀之頓覺戾喉棘舌，如〔新雁過妝樓〕《賦菊》云："瘦碧飄蕭摇梗，膩黄秀野發霜枝。"飄、蕭、摇三字連用，政恐未易上口。惟用入聲韵，則又極爲謹嚴，屋、沃，不混入覺、藥；質、陌，不混入月、屑，極爲可法。

二〇　清初二詞家論詞

宋尚木（征璧）曰："詞稱綺語，必清麗相須。但避痴肥，無妨金粉。譬則肌理之與衣裳，鈿翹之與環髻，互相映發，百媚斯生。何必裸露，翻稱獨立。且閨襜好語，吐屬易盡，率露之多，穢褻隨之矣。"尤展成（侗）云："近日詞家，愛寫閨襜，易流狎昵。歸揚湖海，動涉叫囂，二者交病。"此清初二詞家，論詞精語，切中當時之弊。展成能言之，而躬自蹈之，何也？

二一　俳詞與雅詞

俳詞與雅詞，僅隔之間，俳詞非不可作，要歸醇厚。情景真，雖庸言常景，自然驚心動魄，本不暇以文藻爲之妝點也。第一須避俗，俗不在乎字面，而在乎氣骨，此不可以言傳也，多讀古人名作，自能辨之。尤展成〔西江月〕《咏新嫁娘》云："昨宵猶是女孩兒，今日居然娘子。"此等句，看似新穎，實則淺俗，一中其病，將終身不克自拔。

（以上《雄風月刊》1947年第2卷第2期）

二二　夢窗詞

世人争説夢窗詞，不免有西昆諸公撏撦義山之譏。欲求蘭亭面，苦乏金丹。能换凡骨者，誰邪？

二三　讀五千詞然後下筆

曩侍臨桂先生坐。一日，先生忽詔予曰："欲作詞，須讀古人詞五千首，然後下筆。"當時未嘗不驚怖其言，若河漢也。由今思之，始怳然而嘆曰：嗟乎！此先生不惜心法傳授者，政復在此。差幸不誤落塵網中，端賴受此當頭一棒。試問：從古至今，何曾有五千首，可供我讀之佳詞，即讀得五千首佳詞，又有何用？默察世趨，則此五千之説，尚嫌其少。何則，不如是，不足以語别白是非也。"讀千賦然後能賦"與"説法四十年，未曾道著一字"同一義理。要悟到此境，方合分際。

二四　填詞協律

《蘋洲漁笛譜》，〔減字木蘭花〕題序云："西湖十景，尚矣。張成子嘗賦〔應天長〕十闋，余曰：'是古今詞家未能道者。'余時年少氣鋭，謂：'此人間景，余與子皆人間人，子能道，余顧不能道邪？'冥搜六日而詞成，成子驚賞微妙，許放出一頭地。異時，霞翁見之，曰：'語麗矣，如律未協何？'遂相與訂正，閲數月而後定。是知詞不難作，而難於改；語不難工，而難於協。翁往矣，賞音寂然，姑述其概，以寄余懷云。"填詞協律之説，百年以來，學者精研討索，各有創獲。舊譜既亡，亦徒具成説而已。觀夫草窗十詞，試比勘其音節句法，能得其與霞翁數閲月相與訂正之苦心否？即此可見南宋時，樂律已不能具守。易安所譏"句讀不葺之詩"，霞翁黜削當時"官譜"諸曲以爲"繁聲"者。則謹守古詞遺譜，亦當慎知所采擇。畏守律，以爲古調放失，輒便自恣。與泥古法，而穿鑿傅會有乖雅音，其弊適均。寧失之拘，毋失之放。是一折中之一道。

二五　清人詞不及五代北宋之原因

清人詞之所以不及五代北宋者，以其看得太正經，又一面則太隨便也。

二六　以和韵啓發文思

《湘綺樓詞》，〔水龍吟〕《題岳雲聞笛圖》自序云："圖爲程穆庵爲其師顧印伯作，印伯爲余弟子，葉焕彬誤以康有爲，爲我再傳弟子，故戲比之。時久不作詩，偶題二絶句寄去。又於案頭得來紙所題者，因檢案頭易由甫《琴思樓詞》本，和其第一篇〔水龍吟〕韵，以期立成，蓋文思不屬時，非和韵必無著手，以此知宋人和韵，皆窘迫之極思也。印伯温文大雅，必無無聊之作。見此必憐我之忽忽矣？如張孝達，則又無此捷才，而印伯亦師之，弟子不必不如師，康南海又何諱焉？"壬秋作此詞時，年已八十有三。老懶不復精思，故作此鶻兀語，然以和韵啓發文思，此理却極精。况先生教初學填詞，多和古人韵。即此法也。

二七　入聲字

入聲字在詞中，用之得當，聲情激越，最是振起其調。此唯美成、堯章兩家，獨擅其勝。蓋出天成自然之音節，有定法，即非有定法，當驗諸脣吻齒牙之間。不能泥守一字一聲，鍥舟守株以求之也。昧者爲之，步趨不失，而未有不捩喉棘舌者。

二八　彊村丈自述學詞之次第

彊村丈自述學詞之次第云："予素不解倚聲。歲丙申重至京師，半塘翁時舉詞社，張邀同作。翁喜奬借後進，於予則繩檢不稍貸。微叩之，則曰：'君於途徑，固未深涉，亦幸不睹明以後詞耳。'貽予四印齋所刻詞十許家，復後約校《夢窗四稿》。時語以源流正變之故，旁皇求索，爲之且三寒暑。則又曰：'可以視今人詞矣。'示以梁汾、珂雪、樊榭、稚圭、憶雲、鹿潭諸作。"以上諸家，并彊丈得力之所由。其晚年手定清詞爲《詞莂》，以繼《宋詞三百首》者，仍此志也。凡所願學，於兩宋之外，輔以上述諸家别集，涵泳而玩索之，神明變化，終身以之可也。

二九　彊村丈選宋詞三百首

彊村丈選《宋詞三百首》，蓋幾經易稿，嘗與先臨桂師斟酌討論，商量取捨，二公論詞宗旨，於此尚可略見端倪。厥後剞劂斷手，尚復更加增損，而印本流行不能追改矣。重訂之本，散在人間，亦有數本，本各不同，江寧唐氏箋本，即其一也。先師亦有十四家詞之選，其目爲：温飛卿、李後主、晏同叔、晏叔原、歐陽永叔、蘇子瞻、柳耆卿、周美成、李易安、辛幼安、姜堯章、吴君特、劉會孟、元裕之。又備選三家：馮正中、秦少游、賀方回。惜其稿已佚。異日當重爲寫定，以爲《詞莂》之先。

三〇　况周頤宋詞三百首序

先師爲《宋詞三百首》作序云："大要求之體格神致，以渾成爲主旨。夫渾成未遽詣極也，能循途守轍於三百首之中，必能取精用閎於三百首之外。"此二公不惜金針度與人之旨，略更繼以《詞莂》一編，則臨濟宗風，於焉大昌矣。

三一　彊村丈選詞

《唐詩三百首》，爲村塾陋書，其稱名頗苦不韵。彊村丈援之以題所選詞，詎爲便於初學計邪？竊附諍議，不敢逃"輕議前輩"之譏。

三二　談柳學吴

談"柳"學"吴"，爲近二十年來，盛行之事，亦時會風氣使然。彊丈選詞，三變存詞多，而黄九竟盡删，（原選山谷〔鷓鴣天〕"黄菊枝頭”,〔定風波〕“萬里黔中”各一首。),當有深意存其間,然後學固莫能測也。

三三　涪翁詞

涪翁詞正是詞家正脉,其爲秀師所訶之語,特飾辭爲其作詩高位置耳。

三四　柯山詞

柯山存詞不多,如〔風流子〕(亭皋木葉下)一首,其意境當在少游之上,既選而復删之,何也?

三五　宋詞三百首

《宋詞三百首》所選諸家僅存一二首而屢見於宋人總集者,似可不録。

三六　岳忠武詞

岳忠武“怒髮衝冠”一闋,自是天地正氣,不當以文辭論,若“詞以人重”計,何不易以〔小重山〕。

三七　覺翁

覺翁是彊丈瓣香所在,故所選最多。宣泄宗風,正復在兹,特恐索解人不得耳。(以上數則《宋詞三百首》校記。)

三八　下筆不可不慎

《聽秋聲館詞話》:“孫文靖爾准《論詞絶句》云:‘作者誰能按譜填,樂章琴趣調三千。誰知萬首連城壁,眼底無人識畹仙。’蓋爲吾鄉王畹仙中翰(一元)作。畹仙寄籍奉天,冒吴姓,舉京兆。康熙癸未捷南宫,工駢體文,善倚聲。所作幾萬首,顧自來選家,咸未録及,里中人鮮有知其姓氏者。余亦僅見咏物詞一卷。”按:

《詞綜續編》云："自訂詞一千六百餘首，釐爲二十卷，名《芙蓉舫集》。"清代詞家别集之繁富，若陳其年《湖海樓詞》三十卷，戈寶士《翠薇花館詞》十九卷。王君所作，庶幾相埒，顧名字翳如，可慨也。其年之意氣才華，寶士之持律正韵，并一時無兩。顧兹钜帙，轉滋多口。乃知下筆之不可不慎。"愛好，貪多"，宜自反矣。

三九　清初詞家喜掉書袋

趙伸符（執信）《飴山詩餘》，〔减字木蘭花〕云："陸居非屋，三徑幽偏溪一曲。誰與追尋，把臂風期，似竹美林。　清言狂醉，問著時流都不會。隔斷仙津。妝鏡欹斜似美人。"自注："虹"，别名美人，見《詩疏》。李武曾（良年）《秋錦山房詞》，〔解連環〕《送孫愷似陪使朝鮮》云："歌殘朝雨，都聽人艷説，酒樓孫楚。纔幾日，天子呼來，見鞭影麴塵，采風東去。堠杳程荒，夢不到，朱蒙舊部。想名藩冠帶，紫羅黄革，遍逢迎處。　書生據鞍慣否？脱絺衣挂晚，短亭談虎。膩小艇，鴨緑江油，信繭紙吟秋。鬟雲遮暑。渡口楊花，惜過了：一天春絮。看雌圖，别叙紛綸，棧車載五。"自注：《雌圖别叙》，并《孝經緯》，周廣德中高麗所進。清初詞家爲詞，喜掉書袋，授引僻典，上及經子，非自注不能明，其實與詞之工拙無關也。即如趙詞之用《詩疏》，李詞之引《孝經緯》，細按之，究亦未當，抑且色澤不侔，自注之，則味同嚼蠟。不注，則人莫知所謂。好奇之過，知所勉夫！

四〇　天分性靈

有一種詞，純以天分性靈出之，好在無意求工，自然流露天真。若遇事"著色""勾勒"，便墮阿鼻犁。

四一　姚梅伯解連環

姚梅伯（燮）《畫邊琴趣》，〔解連環〕《觀女郎解九連環》云：

“金絲細剪，恁鸞環裊就，看時零亂。背花陰，掩袖凝思，驀響瓊纖纖，扣來銀釧。玉指雙挑，把恨結，無端尋遍。笑圓圓樣子，層層抱住，到頭不斷。　似緣蟻珠宛轉。似青蟬離蛻，綠蠶卸繭。便輸伊，鐵石心腸。怕幾度回來，也須柔軟。解慧鸚哥，隔烟影頻頻偷看。總憐如繞疑山。衹明一半。”此題絶新穎，詞亦稱題。然至换頭處，已現舉鼎絶臏之勢。故下乎此，則堆垛字面矣。此等詞學不至，未有敗者。而頗爲初學者所喜。以梅伯之纖媚猶若是，他可知矣。

四二　王西樵點絳唇

王西樵（士祜）《炊聞詞》，〔點絳唇〕《閨情》云：“雨嬲空庭。夢回失却桐廬路。春愁相赴。又是紅窗暮。　卜損金釵，怕見芳園樹。微寒度。水沉銷炷，且伴春風住。”“嬲”字入詞，殊不多見。按《廣韻》：嬲，奴鳥切，音嬈，擾。《集韻》：乃老切，音腦，義同。王荆公詩：“嬲汝以一句，西歸瘦如臘。”又：“細浪嬲雪於娉婷。”西樵此字，蓋從此出。《四庫全書提要》嘗譏其“失之雕琢，過於求奇之病。非詞家本色也”。此雖非篤論，然過於求奇之病，當知所戒。

（以上《茶話》1948年第23期）

紉芳簃説詞

陳運彰◎著

《紉芳簃説詞》原刊於《永安月刊》1949年第118期。本書即據此收録。楊傳慶、和希林《輯校民國詞話三十種》收録該詞話。

《紉芳簃説詞》目録

紉芳簃説詞

十數年前，曾作《詞述》一卷，雜叙聲家雅故，詞籍源委，間抒臆見，或事目論，隨筆抒寫，都無詮次。薦經亂離，積稿散失，亦既忘之矣。朋輩中偶存殘帙，用以相示。深悔少作，益增慚惶。顧有謂一得之愚，亦堪節取；十駕之至，要在跬步。遂忘譾陋，賡爲札録。或訂舊制，别標新意。庶幾他日，更爲論定。三十八年一月十五日紉芳簃寫記。

一　白香詞譜箋

《復堂日記》云："廉訪（按：此指張蔭桓。）亡友謝韋庵，有《白香詞譜箋》稿本，網羅亦富，所托未尊，不能追厲箋《絶妙好詞》也，屬余校正付刻。"按此書今刻入《半庵叢書》中。《白香詞譜》實爲陋書，謝箋亦無甚精要。復堂雅人，何取於此？觀《日記》"托體未尊"之語，弦外之音，蓋可知矣。

二　清代詞派

清代詞派凡更數變，可就當時撰録覘之。若王漁洋、鄒程村之《倚聲集》，朱竹垞、王蘭泉之《詞綜》，皆屬别出手眼，能使古人就其模範，一時風氣，爲之丕變。張（惠言）、董（士錫）結集，切箴時弊，實奠常州詞派之始基。而周（濟）、潘（德輿）乃首爲發難，《詞辨》之選，即其職志。介存自云“全稿厄於黄流”者，乃其飾辭，觀其擬目，則“正”“變”兩卷，儼然與張、董爲敵國。其他瑣瑣，乃不足論矣。復堂於光緒初元，主持風雅，最爲老師，《篋中》之集，《詞辨》之評，亦此志也。然一派之盛衰，其是非利鈍，及行之久暫，則時代爲之，有非大力者所能左右者矣。

三　彊邨得半塘指授

彊邨詞自記云：“予素不解倚聲，歲丙申，重至京師，半塘翁時舉詞社，強邀同作。翁喜奬借後進，於予則檢繩不少貸。微叩之，則曰：‘君於兩宋途徑，固未深涉，亦幸不睹明以後詞耳。’貽予四印齋所刻詞十許家，復約校《夢窗四稿》，時時語以源流正變之故，旁皇求索，爲之且三寒暑。則又曰：‘可以視今人詞矣。’示以梁汾、珂雪、樊榭、稚圭、憶雲、鹿潭諸作。”以上爲彊邨丈得於半塘之指授，其晚年手定清詞爲《詞莂》，以繼《宋詞三百首》，仍本此旨。

四　彊邨望江南

《詞莂》所選十四家，爲毛西河、陳其年、朱竹垞、顧梁汾、曹珂雪、成容若、厲樊榭、張皋文、周稚圭、蔣鹿潭、王半塘、鄭叔問、朱彊邨、況夔笙，此選與張遯堪問訂，以己作入選，遂徑題張氏名。民十五，彊邨丈作〔望江南〕《雜題我朝諸名家詞集後》二十六首，凡三十三人，上列十三家外，益以屈翁山、王船山、王貽上、李武曾、李分虎、周保緒、項蓮生、嚴九能、王壬秋、陳伯弢、陳蘭甫、莊中白、譚復堂、文道希、徐湘蘋、萬紅友、戈順卿、陳述叔。萬、戈二氏，一以“律”，一以“韵”；徐湘蘋則閨秀之領袖也。以詞論，實三十人，武曾、分虎，以兄弟并稱；壬秋、伯弢，以湘咏自標；中白、復堂，則常州别子也。别裁僞體，截斷衆流，三百年巨制，差備於是。唯翁山、船山二家，以明代遺民，列之新朝之首，竊恐於義未安耳。

五　彊邨論屈、王

彊邨〔望江南〕以屈、王二家冠首，題屈集云：“湘真老，斷代殿朱明。不信明珠生海嶠，江南哀怨總難平。愁絶庾蘭成。”王集云：“蒼梧恨，竹泪已平沉。萬古湘靈聞樂地，雲山韶濩入凄音。字字楚騷心。”此則身世之感，後先同揆，故知有所托而言者。

六　清初詞派

潘梅岩（廷章）〔南柯子〕《歸山》序云：“余少年亦喜爲詞，然不能避《花間》《草堂》熟徑。中頗厭之，因而弃去。近日詞場飈起，争趨南宋，猶詩之必避少陵，而趨劍南也。鄙亦不盡謂然，而故情復萌，聊以自竪犢鼻，然而昆侖琵琶，已弃樂器者，幾十年矣。自伊璜來築萬石窩，代爲乞緣，勉强有作，後於應酬間，亦時時及之。其將按紅牙拍乎？抑付鐵綽板乎？知其未有當也。”詞云：“打破夢中夢，撑開山外山。嬴顛劉蹶幾何年？一齊收拾，交付大羅天。　　問我真休歇，從人乞小緣。齊州九點破蒼烟。揀定一處，風定月高眠。”此所言清初詞派也。風氣所趨，賢者不免。中間有一二大力者爲之主持，則移潛默化，有不期然而然者。及其既衰，則又不期然而變者矣。清代二百數十年，詞格屢變，每變而益高，而門户逾多，黨争遂起，一派之興，亦各主持數十年，彼非一是非，尚不知其所屬也。

七　清初詞家爲詞

趙伸符（執信）《飴山詩餘》，〔减字木蘭花〕：“陸居非屋，三徑幽居溪一曲。誰與追尋，把臂風期似竹林。　　清言狂醉，問著時流渾不會。隔斷仙津，妝鏡欹斜似美人。”自注：“虹”，别名美人，見《詩疏》。李武曾（良年）《秋錦山房詞》，〔解連環〕《送孫愷似陪使朝鮮》云：“歌殘朝雨。聽都人艷説，酒樓孫楚。纔幾日、天子呼來，見鞭影麴塵，采風東去。堠杳程荒，夢不到、朱蒙舊部。想名藩冠帶，紫羅黄蓋，遍逢迎處。　　書生據鞍慣否？脱絺挂晚，短亭談虎。膩小艇、鴨緑江油，信繭紙吟秋，鬘雲遮暑。渡口楊花，惜過了、一天春絮。看雌圖、别叙紛綸，棧車載五。”自注：《雌圖别叙》，并《孝經緯》，周廣德中高麗所進。清初詞家爲詞，喜掉書袋，援引僻典，上及經子，非自注不能明其所指，其實與詞之工拙無關也。即如趙詞之用《詩疏》，李詞之引《孝經緯》，細按之究亦未當，自注之，則味同嚼蠟。不注，則人不知所謂，好奇之過，知所勉夫！

八　填詞協律

草窗《西湖十景詞》，自序云：“西湖十景尚矣。張成子嘗賦〔應天長〕十闋，誇余曰：‘是古今詞家未能道者。’余時年少氣鋭，謂此人間景，余與子皆人間人，子能道，余顧不能道耶？冥搜六日而詞成。成子驚賞敏妙，許放出一頭地。異時霞翁見之曰：‘語麗矣，如律未協何？’遂相與訂正，閲數月而定。是知詞不難作，而難於改；語不難工，而難於協。翁往矣！賞音寂然。姑述其概，以寄余懷云。”按：填詞協律之説，百年來，學者精研討索，各有創獲。舊譜既亡，亦徒具成説而已。觀草窗十詞，試比勘其音節句法，能得其與霞翁數閲月相與訂正之苦心否？即此可知南宋時樂律已不能具守。易安所譏“句讀不葺之詩”，霞翁黜削當時官譜諸曲以爲繁聲者，則謹守古詞遺譜，亦當慎所抉擇。畏守律，以古調放失；輒便自恣，與泥古法，而穿鑿傅會，有乖雅音，其弊適相等。寧失之拘，毋失之放，亦或折中之一道。

九　近代詞之一劫

守四聲，比陰陽，以爲能守律矣。踁踁焉，不敢稍軼，而自甘於桎梏，且援仇山村所謂“不惶協律言謬”之譏以自解。不知四聲之出入，未必合於律也。侈言寄托，皮傅騷雅，適成其讔謎射覆也。一則徒見其言之謬，一則難測其意所寓，此近代詞之一劫。

校詞札記

陳運彰◎著

《校詞札記》原載《子曰叢刊》1948年第3期。本書即據此收録。

《校詞札記》目録

校詞札記

一　千字文引周美成詞

宋葛剛正三續《千字文》，“闌干遍倚”句，注引周美成詞：“空竚立，盡日闌干倚遍。”爲今本《清真》《片玉》諸集所無。

二　清真詞避諱

《清真集》〔花犯〕：“相將見脆圓薦酒。”元巾箱本及《陽春白雪》，“脆圓”并作“脆丸”。以“丸”爲“圓”，蓋避欽宗諱桓，嫌名。

三　清真詞檃栝山谷詞

《清真集》〔青玉案〕“良夜燈光簇如豆”一首，實檃栝山谷〔憶帝京〕而成。《緑窗新語》引楊湜《古今詞話》，又作秦少游〔御街行〕。三詞大同小異，不知孰爲最先。山谷詞句法似有誤，《欽定詞譜》所説尚可從。今臚列三詞如左，并録《古今詞話》所述少游事。《苕溪漁隱叢話》屢駁楊氏説，則此事固不足信也。

《山谷琴趣》(二)：〔憶帝京〕《私情》

銀燭生花如紅豆，占好事，而今有。人醉曲闌深，借寶瑟，輕招手。一陣白蘋風，故滅燭，教相就。　花帶雨，冰肌香透，恨啼烏，轆轤聲曉。岸柳微凉吹殘酒，斷腸時，至今依舊。鏡中消瘦，那人知後，怕夯你，來僝僽。

《欽定詞譜》（十六）“啼烏”作“啼鳥”。“岸柳”句至結拍作“柳岸微寒吹殘酒（韵），断腸人（句）依舊鏡中消瘦（叶）。恐那人知後（叶），鎖把你（讀）來僝僽（叶）。”注云：“晓”字與“透”押，亦遵古韵。

《清真集》（上）：〔青玉案〕

良夜燈光簇如豆，占好事，今宵有。酒罷歌闌人散後。琵琶輕放，語聲低顫，滅燭來相就。　玉體偎人情何厚，輕憐輕惜轉唧溜。雨散雲收眉兒皺，衹愁彰露，那人知後，把我來僝僽。

《古今詞話》（趙萬里輯本）：

秦少游在揚州劉太尉家，出姬侑觴，中有一姝，善擘箜篌，此樂既古，近時罕有其傳，以爲絶藝。姝又傾慕少游才名，偏屬意，少游借箜篌觀之。既而主人入宅更衣，適值狂風滅燭，姝來且親，有倉卒之歡，且云：“今日爲學士瘦了一半。”少游因作〔御街行〕，以道一時之景曰：

銀燭生花如紅豆，這好事而今有。夜闌人静曲屏深，借寶瑟輕輕招手。可憐一陣白蘋風，故滅燭，教相就。　花帶雨，冰肌透。恨啼烏轆轤聲曉，岸柳（案句有誤脱。）微風吹殘酒。斷腸時，至今依舊。鏡中消瘦，那人知後，怕你來僝僽。

四　校劉後邨詞

《全芳備祖》所收劉後村詞，校朱氏《彊村叢書》五卷本《後村長短句》，得逸詞二首，一〔賀新郎〕《瓊花》，一〔如夢令〕《酴醿》。趙蜚雲《宋金元名家詞補遺》，僅收〔贺新郎〕一首，附校記云：《瓊花集》四，引作王廣文詞。未詳孰是。〔如夢令〕則未收入，而别據《翰墨大全》，補〔滿江紅〕一首，按〔賀新郎〕“約”字韵，《後村長短句》中，《咏荼蘼》三叠此韵。則此詞亦後村所作無疑。

賀新郎

辜負東風約。憶曾將，淮南草木，筆端籠絡，后土祠中明月夜，忽有瑶姬跨鶴。迥不比水仙低弱。天上人間惟一本，倒千鍾，瓊露花前酌（瓊露，丹陽酒名）。追往事，怎忘却。　移根應費仙家藥，漫回頭，關山信斷，堡城笳作。聞訊而今平安否，莫遺玉簫驚落。但畫卷依稀描著（往年崔帥畫軸見賜。）。白髮愧無渡江曲，與君家子敬相酬酢。新舊恨，兩交錯。（《全芳備祖·瓊花門》）

如夢令

今夜酴醿風起，應是玉銷瓊碎。淡蕩滿城春，惱破愁春人睡。須醉。須醉。莫待黄梅雨細。（同上，《酴醿門》。）

滿江紅·壽湯侍郎

曉色朦朧，佳色在，黄堂深處。記當日，霓旌飛下，鸞翔鳳翥。蘭省舊游隆注簡，竹符新剖寬憂顧。有江南、千里好溪山，留君住。　牙板唱，花裀舞。雲液滑，霞觴舉。顧朱顔緑鬢，年年如許。見説相門須出相，何時再築沙堤路。看便飛、丹詔日邊來，朝天去。（趙輯《宋金元名家詞補遺》，引《翰墨大全》丙集十三。）

五　考稼軒詞中廓之

稼軒詞中與范廓之酬唱之詞，元大德廣信書院本，毛氏汲古閣刻本，凡廓之均作先之，惟汲古閣鈔本甲乙丙丁集，作廓之，梁任公定廓之即稼軒門人范開，一人而有兩字，開與先，與廓，義皆相屬。按開於淳熙戊申正月元日，作《稼軒詞序》，蓋甲乙兩集，皆出開所手編，汲古所鈔，其源於宋本。元大德本改廓爲先，當是寧宗時人所爲，寧宗諱擴，廓爲嫌名。甲集〔念奴嬌〕《賦雨岩》"獨倚西風寥廓"，大德本作"寥闊"。又〔滿江紅〕《和廓之雪》"却收擾擾還寥廓"，大德本改作"空闊"，可證也。丁集〔婆羅門引〕(用韵答傅先之)，大德本作“用韵答傅先之”，時傅宰龍泉歸，則別是一人，非范開也。

六　校絶妙好詞

汲古閣精鈔本《絶妙好詞》，吴縣顧鶴逸(麟士)所藏。顧歿後，其後人乞章式之(鈺)作慕志銘，因以此爲潤筆，遂歸四當齋。朱彊村丈，嘗假之校寫定本，蓋將以刊入叢書者，繼乃不果刻，其校本今在予家，移寫彊村跋尾一首於此，可當概略。

《絶妙好詞》一書，柯寓匏謂與竹垞選《詞綜》時，聞遵王藏有寫本。從子煜，爲錢氏族婿，因得假歸，傳寫板行。何義門謂竹垞詭得之，非也。今通行諸本，皆由之出。己未歲尾，鶴逸先生，出示所藏精鈔本，有毛子晋，斧季諸印。遵王藏書，半歸季滄葦，此爲毛氏所得，故汲古祕本有其目，而延令書目無之。卷二，李甗仲鎮姓氏，諸刻皆脱去，其〔清平樂〕“亂雲將雨”一首，遂誤屬李泳。卷七，脱簡趙與仁〔好事近〕詞，後存〔浣溪沙〕三字。仇遠〔生查子〕，前存“北山南”三字，知爲〔玉蝴蝶〕之“獨立軟紅”一闋，皆此本勝處。其字句可諟正諸刻者，尤不勝枚舉。然亦不免小有譌異。而卷四，施岳缺三十二行，詞六闋。并目亦佚去，知目爲後人補編，非弁陽原本也。是書自沈伯時時，已惜其板不存，墨本亦有好事者藏之。今墨本不可復睹，此鈔亦珍如星鳳矣。庚申秋七月。

成府談詞

鄭　騫◎著

鄭騫（1906～1991），字因百，遼寧鐵嶺人。出生於四川灌縣。書齋名桐陰清晝堂、永嘉室。畢業於燕京大學，曾先後執教於燕京大學、臺灣大學等。著有《景午叢編》《稼軒長短句校注》等。《成府談詞》爲鄭氏任教於燕京大學時期，將所撰詞話一部分刊載於1940年《燕大文學年報》，名之曰《三十家詞選目録》（附集評）。1962年及1967年，鄭氏又陸續有所增補。爲比較全面地反映鄭氏論詞全貌，故收入1967年定稿本。《現代學苑》1969年第1期、《詞學》第10輯（華東師範大學出版社，1992）、《從詩到曲》（商務印書館，2015）等曾收録。

《成府談詞》目録

成府談詞

民國二十九年庚辰，予任教北平燕京大學，講授之餘，試撰詞話若干條，興到筆隨，"辭無詮次"；其中一部分曾散載於當時出版之《燕大文學年報》。越二十二年，壬寅之秋，全部録出，用備省覽。謄寫之際，每有見解異於往昔，或仍舊意而別有發揮者，輒低一格附識於各條之後。又五年丙午，複取平時筆記中論詞之語分別繫録，不低格而注"新附"二字者是也。雖新舊并陳，條理凌亂，而二十餘年中情趣宗旨之變遷略見於此，或足供讀詞者參考之資。編録既竟，總名之曰《成府談詞》，以識緣起。成府者，燕京大學東門外之一村落，小橋深巷，樹老陰清，頗饒幽静之趣。予讀書時藏修息游於此者四年，教書時又居住於此者三年餘。桑下三宿，未能忘情，況七八年之久乎？"別來已白數莖頭，何日得重游？"潘逍遥〔憶餘杭〕詞也。"舊家應在，梧桐覆井，楊柳藏門；閑身空老，孤篷聽雨，燈火江村。"倪雲林〔人月圓〕曲也。每讀斯語，感慨繫之。憂生憫亂，寒暑相催，髮之白者已不止數莖矣。丁未重九日識於臺北寓廬。

一　温庭筠韋莊

湯顯祖評《花間集》云："温飛則〔菩薩蠻〕，如芙蓉浴碧，楊柳挹青。意中之意，言外之言，無不巧雋而妙入。”“芙蓉浴碧，楊柳挹青”，此八字可評全部温詞；若僅以“鏤金錯彩”觀之，則是遺神而取貌矣。

飛卿詞融情入景，意與境渾，故能如張惠言所謂“深美閎約”，劉熙載《藝概》僅賞其“精艷絶人”，猶爲皮相之談。然張氏《詞選》釋〔菩薩蠻〕，穿鑿附會，墮入惡趣；其論飛卿雖是，其所以解釋此論者則非。

〔菩薩蠻〕“小山重叠金明滅”一首，原非飛卿極品，以適居《花間》首列，選本、詞話，多涉及之，遂若飛卿僅能爲此類閨情之作。其實，“牡丹花謝”“南園滿地”“夜來皓月”諸首，皆勝於此，所寫雖仍是閨情，氣象却非閨情所能籠罩。

此是予二三十年前論調，當時欣賞詩詞，衹知豪放而不解婉約，但喜顯豁而不辨幽微；今則持論幾於相反矣。秦少游曾作〔水龍吟〕，首兩句云：“小樓連遠横空，下窺綉轂雕鞍驟。”蘇東坡譏之云：“十三個字衹説得一個人騎馬樓前過。”飛卿〔菩薩蠻〕“小山重叠”云云共四十四字衹説得一個人晨起化妝，事之細微同於一個人騎馬樓前過，字數則多出三倍有餘。但能於尋常、事物尋常動作中，寫出顧影低徊，孤芳自賞之情致，境界似小而意深神遠。故王國維《人間詞話》云：“境有大小，不以是而分優劣。‘落日照大旗，馬鳴風蕭蕭’，不必勝於‘細雨魚兒出，微風燕子斜’也。”（新附。）

此條見予所撰《詞曲概説示例》，其寫作時期晚於前條約十四五年，并録於此，以見予論詞宗旨轉變之迹。若謂此種轉變爲進步，亦未必然。

飛卿詞托物寄情，端己詞直抒胸臆，飛卿詞深美，端己詞清剛。後也所謂婉約派多自温出，豪放派多自韋出。雖發揚光大，後來居上，而探本尋源，莫能或易。此所以温、韋并稱，爲詞家開山祖也。

端己〔菩薩蠻〕云："人人盡説江南好，游人衹合江南老，春水碧於天，畫船聽雨眠。"記曾見一評本云："江南之好，衹如此耶?"其實此正放翁評《花間》詞所謂"簡古"。若以陶詩"春秋多佳日""山氣日夕佳"觀之，端己之作；猶有鋪叙矣。(新附。)

二 晏殊歐陽修

《珠玉詞》清剛淡雅，深情内斂，非淺識所能瞭解，近人遂有譏爲"身處富貴，無病呻吟"者。不知同叔一生，亦曾屢遭拂逆，且與物有情，而地位崇高，性格嚴峻，更易藴成寂寞心境，故發爲詞章，充實真摯，安得謂之無病呻吟！文人哀樂，與生俱來，斷無作幾日官即變成"心涸涸面團團"之理。爲此語譏同叔者，吾知其始終未出三家村也。

王國維《人間詞話》："永叔〔玉樓春〕，'人間自是有情痴，此恨不關風與月。直須看盡洛城花，始與東風容易别。'於豪放之中有沉著之致，所以尤高。"所謂豪放中見沉著，歐詞佳者皆然，不止此〔玉樓春〕。馮煦《宋六十一家詞選序録》(《詞話叢編》改題《蒿庵論詞》。)以爲歐詞"疏雋開子瞻，深婉開少游"，亦是此意。疏雋即是豪放，深婉即是沉著。疏雋而不能深婉則失於輕滑，豪放而不能沉著則失於叫囂，二者皆詞之魔道。

《醉翁琴趣外編》，中多諧謔鄙俚之作；忌者僞構，坊賈妄編，二種成分皆有之。然其中亦有真摯自然之詞爲《近體樂府》所未收者，須分别觀之。

《珠玉詞》緣情體物，細妙入微處，爲六一所不及；六一情調之奔放，氣勢之沉雄，又爲珠玉所無。

晏、歐詞雖不能如蘇、辛之幾於每事皆可寫入，而堂廡氣象决非《花間》所能籠罩。張臯文"尊體"之説，爲詞壇正論，欲於五代、宋初求能尊體者，正中二主與晏、歐皆是。能深刻真摯以寫人生，即是尊體，非必纏綿忠愛。陳廷焯《白雨齋詞話》不解此旨，乃僅以艷詞目晏、歐，真顛倒之論。

大晏〔臨江仙〕云："資善堂中三十載，舊人多是凋零。與君相見最傷情。一尊如舊，聊且話平生。　此别要知須强飲，雪殘風細長亭。待君歸覲九重城，帝宸思舊，朝夕奉皇明。"小晏〔臨江仙〕云："東野亡來無麗句，於君去後少交親。追思往事好沾巾。白頭王建在，猶見咏詩人。　學道深山空自老，留名千載不干身。酒筵歌席莫辭頻。争如南陌上，占取一年春。"此兩詞，予初讀二晏詞時即甚喜之，惜後半首皆少遜耳。兩詞不僅牌調相同，情感意境亦同；論其風調，則前者雍容，後者瀟灑，父子身分性情之異，亦可於此中見之。（新附。）

三　晏幾道秦觀

小山詞境，清新凄婉，高華綺麗之外表，不能掩其蒼凉寂寞之内心，傷感文學，此爲上品。《人間詞話》云："小山矜貴有餘，但可方駕子野、方回，未足抗衡淮海。"是猶以尋常貴公子目小山矣。

小山詞傷感中見豪邁，凄清中有温暖，與少游之凄厲幽遠異趣。小山多寫高堂華燭、酒闌人散之空虛，淮海則多寫登山臨水、栖遲零落之苦悶。二人性情、家世、環境、遭遇不同，故詞境亦異，其爲自寫傷心則一也。（馮煦《蒿庵論詞》："淮海、小山，真古之傷心人也。"）

少游"飛紅萬點愁如海"之句，膾炙人口，當時和者甚衆。李長吉詩云"桃花亂落如紅雨"，杜工部詩云"一片花飛减却春，風飄萬點更愁人"，李東川詩云"遠客坐長夜，雨聲孤寺秋。請量東海水，看取淺深愁"。文人運思造語相近似者，有暗合亦有明用；秦詞未必出於唐人，亦未必不出於唐人。(新附。)

四　黄庭堅

宋時，晁無咎、陳後山論詞，皆秦、黄并稱；近代論者始多揚秦抑黄，蓋病其時有粗鄙淺率之作耳。然秦七亦時傷平鈍，無害其爲大家；黄九硬語盤空，於倔強中見姿態處，實能别開生面，論者偏加苛責，何也？陳廷焯《白雨齋詞話》論黄詞云："於倔強中見姿態，以之作詩，尚未必盡合，況以之爲詞耶？"此君中"温柔敦厚"之毒深矣。

予編注《詞選》，選録之黄詞〔定風波〕等數首，至今愛誦；若夫"此君受温厚敦厚之毒深矣"，則五十歲以後决不作此等語也。

五　賀鑄

王國維《人間詞話》："北宋名家，以方回爲最次，其詞如歷下新城之詩，非不華贍，惜少真味。"此論説盡《東山樂府》短處。方回爲人，蓋今世所謂"大江湖"之流，當然不能作好詞。集中惟〔石州慢〕一首，清闊深遠，可稱佳什，〔梅子黄時雨〕次之。〔小梅花〕數闋(見《彊邨叢書》本《東山樂府》，或云是金人高憲作。)，看似豪縱，實則油滑，情淺故也。初學見之，墮入魔窟矣。

〔小梅花〕"城上路凄風露"一首，見《中州集》，題高仲常(憲)作。《中州集》爲元遺山編選其本朝人作品，不應誤收，〔小梅花〕之音節聲響亦不似北宋時詞牌，此數闋殆非方回作品。

賀公好大言，高自稱許，故張文潜爲《東山樂府》作序云："盛麗如游金張之堂，而妖冶如攬嬙施之袪，幽潔如屈宋，悲壯如蘇李。覽之者自知之，蓋有不可勝言者矣。"寫得烏烟瘴氣，恰如其人。後之論者，則方以爲美談也。

陳廷焯《白雨齋詞話》云："方回詞，胸中眼中另有一種傷心説不出處，全得力於楚騷而運以變化，允推神品。”“神品”二字，固爲過譽；然“傷心説不出”，方回胸中確有此意味。予往者以“大江湖”“烏烟瘴氣”譏此公，而論其詞爲“情淺無真味”，真妄談也。予於古今詞人所作褒貶前後懸殊者，宋人則賀方回，近人則鄭叔問。然綜觀各家詞話，詞人所得毁譽，相去之遠未有如方回者，非僅予一人對之如此。

予對於方回觀念之轉變，在讀其《慶湖遺老集》諸詩之後；不讀賀詩不能認識其爲人及其詞。

賀詞上承温尉、下啓夢窗，爲近代論詞者所公認。然上下皆有所不逮，蓋穠麗一派中之蜂腰也。

方回有〔鷓鴣天〕一首，題爲《半死桐》，乃悼亡之作。前半云：“重到閶門萬事非，同來何事不同歸。梧桐半死清霜後，頭白鴛鴦失伴飛。”《北夢瑣言》：“唐江淮間有妓徐月英，其送人詩云：惆悵人間事久違，兩人同去一人歸。生憎平望亭中水，忍照鴛鴦相背飛。”若謂爲賀詞所本，頗有幾分似處。《七修類稿》卷三十四以此詩爲放翁《沈園》詩所本，則太附會矣。白居易《爲薛臺悼亡》詩：“半死梧桐老病身，重泉一念一傷神。手携稚子夜歸院，月冷房空不見人。”“半死桐”之題，當出於此。(新附。)

六　蘇軾

張炎《詞源》：“東坡詞如〔水龍吟〕《咏楊花》《咏聞笛》，又如〔過秦樓〕〔洞仙歌〕〔卜算子〕等作，皆清麗舒徐，高出人表。”周濟《介存齋論詞雜著》：“人賞東坡粗豪，吾賞東坡韶秀。韶秀是東坡佳處，粗豪則病也。”清麗、舒徐、韶秀，皆是蘇詞確評，而古今罕道及者。蘇詞與辛不同處，即在舒徐二字；韶秀則稼軒偶然能到。欲證此論，須讀全集，張氏所舉諸例，但舉其似已者耳，殊非東坡上乘。

予近年始知〔水龍吟〕《咏聞笛》確是絶妙好詞，張氏所舉其餘四首則始終不能欣賞。私見以爲代表東坡舒徐韶秀之作，當推〔八聲甘州〕《寄參寥子》、〔雨中花慢〕、〔青玉案〕《和賀方回韵寄伯固》、〔蝶戀花〕《京口得鄉書》諸詞。宋人筆記詩話有謂〔青玉案〕爲華亭姚晋作者，其説非是。

秦少游〔江城子〕“飛紅萬點愁如海”，和者甚衆，黄山谷作“波濤萬頃珠沉海”最佳；此詞亦見《晁無咎集》，恐無咎無此筆力。晁集末句作“驚濤自捲珠沉海”，亦不如“波濤萬頃”。東坡在海南時亦有和作云：“島邊天外，未老身先退。珠泪濺，丹衷碎。聲摇蒼玉佩，色重黄金帶。一萬里，斜陽却與長安對。　路遠誰云會，罪大天能蓋。君命重，臣節在。新恩雖可冀，舊學終難改。吾已矣！乘桴且恁浮於海。”蒼凉兀傲，真所謂“文章老更成”者。此詞《東坡樂府》不載，見於《能改齋漫録》。（新附。）

七　陳與義

《白雨齋詞話》：“陳與義擬〔法駕導引〕三章，以清虚之筆，寫闊大之景，語帶仙氣，洗脱凡艷殆盡。”的是確評。詞中“自洗玉舟斟白醴，月華微映是空舟”“千乘載花紅一色，人間遥指是祥雲”，皆可爲去非詩詞寫照。

八　朱敦儒

《樵歌》行世甚晚，故諸家詞話多不之及。集中如〔鷓鴣天〕“曾爲梅花醉不歸”、〔朝中措〕“登臨何處自消憂”、〔減字木蘭花〕《聽琵琶》二首、〔相見歡〕“東風吹盡江梅”又“金陵城上西樓”諸作，悲凉壯慨中，仍饒清麗之致；蓋緣生長太平，中年經亂，又以北人初至江南，身世環境有以醞釀之也。宋人身經南渡而能以詞寫感者，去非、希真二家而已。

此段末吾殊謬，當時不知何以竟將易安居士忘掉，即石林、蘆川諸人亦不應一筆抹殺。

希真閑適之詞如〔臨江仙〕“堪笑一場顛倒夢”、又“生長西都逢化日”、〔木蘭花〕“老後人間無處去”、〔減字木蘭花〕“有何不可”諸作，皆恰到好處；過此分際，如〔感皇恩〕“一個小園兒”、〔蘇幕遮〕“瘦仙人”之類，則頹然自放，不成其爲詞。大抵滑稽率易之作，無論爲詩爲詞爲曲，皆惡札也。

〔木蘭花〕“老後人間”一首最佳，有深沉之思，真摯之情，如此閑適，方不致浮泛庸陋。

〔鷓鴣天〕“五陵俠少今誰健，似我親逢建武年”，又“道人還了鴛鴦債，紙帳梅花自在眠”，〔西江月〕“日日深杯酒滿”全首：如此之類，看似閑適，實則悵惘，希真心事，須於此八字中求之。

以上論《樵歌》諸條，皆甚爲膚淺，重其爲昔年見解，過而存之。予另有專文論《樵歌》，收入《從詩到曲》，亦是舊時淺見。雖然，“昨非今豈是，明日又今非”也。

九　李清照

沈曾植《菌閣瑣談》“易安跌宕昭彰，氣調極類少游，刻摯且兼山谷。……自明以來，墜情者醉其芬馨，飛想者賞其神駿；易安有靈，後者當許爲知己。”自來論易安詞，未有如此深透者，拈出神駿二字，尤爲特識；故云易安當許後者爲知己也。易安詞如〔南歌子〕“天上星河轉”、〔臨江仙〕“庭院深深深幾許”、〔漁家傲〕“天接雲濤連曉霧”諸首，皆所謂刻摯神駿之作。他如〔浣溪沙〕“淡蕩春光寒食天”、〔攤破浣溪沙〕“病起蕭蕭兩鬢華”、〔醉花陰〕“薄霧濃雲消永晝”諸首，亦皆於芬馨之中寓神駿之氣。若夫〔聲聲慢〕〔如夢令〕諸傳誦作品，實非易安極詣。周介存論易安云：“閨秀詞惟清照最優，究苦無骨。”蓋先存一閨秀作品無骨之成見，又僅就〔聲聲慢〕一類詞立論耳。嘗疑周氏所見易安詞恐衹〔聲聲慢〕〔如夢令〕〔武陵春〕〔鳳凰臺上憶吹簫〕等數首。

一〇 辛弃疾

（全部新附）

陳廷焯《白雨齋詞話》云："東坡心地光明磊落，忠愛根於性分。故詞極超曠而意極和平。稼軒有吞吐八荒之概而機會不來；正則可以爲郭、李，爲岳、韓，變則即桓温之流亞，故詞極豪雄而意極悲鬱。後人無東坡胸襟，又無稼軒氣概，漫爲規模，適形粗鄙耳。"此段論東坡、稼軒其人其詞，最爲確切。稼軒是漢唐人物而生於宋代，既無機會爲郭、李，更不願爲桓温：此其所以終身不得大用而僅以詞傳也。

稼軒是文人之知兵者，以郭、李擬之，稍嫌不倫，蓋"正派"之桓温也。

王國維《人間詞話》云："東坡之詞曠，稼軒之詞豪。"拈出曠、豪二字，與《白雨齋》持論暗合。予謂：曠者能擺脱，故蘇詞寫情感每從窄處轉向寬處。豪者能擔負，故辛詞每從寬處轉向窄處。蘇〔滿庭芳〕"歸去來兮，吾歸何處，萬里家在岷峨"一首，是曠之例證。辛〔沁園春〕"老子平生，笑盡人間，兒女怨恩"一首，是豪之例證。

梁任公跋四卷本《稼軒詞》，謂稼軒爲淡榮利、尚氣節之人。尚氣節固矣；稼軒豈是淡榮利者。梁先生之意，似以淡榮利爲高，此是南宋以後人見解。

稼軒〔瑞鷓鴣〕云："却笑千年曹孟德，夢中相對也龍鍾。"顧亭林《濟南詩》云："愁來獨憶辛忠敏，老泪無端痛古人。"此四句予最喜讀；悵望千秋，"會心處正不在遠"。

稼軒〔蘭陵王〕《己未記夢》詞，與〔賀新郎〕《咏琵琶》《送茂嘉十二弟》是一種筆墨。末句"尋思人世，衹合化夢中蝶”尤爲超脱。此詞前人多不措意，余亦忽視之，近始覺其佳。

《記夢》〔蘭陵王〕詞，臚列古來許多冤憤化爲異物之事，而以化蝶結之，一句推翻全篇，亦即以一事與許多事對立；章法奇崛可喜。〔江城子〕“寶釵飛鳳”，通首皆温柔意，而以天山羽箭作結，亦是此等章法。《白雨齋詞話》卷六云：“稼軒詞於雄莽中別饒雋味。……驚雷怒濤中，時見和風暖日。”此數語從正反兩面觀之，可解釋上述二詞。〔蘭陵王〕爲驚雷中見暖日，〔江城子〕則晴天霹靂也。

陳後山《挽曾南豐》詩云：“丘原無起日，江漢有東流。”稼軒《聞朱晦庵即世》〔感皇恩〕云：“江河流日夜，何時了?”意同而語氣各異。陳詩語直而却含蓄，“重”故也；辛詞語婉而却顯露，“輕”故也。重、輕二字即詩、詞區別之所在。然稼軒之作，在詞中已爲重筆矣。

前首〔感皇恩〕云：“子雲何在，應有玄經遺草；江河流日夜，何時了?”以揚子雲喻朱晦庵，恐非朱所樂聞。晦庵《綱目》固稱子雲爲“莽大夫”者也。南宋以前對於子雲之印象與南宋以後不同。南宋以前每以子雲與孟軻、荀卿并提，其後則貶者漸衆矣。此種不同見解，大抵始於紫陽編《綱目》之時，故稼軒〔賀新郎〕云：“投閣先生惟寂寞，笑是非不了身前後。”予往者注稼軒詞未及此意，補正時須提出。

稼軒〔賀新郎〕云：“千古事雲飛烟滅。”〔念奴嬌〕云：“一點凄凉千古意，獨倚西風寥闊。”又云：“凄凉今古，眼中三兩飛蝶。”〔瑞鶴仙〕云：“轉頭陳迹，飛鳥外，晚烟碧。”此意集中屢言之，可想見此翁襟抱。

一一　劉過劉克莊

改之粗獷，後邨膚廓，去稼軒遠甚，後人有辛、劉并稱者，可謂擬不於倫。後邨雖才情略歉，品格尚高，改之則江湖清客之流。

此論貶二劉亦太過。況周頤之論改之，楊慎之論後邨，則甚爲精當。況撰《蕙風詞話》云："劉改之詞格本與辛幼安不同。其《龍洲詞》中如〔賀新郎〕《贈張彦功》云：'誰念天涯牢落況，輕負暖烟濃雨。記酒醒香消時語：客里歸韉須早發，怕天寒風急相思苦。'前調云：'衣袂京塵曾染處，空有香紅尚軟，料彼此魂消腸斷。'又云：'但托意焦琴紈扇，莫鼓琵琶江上曲，怕荻花楓葉俱淒怨。'〔祝英臺近〕《游東園》云：'晚來約住青驄，踏花歸去，亂紅碎一天風月。'〔唐多令〕《八月五日安遠樓小集》云：'柳下繫船猶未穩，能幾日，又中秋。'〔醉太平〕云：'翠綃香暖雲屏，更那堪酒醒。'此等句是其當行本色。其激昂慷慨諸作，乃刻意模擬幼安；至如〔沁園春〕'斗酒彘肩'云云，則尤模擬而失之太過者矣。"楊撰《詞品》云："劉克莊《後邨别調》，大抵直致近俗，效稼軒而不及也。"予所謂改之粗獷，即謂模擬幼安諸作；世人謂改之似辛，乃揭其所短；惟況氏之論，探驪得珠。予所謂後邨膚廓，即直致近俗之意。但粗獷與膚廓，用字稍重耳。

一二　史達祖

南宋詞人善寫兒女之情者，梅溪爲第一。然其胸襟似不及小山、淮海之磊落，故少俊邁之氣。此固由於性分，亦有運會關繫在其中；弱國之民，即談私情亦不易開展也。

一三　吴文英

夢窗詞爲倚聲變調，夢窗以前，未有如是雕琢者。凡一種文體至極盛將衰之時，多以雕鏤刻畫爲工。詞至南宋末年，已漸老熟，正合有此一格，以結三百餘年之局。

夢窗之前，以雕鏤刻畫爲工者，有一賀方回；此種作風至夢窗始極其致耳。夢窗勝於方回處在重與密二字，方回詞雖致力雕琢，終嫌其輕而碎。予以前未能細讀《東山樂府》，於其優劣得失所在，實瞢無所知。

夢窗詞亦非全無意境。集中如〔霜葉飛〕“斷烟離緒關心事”、〔水龍吟〕“艷陽不到青山”、又“幾番時事重論”、〔齊天樂〕“凌朝一片陽臺影”、〔慶春澤〕“帆落回潮”、〔八聲甘州〕“渺空烟四遠”、〔夜合花〕“柳暝河橋”、〔聲聲慢〕“檀欒金碧”、〔賀新郎〕“喬木生雲氣”諸作，皆意境高絶，有崇山壁立，老樹拏雲之概。“喬木生雲氣”與〔瑞鶴仙〕之“亂紅生古嶠”，蓋夢窗自爲寫照。

時賢有譏夢窗詞爲堆砌空洞全無意境者，予故有此論。然在今日，一定改右文“亦非”二字爲“絶非”。予之領悟夢窗詞在三十八九歲以後，領悟大謝詩則近五十矣。真鈍根也。

〔高陽臺〕《豐樂樓》云：“傷春不在高樓上，在鐙前攲枕，雨外熏爐。”即孟浩然之“夜來風雨聲，花落知多少”也；而吴詞别饒深婉之致。詞境與詩境不同，可於此等處求之。（新附。）

〔鷓鴣天〕《化度寺作》云：“吴鴻好爲傳歸信，楊柳閶門屋數間。”予非蘇州人而甚樂其風土，故最喜讀此兩句，正如歐公之思潁也。（新附。）

一四　張炎

玉田詞轉折分明，最便初學。由此以窺柳、周，學蘇、辛，視各人之性情才力而定。若能入而不能出，則淪爲清之浙派。元人如張翥輩，亦學玉田而不能出者。

玉田詞有時過於清空，所謂一日作百首也得者。蓋亡國之民，“理屈詞窮”，實無話可説。“玉老田荒，心事已遲暮”，何等凄婉。王静安以此四字譏玉田，不知正玉田傷心處。

朱古微晚年不多作詞，人問之，則以“理屈詞窮”對。此前輩一時戲言耳，謂爲寓感慨於詼諧，固無不可，予乃持以尚論古人，真是妄談。古來亡國遺民，其作品深摯沉痛者多矣，何嘗無話可説？雖然，項蓮生有句云："莫便傷心，可憐秋到、無聲更苦。"能解此意，即知予言亦非全妄。

一五　王沂孫

《詞源》稱碧山詞"琢語峭拔"，是知碧山者。但嫌有句無篇，周密《草窗詞》亦然。此不惟才力淺弱，亦"理屈詞窮"之故。碧山劣處，蓋合夢窗之晦澀與玉田之空浮而一之，且集中咏物之作太多，見性情處太少，所以不能與於大家之數。

予舊論貶碧山太過。當時雖能欣賞碧山小部分作品之峭拔，而未能認識其全體，蓋見解仍停頓於《人間詞話》之階段也。今日自覺已有轉變，然對於清人穿鑿附會之解説則始終未能贊同。

予往時僅能欣賞碧山詞語句之峭拔，而未能完全領味其意境之幽深；故云有句無篇，故云晦澀。即夢窗、玉田詞，當時亦祇見其枝節，未窺全體。

清人如張惠言、周濟、陳廷焯等，極力推崇碧山，而皆以纏綿忠愛許之，以爲每作皆寓故國之思。蓋緣胸中先横一尊體之見，牽引附會以求微言深意，於是催雪落葉，皆成麥秀黍離矣。

王碧山詞固非全無寄托，〔齊天樂〕《咏蟬》二首，確是故國之思。然若逐篇穿鑿，則未有不貽笑柄者。如莊棫之解〔天香〕是也。（見《白雨齋詞話》卷二。）

〔水龍吟〕《咏落葉》云："渭水風生，洞庭波起，幾番秋杪。想重崖半没，千峰盡出，山中路，無人到。"峭拔幽深，古今名句。陳廷焯《白雨齋詞話》乃云："其有恨於崖山乎？"此語與端木埰之解〔齊天樂〕，若爲王漁洋所見，當不免"村夫子強作解事"之譏。

一六　蔣捷

元初人詞，如劉秉忠《藏春樂府》、張弘範《淮陽詞》、劉因《樵庵詞》及鳳林書院《草堂詩餘》所收諸作，其佳處皆在排比鋪叙，層層襞積，而能以流轉之氣、深沉之思運之，開闔變化，不傷板滯。後來散曲雜劇，皆用此法。竹山爲宋遺民，隱居不出，風節似尚高於玉田、碧山；其詞却是元調，與南宋面目不同。蓋風會所關，有不期然而然者。仇遠、張翥輩仍宗南宋末流，遂致索然無生氣，此亦所謂“違天不祥”。

陳廷焯《白雨齋詞話》痛貶竹山，每失過當。其論〔賀新郎〕《秋曉》詞，則字句文法亦未看清，甚矣成見之蔽人也。此君每以理法氣度論詞，於古人佳作，常不能得之於牝牡驪黄之外。

一七　元好問

朱孝臧《遺山樂府·跋》：“杜善夫謂先生詩如佛説法，其言如蜜，中邊皆甜；吾於先生詞亦云。”遺山實熱中功名之士，自其平生行誼，即可看出，故詩詞皆濃甜如蜜。特身丁亡國，欲出不可，不得不寄情翰墨耳。〔鷓鴣天〕後半云：“沽酒市，釣魚磯。愛閑真與世相違。墓頭不要征西字，元是中原一布衣。”悲凉極矣。予近作論詞絶句之一云：“白髮凄然老布衣，閑沽村釀坐漁磯，墓頭也要征西字，無奈中原事已非。”庶幾得此翁心事。

元初人詩詞，皆受遺山影響，藏春、淮陽、樵庵三家尤甚。予前所論元初人詞佳處，亦即遺山詩佳處。

“寄情翰墨”四字説得太輕，遺山暮年心情，豈此四字所能盡者。

一八　劉秉忠附張弘範

藏春詞佳處在性情深厚，襟抱磊落；悲天憫人之胸懷，澄澈之思想，尤爲歷來詞家所無。凄婉蒼凉之致，猶爲餘事。王鵬運《跋〈藏春樂府〉》云：“往與碧瀣翁論詞，謂雄廓而不失之傖楚，醖藉而不流於側媚，周旋於法度之中，而聲情識力常若有餘於法度之外：庶爲填詞當行，目論者庶不薄填詞爲小道。藏春詞境，雅與之合。”所論至精，而僅及形式技巧，未足以盡劉詞。

張弘範爲元開國武將，而詞頗不惡，蓋曾受教於鄧中齋，又爲藏春後輩故也。集中〔木蘭花慢〕四首，排比頓挫，用筆頗似藏春，不惟耳目浸染，亦是一時風氣如此。〔浣溪沙〕三首，蕭閑之趣與功名之念融合，亦詞中不多見之境。但究非專家，故全集不稱。

一九　劉因

王半塘謂樵庵詞“樸厚深醇”，况蕙風則以“真摯和平”稱之！皆是確論。但終嫌有道學氣，局量亦小。〔清平樂〕“青天仰面”、又“山翁醉也”二首最劣。〔人月圓〕“茫茫大塊洪爐裏”，看似雄慨，實近膚廓，此二者相隔甚微，惟解人知之。

樵庵詞雖不盡滿人意，然有性情有學問，如〔玉樓春〕“未開常問花開未”，及〔玉漏遲〕〔南鄉子〕諸作皆可誦。胸襟氣概之未能廣大，時爲之也，地爲之也，年爲之也；總勝於仇仁近、張仲舉輩之剪彩爲花。（樵庵壽僅四十五歲。）

仲舉詞實勝於仁近，以此二人相提并論，是予往年見解未到處，仲舉詞亦未可僅以“剪彩爲花”視之。

二〇　納蘭成德朱彝尊陳維崧

容若骨秀才清，而天資不厚，享年不永；竹垞亦病才弱氣短，且矜持過甚；故二人長調均鮮佳者。竹垞小令如〔桂殿秋〕〔解珮令〕之類，未嘗不卓絶千古，但僅此數首；容若小令佳製甚多，時有前人所無之境界，朱氏遂不得不讓其出一頭地。若夫其年之粗獷叫囂，則詞中之天魔夜叉也。予嘗以庾子山《咏懷詩》二句評之曰：“索索無真氣，昏昏有俗心。”

右評竹垞諸語，真是蚍蜉撼樹；評其年處，語氣雖稍過，意見則今昔無大異。

二一　蔣春霖

詞人寫亂離情况者，鹿潭爲古今第一，雖白石亦無其清厲。

陳廷焯《白雨齋詞話》云“《水雲樓詞》近於樂笑翁”，蓋淺之乎視鹿潭矣。項蓮生之清而弱，周稚圭之穩而庸，皆不足與鹿潭比。譚獻《篋中詞》評云：“《水雲樓詞》清商變徵之聲，家數頗大。咸豐兵事，天挺此才，爲倚聲家老杜。”是爲知言。

二二　文廷式

陳鋭《袌碧齋詞話》：“文道羲詞有稼軒、龍川之遺風，惟其斂才就範，故無流弊。”《雲起軒詞》去稼軒固遠，却較勝於二劉龍川，以其堅實警煉，且時有近代人意境故也。

此亦是舊時見解，近年頗覺文詞終不免於浮囂。讀晚清史後尤不喜其爲人。其人與詞皆非能“斂才就範”者，而陳氏以此稱之，可發一笑。

二三　王鵬運

半塘爲近代詞壇功臣，其所自作亦不乏佳什；然全集中能超越古今卓然自樹之作，似僅有《咏燭》及《讀史偶得》等三首〔鷓鴣天〕。《咏燭》即“百五韶光雨雪頻”云云，《讀史》即“廿載龍門世共傾”“群彦英英祖國門”兩首。皆收入拙編《續詞選》。（新附。）

二四　沈曾植

朱孝臧云：“先生所自爲《曼陀羅寱詞》，的是稼軒法乳。”騫按：沈詞〔賀新郎〕“浩浩恢臺夏”“麥浪千畦皺”，〔金人捧露盤〕“壞雲沉”諸首，皆稼軒以後絶無僅有之作。惟通觀全集，氣象總不及辛之雄肆耳。朱語見龍沐勛跋沈撰《稼軒詞小箋》，載《詞學季刊》一卷二號。

星槎詞話

厲星槎◎著

厲鼎煃（1907～1959），字星槎，又字嘯桐、孝通、筱通、小通，號耀衢，又號憶梅詞人，江蘇儀征人。1923年考入國立東南大學外國文學系。著名語言學家，擅長契丹文字釋讀。著有《評唐刻〈詞話叢編〉》《星槎詞話》《星槎詩話》等。《星槎詞話》原載《國學通訊》1940年第1、2、3、4期，1941年第5、6期。本書即據此收録。

《星槎詞話》目録

星槎詞話

一　王静安境界

王静安論詞，獨拈“境界”二字，自謂滄浪所謂“興趣”，阮亭所謂“神韵”，猶不過道其面目。不若拈出“境界”二字，爲探其本。謹案静安所謂境界，一稱意境，近於英文所謂 illusion。詩詞劇曲小説，無論其爲寫實，爲想像，皆以造成一種境界，使人神往，與之俱化。故《人間詞話》，盛稱陶謝之詩，馬白之曲，至《水滸傳》《紅樓夢》。然則境界可謂文學之共相，不可以限詞。今試起静安於九原而問之曰：“詞之所以爲詞者，在境界耶？”則必啞然無以應也。故專以境界論詞，猶非深於詞者也。静安又云：“古今詞人調格之高，無如白石。惜不於意境上用功。故覺無言外之味，弦外之響，終不能與於第一流之作者也。南宋詞人，白石有格而無情，劍南有氣而無韵。甚堪與北宋人頡頏者，唯一幼安耳。幼安之佳處，在有性情，有境界，即以氣象論，亦有傍素波、干青雲之概。”此其分别格調、性情、氣象、神韵、境界爲五，而儕境界與性情、氣韵之間。又似與專拈“境界”二字之説不倫。又云：“紅杏枝頭春意鬧，著一鬧字，而境界全出。云破月來花弄影，著一弄字，而境界全出。”似以生動爲境界，故來境界成一字巧之疑（説見邢芷衡《論肌理》。）。由今言之，境界必須生動。生動者，英文所謂 vivid。境界生動，令人生敬畏之觀者。即爲氣象，令人起愛好之感者。即爲神韵，所以造成此氣象與神韵者，即由作者之興趣（興趣近於英文所謂 inspiration。)。故滄浪之興趣，漁洋之神韵，静安之境界氣象，猶二五之爲一十也。觀其舉言外味、弦外響，與嚴、王所謂“羚羊挂角，無迹可求，不著一字，盡得風流”，直是一鼻孔出氣。未能跳出表聖《詩品》範圍，而以爲詞家探本之論，亶其然乎。

二　静安隔與不隔

静安每以“隔”字譏白石。一則曰：“覺白石〔念奴嬌〕〔惜紅衣〕二詞，猶有隔霧看花之恨。”再則曰：“白石寫景之作，雖格韵高絶，然如霧裏看花，終隔一層。”三則曰：“白石〔翠樓吟〕，此地宜有詞仙，便是不隔。然南宋雖不隔處，比之前人，自有深淺厚薄之别。”窺其意，一若以曲直爲隔不隔之準。然静安謂：“有境界，則自成高格。”又謂：“白石格高而無意境。”殊爲兩歧，蓋循彼之意。令人不解白石格調何以獨高也。今謂白石之詞，有意境而能狷潔，故成高格。白石之病，在婉約而不深閎，非病在無意境也。惟其婉約也，故似隔一層。然細味之，正自有意境者。後主之詞，能深閎，故又勝一籌。而蘇辛之詞，則豪放杰出，其佳處在其能斂才就範者耳，若其有境界則均也。

三　静安論氣象

静安論詞，頗主氣象，其謂：“太白純以氣象勝，‘西風殘照，漢家陵闕’，寥寥八字，遂關千古登臨之口。”又云：“詞至李後主而眼界始大，感慨遂深，‘自是人生長恨水長東’‘流水落花春去也，天上人間’，《金荃》《浣花》，能有此氣象耶?”又云：“馮正中詞，雖不失五代風格。而堂廡特大，開北宋一代風氣。與中後二主詞，皆在《花間》範圍之外。”彼其所謂氣象，以永叔詞於豪放之中有沉著之致爲尤高，而亦稱少游淒婉之作，又謂：“嵯峨蕭瑟二種氣象，惟東坡、白石，各得其一二。”今案凡此所謂氣象，即詞家所創境界之壯美者也。然此亦文章藝術之共相，非可專施於詞者也。

（以上《國學通訊》1940年第1期）

四　人間詞話最精粹處

《人間詞話》中，最爲精粹之處，厥維拈舉例句，以證不可言之境界。其言云："古今之成大事業，大學問者，必經過三種之境界。'昨夜西風凋碧樹，獨上高樓望盡天涯路'，此第一境也。'衣帶漸寬終不悔，爲伊消得人憔悴'，此第二境也。'衆裏尋他千百度，回頭驀見，那人正在燈火闌珊處'，此第三境也。此等語皆非大詞人不能道。"細繹其意，似以悲天憫人爲第一境，犧牲小我爲第二境，此二者皆有我之境也。若物我交融，無我之境，斯爲最高境矣。至於如何而可以造斯境，則静安言之甚悉。其言："詩人對宇宙人生須入乎其内，又須出乎其外。入乎其内，故能寫之。出乎其外，故能觀之。入乎其内，故有生氣。出乎其外，故有高致。"又曰："詩人必有輕視外物之意，故能以奴僕命風月。又必有重視外物之意，故能與花草共憂樂。"又云："大家之作，其言情也必沁人心脾，其寫景也，必豁人耳目。其辭脱口而出，無矯揉造作之態。以其所見者真，所知者深也。詩詞皆然。"説并閎通。然皆言文學之共相，而未專言及詞。昔有人問漁洋詩詞曲之别，漁洋不能答，惟各拈一例而已。静安謂："白仁甫《秋夜梧桐雨》雜劇，沉雄悲壯爲元曲冠冕，然所作《天籟詞》粗淺之甚，不足爲稼軒奴隸。"又謂："讀者觀歐、秦之詩，遠不如詞，足透此中消息。"含糊過去，亦未能剖析入微。然則詞之所以爲詞者，究何在？一言以蔽之曰："漸近自然而已。"詩整而曲放，皆與詞異。其工者，亦往往能漸近自然，惜終爲體裁所限耳。故静安亦以古詩高於近體，絶句優爲律詩。論曲則專主自然，特未知古詩之所以高，絶句之所以優者，在其近於自然之語調，而曲雖有痛快淋漓之觀，然以爲純屬天籟，則將置曲律於何地。故一切文學，皆以漸近自然爲工。而詞之爲詞，上不似詩，下不似曲，正尤能漸近自然者也。所謂漸近自然，即非純任自然之謂。故詞句之長短參差，似自然之語調，然平仄清濁，即所以限任意之弊。蓋古今文學有極不自然者，亦有純任自然者。執兩用中，其惟漸近自然乎？惟詞體足以當之，倚聲家抱一漸近自然之態度。以爲之，則必可上不似詩，下不似曲，而爲絕妙之好詞矣。詞家如夢窗之流，以律詩之法入詞，故雖富麗精工，而失其自然。詞家如曹元寵之類，以作曲之法入詞，亦遂失其雅緻。故詞人實最富於中華國民性之人，以其漸近自然，而不失其雅緻也。是故學究不可爲詞人，傖父不可爲詞人。宋人輯集《樂府雅詞》，著一“雅”字，可謂深得詞心矣。耆卿、山谷之貽譏詞壇，正以其有不雅之詞也。詞而不雅，即非詞矣。抑詩文并須爾雅，而詞之雅，乃在俗不傷雅，斯爲特異。所謂俗不傷雅者，即漸近自然之謂，亦即口語雅化之謂。凡真正士君子，談吐必不粗鄙，故詞人吐屬，自必爾雅。静安推尊五代北宋之詞，至并其淫鄙者而亦稱許之，則好奇之過也。詞既以俗不傷雅，漸近自然爲尚，故意境最狹，格調最高。詞之所以可貴，端在於此。推原國人創造詞體之由，實在於國人尚中庸之性習，則雖謂詞爲中國文學之代表作，可也。

五　歷代詞評

後主之詞，言歡娛者，如“歸時休放燭花紅，待踏馬蹄清夜月”。言悲愁者，如“故國不堪回首明月中”。皆絕妙雅詞也，皆漸近自然之詞也。若“幾曾識干戈”“垂泪對宫娥”，駑劣衰殺，則有純任自然之病，斯爲集中下乘。飛卿之詞穠艷，其佳處正在其空靈動蕩之句。“江上柳如烟，雁飛殘月天。”“雙鬢隔香紅，玉釵頭上風。”皆絕妙雅詞，亦即漸近自然之詞。〔更漏子〕换頭處：“梧桐樹，三更雨，不道愁離正苦，一葉葉，一聲聲，空階滴到明。”凄厲不忍辱讀。然聶勝瓊“枕前泪共階前雨，隔個窗兒滴到明”，則舉重若輕，大有出藍之概。韋端己之詞，不愧大家，〔菩薩蠻〕之“弦上黄鶯語”，固已膾炙人口。〔女冠子〕一闋，“四月十七，正是去年今日别君時”，何其信手拈來，都成妙諦也。細審之，亦不過漸近自然而已，俗不傷雅而已。近人多好馮正中詞，馮夢華、成肇麐、王静安尤喜稱道。然延巳專蔽固寵，亡國大夫。詞雖温厚，旨乖立誠。“和泪試嚴妝”，活畫出一善妒蛾眉來，餘無取焉。歡娱之詞難工，後主〔玉樓春〕而後，惟晏同叔〔破陣子〕“笑從雙臉生”差堪繼武。小山〔鷓鴣天〕“當年拼教醉顔紅”，亦耆卿“衣帶漸寬終不悔，爲伊消得人憔悴”之意。然小山興會較高，静安捨晏而取柳，所未解也。少游“醉卧古藤花下，了不知南北”，力竭聲嘶，有“鳥之將死，其鳴也哀”之概，此正静安所謂最高境界。若“可堪孤館閉春寒，杜鵑聲裏斜陽暮，郴江幸自繞郴山，爲誰流下瀟湘去”，尚屬有我之境，非其至者。而東坡、静安，分别賞愛，疑其不及山谷之獨具隻眼矣。蘇辛詞可愛處，如“春色三分，二分塵土，一分流水。細看來，不是楊花，點點是離人泪”。如〔武陵春〕：“走去走來三百里。五日以爲期。六日歸時已是疑。應是望多時。　鞭個馬兒歸去也，心急馬行遲。不免相煩喜鵲兒，先報那人知。”正以其漸近自然。若“大江東去”“明月幾時有”，在當時已不爲人所許，易安所譏，當是此等。幼安集中，每有效易安體之語，知其漸漬於李詞也深，故不失爲詞壇將帥。若改之“燕可伐歟，曰可”，直是以詞爲戲，其旨雖正，其詞不足道也。静安偏嗜辛、劉，未喻其旨。白石詞最近騷雅，且以擅長音律，故當爲南宋一大家。惜其柔若無骨，如〔揚州慢〕“廢池喬木，猶厭言兵。漸黄昏、清角吹寒，都在空城”，寧非俊語。而换頭接以“杜郎”等語，便有陳叔寶全無心肝之譏。集中上乘，當推“昭君不慣胡沙遠，但暗憶江南江北。想佩環月下歸來，化作此花幽獨”。韵物不拘滯於物，神理杳渺，情緒悲惋，斯爲當行。〔鬲梅溪令〕，雖短調，而清新馨逸，自饒名貴。李易安論詞極精，其所作亦不在李後主下。其淺語如：“和羞走。依門回首，笑把青梅嗅。”其淡語如：“笑語檀郎，今夜紗窗枕簟凉。”凄婉語：“多少事，欲説還休。”“此情無計可消除。”哀傷語：“守著窗兒，獨自怎生得黑。”感慨語如：“風休住，蓬舟吹取三山去。”皆不假雕琢，自然入妙。惜二李遺文多逸，全豹難窺。

然要其咳吐珠璣，并登大雅。蓋君王失位，哲婦悼亡，天下傷心，莫大於此。宜其有句皆佳，無言不妙也。然〔武陵春〕“也擬泛輕舟”，遂來晚節不終之誣，立言之不可不慎也如此。玉田洞曉音律，而爲律所奴，又在白石之下。碧山身仕胡元，而爲故國之思。以視許魯齋、吴梅村二祭酒，有喋喋多言之恨。昔人疑納蘭容若貴，項蓮生富，而工爲凄楚之詞。殊不知富貴場中，正自有傷心人。然飲水、憶云，并擅小令，不工長調。盡善者其惟蔣鹿潭乎？水雲而後，惟彊邨、蕙風差堪繼武。蔣丁洪楊之劫，朱、況當庚子、辛亥之交，家國之感，宜多可悲。然丁丑以還，詞家銷聲匿迹，而瞿庵師咏金陵，乃有“此地慣偏安”之嘆。有志斯道者，正當含況度蔣，直追二李，而爲詞壇放一異采也。

（以上《國學通訊》1940 年第 2 期）

六　詩詞之别

劉公勇體仁《詞繹》曰：“‘夜闌更秉燭，相對如夢寐’，叔原則云：‘今宵剩把銀釭照，猶恐相逢是夢中。’此詩與詞之分疆也。”沈東江謙曰：“承詩啓曲者，詞也。上不可似詩，下不可似曲。然詩曲又俱可入詞，貴人自運。”按：劉説不及沈，“夜闌更誰秉燭”，宋人有用入詞者矣。

七　詞筌可補沈説不及

又曰：“白描不可近俗，修飾不得太文，生香真色，在離即之間，不特難知亦難言。”又曰：“詞要不卑不亢，不觸不悖，驀然而來，悠然而逝，立意貴新，設色貴雅，構局貴變，言情貴含蓄，如驕馬弄銜而欲行，粲女窺簾而未出，得之矣。”案：沈説頗多中肯，然亦有太拘隘處。賀黄公裳《詞筌》云：“小詞以含蓄爲佳，亦有作决絶語而妙者。如韋莊‘誰家年少足風流，妾擬將身嫁與一生休。縱被無情弃，不能羞。’之類是也。牛嶠‘須作一生拼，盡君今日歡’，抑亦其次。柳耆卿‘衣帶漸寬終不悔，爲伊消得人憔悴'，亦即韋意，而氣加婉矣。"可補沈説所不及。

八 詩詞曲分界

王阮亭士禎曰："或問詩詞曲分界，予曰：'無可奈何花落去，似曾相識燕飛來'，定非香奩詩。'良辰美景奈何天，賞心樂事誰家院'，定非草堂詞也。"按：漁洋此説，殊未了了。董文友《蓉塘詞話》曰："嚴給事與僕論詞云：'近日詩餘，好亦似曲。'僕謂詞與詩曲，界限甚分，似曲不可，似詩仍復不佳。譬如擬六朝文，落唐音固卑，侵漢調亦覺傖父。"其説稍暢，究不若鄙人以漸近自然，俗不傷雅爲詞之分野，明白可據也。

（以上《國學通訊》1940 年第 3 期）

九 譯詞

我國之詩經、楚詞、漢賦、樂府、唐詩、元曲，西人多知之矣。至於宋詞，則絶鮮知者。此張師叔明所以有譯詞爲西文之意。歲在己巳，余始從事於此，首成柳耆卿〔雨淋鈴〕一闋，師大稱美，而余實未能自信，特以求教於錫山某前輩，某前輩固以擅倚聲名當時，而又嘗譯哥斯密《隱士吟》爲五言古風，馳譽遐邇者，亦許以選辭精當，音調茂美。余誠受寵若驚，而愈不敢信也。然自是頗留心於此事矣。越數載，師奉命出使，軺車將發，復以譯詞相勖。余以張志和〔漁歌子〕、李後主〔相見歡〕諸闋進，皆附小傳、注釋、評論，師益善之。而譯稿於是滋多，而猶未遑卒業。蓋鄙意以爲譯詞固難，精選名家之作尤難。若任情取捨，則事等兒嬉，未免爲識者詞冷。必也如江文通《雜體詩》所謂無乖商榷者耳。坐是所讀唐以來詞籍日富，而所譯仍不過數十首而已。今秋來滬，聞韓師湘眉有李易安《漱玉詞》之譯，余大欣喜。以詞品與女子爲近，此不但余意爲然，徐英君亦若是也。易安之詞，出色當行，且明誠夫婦并擅文藻，求之於古，則秦嘉、徐淑；求之於外，則羅伯與伊麗莎·白朗寧；求之於今日之中國，則張、韓兩師。李詞之譯，信非湘眉先生莫屬矣。余從其後爲之考訂聲律，釋解典實，搜羅評論，而姑衍其大意焉。欒乃無藝，偶閲林語堂先生《我國與我國人》(*My Country and My People*)，見其中有辛稼軒〔醜奴兒〕一首，不禁空谷足音之感。亟録於左，以爲詞壇佳話。至如林君賡白譯法人詩爲〔浣溪沙〕，某君又譯詞爲《瑯都》(*Rondeau*)。吾誠愛之重之，然以爲能傳原文體製風格，則未也。

The Spirit of Autumn	醜奴兒
Hsin Ch'ichi	辛弃疾
Translated by Lin Yutang	林語堂譯
In my young days,	少年不識
I had tasted only gladness,	愁滋味，
But loved to mount the top floor,	愛上層樓，
But loved to mount the top floor,	愛上層樓，
To write a song pretending sadness,	爲賦新詞強説愁。
And now I've tosted	而今識盡
Sorrow's flavors, bitter and sour,	愁滋味，
And can't find a word,	欲説還休，
And can't find a word,	欲説還休，
But merely say, "What a golden autumn hour!"	却道天凉好個秋。

（以上《國學通訊》1940年第4期）

一〇　飲水詞佳句

初，余從友人處獲睹納蘭容若《飲水》《側帽詞》。聞別有足本，求之經年，乃得覆印榆園叢刻本，既讀訖，便以獻之海鹽師。時師方乘軺西行，有志於譯詞之事也。退而復購得一册，回環諷誦，至今藏諸經笥。來滬日，與師續議譯詞事，先從李清照集入手。而余秉鄉先舉陳公含光之教，猶擬譯李後主詞，因李詞而憶及《納蘭詞》，遂更取坊本讀之。蓋今世詞曲之學盛行，榆園舊刻，今已一再摹雕。或付活字擺印，求之甚易易矣。余既有《星槎詞話》之作，近來腦力大衰，記憶苦不分明，涉筆記所見聞，以爲詞話叢編，儻亦嗜倚聲者，所樂與相印證者也。卷一佳句如："心字已成灰。"（〔憶江南〕）"天咫尺，人南北，不信鴛鴦頭不白。"（〔天仙子〕）"聞教玉籠鸚鵡念郎詩。"（〔相見歡〕）"寂寂鎖朱門，夢承恩。"（〔昭君怨〕）"花月不曾閑，莫放相思醒。"（〔生查子〕）"總是別時情，那得分明語。"（〔生查子〕）"空將酒暈一衫青，人間何處問多情。"（〔浣溪沙〕）"賭書消得潑茶香，當時衹道是尋常。"（〔浣溪沙〕）"我是人間惆悵客，知君何事泪縱橫。斷腸聲裏憶平生。"（〔浣溪沙〕）"須知淺笑是深顰，十分天與可憐春。"（〔浣溪沙〕）"曲罷髻鬟偏，風姿真可憐。"（〔菩薩蠻〕《爲陳其年題照》）"絲絲心欲碎，應是悲秋泪。泪向客中多，歸時又奈何。"（〔菩薩蠻〕）"半晌試開奩，嬌多直是嫌。"（〔菩薩蠻〕）其通體佳妙者如："山一程。水一程。身向榆關那畔行。夜深千帳燈。　風一更。雪一更。聒碎鄉心夢不成。故園無此聲。"（〔長相思〕，王静安《人間詞話》云："壯觀境界，求之於詞，唯納蘭容若〔長相思〕之'夜深千帳燈'、〔如夢令〕之'萬帳穹廬人醉，星影摇摇欲墜'差近之。"）"東風不解愁，偷展湘裙衩。獨夜背紗籠，影著纖腰畫。　爇盡水沉烟，露滴鴛鴦瓦。花骨冷宜香，小立櫻桃下。"（〔生查子〕）"誰道飄零不可憐。舊游時節好花天。斷腸人去自經年。　一片暈紅疑著雨，晚風吹掠鬢云偏。倩魂銷盡夕陽前。"（〔浣溪沙〕《西郊馮氏園看海棠因憶香嚴詞有感》）"楊柳千條送馬蹄，北來征雁舊南飛。客中誰與换春衣。　終古閑情歸落照，一春幽夢逐游絲。信回剛道别多時。"（〔浣溪沙〕《古北口》）"新寒中酒敲窗語。殘香細裊秋情緒。端的是懷人（一作纔道莫傷神。）。青衫有泪痕。　相思不似醉。悶擁孤衾睡。記得别伊時。桃花柳萬絲。"（〔菩薩蠻〕）"問君何事輕離别。一年能幾團欒月。楊柳乍如絲。故園春盡時。　春歸歸不得。兩槳松花隔。舊事逐寒潮。啼鵑恨未消。"（〔菩薩蠻〕）"驚飇掠地冬將半。解鞍正值昏鴉亂。冰合大河流。茫茫一片愁。　燒痕空極望。鼓角高成上。明月近長安，客心愁未闌。"（〔菩薩蠻〕）"蕭蕭幾葉風兼雨。離人偏識長更苦。欹枕數秋天。蟾蜍早下弦。　夜寒驚被薄。泪與燈花落。無處不傷心。輕塵在玉琴。”（〔菩薩蠻〕）“爲春憔悴留春住。那禁半霎催歸雨。深巷賣櫻桃。雨餘紅更嬌。　黄昏清泪閣。忍使花漂泊。消得一聲鶯。東風三月情。”（〔菩薩蠻〕）“相逢不語。一朵芙蓉著秋雨。小暈紅潮。斜溜鬟心隻鳳翹。　待將低喚。直爲凝情恐人見。欲訴幽懷。轉過回闌叩玉釵。”（〔減字木蘭花〕）其外可附載者，自度曲〔玉連環影〕及〔菩薩蠻〕《回文》二闋。〔玉連環影〕云：“何處，幾葉蕭蕭雨。濕盡檐花，花底無人語。掩屏山。玉爐寒。誰見兩眉愁聚倚闌干。”〔菩薩蠻〕《回文》云：“霧窗寒對遥天暮。暮天遥對寒窗霧。花落正啼鴉。鴉啼正落花。　袖羅垂影瘦。瘦影垂羅袖。風剪一絲紅。紅絲一剪風。”卷二佳句如：“一片幽情冷處濃。”（〔采桑子〕）“獨睡起來情悄悄，寄愁何處好。”（〔謁金門〕）“蕭蕭木落不勝秋，莫回首斜陽下。却愁擁髻向燈前，説不盡離人話。”（〔一絡索〕）“菱花偷惜横波。”（〔清平樂〕）“有夢轉愁無據，知否小窗紅燭。照人此夜凄凉。”（〔清平樂〕《憶梁汾》）“相思相望不相親，天爲誰春。”（〔畫堂春〕）“人到情多情轉薄，而今真個悔多情。又到斷腸回首處，泪偷零。”（〔攤破浣溪沙〕）“莫笑生涯渾是夢，好夢原難。”（〔浪淘沙〕）“那更夜來孤枕側，又夢歸人。”（〔浪淘沙〕）其全篇可録者，有如：“誰翻樂府凄凉曲，風也蕭蕭。雨也蕭蕭。瘦盡燈花又一宵。　不知何事縈懷抱，醒也無聊。醉也無聊。夢也何曾到謝橋。”（〔采桑子〕）“而今纔道當時錯，心緒凄迷。紅泪偷垂。滿眼春風百事非。　情知此後來無計，强説歡期。一别如斯。落盡犁花月又西。”（〔采桑子〕）“何路向家園，歷歷殘山剩水。都把一春冷淡，到麥秋天氣。　料應重發隔年花，莫問花前事。縱使東風依舊，怕紅顔不似。”（〔好事近〕）“將愁不去。秋色行難住。六曲屏山深院宇。日日風風雨雨。雨晴籬菊初香。人言此日重陽。回首凉雲暮葉，黄昏無限思量。”（〔清平樂〕）“凄凄切切。慘澹黄花節。夢裏砧聲渾未歇。那更亂蛩悲咽。　塵生燕子空樓。抛殘弦索床頭。一樣曉風殘月，而今觸緒添愁。”（〔清平樂〕）“欲語心情夢已闌。鏡中依約見春山。方悔從前真草草，等閑看。　環珮祇應歸月下，釵鈿何意寄人間。多少滴殘紅蠟泪，幾時乾。”（〔攤破浣溪沙〕）他如自度曲不見《詞律》者，附録之以備考：〔落花時〕（一本作〔好花時〕。）：“夕陽誰喚下樓梯。一握香荑。回頭忍笑階前立。總無語也相宜（一作依依。）。　相思（一作箋書。）直恁無憑據，休説相思。勸伊好向紅窗醉，須莫及落花時。”〔添字采桑子〕（《詞譜》有〔促拍采桑子〕，字同句異，一本作〔采花〕。）：“閑愁似與斜陽約，絲點蒼苔。蛺蝶飛回。又是桐梧新緑影，上階來。　天涯望處音塵斷，花謝花開。懊惱離懷。空壓鈿筐金綫縷（一作縷綉。），合歡鞋。”〔鞦韆索〕（一本作〔撥香灰〕。），渌水亭春望：“藥闌携手銷魂侣。争不記看承人處。除向東風訴此情，奈竟日春無語。悠揚撲盡風前絮。又百五韶光難住。滿地梨花似去年，却多了廉纖雨。”又：“游絲斷續東風弱。悄無語半垂簾幕。紅袖誰招曲檻邊，颺一縷秋千索。　惜花人共殘春薄。春欲盡纖腰如削。新月纔堪照獨愁，却又照梨花落。”又：“壚邊换酒雙鬟亞。春已到賣花簾下。一道香塵碎緑蘋，看白袷親調馬。　烟絲宛宛愁縈挂。剩幾筆晚晴圖畫。半枕芙蕖壓浪眠，教費盡鶯兒話。”

（以上《國學通訊》1941年第5、6期）

一一　董憲詞[①]

武進董伯度先生憲，遺著《含碧堂詩稿》，附《詞稿》一卷，無錫錢名山先生嘗爲序之。佳句如〔滿庭芳〕云：“落花成陣，一半過鄰家。”“安得身如輕燕，歸來早醉話桑麻。”風緻嫣然。〔滿江紅〕云：“破夢不知腸轉九，横空忽報花飛六。”思深詞苦，亦神來之筆也。〔念奴嬌〕《書感》云：“開閤怕見青山，青山仍舊又把人埋了。”棖觸無端。〔八聲甘州〕《懷許夢因金陵》云：“多少

① 該則之前，原有作者小記：“詩亡於話，而詞又何話之有？話詞，所以存十一於千百，非敢亡之也。否則充棟汗牛者，誰盡讀之？然非好之者，不能話，亦不願聽人話也。憶梅蓋好詞者也，話古今人之詞，以貽夫同好。其不願聽吾話者，吾亦不屑强聒之也。丁亥端午後五日，記於榴紅桐緑之軒，儀征憶梅詞人厲鼎煃。”

南朝舊痕，盡付莫愁湖。”〔如夢令〕云：“回避回避，好讓鸚哥安睡。”風趣之至。〔浪淘沙〕云：“報道一聲春欲去，斷盡花魂。”“爲問人同春去了，若個温存？”惆悵切情。又〔金縷曲〕《寄厲志雲》换頭云：“伊誰真把塵緣屏，問茫茫知音何處。笑他歌郢。尚有愛才心未死，獨藕抽絲難盡。記舊約平山相等，衹怕重尋時已改，聽潮鳴月滿秋江冷。君去也，鶴宵警。”聲凄以厲，哀怨之作也。〔念奴嬌〕《檢亡婦遺札》一首絶佳，詞云：“珠沉玉碎，試開箱尚有，雙魚殘字。莫道烏龍曾染紙，侵眼都成紅泪。五夜詩催，八行書就，誰向瑶京寄。人生行樂，壯時偏不如意。　　愧我連歲辭鄉，春來携酒，尚踏平山翠。堪嘆林禽稱共命，留得風前孤翅。美景空存，離情難補，此恨銀箋記。挑燈重展，年年添作秋思。”教人無處著圈，是絢爛之極，歸於平淡也。此外尚有〔如夢令〕十首，蓋悼亡之作，而未加附題，實集中壓卷之作。其一曰：“樓上瓊簫罷弄。蕭瑟金風相送。朗月照空階，露冷桐間孤鳳。誰共。誰共。偏是愁來無夢。”其二云：“幾陣簾前秋雨，滴碎蕉心難補。琴倚夜窗虚，猶記蘭房小語。空伫。空伫。輸與河邊牛女。”其三云：“作客頻嫌書懶，握手遽驚魂斷。江水碧無情，咫尺天涯歸緩。不算。不算。草草夢中春短。”其四云：“獨對茫茫蒼昊，何處瑶池瓊島。行客總須歸，那問華年正好。去早。去早。歲月慣催人老。”其五云：“徙倚空閨神倦。庭草萋萋緑遍。玉匣網絲生，人赴碧樓金殿。不見。不見。寂寞殯宫秋薦。”其六云：“堂畔似聞纖素，葉落階前無數。踏碎一庭秋，爲掃夜中歸路。且住。且住。檻外飛鴻暗度。”其七云：“翳翳林端烟靄，睡起怪禽聲碎。誰料碧天遥，環珮更歸天外。重會。重會。知是人間何代。”其八云：“彈指流光十載，石上三生相待。碧落寸心通，精衛何勞填海。未改。未改。仿佛雲鬟常在。”其九云：“偶檢篋中殘綉，枕上泪痕沾透。翠帶幾回量，不信秋來腰瘦。聽漏。聽漏。又是黄昏時候。”其十云：“千古神原不死。默禱爐香篆紫。清酒未曾乾，畫像空留形似。如是。如是。焚寄家書連紙。”情真語摯，自然入妙。先生悼亡者再，而卒賴繼室嚴覺先女士之賢，爲梓遺稿，此亦報應之不爽者，至〔沁園春〕“英雄老，哭名流健者，一例庸才”“壯不如人，世誰知我，獨立蒼茫倒緑醅”，則效劉龍州體，而嬉笑怒駡，雖非詞家所尚，亦可見生平骯髒不平之概矣。

（以上《集成》1947 年第 1 期）

一二　桂蔚丞暗香

邗江桂先生蔚丞久任北京大學地理教授。南還後，遂爲府中學堂邀任講。余肄業省立八中時，先生以皤然一老，講授群經大義。民八孔誕日，先生嘗於大會堂講《禮記·孔運大同》一章，實爲余治禮學之先導。生平長於爲詞，而遺作不少概見。主修《江都縣志》，刻本今已稀見。但讀王翕廷鑒《懷荃室詩餘》，丁巳（民國六年）新刻三卷本，附録先生和章一闋，蓋即民國年年題春作。王融永明之體，賴宣城詩集以傳。吉光守羽，彌足珍貴。兹迻録於左，覽者幸勿笑爲阿其所好過而存之也。詞調寄〔暗香〕，懷荃原作有副目：人日懷蔚丞，先生步韵，云：“試燈幾日。看漢宫柳弹，昆池冰坼。羯鼓衝寒，怕聽花前數聲擊。新歷應題上巳（原注：近歲參用西曆，却好三月三日。），渾不見怒江春色。衹感得驛使梅枝，遥向隴頭擲。　江北。望眼急。嘆暮雨短檠，笑共誰索。李程賦筆。無復豪情吐紅霓（原注：舊七政曆改爲觀象歲書面目全非矣。）。賴有迦陵鼓吹（原注：謂陳孝起戊丁詩。），聊寄遣西窗幽寂。想此夜搔白首，聖湖水碧。”

（以上《集成》1947 年第 2 期）

詞　話

石獅頭兒◎著

石獅頭兒，作者生平不詳。《詞話》原載《同聲月刊》1941 年第 1 卷第 3 期。本書即據此收録。

《詞話》目録

詞　話

一　汪精衛論詞人

某夕，在汪精衛先生寓晚膳，談及近人所爲詞。先生云：“《雲起軒詞》，人人知爲學蘇辛，而不知其沉博絶麗，非深於夢窗者不能也。彊邨詞，人人知爲學夢窗，而不知其灝氣流轉，非深於東坡者不能也。”余聞之，憬然有悟。

二　雲起軒詞金縷曲解

《雲起軒詞》有〔金縷曲〕一首：“别擬西洲曲”云云，讀者每不得其解。先生曰：“此爲珍、瑾二妃作也。”“一霎長門辭翠輦，怨君王已失苕華玉”云云，辭意顯然。《竹書紀年》：“癸命扁伐山民，山民女子桀二人，曰琬曰琰，后愛二女，斲其名於苕華之玉，苕是琬，華是琰也。”以此喻珍、瑾二妃，其工整蔑以加矣。至所云：“看對對文鴛浴”，則刺西太后也。楊鐵崖詩：“六郎酣戰明空笑，對對鴛鴦浴錦波。”以武則天喻西太后，其工整亦蔑以加。余聞之，始知同一讀雲起軒，而心領神會之相去，有如是者，益知此後讀書之不可不虚心矣，乃拜識之。

珍重閣詞話

趙尊嶽◎著

趙尊嶽（1898～1965），字叔雍，齋名珍重閣、高梧軒，自號珍重閣主人、高梧軒主人，江蘇武進人。晚清四大家之一況周頤的入門弟子，晚年移居海外。著有詞學論著多種，如《明詞彙刊》《蕙風詞史》《珠玉詞選評》等。《珍重閣詞話》發表於 1941 年《同聲月刊》第一卷第三、四、五、六、八號，後在此基礎上修訂爲《填詞叢話》。本書即據《同聲月刊》版整理，序號乃整理者所加。張璋《歷代詞話續編》（大象出版社，2005）刊載之《珍重閣詞話》乃據《同聲月刊》第一卷第三號加以整理，共計 111 則，遺漏了第四、五、六、八號中的內容。孫克強、聶文斐曾輯録，刊載於《民國舊體文學研究》第一輯（國家圖書館出版社，2016）。陳水雲、黎曉蓮編《趙尊嶽集》（鳳凰出版社，2016）中亦收有《珍重閣詞話》整理本。

《珍重閣詞話》目録

四五　清真不以俳語説情
四六　柳七説景最寬
四七　詞有極凄怨而綺麗者
四八　沖淡一境
四九　長調易患質實
五〇　雅入而厚出
五一　言情與言景
五二　天分者作妙詞
五三　涵養與學力
五四　詞家有機鋒語
五五　最高之境
五六　詞中妙諦
五七　詞之重言
五八　疏秀語
五九　質實語
六〇　詞筆與詞心
六一　風度與詞心
六二　讀詞之法
六三　就詞言詞
六四　詞氣能疏秀見風度
六五　言情之空實
六六　言情須含蓄
六七　詞之空質
六八　言景能品
六九　言景之作
七〇　情景雜糅之作
七一　不見質實之法
七二　用經史成語之法
七三　氣度與風度
七四　幽蒨華貴哀怨之作不可不慎
七五　詞之能品與神品
七六　言情言景宜立言重大
七七　拙語申慧思
七八　拙有二境
七九　雋語當有真情
八〇　詞面求拙
八一　辛劉并稱
八二　詞成後須細誦
八三　循誦之法
八四　選詞之法
八五　備家數之詞選
八六　選碩彦之詞難著手
八七　鄉里士人情勝於詞
八八　常州寓疏秀於清雄
八九　歷代各有成規
九〇　説迷離語
九一　改定初稿
九二　説迷離事
九三　詞中風度
九四　雕琢之弊
九五　不可偏廢
九六　夢窗煉字
九七　功成自到
九八　在骨幹不在字面
九九　貫串
一〇〇　清腴
一〇一　淡
一〇二　詞之奇特在意境
一〇三　過猶不及
一〇四　倜儻語
一〇五　轉折得圓轉之妙

珍重閣詞話

一　首貴神味

作詞首貴神味，次始言理脉字句。神味佳則胡帝胡天，亦成名作，而神來之筆，又往往在有意無意之間，其中消息，最難詮釋。

二　神味

作詞之神味云者，蓋謂通體所融注，所以率此理脉字句，而又超於理脉字句之外。若以王阮亭所謂神韵釋之，但主風韵，則或失之俳淺，非吾所謂神味矣。

三　神不可強求

神可自至而不可強求。求致力於神味，但當就常日性習問學爲陶鎔，若謂每日整挈其神，協之聲律，萬無此理。

四　神來之作

神來之作，不假理脉，而理脉自得，不假句字，而句字自潤，是在平日涵養學力兼尚。若徒有神來，而學力不足以濟之，亦徒負慧心耳。

五　詞筆與詞心

詞有不得不作之一境。不得不作之詞，其詞必佳。蓋神動乎中，文生乎外，是即神來之筆也。文人慧心，當風嫣日媚之際，燈昏酒暖之時，輒有流連不忍之意。此流連不忍之至，發爲文章，即所謂不得不作者矣。詞心既萌，詞筆隨至，若稍縱者，亦復即逝。此境在一刹那間，試加體會，詞家當必以爲過來人之言當也。詞筆易學，詞心難求，詞心非徒屬諸詞也。文人慧心，發乎中而肆於外，秉筆則爲黄絹幼婦，在詞則謂之詞心。所以涵養之者，要在平日去俗遠而接書勤。讀書之際，時時體帖書中之情味，使即於讀時之景物，久久書與物也，與讀者也，融成一片，庶幾近之。若讀時但知有我有書，而不以景物情致介於境中，亦不易得。

六　玩其神味

作者往往完篇之後，自以爲名章俊語，而讀者每患索然，此作者不能以情饋之讀者也。慧心所托，知之者烏能無動於中？是以完篇之後，越日當循回讀之，覺情致嫣然在紙，積月以還，更不少減，知讀者於此詞，必入彀中矣。其别有所寄，或語格迥殊，或自是名篇，但愜欣賞，爲它人所莫辨其甘苦者，又當别論。

七　以淡爲深

情有數種，其以濃爲深者最膚淺，以淡爲深者最至摯。特以淡爲深，筆須蒼勁，非一蹴所易幾。譬如斜陽芳草，至足流連。其言人之流連者，可作濃語，情實非深。其言風物之流連者，差勝一籌。其言風物之常存，而人之不能常自流連也，情較深而語亦不能過濃。若但風物言風物，人言人，而有機括以杼軸其間，則此中正有一彼此依依而不能常接，不如聽之任之之意。作此等語，情最摯至，而其言則非蒼勁沖淡，不易曲達矣。

八　題境

詞有題境絶窄者，若徒就題立言，雖極敏妙，骨幹必柔。若言纖芥而能拓其情理於極大，使就中有可通之理，即言雖纖而寄托大，情味自必并茂。反之，言極大者，充其分際，必爲粗率獷暴，則亦宜約之使纖，使語纖而意境不失其大，是在錘煉之深。

九 學詞之道

學詞但能學章句理脉，發纖使之廣，約博使之微，則在常日多讀，多涵養觀摩，與求詞心同，蓋有不能招之即來者在。

一〇 命題之詞

命題之詞，主者於起拍即以數語籠罩全題，不必犯，不必避，而題意已在其中。此後或演繹之，或泛瀾之，率在作者。其次，先於題之前後，瞻顧回環，而不見斧斤之迹。又其次者，始就題以立言，步驟井井。若求深周納，隨意放過，似有所指，而絶無真意，斯爲下著。

一一 質樸之境

詞有質樸之境，語極沖淡，思緒覃然，不爲驚才絶艷之言，而令讀者一例顛倒，此最不易爲者。

一二 新穎之語

詞有新穎之語。或意本平庸，而出之吾手，便成妙語；或摭拾一事，未經人道；或偶押險韵，特地生色；或本舊意而新之；或别立一境界以張之；要在作者之狡獪。此固非詞之正規，但能偶致以炫才，不足以此增重也。

一三 渾成之境

渾成之境，更非一日所可幾。纖巧或爲渾成之害，而語纖者意固可以渾成也。語貴直貴圓，意體貴渾成，消息至微，不可不辨。

一四　構思

填詞構思，有預定之步驟。然走筆之際，又往往隨筆更易，愈操勝詣，或博或約。有時又以求協律韵，汰舊出新，是在有慧心者隨意爲之。在未舉筆前，每似意冗而難就。走筆之後，簡括爲數語，復似患意少矣。

一五　名作

名作輒於融情入景，融景入情時，微微以一二字畫龍點睛，俾成絶唱。

一六　第一勝著

言情愈摯，煉字愈細，字面愈淡，此第一勝著也。

一七　詞序不易爲

詞固不易爲，詞序尤不易爲。感愴之情，於以爲楔子，又與詞不得相犯。若詞語盡入序中，則何尚乎詞？白石道人，最擅勝場。

一八　綺麗字

綺麗字爲詞中所必需，而用之不得其當，但覺累贅，失其真氣。至有智慧者，雖用質實之字，亦可出以清空之思。

一九　一題作數調不宜相犯

一詞之意固不可叠，而一題作數調、數闋者，亦不宜相犯。其能并前人所言而澄汰之爲尤妙。

二〇　響字

詞中用字，宜有一二處用響字。此在定例陰陽四聲之外，於沉潛中見其摇曳，足以振挈全篇。然在善用者用之耳，不可强求。

二一　詞有層次

詞有層次，而不重勾勒，所謂意方而筆圓，及其至也，意圓而筆方。

二二　濃艷之字

詞中宜有濃艷之字，如布金沙，眩人眼目，顧非陸輔之所謂詞眼。輔之所説，拙極無是處。

二三　詞中經史成語

詞中用經史成語，須先錘煉，使就我範圍。其用之也，須人一見知其意在言内，情融言中，而無從見其斤斧爲要。

二四　典麗語

典麗語易犯傖俗。北宋人用之得當，見其氣度；南宋以還，均嫌纖卑。康伯可雖一代名手，未能脱俗。

二五　北宋以淡爲第一義

北宋未嘗不擇字而用，特認定淡爲第一義。無論何語，均簡煉之，使淡泊而情深。此在筆端靈活，前後呼應。《花間》擇字主濃，而筆端機括，足以勝之。後此以餖飣爲擇字者大誤。

二六　雋永之筆

雋永之筆，決不可稍稍蕪雜。一亂即無雋永之可言。

二七　字面字裏隨分驅遣

字面字裏，各具方圓，初學者但求用之不失其規矩。及其至也，以筆力、意境隨分驅遣之，使更見精采。

二八　填詞關鍵

填詞有二語貌似相連，而其中細味之却少一關鍵者，由於運思之未摯，用筆之不熟。關鍵固可明轉、暗轉，却不能省略。太明則味淺，太晦則詞斷，須在迷離中有一徑可通，方爲悟入。

二九　迷離之妙境

詞中固有迷離之妙境，然迷離中正有一真是非在，須理本可通，而姑爲迷離之詞，使人迂道以赴之，猶焚香斗室，香篆雲裊，而烟雲中正有碧紗青玉掩映其間。若但尚迷離，而無一真境，則似迷離而忘其本，詞氣惝恍，將使人不知所指。好學爲迷離語者，宜省識之。

三〇　先求合宜

一詞一語，均有一合宜之字，先求合宜，再求精審，最後始以神勝。所謂合宜，指其分際而言之也。其或不獲合宜之字，則不以學者見之不廣，即造詣有所未至耳。

三一　宋詞風度佳勝有偏重

宋詞風度佳勝，亦各有偏重。小山華貴而取境不大，淮海艷宕而或失之輕俊，梅溪摇曳，敏於詞令，事理實拙，方回膚廓，玉田諧婉而中空，草窗花外，但敷藻作貌似之説。此在讀者能各取其精，各避其失。

三二　詞尚風度

詞最尚風度，須摇曳而不輕蕩，摇曳於字面音節，而重拙於骨幹神理。反其道者，萬非佳詞。

三三　清初人詞專矜風度

清初人詞，專矜風度，而每失之纖靡，蓋并其骨幹而摇曳之也。於字面求摇曳時，於骨幹宜特求重拙，使銖兩相稱於相反之中。若并其骨幹而摇曳之，焉得不輕不靡？

三四　風度不易求

風度最不易求致，須在日常涵養，頻蓄於心，時上諸口，久之遂似位置其身於花明柳暗之間，偶拈韵語，風度必佳。若但在讀書上求之，必并致骨幹纖柔之弊。語之蒼潤，各有風度。白石語最蒼而風度亦最勝，風度固不徒訓側艷者也。

三五　調之諧澀各有風度

調之諧澀，亦各有風度。特於諧婉中求風度易，於促拍中求風度難，亦惟促拍中有風度，乃臻其妙。

三六　氣度

風度之外，别有氣度，消息至微，不可不察。風度指體態，而氣度指神情，其最勝者，無論語之蒼潤，氣度必雍容和緩，珠光劍氣，不足抗其明；紅英翠錦，不足喻其艷；玉堂金帶，不足方其豪貴；清歌妙舞，不足方其英華。有風度之詞，間尚得見，氣度雍容之作，尤爲罕覯。

三七　蒼勁中出之以雍容

風度隨語意而占勝著，爲蒼爲腴，一視其詞，氣度則蒼勁中亦宜出之以雍容。白石晚年諸作，具此勝處。

三八　辨詞尚渾成工穩

辨詞先尚渾成工穩，進求成就，各各不同。有以性情勝，有以新穎勝，有以精燦勝，有絶不修飾，自見風度，有刻意藻飾，英華獨絶，有艷在骨中，有蒼在言外，或一家兼數者之長。此須各就所作，逐首逐句推敲之，始可體會。

三九　言情尤難

言詞無非情景，而言情爲尤難。有二三虚字中，便藴無窮之轉應者；有情深而繁，多言莫罄，轉藉一二字以達之者；有委宛語煉錘簡易，轉見深刻者；有字面拙大，而内實俳麗者；有以一二虚字振挈全篇者；有一二語中暗轉四五，而立言之意，更在暗轉之外，特其消息非於轉應中莫達者；有言極膚淺，而實藴蓄深厚者；有言此而實不指此者，但標綱領，已不勝言。至於關節所在，當在讀者隨意體會之。

四〇　迷離直質各有勝處

情語迷離直質，各有勝處。然迷離當致力於字面，直質當致力於骨幹。

四一　情語宜有含藴

情語宜有含藴，有含藴，便令人回咏無窮。其以斬截語言情，而仍使人回咏者，是最大筆力。

四二　作詞第一要義

凄苦之音，出以華貴，爲作詞第一要義。

四三　説景須使靈活風度

説景須使靈活。若於靈活外更尚風度，則爲尤勝，蓋靈活方能融情入景。此理或可通之於丹青，而靈處丹青或不及盡之。

四四　説景範圍不尚大小

説景之妙，範圍不尚大小。幽花纖草，亦可寄天地寥廓之情。

四五　清真不以俳語説情

清真不以俳語説情，而委婉自見，最爲難能。

四六　柳七説景最寬

柳七説景最寬，無論何物何事，一一摭拾入詞，均能位置熨帖，使傳勝情，具妙景。宋人正法，殊不易幾。

四七　詞有極淒怨而綺麗者

詞有極淒怨而綺麗者，但言時花美女，已著春老秋衰之感，此等語易爲而不易傳神。此在性情襟抱中，當先懷此無可奈何之苦心，又復遇艷陽芳物，悵然爲感，不能無言，然後行之於筆，深之以學力，始成名篇。否則滿紙均詞家口頭之語，真意索然，何必有作？

四八　沖淡一境

沖淡一境，不易銓次。大約隨意説一事一物，使事物之情致宛然者，初乘也。不必有擇於事物，信筆言之，而情致不減者，中乘也。并吾所以言之者亦不加意，事物尋常，情致轉深者，上乘也。

四九　長調易患質實

長調易患質實。質實之作，縱珠玉并陳，不過瑰麗如入五都之市。若參以疏秀清空之氣，則位置得當，始足移人，此在得力於風度以濟之。

五〇　雅入而厚出

詞須知雅入而厚出，則無輕纖之弊。雅入由外而内，用文字以寫吾心於外，謂之詞藻。厚出由内而外，寓吾心於文字，謂之骨幹。不雅入，其失在表，不厚出，其纖在骨，尤犯大忌。

五一　言情與言景

詞無非言情言景。言情者婉約以達意，詞之正規也。言情多半得力於天分，天分不高，作者之情，何由而達？能有妙語，其次賦景，流連風物。賦景者但摭取耳聞而目見之事，停勻位置，天分稍遜者，猶可以學力拯之。

五二　天分者作妙詞

有天分者作妙詞，非詞筆勝也，詞心之慧，百倍詞筆，信手拈來，直不自知其何自而得之。其徒以學力勝者，則同於苦吟矣。

五三　涵養與學力

善爲詞者，信手所得，與求之而得者，少有差第。蓋學養均深，信手而得者，先之以涵索，智慧日增，詞心日利，一觸即發，召之亦即來。其僅僅得力於學力者，自不若得力於涵養之妙。

五四　詞家有機鋒語

禪宗有機鋒語，詞家亦有機鋒語，似入頓教，便成圓覺，拈花心印，無從明言。惟此機鋒之中，正有可以證入之道，特凡夫下愚，不能知之耳。詞中機鋒語，固不難作，惟機鋒語之求得證入者，正自不易。然不能證入而作機鋒者，將謂之何？故欲一試詞家南宗者，尚須先自參悟證入。

五五　最高之境

詞有最高之境，言烟雲花月，而真意不在焉。非不在也，吾心可以驅策烟雲花月也。蓋吾心之高超，更在此天機活潑之外。此何等景界，求之要在作者之胸襟耳。

五六　詞中妙諦

詞中有必不可能之語，必無之事，然信爲妙詞，且一見知有妙諦在者，此亦南宗語也。

五七　詞之重言

詞亦有言花月，而别立一意，以重言之者（并非寄托。）。譬如風月移人，實則風月不能移人，風月中正有移人者在，即持此以言風月，其所造詣，必較高矣。言時花美女，捨花女而言其所以時，所以美者，意更深遠，即藉所以時，所以美者，而推衍其意，亦必多妙諦。此捨其軀幹而標舉其神會，文字而通於哲理矣。

五八　疏秀語

風度流露，往往於疏秀語見之。風度固不僅主疏秀，特於疏秀處易見耳。言風度者，固不能離文字以求之，然亦不能泥於文字。字面可求者，則假手於字面，字面不可求者，則假手於神會。譬如言景則貴生動，奇花瑶草，當使於凌風浥露時，見其風度。至風露之明言與否，則在作者之驅策耳。

五九　質實語

質實語一例可見風度。若淮海詞中，觸目即是金玉琳琅，字面堆砌，雖質實之語，同具風度。彼專以“東風裏、朱門映柳，低按小秦箏”爲風度者，是僅知疏秀之風度，而不知質實之風度，一間猶有未達。

六〇　詞筆與詞心

詞筆佳則文字勝，詞心佳則風度勝。就詞筆以求詞心，不如捨詞筆以求詞心，泥文字以言風度，不如捨文字以言風度。其不獲於詞心，而僅於文字上求風度者，學爲生動之語，必趨纖滑一流，轉見其弊。

六一　風度與詞心

欲求學爲風度，不如學覓詞心，二者均不易求得者也。學爲風度，當取古人名作，風度絶勝者，吟回久久，最後詞語難忘，而風度猶在，似我已著身爲詞中之人，然後行文走筆，以詞中之人，寫詞中之情景，詞心自然湧現，詞筆亦必有風度可見矣。

六二　讀詞之法

讀詞之法，首窺作者之性情襟抱。蓋詞本抒寫性靈之物，而性情襟抱，既不易懸鵠以求，且或有轉足以限制人之學力者。讀詞能首加致意，則積久之後，性情可以陶融，襟抱可以開朗，自進益於不自知之中。

六三　就詞言詞

就詞言詞，當先研考其體制、品格、風度、氣度。體格，即章法也，品格則辨其高下，爲厚爲佻；風度求其雅潔摇曳；氣度求其雍容和粹，然後更及煉字琢句，起應承合。詞之工拙，於此盡之。

六四　詞氣能疏秀見風度

詞氣能疏秀見風度，則字面雖精金美玉，不嫌其七寶樓臺。言情之作，每長風度，又輒失之空泛。須堆砌而能疏秀，摇曳而不見空泛，始爲允作。

六五　言情之空實

言情之空實，不可強求。蓋情本吾心所發，蘊諸寸衷，磅礴彌漫，然後登之楮墨，揮轉自如，自然佳勝。其強求之者，心本無情，貌爲情語，縱筆力可勝，句字停勻，是哲匠耳，何名爲情？

六六　言情須含蓄

言情須含蓄之情，多於文字，似以吾滿心所蘊蓄，寄托於此數十百字之間，回環而不能盡之，爲事正不易易。其胸無所有，以強填一調者，必失之空，殆無疑義。

六七　詞之空質

詞之空質，在文字謂之泛，謂之實，在吾心謂之真，謂之僞。情真則所蘊自深，情僞則本無所蓄，謂之泛實，無寧謂之真僞。

六八　言景能品

言景之作，亦有一境一物，往復流連，布置停勻，亦爲名作者，特能品耳，未足爲神品也。

六九　言景之作

言景之作，有以目中所睹者，并兩三語爲一語言之，此語自已妙勝。此外或更因景及情，或并情語超而空之，能用極拙之筆，而不覺其枯寂，字畫沖淡，而字字對景以發，不落泛套，斯爲名作。

七〇　情景雜糅之作

情景雜糅之作，所見者景，所思者情。以有所見，方有所思，以有所思，遂似更有所見，遂似所見者益生感會，此中正有不少回環。故此等語，言景質實，言情清空者，初乘也。言景清空，言情質實者，中乘也。清空質實，藴之於字裏行間，而不見諸文字者，更上乘也。并二者而超空之，言景不嫌其實，言情不嫌其空，所語不在情景，而實合二者於一體，最上乘也。

七一　不見質實之法

用質實字而不見其質實者，法有數端。一、字裏行間有清空之氣，吾能運用之，而不爲所滯。二、風度摇曳，遂不覺其字面之質實。三、筆端有力足以制之。四、位置停匀，令人莫察其爲質實。

七二　用經史成語之法

用經史成語之法，須擇與題面合者用之，厥有四法。一、摭取其字面吻合者用之，人且渾不見其類經史語。二、因其原文稍爲穿插，使就詞筆。三、用其一二字，人人知其爲經史之字，而以造句得法，遂不嫌其方剛。四、取經史之意鎔鑄之，此在先能熟覽，使供驅策，便成活著，隨意位置，無往不合。總之，無心用者，勝於有心，一有心，便患斤斧之有痕迹。

七三　氣度與風度

詞固有譜、有腔律，可以叶而歌之，是以宜參以氣度，使幽蒨雍容，各極其致。蓋曉風楊柳之作，一登氍毹；黄河遠上之詞，旗亭畫壁。在歌者必濟之以體態，始極其妙。倘無氣度，則詞雖佳，若泥塑美人，毫無生氣，拍歌者將何從濟之以體態耶？美人之美，歌者之歌爲一事，體態爲又一事。通乎此者，始知詞中之必需風度。風度與詞，如影隨形之至理，於此可證。

七四　幽蒨華貴哀怨之作不可不慎

幽蒨絶頂，華貴絶頂，哀怨絶頂之作，均不易爲。常人輒一涉幽蒨，便成衰颯；一涉華貴，便成俗劣；一涉哀怨，便成誹亂。此中消息，不可不慎。

七五　詞之能品與神品

詞有精金美玉之能品，有天然情致之神品，一在學力，一在天分。在學力者有蹊徑之可通，在天分者無可希冀於萬一。

七六　言情言景宜立言重大

言情言景，均宜立言重大。重大者易流於拙，須語重大而情有至理。至理所存，自然智慧。懷智慧以言重大必佳，捨智慧以言重大多拙。

七七　拙語申慧思

詞固重拙，然拙宜於無字處位置之。若能以拙語申慧思，或語情并拙，而詞則特佳，此最難事，非深於學者，不可妄冀。

七八　拙有二境

用新穎纖冶之語，貌似婉約者，往往轉成拙訥。拙固有二境，最佳者求拙，最劣者亦拙，拙於此而長於彼者佳，其訓笨伯者爲劣境矣。梅溪或蹈此失。故婉約之筆，宜以真智慧出之，不能徒乞靈於字面。

七九　雋語當有真情

雋語當有真情，否則流爲佻蕩，其境至不易别。蓋即以真智慧強作雋語，亦且多佻，遑論其他。

八〇　詞面求拙

詞面求拙，拙而能成就，則已届爐火純青之候矣。拙與方不同，拙者情拙，方者言方。方中亦有優劣，語方則須意圓，語圓則求意方，其并行者，且兩失之。

八一　辛劉并稱

辛、劉并稱，辛實高於劉。蓋辛以真性情發清雄之語，足以喚起四坐靡靡，别立境界，其失或疏或獷，則爲雄之所累。有辛之清，抒辛之雄，不免此失，無其清而效其雄者可知。實則清根於性情，雄由於筆力。綜覽全集，亦有〔祝英臺近〕等不雄之作，而無不清之作，斯實由於真性情所寄托。彼貌爲狂放者，當知所鑒矣。

八二　詞成後須細誦

一詞既成之後，必加循誦，至於數四。往往填詞之際，按聲循律，意緒稍紊。或專尚華艷，而失清真之趣；或過於餖飣，而無貫通之力。則於詞成後細誦之，可謀改定。其誦之也，當如讀前人之詞，以己身設想入於詞境，玩索久久，則某字失黏，某字不工，某字不貫，其病灼然可見矣。

八三　循誦之法

設身入詞境，設想循詞脉，境真而派脉，大體粗備矣。但在循誦己作時，必須視之如前人之作，不假絲毫私意於其間，則癥結始可畢露。

八四　選詞之法

選詞之法，選昔賢名作，必須將其全集玩索一過，知其專精所在，學力所迨，依此門徑，而取其尤勝者。然專工艷冶者，其餖飣纖靡之作，亦固不能入選。大抵主其所長，而又不廢其所兼備者，斯爲合格。主於中者，當先立吾個人之準則。如言風度，須先知以何者爲極風度之勝，某家詞有類此者，則輯録之。如言沉著，須先知以何者爲極沉著之能，某家詞有類此者亦輯録之。至於操選政者，在中流以下，或雖填詞比附風雅，而拙訥木強，莫窺詞中之消息，則訊以何者爲風度，或不能答。或以輕佻爲風度焉，或以少骨幹而但尚摇曳者爲風度焉，或以貌似清空之語爲風度焉。凡此本人尚不能知之，胡能論列前人之作？其所選自不足觀。好事操觚者，其知所慎乎。

八五　備家數之詞選

備家數之詞選，在存一邦之文獻。或以人名而存詞，或以詞名而存人，或人詞并不著於當世，而前輩碩學，故交風雨，當爲少留其鴻爪。凡此之類，但當取其人全集觀之，酌録其佳勝者。其次但檢其首尾完整，少有趣味，偶有合式之作，便爲搜羅。更其次者，降格以求，則取無顯見之劣處，首尾勻净者輯之而已。蓋語務高深，則此輩率遭擯弃，又將安得以傳其人耶？

八六　選碩彦之詞難著手

往往有一時碩彦，博通經籍，出其餘緒，以拈詞律，舛訛百出。其最佳之作，但摭取前人吐弃之第一義而引申之，花明柳暗，能不失其位置，已稱停勻。其次者師辛、劉則暴涉於獷，師周、王則纖及於薄。似此縱積至三十、五十卷，亦糟粕之尤。此蓋不知消息之過，似日日遶回門宇，而不得其户庭，則登堂入室，無論如何，終隔一塵矣。選此輩之詞，最難著手。

八七　鄉里士人情勝於詞

鄉里士人，輒有所作詞，外表甚訥，而骨幹殊強，語亦疏秀者。或用字極重極拙，雖筆力不足回旋，而通體尚有真情者。大抵此等文字，情勝於詞。以情發乎靈府，通乎襟抱，無往不可。若詞筆則須學力、天分兼到，非信手拈來者所易致。

八八　常州寓疏秀於清雄

有清自王阮亭以疏秀取勝，風度均近纖懦，重拙之妙，無復偶見。人人涉想於清空中作綺情語，摇曳爲主，雍容爲用，末流之弊，不可勝言。既而又有以辛、劉爲宗者，遂出粗獷之語，自謂起八代之衰，蓋視阮亭，矯枉過正，其失遂等。於是清詞不歸綺靡，便歸雄獷。至張茗柯出，而寓疏秀於清雄，曲遂流暢之美，而不使之涉於纖佻，其道稍重。然常州詞人，自兹以後，犯阮亭者幾已絶無，而犯粗獷者猶復不免。今就此以操選政，亦甚矣其憊矣。

八九　歷代各有成規

詞於文字，一代有一代之成規。唐主蕃艷，南唐因之。北宋尚骨幹清遒，南宋尚麗密雕飾。元承南宋，又少少間以疏朗。明最靡陋。清初主綺靡，既尚雄獷。茗柯出則推北宋，發事外言内之旨。其後至於半唐，沖淡沉著，力規於古，差復兩宋之舊觀。此可以論列者也。至於并世歧途，各極其勝。二主真率，韵味深長。耆卿縟綉，東山秀逸，白石蒼勁。天籟、遺山，各以雄勝。明季二陸，沉著可誦。飲水彈指，庶幾北宋。彊邨、夔笙，并師半唐，一以精金美玉，方規夢窗；一以天才逸思，自矜北宋。此則在一時風會之中，别寓獨標奇幟之志，不可例以朝代而推定者矣。

九〇　説迷離語

説迷離語而就中影射一事一物者，頗不易爲。蓋即須切此事物，又須特作迷離，二者消息，并存不背。求工者但當以智慧之筆，運空靈之思，使其如夢如影，無所沾滯，而又不失黏，庶乎得之。

九一　改定初稿

改定初稿，見有未盡善者，當别辟新意，或别造新語以易之。然此新立之語意，亦更未妥，則亦當急擯無少惜。倘必刻舟以求劍，其所失且更大。有時一字一語，屢經改易，自見精采，掉以輕心，庶必失之。

九二　説迷離事

説迷離事，不宜出以質實之字面。然質實字正亦不妨間用，但當於意境中求其妥洽，爲不易耳。

九三　詞中風度

詞中風度，大抵主騫舉高尚，沉刻雄潛。若字面過求摇曳，或故加琢飾，流弊所及，真氣泊如。北宋名作，與南宋之相隔一塵者，正在於此。初學詞者，尤切忌引用新穎摇曳之字面，或纖或僞，不可不慎。

九四　雕琢之弊

雕琢之弊，必爲纖脆。即一字之微，消息各異，太過與不及，即不相稱。北宋之高，在清，在渾成，於此可知。

九五　不可偏廢

凡詞中二語下貫以一語，則此一語必包舉前二語，始能串貫，萬不可使偏廢。

九六　夢窗煉字

夢窗之煉字，在煉形容事物之字，有時從蒼勁中鍾煉得之，有時從艷冶中鍾煉得之，有時從明媚中鍾煉得之，各極其勝。然蒼勁者難，雕琢者易。

九七　功成自到

智慧所及之句易學，蒼勁中見趣味之語難學。寓智慧之心於蒼勁之内，使筆力沉潛而重大者，更無可學，當徐徐以襟抱學力鼓濟之。

九八　在骨幹不在字面

詞立境之奇特，立意之新穎，或奇艷温馨，或婉姝秀麗，或雄放豪舉，均在骨幹而不在字面。故可以騫舉之筆，寫温麗之情，艷極之筆，寓悵感之致。若作艷詞而必餖飣於香奩之字，作豪放之詞而必托情於江風山月，已爲下乘。其更下者，但有艷詞而無艷骨，但有獷語而無雄境，立詞奚爲？

九九　貫串

詞一句中有轉折，然上下必須貫串方得，非但謂字面之貫串也，當重於意識之貫串也。意識之貫串，有外轉、内轉，而字面亦必求其上下可連續者。盡有意義貫串而字面不協者，置之詞中，終礙人眼。

一〇〇　清腴

詞主清而不主瘦，清腴是用筆第一要義。清而瘦，寡然無味。清而腴，則厚永之音，回翔篇幅，清在字裏，腴在行間。運腴語於清思，庶極文章之妙手。

一〇一　淡

北宋詞於清腴之外，兼備重淡，淡當在筆底著意。蓋清、腴、淡三者不可偏舉，必於一句、一拍、一節、一奏之際，時時加意，始極造語之能事。惟骨幹之説，猶不預焉。

一〇二　詞之奇特在意境

詞之奇特，當在意境，不在字句。奇於字句，便患突兀。若意境奇而字句不奇，則平淺之筆，寫奇險之情，深思之愈得其妙。

一〇三　過猶不及

詞筆不可不拂拭而勾勒之，不可少過，少過則近於雕琢，且傷詞筆之渾厚。詞於厚重拙大，爲最要義，少失之即差以千里。

一〇四　倜儻語

詞中有倜儻語，倜儻在風度婉轉，能使喚質實者爲生動，以無情者爲有情。倜儻之筆，偶一用之，全詞爲之生動。若數用之，則恐流於飄忽。

一〇五　轉折得圓轉之妙

詞中轉折，固以暗轉爲上乘。然第一義語，轉折得圓轉之妙，亦即流利可誦，不可盡廢。

一〇六　疏密停匀

四字一句者，設用三實字一虛字。實字虛字，亦有疏密之辨。倘實字疏則虛字密，實字輕則虛字重。反此亦然，否即有沾滯空疏之弊。推之至於全詞，一時疏則一時密，一時實則一時空，當使無意求得停匀。

一〇七　四字對句起者易質實

諸詞以四字對句起者，最易質實，不煉則輕，煉之則晦澀，或不能合於全首。不若〔水龍吟〕〔徵招〕等之神來入手，可以妙句天成。

一〇八　換頭處

換頭處最宜將筆提空。若能二三語或一節奏後，再提空之，則尤靈躍紙上。

一〇九　大處重處

大處、重處不易學，不可不學。作忠貞瑨墨等詞，尤不可無此等語。所貴在以重大之筆，出以閑雅之詞，使不方滯，則爲上乘。

一一〇　領句之字

質實語、叙事語，不易見工，則在領句之字，適得其度。字面不在新穎，即極通常之字，位置得度，亦足唤起有情，楚楚生致。

一一一　詞不忌方

詞不忌方，方見筆力，但圓中不可著以方也。

一一二　詞之摇曳

詞之摇曳，無關調之長短。但觀唐人諸拗體小令，可以知之。

一一三　詞忌空忌淺忌質實

詞忌空，忌淺，又忌質實。平心論之，古人所謂名作，“楊柳岸、曉風殘月”，亦不免空纖。“芳草有情，夕陽無語”，則亦空語。“雁横”“人倚”，又似質實。名作之重風度，於此可知。

一一四　後之勝昔求工爲難

古人名句，或取眼前道得者爲之。至於今日，則所爲名語名句，眼前光景，大都已爲古人道盡，必加微汰，於以知後之勝昔，求工爲難也。

一一五　詞最尚風格高騫

詞最尚風格高騫，不妨側艷。然側艷語宜有分際，少逾即便傷格。

一一六　貽贈之作

貽贈之作，不問所致之何人，但當高其聲價，蓋高人正所以自高。迦陵全不諳此，殊爲可異。

一一七　詞之絶妙語

詞之絶妙語，神來之筆，不可強致。若強致之，貌合即神離矣。

一一八　作詞宜由胸中發出

作詞宜由胸中發出，一氣呵成。若就心目所思者，強爲雕琢，無論如何工練，終少真氣。近人之以詞名者，未嘗不中此弊。

一一九　一氣呵成之作

一氣呵成之作，未嘗不可精研字面。蓋零璣碎錦，藴釀胸中，但有真情，便可驅策，隨意運用，不致板滯。然成詞之後，字字琢磨，改易再三，以求妥洽，又恐因改易而失全體之神，違全體之格，不可不將慎也。

一二〇　作詞貴將筆提空

作詞貴將筆提空。若泥題爲之，無論如何，必板必滯。

一二一　咏景之作

咏景之作，貴將眼前光景，瞑思體會，得其一點之靈機，又於此靈機既動，光景絶佳之際，著之以我。所著非我也，我之靈機也。我之靈機，使與光景之靈機相合，其身已飄然而不自持。擷此靈機以爲詞，必臻妙諦，然斯境非易致也。

（以上見《同聲月刊》第1卷第3號）

一二二　含嗜尤貴得當

詞之爲道，意内言外，雖格調不可不嚴，而含嗜尤貴得當。此蓋極戛玉敲金之能事，鸞箋翠管之匠心者。有志於是，則遠取諸物，近窺乎情，運實於虚，潛浮於沉，要當以大塊之文章，肆其詞筆。彼由詞求詞，但竊前人精勝之語者，固非上乘，而但就文字以求詞，不先陶冶其性靈者，亦何足語於詞之極精耶？

一二三　熟讀深思

史漢唐宋，魏晋六朝，佳篇名構，但以神會，無一非黄絹幼婦，而又無片言成句，可參之詞中。然熟讀深思，則條理風骨，自見精進，又寧止典雅而已哉？

一二四　學讀詞

欲學填詞，不能不先學讀詞。讀詞首在流誦諧適，使其音節停勻，諧適閑雅，久玩之自漸生其神味。待神味充兦，似讀者即會心爲作者，然後再因其理脉段落，而觀其擒詞敷藻之所在，則思過半矣。

一二五　多讀

詞中濃淡、雋永、清腴、淵穆之辨爲最難。蓋於中之消息至微，可以意會，不可以言宣，惟多讀斯能知之。

一二六　作詞之意

作詞之前，當先認定作詞之意。縱隨意漫吟，亦宜有所本而發之，斯爲不空。若徒以藻采黻飾，則窮其工極，不過麒麟楦，烏足以云意内而言外耶？

一二七　格局字面氣息

詞有格局，有字面。格局取觀於通體，字面求工於推敲。格局貴緊密停勾，充其極則胡帝胡天，自有妙造。字面貴適當，無論工否，須適合其分際，使後來競勝標新，而仍不得少爲移易。進於此二者，則當取徑於氣息。或標一家之長，或兼諸家之勝，造詣所得，蓋各隨其學力天分之所至矣。

一二八　詞中用字

詞中用字，名貴爲上，雋永次之，但以新穎藻飾者，殊不足尚。

一二九　吐屬貴俊雅

吐屬貴俊雅，不獨詞爲然也，而詞尤尚之。俊雅非求諸古人不可得，是又在讀名作時加之意矣。

一三〇　氣機

格局之外，別尚氣機。蓋格局猶有蹊徑之可尋，而氣機則在慧心之所極。氣機首在通靈，少失之滯，便索然寡味。以有形停勾之局，寓無形靈神之機，則庶幾其爲傳作。

一三一　拙語與諧婉語

詞應有拙語，應有諧婉語。拙語須出之至靈之境，否則流爲木訥。諧婉語須出之清疏之境，否則流爲輕滑。兩者消息，正不易辨。

一三二　詞不能無跌宕

詞不能無跌宕，而少失則空、則輕、則滑。當舉清疏之境參之，斯爲允當。

一三三　詞有迷離之境

詞有迷離之一境。言語無迹象，意詣當令自在，不假文字，情況宛然。要使文字反成贅疣，明言轉傷質直，方爲迷離之至境。然少一不慎，無的之矢，又不足以爲訓，轉至僨事，不可不知。

一三四　暗轉

詞中有暗轉，帷燈匣劍，相掩生輝。其承上文而暗轉，猶不若不承上文而暗轉，理脉自通之爲上乘也。

一三五　深入

詞當深入，先立一意，復轉一境，因境異則其意彌深。如是三四轉，情益勝而語益工，意亦益深，非信手拈來者，可以比擬矣。

一三六　俊語

盡有一二俊語，以位置之不當，轉致減色，或通篇不因之而加工者，則氣機有以沮之。是須在通篇致力，以拯其失。

一三七　認明題面

因題立詞，當在在認明題面。若僅以類似之語，敷衍成章，則嫌泛泛。是作者之通病，當於意詣上求專以藥之。

一三八　陳義絶高而措詞欠工

作者往往有陳義絶高，而措詞欠工者，則少讀、少作之故，驅遣不能靈活，有以致之。當存其陳義，而別涵泳於名作之林以求之。

一三九　融景入情

融景入情，自是詞家第一妙訣，而因融景入情之一二句，可按文隨之以作情語，情語由景轉入者，便更有據。固不僅以此一二句爲求工之止境也。

一四〇 咏物

咏物當就物之標格、風神、形態以求之。其就物以言者次也，其離物命意而約指及物者爲上，但就題用典以充篇幅者爲最下。

一四一 緣情之作

緣情之作，當有一二主要語，本其至情而發之，或深刻，或穠摯。其泛作情語，實無深入者，拾芥遍地，何貴之有？

一四二 虛字

詞中驅遣字面，端仗一二虛字。首貴適如其分際，宛轉貫串，而使面面均能顧到。

一四三 詞之最上乘

詞有宜直起直落者，若明若昧者。直起直落，不失之方；若明若昧，不失之浮。若於烟水迷離之中，而仍有理脉可尋，使讀者不能徑指，而自玩其妙，爲最上乘。

一四四 詞貴襟抱

詞貴襟抱。此各人所獨秉於天，而未易強求者。求其進則在涵養於沖淡朗逸之中，而以書濟之。次貴學力，此專在讀書。讀書之功候，愚者未嘗失，而智者亦不能僥幸致之。

一四五 詞境與詞心

詞境與詞心相爲表裏，亦或相反以相成。斗室之中，可以盤旋寥廓。山川之大，可以約之芥子。妙境慧心，初無限制。

一四六　回顧回應

詞中回顧響應，頓挫轉折，不但在長調中須求其精詣，即短調亦不可少忽。

一四七　深入與暗轉

深入與暗轉，二詣可通。蓋所謂深入之義，自是味厚，耐人尋思。然數層意義，可縱之爲一闋，約之爲一語。縱爲一闋，則潛機内遣，理脉宛然。約爲一語，則意深語警，情厚致濃。而字面務求其平淺，以平淺語寫深入之義爲最厚。其暗轉於中而研煉於外者，夢窗合作，所以别辟蹊徑，獨傳千古者在此。

一四八　短調全在神味

短調流咏，全在神味。一點詞心，便成一首絶唱，初不必光景事實，以爲之煊染。至神味當使淡於筆而摯於情，其情筆并淡，而綿邈移人者爲尤上。至所以能淡，端在詞心，初不能固立鵠轂以求之也。嘗自思之，於風光明媚之中，偶然觀感，有所觸發，慧根一動，詞意自生。即隨意諷咏，爲此大好風光寫照，但有好筆，自博佳詞。詞心詞筆，惜不易合一人之力以兼之耳。造詣各别，有所短長，佳詞遂不可數見。

一四九　詞筆與詞心

詞筆就學力爲進退，尚有迹象之可尋。詞心則發乎天分，繫諸襟抱，但能陶冶而加以培植，非學力所可成就。

一五〇　詞有四患

詞有四患：淺、俗、佻、薄。淺者，膚廓之語，一讀便已了了，無可下轉，此人人所能者，特當引以爲戒。俗有情性之俗，字面之俗，或所舉之典實，不登於大雅；或所造之意境，無當乎風人。佻者貌似清華，吟風月而莫見風月之真情，言中無物，漫自剽竊一二儇薄之詞，以自鳴其得意。薄者，絶無含嗜，此與淺略異。蓋淺指詞，薄指意，均不可不加以經意者。古來名家之作，猶或不免有此闕失，其病人之深可知。湔伐不易，慎之慎之！

一五一　詞有粗亂生窳之患

詞又有粗亂生窳之患。粗者，不擇語，不煉字，不辨音節，不整章法，漫事掇拾，揺筆即來。文無理脉，境無遠近，情無親疏，均亂也。生者，腕力、筆力，不足以達欲言之隱，雖具篇幅，而不能氣局完整，音節諧戺。窳者，腕底字少，胸中書少，遂致縱有佳意，莫得令辭。此四患者，視前爲易辨，亦復易改。所以改之，在多陶寫，多讀書。性靈瑰慧，益之學力，珠璣咳唾，無往不工矣。

一五二　詞貴直而厭粗

詞貴直而厭粗，不甚易辨。實則直起直落，闊斧大刀，寫吾肝膈，不加粉飾，使真情流露於楮墨者謂之直。直與方差近，直者屬意，方者屬詞，若粗則近於獷。消息幾微，不可不辨。

一五三　用字各不相同

集字成句，集句成章，句法各異，而所以用字者，亦正各不相同。一句之中，虚實相襯，有但用動静字，有以形容字貫串動静字，有竟以兩名字爲比較，而藏動字、形容字於其中者，此在眼中筆底，極驅遣之能事，不可以格律爲之圍範。若《詞旨》中所舉之詞眼者，飣餖叠架，不可爲訓。

一五四　煉字貴得當

詞中用字貴煉，煉之又貴得當。若煉者謂用字宜適合情景之分際而已，非必以晦澀蕃艷爲工。晦澀蕃艷之字，未嘗不可用，然亦貴合其分際。煉首首自有形者始，推之至於無形，曰飛、曰拂、曰吹、曰栖，各有其物，各因其地，各隨其時，推而衍之，不必有一定之物，而又固不能無一定之物、之時、之地也。即情致所寄，可以使無形爲有形，亦何嘗不可於空處用實字，但在善於位置耳。字無粗細、雅俗、深淺之别，但視用之者之情筆得當爲如何耳。花明柳媚，可運之爲至雅，可鄙之爲至俗，消息庶幾在是矣。

一五五　夢窗與玉田

用字研煉，最推夢窗，而夢窗有真情真意，貫若干研煉之字，七寶樓臺，正具棟梁，玉田之所謂不成片段者，非也。用字最停匀而不加研煉者，玉田即其一人。玉田流走之致，與所用之字相表裏，故往往不嫌其疏，同工異曲，知此始足語於用字之道。

一五六　用字貴在熟習

用字貴在熟習，務使應弦赴拍，湊合腕底，恰有適宜之字，供我驅策。彼臨渴掘井，將圖剽襲，雖精金美璞，而未嘗濆治於先，必有斧鑿之迹，烏在其能得當耶？

一五七　精策語

詞中須有精策語。縱不多得，亦必有一二處，方足使全篇生色。警策語尤以不露圭角，於渾成之中，寓綿邈之致者爲上，斯蓋近於厚矣。

一五八　精策語之鋒芒特起者

精策語之鋒芒特起者，讀之雖快人意，實則功力不深。其耐人尋咏之處，亦必不及渾成之句。而或以蘇、辛自擬，以獷爲雄，比諸精策，則尤失之。蹈此弊者，三百年來，名輩固多不免。

一五九　跌蕩摇曳

跌蕩摇曳，作詞固不可少，而萬不可失之輕纖。所謂摇曳者，語多活著，饒有丰致，既不佻，復不弱，字面極晦明之妙，音節得諧婉之工。跌蕩者，意詣回環不盡，深入淺出，所以造詞有聯類相及者，有比興而生者，有言此而指彼者，有特立一義以闡前義者。要跌蕩在意，摇曳於詞，而不失於厚，斯爲妙造。

一六〇　學力中事

詞之音律，熟讀可以循按；詞之家數，深思自能詳知；詞之婉曲，則非體會不可；詞之字面，尤非多讀古人名作，不易研求。此功夫學力中事，固不能以智慧幸致者。

一六一　换頭

詞於换頭爲一折。换頭或提之使高，或抑之使低。高者淩虚獨立，别辟新義，使爲軒昂；低者委曲盤旋，以申未盡之情。或但於諧婉中，舒其氣韵，以爲承合，要無定律之可求，水窮雲起，允爲妙喻。

一六二　虚字

小令貴風神，得有一二精策語，便足當行，古人每藉一二語以傳世。長調貴理脉、神韵，首尾完足，不必定有超拔之語，亦是能品。至長、短調并重者，厥在虚字，起承轉合，各得其宜。虚字之用於詞者，不過三五十，而用法迥異，有毫釐千里之差。然意義之深入，正全藉此虚字。用法當先求其穩稱，再求其精煉深入。能以一二字轉一二句，至第三、四義，初學穩稱，已不易得，遑論暗轉。至煉字則在恰合分際，若强以不相通之字用之，費解貽譏，自爲疵累。迨夫穩稱之後，再求深入，功候日深，成就自易。

一六三　虚字語氣分際

虚字轉接，承起上下，若恁、况等字，極復相類。而各字之語氣分際境地，正有分别。不深辨者，似隨意可以俯拾，一加推敲，則或竟日不敢定斷。

一六四　重大

重大之字，重大之語，重大之意，極不易入詞，而能手隨意爲之，可使詞加厚而不見斤斧之迹。此在筆靈而氣厚，非易致也。

一六五　章法

章法不易範圍，要以理脉爲綫索，草蛇灰綫，隱隱起伏，神氣具足，即是完篇。

一六六　理脉貫串

初學理脉，貴在貫串。若言憑闌，則一俯一仰，皆憑闌之情景。若言褰帷，則一舉一止，皆褰帷之意態。及其少有成就，遂步求進，則可由情推衍，以極其境，或由境推衍，以極其情。初不必以目前之範圍爲範圍，但不使與情景背馳耳。至於胡天胡帝，别一境界，爲至情所流露，尤不在範圍之中，然非學者所易幾，當别論之。

一六七　咏物多尚寄托

咏物多尚寄托。寄托不必定爲頹喪，風骨崚嶒，志節磊落，一一可於詞中見之。若徒以纂組爲工，則上者已失比興之誼，次者更是金屑落眼而已。彼咏物之無所寄托而傳者，則專尚篇章音節，無論如何，不得謂爲情文并茂也。

一六八　詞語首貴華貴雍容

詞語首貴華貴雍容。雖寒澀之語，亦當以華貴出之，非比詩之窮而後工。郊寒島瘦，盡作寒瘦語；小山、飲水，多作華貴語。分鑣競爽，各有千秋，可以知之。

一六九　詞有性情中語

詞有性情中語，舉吾心中所欲言者，率意一吐，自成名章。然筆力較弱者，不能以筆運意，衹可增減其意，使就篇幅，一增減間，遂往往失其本意，無論拓之使遠，約之使邇，要有磨琢，即非完璞。而或者筆端恣其豪放，又失之獷，二弊斯同。若有大筆力以運真性情，於零金碎玉之間，不失凌雲健翮之志，斯極詞之能事。

一七〇　詞中有僞之一境

詞中有僞之一境，切當引以爲戒。僞者，指事咏物，初無寄托之成心，而漫加拂拭，學作纖靡之語，但求貌似神雋，實則絶無幹骨，雖有佳句，烏足爲訓？不如質直之中，不能工者雖有小疵，尚有真意流露之爲得矣。

一七一　學詞家數

學詞家數，當先就一家之稍有迹象可模者，師之極熟，然後進易他家。及其至也，深思熟讀，或奄有衆美，或别辟徑蹊，信手拈來，都成妙諦矣。

一七二　詞意貴珍重

詞意貴珍重，所謂怨誹而不亂也。珍重二字，至不易爲詮釋，前人詞論，亦未嘗專及之，今姑爲至拙之解以申之。如言花開，則不即顯言花開，當自含蕚放苞時説起，先想望花於未開之前者甚殷，則花開時之情，已在意中。若再深一步言之，想望於未開之前，雖未開而必有可開者在。及其既開，則又想見其萎謝在即，萬不可負此須臾盛放之時。蓋自未開想其開，而更想見其開後即落，轉似不如長此含苞之爲可寶可貴。回環往復，自無一非珍重之情。推此花開之例，感時指事，烏有不蕩氣回腸者歟？

一七三 認定一婉字

詞爲温柔婉約之至文，故在在宜認定婉字。可迷離者迷離之，可曲達者曲達之，可比興者比興之。彼言杏花而曰燕子，言梅花而曰么鳳者，亦不過曲達其事，使於情益爲宛轉耳。

一七四 詞心之慧

詞心之慧，何物不可弄狡獪。約遠使近，則曰“日近長安遠”；約大使小，則曰“須彌藏於芥子”。特當有慧心指使，則事理不可通，而情倍殷摯。若無慧心以運用之，索解不得，轉爲語病矣。

一七五 理之緣情以生

理之緣情以生者，必不致錯綜顛倒。蓋摛詞根諸命意，意中必有我固定之情景，决不能悲喜交縈，日月并懸。故就所思所見者，攄懷寫物，必不致亂。所以亂者，厥有二故：一情景俱僞，僞則方寸間本無此景，徒事矯揉，自無倫次。一筆不足以達肝膈之情，則順於内者致舛於外。欲除其弊，首在去僞，次在學力。

一七六 潛機内轉

前人名作，若循理脉觀之，似亦未必一一可通。實則有其潛機内轉之一法，均於字底著筆，誣之者學力不足，故不察耳。春秋晨夕，似若背馳，若以潛機爲樞紐，則自春可以徂秋，由晨可以就暝，何必定爲次第哉？

一七七 段落不必繩之於後

填詞之先，應先諦思，擬定段落。然一二語後，輒又别有新意，則以新意易之，即就以改定其段落。詞意以開展爲貴，妙緒紆回，不厭精密，故段落可定之於前，而不必繩之於後。

一七八　詞筆貴鍾煉

詞筆貴鍾煉。所謂鍾煉者，使筆繞指成柔，從心寫意也。有妙緒而不能曲達，是筆力不足之故。多鍾煉則惟所欲言，不必增損意義，自有俊語矣。

一七九　外極濃艷而内實沉痛

詞中有貌極濃艷，而用之則極沉痛者，不外由艷生愛，由愛生珍重，由珍重生憐惜耳。天下可愛之物有幾，當其可愛者，更有幾時，而愛固無盡。因之愈濃艷者，亦自愈沉痛。理有可通，但非妙筆不能曲達此情耳。

一八〇　白石

詞意極深摯，而出之以清疏之筆，蒼勁之音者，白石老仙，首屈一指。夫詞面之蒼勁清疏，固不害詞意之濃艷深摯。其成就較深者，且以淺出深入，爲更有含蓄。然非名手，殊不易辨。

一八一　咏物身分

咏物於寄托之外，別當有見其身分之語。寄托者納外事於篇章，身分者以吾心中之標格，借物以杼軸之。有身分，自益見其詞之可傳。

一八二　理脉循心思爲蹊徑

理脉循心思爲蹊徑，不易確定鵠的。初學者當先就枝幹言之，由幹生枝，自然不亂。設認定一字、一句、一意爲幹，此後造意琢句，無不就幹蕃植，理脉自在其中。此雖極拙之言，熟習既久，意境自有其範圍。不必立幹以爲枝，而自不出枝於幹外。紊雜之弊，庶漸可免。

一八三　詞中虚字

詞中虚字，若耶、也、乎等字，以之煞尾，至不易用。蓋或失之獷，或失之滑，獷固大害，滑尤膏肓之疾。此外轉折間，生怕那不等字，亦不易位置熨帖。蓋此等率有深入之義，非上下有可以深入之情景，則用之轉爲贅疣，貽害通體。

一八四　不爲虚字所膩

詞中用虚字，當求其不爲虚字所膩。蓋虚字用之不當，或致前後數語，因之而另轉一境，或因之而反爲所限。要當以我驅使虚字，不爲虚字驅使詞義，斯不致蹈此失。

一八五　大晏與小晏

不必言情而自足於情，一字一語，落落大方，得天籟者，爲詞中最勝境界，大晏是也。由大晏而小小琢磨，使益顯見其聰明於楮墨者，小晏是也。大晏如渾金璞玉，小晏因以雕鏤，然不傷於琢，正是其可貴之處。

一八六　南宋致意於學力

詞有絲絲入扣，雖不直不厚，而詞意字面，恰到好處，足資初學之楷模者。南宋之致意於學力者，往往有之。然此中又分三乘，上者遒上，中者精整，次者工穩而已。

一八七　用字歸結於重大

用字先求精穩，再進於情味，而歸結於重大。要使重而不殢，大而不粗，或用粗殢之字，而不見其粗殢，斯爲上上。

一八八　字面不必求晦澀

立意宜新穎，層次宜詰曲，而字面不必求晦澀，盡可以常用之字，簡練揣摩，使人人可以領悟。顧人所知者字面之義，吾所專者字内之意，言外之音。然字内之意，尚較言外之音爲易知。吾知之而能用之，不艱不生，恰求允當。解人會心，擊節稱善，不解者吾亦聽其不解，但以自娱爲行文之樂境，寧非詞道之至尊乎？

（以上見《同聲月刊》第1卷第4號）

一八九　詞境

作者秉筆爲詞，必其拈題指事，宛轉胸膈之間，使醖釀其所謂詞境者，至於滂礴上下，積之厚，肆之宏，而情景因以雜糅交織於胸中，甚至滿目詞境，乃復不能道及隻字，亦或其試發於硎者，乃僅得胸膈中之鱗爪，而不足以達其勝，則并當芟夷而汰弃之，使此滂礴上下者，忽得有衝口而出，率筆而成之時，其所成者未必盡合，然亦去渾成妙造不遠矣。學者少疏懶，即其先得者斧鑿焉，勾勒焉，縱顰眉齲齒，奚足與此渾成者相擬。游神深思，爲作詞之先導，詎可忽耶？

一九〇　詞之綱要全在起拍

一詞之綱要，全在起拍時能籠罩全題，置身題外，尤貴於渾成。若其曲意設解，漫立新意，佳則佳矣，奈不稱何。先由起拍致力於渾成，然後從而琢之磨之，則雖新艷而未必失之佻也，而未必失之纖也。求起拍之渾成，在於積之者深，若其所積非深，因而不可得渾成之起拍，則此詞亦容可不作，奚必浪費楮墨爲哉。

一九一　起拍之章法

起拍之章法，亦視詞調而不同，〔高陽臺〕〔滿庭芳〕，起拍四字對，其摭拾光景，泛説情事，未必不可以名篇。若〔水調歌頭〕〔八聲甘州〕〔燭影摇紅〕，則律無可對偶，事無可掇拾，必其以籠罩全局爲入手。至於名手，雖〔高陽臺〕〔滿庭芳〕，亦不必以尋常隸事之法入之，則尤其至者，特恐不易辦，亦不易工耳。

一九二　調分生熟雄婉

調有生熟雄婉之分。澀體其生者，尋常習用諸體其熟者，而填澀體詞，萬不可使流露其詰崛聱牙之態；填熟體詞，亦萬不可使其流於俗滑一途。澀調詰崛，固見其非高手，熟體俗滑，品斯下矣。藥之之法，當先自存心，以調無生熟，律無澀滑，要其製詞赴節之道則一。澀者宛轉就律，窺前賢用筆之曲折而追尋之，自不見斧鑿矣。熟者仍以己意矜持下筆，鍛煉一字一詞，務使樸雅以合詞格，不因其日常隨意吟哦而簡易出之，則熟者亦不滑矣。

一九三　調之雄者

調之雄者，〔賀新郎〕〔水調歌頭〕〔摸魚子〕，婉者〔南浦〕〔甘州〕等。要知詞就於律，亦固無雄婉之别，特一爲急拍，一爲曼吟而已。詞骨宜雄健，而詞筆不易雄健，雄健而得其全，蘇、辛上智，寧復易窺，等而下之，獷厲而已。故雖填〔水調〕〔摸魚子〕，亦宜停勻，自出杼軸，不必因有蘇、辛之作而強效之，亦不必因多讀蘇、辛之作而率口無意間效法之，爲蘇、辛之罪人。至其以雄健卓然成家者，雖〔甘州〕〔南浦〕，亦自有其骨突驚人者在。此蓋在學力之深淺，蹊途之不同，當因格以求詞，萬不可以備調而損格也。

一九四　題咏有情與無情

題咏之作，無間乎有情無情。（舊游棖觸，謂之有情；拘題咏物，謂之無情。）當使有情者情致纏綿筆端，低回縈繞，無情者參以我之情而使之有情，不當徒以使用典實爲點綴。至有情之作，則流連者已不忍復去，雖一片空靈，亦盡可爲黄絹幼婦，更不必顰眉作態以取厭矣。但亦須揆度題義，或其題中所牽率者更有人在，則當并其人而納之詞中，不得但爲物咏也。納之之法，分段參插爲下乘，緯事以見情者爲中乘，使是物、是人、是我，融成一片，或并其所咏之物，所緯之人，而不必明言之，然已即在此不明言之中，又使覽者一見便悟，此無上乘矣，特不易致耳。致之之道，自在有大筆力，深之以醇厚之氣息，跌宕之筌簧，其次者亦當使有回環不盡之情。夫以不盡、以回環説有情，情自特深，而文以情生，情以文永矣。

一九五　虛實疏密參插合宜

詞長調不過百餘字，短調不過二三十字，而虛實疏密，句法當使參插合宜，又當使匀稱。然秉筆始及虛實疏密，固未必能幸致，即致之亦必見斧鑿穿插之痕迹。此在乎常日多讀多吟諷，使移情於不自知之中，則下筆開合，自然相間，少少布置，便復停匀矣。

一九六　詞有纖穠輕重

詞有纖穠輕重，此當以全闋論定，不當以一字一珠爲斷也。若其起拍作纖語而使輕筆，則通體當復如是，反是者亦然。若少凌亂，且不成篇格，更胡計其工拙哉。纖穠輕重之分，又當以題爲斷，視其命題之宜輕宜重，而輕重以之，不然即與題先不稱，遑及其他。至於燕婉之作，隨情深淺，未可預期，宜在例外，此蓋爲命題作詞者言也。

一九七　虛字貫串

虛字貫串，最關要著，或平説而味始淡永，或提起而始見精采，或反説而益見深刻，或用有情之字而情始厚，或但用無情之字而氣始順，或用一較深之字而少爲勾勒（過於勾勒，即失之纖，是大忌矣。）或用一較禿之字而情始摯，因地制宜，其不經意之字，亦當以經意出之，始爲工也。（經意以求得一不經意之字，自更佳妙。）

一九八　詞之工拙

詞之工拙，固不易管測，然當有引人入勝之致，使讀者寓眼，即放手不得。其有以拙爲工者，或精璞未琢，使人望望然去之，則彌復可惜，亦由作者之不擅勝場耳。骨蒼神老，固當求之皮裹，而詞表務當使有花明柳暗之致，則讀者吟諷，自爾移情。然此中消息，殊不易定論，若少加誤認，以爲當顰眉作態，則所去愈遠，不可不慎。蓋此爲情文相引而并茂，彼爲麒麟楦也。浙西詞人，匪不工麗，往往讀未及半，以其作態而遽輟，羅刹簪花之戒，不可昧也。（此爲已成就人説，非所語於初學者。）

一九九　詞中隸事

詞中有隸事處，然故實當得其所以運用之道，生吞活剥，切所大忌。不特隸事也，即前人之名句，少加點藻，亦可使就我範圍。此一在有筆力足以斡旋之，一在常日讀書，醖釀既深，熟極而流，因題觸發。若其獺祭臨時，則遑論其不可得，即得之亦必有斤斧之迹以犯大忌。隸事之法，或運用一故典，略其事而永其神，一也。存其人而不緯其事，二也。用其事而并傳其神，簡練以數語達之，三也。合兩典而運用之於一語，以筆力爲回旋，而使深刻切當，四也。然運兩事於片詞，當先得此兩事之可以并隸者，而筆力又足以勝之，否則先不貫串，露蛇足之譏矣。

二〇〇　過拍

過拍承上啓下，當使有水窮雲起之妙，前人已多論之。然倘得不盡之情，而重之以警峭之句，使情不盡而文突起，藴於内者宛轉如縷，發於外者挺拔千尺，則氣足神完，益見精勁。特行文指事，仍當承轉有自，盡可别開生面，要當以筆力拗轉之。倘能暗轉，益臻佳妙。

二〇一　煞尾

煞尾結住全篇，爲畫龍點睛之要，不可少忽。以禿筆收者，無損於格，不免少情。以俊筆收者，跌宕有餘，殊防飄逸。以淡筆收者，雋永不盡，難乎求工。以宕筆收者，推之使遠，别饒境界。以厚筆收者，回甘諫果，庶乎得之。至於空無所附，纖不載文，傖狂俗野，率意蕪簡，則均其弊之大者。

二〇二　片玉詞

南北宋以片玉爲關鍵，亦惟片玉爲大家。後之取法者夥矣，其功力在於淡、清、真。惟真而能淡，斯極淡之能事。蓋其所藴者固絶深，以其藴之深而發之淡也，其淡遂益雋永。其深之也，以其真也，於造意上一有僞托，一有粉藻，則固不深矣，而其發之也，亦不能更淡。（前人詞往往有詞筆似甚刻劃，意味似甚濃厚，然其情或未必深，即深矣，而非由真之深。夫非由真之深，其深先已不精，充其不真之深，但可作深語，而不能醖釀之爲淡語。）夫以不深者而復作淡語，斯無語矣。其故意求深入而淡出者，深固不真，淡亦僞作，雖淡亦無情味之可言。而其所以致深情於淡語者，又當用以極清之筆，使益神其淡。白描寫景，隨意作眼前語，不必於景中雕鏤，亦不必更於虚字中作態，情味自厚。即“天便教人，霎時廝見何妨”等，以直質語出之，亦即絶無佻儇之習，轉見其深致刻骨。亦惟真語斯爲情語，以真情驅遣詞筆，所謂至誠所感，金石爲開者，亦斯例耳。於是乎融情入景，妙語紛來矣。學之者當先通乎此，而後有蹊徑可尋。其但謂以片玉爲師法者，往往重其造語，略其神韵，遂欲亦步亦趨，則匪特形不可即得，得之又何當於片玉哉。真僞本諸心，可以培養，而不可以驟學。深淺由於筆，當循心以發之。清濁見於造語，學者庶可進窺，循序求致，日常涵養，容有豁然貫通之一日耶。

二〇三　學片玉

學片玉之神不易得，退而學片玉之筆，以求合乎其神，則設境造語之際，當先屏除粉藻之字面，支離之句讀，纖穎之結習，而求得其全。能全於神，上也。無已，亦當求全於句法，使先將假設之境，醖釀於心目間者久之，而得一渾成之句，其思慮所及，少涉側艷浮華者，率屏去之，摯情縈繞，詞境紛來，尤必自擇其最淡最圓之語。對於光景花卉，求其静而淵遠者，爲驅詞之助，所謂穆之一境，當先得之。就境構思，不必得點綴之字面，亦更不必多點綴之思慮，但爲胸目中所觸發，其率意而能出之者，必較近於真。若構思自患其不精，則深思之。惟深思或失之滯，或傷於琢，雖得佳句，非片玉也。静之爲境，真之爲情，在常日所咏索，及其肆口而得之焉，固萬非臨時深思所可得。自患其不似，求得之法，衹有常日積其功候而已，不能以片時深思得之也。迨積之久而藴之深，則滿心俱是，神思已集，形骸自具，且無往而非真之境。其發之也，視其所師之各家，以定其蹊徑，苟出之以片玉之風格者，斯近片玉矣。在未成之際，但有求其率意能全，神景之較穆者，以爲初步之楷程，終南之捷徑耳。

二〇四　詞之正面法

詞有正面、反面、側面、烘托諸法，要同於文章之千變，無定則也。正面最不易爲，須力足神完，而又不落迹象，勾勒無迹。且既從正面説來，又不能不略爲藻飾，是在先擒得題中之命意，擇其雄健可以托筆之處，千錘百煉而駘蕩出之。以其寄意於骨幹，披麗於清雄，則雖正面之文章，亦足以寄其高抗委婉之致，以使移情於深入，是固非宿學者不易試耳。

二〇五　詞境

去夏六月十五夜，月色如晴晝，子正，天無片雲，圓蟾中山河桂影，一一可見。維時萬籟俱渺，人語無聞，憑闌頃刻中，乃遘遐思，匪夷所思，真詞境也。神明所及，豁然貫通，可以得大覺悟，證大智慧。有頃於詞境中，似漸落邊際，著色相，所謂奪人不奪境者，庶乎似之。高寒中倘果有瓊樓玉宇，當使姮娥相招，庶酬心素，避世其中，雖刹那間，何啻换劫塵千萬，其空靈之想，非楮墨所可窮。即須臾再下一轉語，以爲何必高寒，斯堪避世，愔愔門巷，寂寂簾櫳，一燈如豆，但求心之所安，寧不可方駕蕊珠宮殿。片晌中前後凡三換意，始則但有所思，而莫從寄托，既乃漸涉遐想，終乃反幻爲實。指月之喻，殊莫可逃，性相人天，同是一理。然莫從寄托者最上乘，遐想次之，悟實又次之。蓋愈思而愈著迹，則愈墜泥犁。因知大乘無相，上也。圓覺空華，勉爲言説，已落第二義。觀止止觀，自強爲解人。通此可以貫澈禪要，并可證諸詞境。特此因緣湊合，使於萬境中滅垢生定，爲不易耳。亦知禪之不可幸通，詞之不易言工也。若必形以筌言，範以象意，則終爲下乘。故竟夕諷籀而迄未獲隻字，亦拈花不立文之遺，然却自謂勝得妙詞萬倍。天如不吝此區區，俾時沐清光，其樂寧可盡言。成魔見愛，一轉語間，正恐臨濟宗傳，未必若是透悟。

二〇六　取讀前人名作

取讀前人名作，抑揚間每多樂趣，并躍躍思策遣翰墨。詞章最重音節，音節通天和，達人意，曼吟低諷，盡心領解，能於沉潛中自發其積蘊，則其興發者，或視力學爲加勝。往往應酬之作，限日構題，花對葉當，已爲上乘。惟於吟諷中得天趣者，構思之際，不必有所專屬，俄頃乃往往因静得悟，神來之筆，庶幾緣生，勝苦吟者萬萬倍矣。

二〇七　作詞之先

作詞之先，得餘晷緩吟名作，以發其情，興會無盡，漸漸移情以生文矣。選調定聲之際，或先懸一家以爲之鵠，摯至如清真，跌宕如淮海，蒼勁如白石，均無所不可。及其成之也，未免形似，然得其豐神之一二，亦步趨之足式。其不用成法者，但當諧婉中不墜風格，神味中求其遠致，不必語故驚人，強下第二、三義，以自然求其渾成。至風格所似，則以常日所涵咏體會者發之，亦復自然有當。蓋取成法者固有其指歸，亦不免有臨渴掘井之患。

二〇八　學詞者

學詞者當先學一家，漸涉博采，再進專一家，而納其所博采者，以自名其家，然後得超於象外之一境。以意隨筆，以筆遣意，由意進神，傳神於筆，能歷進則愈工，此不易之理。要當勝之以自然之功候，然亦更有未可强求者在。

二〇九　清人作詞

清人作詞，亦有欲上窺北宋者，然一間未達，終不能脱其面目。蓋北宋人摯至之情，都寓之筆，而清疏之味，則見於文詞，所謂深入淺出也。南宋穠麗之至，北宋人寧無其思，特有之而屏汰之，遏抑之，不欲顰眉搔首以自露，而一導之於沖易之途，斯其所以爲高也。（清真"霎時厮見何妨"，穠語亦以質樸出之。下至南宋，多爲勾勒，質語便不經見。）

二一〇　清人之詞

清人之詞，質本空疏，貌爲側艷，内無穠情，外多俊語，而往往自誤認其矯作之俊語，即足以上應北宋，於是不失之陋，便失之空。夫中無所有，徒事皮相，而又欲去其粉澤之施，以爲清真摯至，則存者亦僅，此清人主淡泊以學北宋之通病也。夫必有南宋之穠至，而後得出以北宋之清腴。北宋作者，自抑其穠至之情，人人味其清腴，不易窺見其在内之穠至。迨南宋一變其格，即以穠至之情，抒之翰墨，於是北宋人所藴蓄者，於以率露。其曰北宋天分高，南宋學力厚，謂天分高則捨其所藴而多取於清疏，學力厚則得以盡言宣其所積藴。否則作者更僕，各有所長，烏得復有以時代爲之界限者。蓋一在穠至之思之外，一即在穠至之思之中，風氣所趨，蔚爲聲調，取徑互易，體格斯别耳。

二一一　詞之南宋與北宋

人動謂北宋不易學，不易至。就其體制言之，本無難易之别，所别即在象外、環中之分。其謂先學南宋，而後進於北宋者，亦將以環中而進於象外耳。有曰天分少不學北宋，學力少不學南宋。蓋以天分少則難造詞於意外，以抑其穠至之思，學力淺者又不易以穠至之言，寫穠至之思，使表裏一轍，要無非在内在外之分，與文情相因相飾之别也。

二一二　改詞之道

改詞之道，無論爲人點定，或竄易本人舊作，當先求其平帖易施，然後進於精穩。其更於精穩之外，别多新意，不落纖巧，則尤擅勝場。字斟句酌之際，得一句易，求一字難。因一字而改一句，因一句而改一節者，比比皆是。前後語意不貫串，相凌犯，字之稱色不相侔揣，韵之不諧婉，均是疵病宜改者。

二一三　平帖之道

平帖之道，以爲精穩之基者，其要有二：理脉宜求工，而不可遽露迹象；新意當運用，而不可落之佻薄。苟完篇章，少讀書，均足以致此二病。藥之之道，當先汰其疏豁率意者，而試進於精整，又於精整之中，不以桎梏自限其神明。至腹儉者，常日不及醖釀，臨時飣餖，迹象焕然，固雖強全求是，則詞成之後，當不憚改。因字改句，因改句而立新意，要當於全局體制得底於垂成，然後深以磨琢之功，則自然藻麗矣。其全局之不及垂成者，雖得一二佳字，又將奚施。瑜瑕之消息，其難言有如此者。

二一四　讀詞者

讀詞者當以曼吟爲日課，使涵咏玩索，身與意化，我與詞化，然後神明可通。其致力之若干名家，經心習誦，進窺門徑。其諷誦之若干家，則不過爲行吟自適之計，初不可問其爲何家。始或尚有客氣，論定是非，既且融成一片，不問工拙。即工拙之思偶動，亦當以曼聲幽情力却之。此種行吟自適之致，所涵養者，得力最深，不可少閑。

二一五　詞貴樸厚

詞貴樸厚，非徒以禿筆爲藏鋒也。樸則摯，厚則重，情斯深，神斯永，再濟之以婉約之風度，自益見其深沉矣。其徒矜小慧，漫舉清空，輕墜風格者，何嘗能悟及此端。

二一六　學詞初基

一句一字，就心目中之情景，於宇宙間必有一銖兩率稱、確切不移之字，幸而得之，無論其不可爲工，亦必平帖易施，況其確合者即爲至精當者耶。特涉獵少，神理弱，天分低者，不易得之。或信手拈來，或苦思玩索，侔色揣稱之際，每不易決，進於能品，此初基也。

二一七　詞之韵味

求詞之韵味俱足，當於沈煉間三思之。積於内者深，發於外者必厚，能沈煉，視渾成爲更進。特求過其分，或無當於本詞，則失亦相等。而境之沈煉，與字之沈煉，又當兼思。若徒有一二沈煉之句，與前後文迥不相通，措語骨突，轉成訾累。要當并顧全局，使無處不見其不盡之情，有餘之味，斯爲得之耳。

二一八　讀詞論詞與低吟婉誦

讀詞論詞，求得進境，低吟婉誦，固最上乘。若分别言之，當先推作者用筆之神思，庶益足以緣情而通詞，然後再及於布局擇字，而歸之於詞格，卑佻獷鄙，均當遠避。其出入詩曲，消息更微，不可不辨。至唐五代之作，有偶以傖語讕入者，一則其時詞體初立，未有徑蹊。一則古人樸茂，神全意足，足以驅詞，俗語鄙情，一一都見其爲至情之作。詞貴真，一真而百瑕可掩矣。迨後來漸趨披靡，小儒藻飾，隨意摭拾，又每捨其渾成雍穆之致，而以側媚叫囂爲易於見好之計，詞格始卑，論者遂亦不得不益加精審。柳七寧非鄭衛，然不佻不纖，非其詞之足以勝之，實其格之足以舉之。下逮金、元，方言入曲，詞家謹避之不暇，而體制益嚴，固不得以上托《花間》《尊前》，爲文過之説。

二一九　宋詞六大宗

宋人詞以晏、秦、周、蘇、吴、姜爲六大宗。周雖蹊徑俱在，而學步爲難。晏望之似小智慧，實乃純金璞玉。秦豐神駘蕩，要不落儇佻之弊。姜老幹扶疏，拙中多至語。蘇之清雄，吴之針縷，學者雖多，實亦不易有成。學者蓋多不知蘇之秀處、清處，吴之寬處、疏處也。外此柳七自具面目，尤難涉歷。通此六者，出入無間，填詞之學，所思過半，無餘師矣。

二二〇　南北宋涇渭

無意爲詞，偶然神聚，充發盈溢，庶可言學北宋。若其集思未專，強申楮繭，翻甕苦吟，窮其力，不過南宋能品而已。南北宋之所以涇渭，於此可見。

二二一　宋詞

北宋承五代之後，創雅繼聲，大小晏之樸茂，秦淮海之嫣致，柳三變之廣大，黄山谷之古趣，蘇玉局之清雄，各擅勝場。蓋《花間》作者，極蕃艷之能事，而無不渾樸，亦有極清疏者，又無不諧婉。諸子承之，各以宗傳。大晏神明於《花間》之外，規矩於《花間》之中，進而爲穆静淵懿之語，其詞固不必壓倒五代，而詞學已差勝於前，蓋欲洗蕃艷之面目，自非淵懿不爲功。至美成益專斯道，又或有勝於前，庶集前此之大成，而創宗門之式度。至於南宋，三五錯綜，每每自名其家，所以别爲境界者，縷晰言之，多自此中參化以出。宋季元初，《白雲》《花外》，微墜風格。淮海、東山，固不尸其咎。元《草堂》一集，雖在其時，選政較嚴，亦足以繩南宋之正宗，視草窗《絶妙》諸篇爲勝。

二二二　厚穆

《花間》蕃艷之作，積久必變，理有固然。故北宋一洗而爲平淡，專尚第一義語，以厚以穆爲專工。夫第一義語，時時日日，互相紛陳，得從而厚之穆之，則醰然有餘味矣。亦足知厚之者由藴之深，足以當雕鎪錯采而有餘也。迨乎南宋，則積久又已復變，求勝前人，則不得不弃百餘年來所襲用之第一義，而精之深之，從而緯之以令詞，納之於矩範，使名其家，用爲矜式，此南渡諸公之長。於此亦足見染翰者之自有規矩，而風氣遞變，以成一家之格局，一朝之典型者，固亦有時移勢異之相因也。由今言之，學者自白石而清真，庶端正規。其有在今日萬非可以第一義了者，則雖夢窗之沉刻，亦當奉之以藥學養不深之弊，勿令自托於渾穆，以文空疏之失。

二二三　沉著

學者徒自結想風神之妙，遂輒忽於沉著，其有致意沉著者，又復失於風神，此則學養不深之故。然於沉著之際，求少諧婉，諧婉其音節而出之，於事或尚較易。若專尚風神者，必欲不脱其沉著之思，則非功力深者不克副之。沉著能全，風神終復不惡，倘先致意於風神，必墜惡趣。操觚之士，每欲先文其外，此宜引爲大戒者也。

二二四　意方筆圓與筆方意圓

作小詞風趣之作，當益圖遒上，艷而有骨，此中蹊徑，正不易求。其偶存迹象者，意方筆圓，筆方意圓而已。所謂意方筆圓者，以真摯純精之意，立其幹骨，不加粉藻，而以柔致之筆達之，尤當求全於氣度神韵之間，更不得以側慧尖新之字自損風骨也。筆方意圓者，先構一絶婉約、絶流麗之境界，而出之以剛方摯至之筆，倘筆隨意赴，又每蹈纖佻之失。内外劑調，輕重所由，形神之間，其關於天分造詣者，顧不深耶。

二二五　選詞之法

選詞之法，途徑各殊，有以年緯，有以人集，有以宗别，取捨之間，每多輕重。今欲以自選自課者，當先不程以己意，亦不預定等第門户，但先就其專集，覘其家數，或近清剛，或流婉媚，就其意事，以擷其佳章，要當以私意所洽當而又渾成端穆者爲指歸，間有以小疵掩大醇者，無寧割愛，恐晨夕習誦，有所赴而近墨也。至穩勝之作，名家全集，必多中選者，蓋其所以名家，必有其致名之道。雖面目不同，出以神化，然出神入化之初基，必先得於穩勝。先選其穩勝，再進而求其專工，則不特專工者之足供師法，亦以窺見其致力之門徑，所由之道途。門户難分，剪裁實一，求得師法，亦庶在兹。（求學詞以選詞，與專選其人之詞者，又微有不同。爲學者當以益人爲主，選人者當以其人之造詣爲主。醇疵弃取之際，求學詞者當從嚴取，以防浸微之失，存人者求存其面目，則不必過於謹嚴也。）

二二六　渾成

詞當先使渾成，再求深入。然渾成二字，即非易幸致，蓋能渾成，已近於名作，不待色澤，自然淵雅，雖其次者，亦必無蹈凌囂纖蕪之失。自初學至於大成，固無有能軼出其範圍者矣。深入則進而有表裏之别，在外者，煉字琢句，不少苟且，虚實輕重，率當其分。轉折之處，更使摇曳有情，不犯流滑之弊。刷色深淺，無過與不及，不爲背馳乖謬之言。换頭承啓跌宕，均見餘致。一意説盡，别説新意，而又或融前意以全之。以虚字轉者次，以實字轉者中，不用轉字而自見其轉，謂之暗轉，爲無上上乘。衰颯語宜有風度，情至語當使雅正，側艷語不墜惡趣，凡此均在磨勘之細。其在内者，則情事不可重叠錯亂。以第一義爲淺，而深之爲第二、三義，又并三義足爲片語，則語意自深。又得拓其下，使别爲新意以承之。意濃者常使語淡，意淡者又使語濃而不僞。古人之句法造語，可爲我參證之由，而不足資擷采之用。陳義陳語，前人説盡，斷難取勝，當率汰弃。其精意之足爲余用者，又當以我法指使之，使不爲前人所泥。讀詞之道，不拘於篇章，而多援於神契，瞑搜晨討，俊藻紛馳，得心應手，積極斯流，醖釀日深，工力自足，不必拘拘於一家之師法，一字爲金針。初學作者，每苦生澀，當煉筆使純熟。及其成也，又汰其熟者，而歸之於名俊。氣息吐屬，首主華貴，習而久之，以自專所專，大成之日，庶不遠矣。

（以上見《同聲月刊》第1卷第5號）

二二七　詞中用字

詞中用字，當力求活著，且用活字則一義便成二義，此深煉之説也，但所貴者理脉應認清。字面不可軼出詞意消息境界以外，又慎勿於一句中多用虚字。蓋虚實相間，斯相濟美，多用虚字，便屬潦草，不成文理。

二二八　驅遣成字

驅遣成字，當恰合全詞之消息。如通篇淡語，則不必用藻詞。如通篇出以跌宕之音，則當用一二華贍之成字，以顯其精彩。譬之賦夜歸，如以淡語，則曰銅壺，曰鳴鑣；張以華詞，則當曰銅龍，曰玉驄。

二二九　以慧心驅靈筆

作詞以慧心驅靈筆，當用取譬之法，然務使取譬合於全首之情緒，哀樂悲歡，銖兩相稱。所取譬者，一動一静，若更能以有情者譬無情，則并此無情者，亦能驅之使爲有情，尤非妙手莫辦。

二三〇　時令地所與晨夕陰晴

通篇時令地所，晨夕陰晴，必當隨時顧注，勿使淩亂。

二三一　跌宕之詞

跌宕之詞，宜有摇曳生姿之句，捭闔起落之境。如置俊句於換頭之際，益形生色。所謂摇曳生姿，蓋指句法而言，避去禿筆，緊煉虚字以成之。所謂捭闔起落，蓋指境界而言，或捨遠以言近，或由物而及人，或推芥子以至須彌，或斂鯤鵬歸於鷦鷯。其轉合之迹，則當在换頭下三二句顧及之，或用推開之筆，或深隱秀之情，均爲合著。

二三二　美成

美成用蘭成憔萃，衛玠清羸，昔人尚有譏爲滯窒者。以美成爲之，通體渾成，初不必於一二處，顯執荃象。惟後人用典，則當求驅遣靈活，以一人一事爲宜，不必儷白妃青。而其用法，尤當具使得所用之情緒，勝於故實。

二三三　詞中山字

詞中“山”字作山水解，亦可作屏山解。一遠一近，一在天涯，一在閨闥，造句得宜，益顯神趣。

二三四　以花擬人

以花擬人，詞中習見，惟當使是花是人，合爲一體，疑花疑人，豐神兩絶。造詣更深者，或明點出有人有花，俾相映成趣，或憐花以喻惜人，或寵花以寄懷遠，均無不可。推而言之，一切動植，桃李炫春，燕鶯交語，均可以爲寄托之資，以供翰墨之用。

二三五　天氣最關情緒

天氣最關情緒，晨曦以張壯志，黄昏以示寂寥。乃至薄暖輕寒連用，益顯其無聊之相思，此其著力處，在薄字、輕字上。若别訂新詞，自撰新句，亦無不可，惟當避矯揉造作之弊。

二三六　温、李麗句

温、李麗句，隨時可作詞用。惟當通詞與詩之消息，就改合度。

二三七　詞中俊句

詞中俊句，初則力求風致，繼乃進於渾成，終則當使語淡而情深，由無情而有情，斯爲上乘。穆之境界，固未易言也。

二三八　大處與小處

形容一人一事，從大處落墨，則全神入鑒；從小處著筆，則熨帖細膩，兩者有異曲同工之妙。惟寫大處忌在涉於疏獷，以致游騎無歸；寫小處忌在纖弱飣餖，以致陷於卑格。

二三九　極拙之字面

極拙之字面，得一二虚字爲之傳神，運一二新意爲之張目，則此一二拙字，反能襯出柔情，惟此尚不足語於重、大、拙之義。

二四〇　决絶語

詞中有用决絶語者，其情更深。惟决絶之語，當即用决絶之字。如常日言離别，每稱輕弃，以申孤負之情。若决絶語，竟當稱抛撇，不必冠以形容柔婉之詞，轉減字面之力量。

二四一　詞中替字

詞中有應用替字者，當用替字以顯其情深。如文窗僅指窗櫺而言，一用紋紗，則隱約濟楚，非特字面有情，亦且便於下文有回旋推溢之餘地。然通首用秃筆，主重大者，固不必刻舟以求劍。

二四二　詞中不必用替字替句者

詞中有習用替字、替句而不必用者。如追念舊歡，用替字、替句，則述當時之景物，直叙者則徑用芳約、嘉約等字。兩兩相較，雖當與通篇侔色揣稱，然有時故故作態，轉不如徑用直叙一二字爲醒目。惟所舉之事，或無雅馴之字面，則僅可以替字、替句當之。

二四三　詞有數義

詞有數義，愈轉愈深，亦愈見其深情。此數義者，或於通篇求之，或於三二句中求之，或竟於一句三二字中求之，均無不可。如賦簾幕曰珍珠斜墜，則墜幕已顯其鬆俊，斜墜更形其嬌慵，情致較深，不可言喻。

二四四　問天搔首一類字句

問天、搔首一類字句，時用即涉庸下，偶於長調數轉之中，煉句參插，亦足一拓襟抱。

二四五　通篇論詞之要

就通篇論詞，最要在疏密得宜，情事停匀，數語言景物，即當於筆下開言情之路。俾承以虚語，轉筆清空，其必至换頭始改景言情者，尚覺過著迹象。至能融情入景，使寫景之句，字字有情，尤爲精警。惟即就通篇融情入景言之，其寫景亦仍當分别疏密，數語落實，即數語凌虚，或數語寫房闥以内爲實，即數語寫雲山以外爲虚。總使相參，以免滯窒。

二四六　虚字

全詞警句，不過數語，而數語精警，尤在一二虚字，此即機杼之説。先使求穩，後使求精，終乃使出神入化。至其不仗虚字者，筆力特深，初非易冀，百無一二也。

二四七　詞中問語

詞中用問語，亦見情致，惟不當作傖荒語耳。其有作倒問者，或作留待他時再問者，均文人之狡獪。但求合度，自見精彩。

二四八 作詞結拍

作詞結拍，每患不足於意，敷衍完篇，遂致通首減色。故作詞於結拍，務當立一新意，而此新意，或襯托全文，或別餘情緒，或另開境界，均無不可。惟此意能較詞中所用各意更覺有力，顯臻點睛之妙。

二四九 結拍寫景

詞中習見，以虛字寫情作結拍，每患力薄。若能以實字寫景結句，力自雄健。惟在結拍寫景，必須籠罩全篇，抉擇精詣，否則每有氣機窒抑之弊。

二五〇 淡語作結

以淡語作結，亦不易工。當使情緒綿邈，有不盡之意。

二五一 寫景以寓情

寫景以寓情，當使景色靈活。用虛字固是一法，用形容字而不用虛字，尤見工力。

二五二 寫景之題

寫景之題，以寓情思，則不特於寫景之句，當使融情，并當使全題所指者，特以數語，融之入情。如賦江潮，便當并及潮信，再於潮信下申以芳信嘉約，方足以盡賦題之長。至或怨或嘆，盡可異趣，隨事而安，無俟拘執。

二五三 詞中多用夢境

詞中多用夢境，或寫夢境，或涉夢情。其寫夢境，已有實境矣。其寫夢情者，多流於蹈虛，則當捨夢境之外，而別立境界以實之。或用夢外闔中之景物，以證其爲夢，均足避去蹈虚，别立新意，俾益精警。

二五四　詞中多自問之字面

詞中多自問之字面，如怪底切莫等。偶然用之，具見警策，多用則傷格，且流於滑。此等字多自尤自咎之意，用之尤當使與下文合拍。

二五五　寫景之句

寫景之句，兩景本未必相連，但能以對仗之句出之。或用一二虚字爲之捩轉，可使兩景相連，情致益深。

二五六　異候與異時

春秋異候，晨夕異時，然能手即於一句中兼用之。或立相反之意，或立相生之情，更足銷魂而動魄。

二五七　一句叠用兩字

一句叠用兩字，不合禸度，自成累贅，能合禸度，情緒更深，但祇宜於跌宕之短調，而未必盡宜於精穩重大之長調。

二五八　詞中言理之句

詞中言情言景以外，尚有言理之句，如草木之春蔭秋凋，流波之東注不返，此均物理。參入詞中，亦多妙諦，但在作家之驅策，使成俊語，而不害於詞藻爲要。情緒愈轉以愈深，如醒爲常態，醉則情深於醒矣，然醉有醒時，或於醒後追述醉中，或更於醒後頓悟醉亦多事，新意繽紛，名言絡繹，均足深入。若能合數義於一二句中，轉折於一二字裏，尤非易易。

二五九　述花草鶯燕

述花草，述鶯燕，固易使之有情。若能以有情之人，使與花草鶯燕相酬對，其情自且更深，貴在立意有理境，造句能靈活耳。

二六〇　咏物之詞

咏物之詞，既須脱出題外，又須扣住題目，由題目中發抒情思。宛轉抑揚，其擒住賦題之語，不過數句可了，而所以抒兹情思者，可以千萬轉而無窮，方爲合作。

二六一　樂府補題

太不典雅之物，極難賦詞，其新異者，却易入手。至本可比附有情者，自不待言。《樂府補題》諸作，却是師法中之有端緒可尋者。

二六二　咏物

咏物詞固當言不離物，然字面用意，均當使有情緒之可言。若專以餖飣爲工者，即工致亦非佳詞，此《茶烟閣》之終非上選也。

二六三　成語

成語加以錘煉，未始不可入詞，但引用成語之句，必須上下更肆其精力，神韻力求其倜儻，以爲之襯托。蓋成語多習見，非於虚處襯托，不易生色。

二六四　咏物征引故實

咏物不能不征引故實，然當先加運用，勿使直説，勿使明説。俾撰者、讀者均知有所本，而不見其迹象爲佳。其將故實刻鑿以就詞語者，縱能側艷纖巧，均非上駟。

二六五　詞語當與賦題相稱

咏物詞能於起處，以有情之語，籠罩全題，最屬不易，亦最見工力。又詞語當與賦題相稱，雄碑斷井，應出以激楚之音；綉閨蘭房，應出以旖旎之致。

二六六　因類以求

物有所類，咏物之作，宜因類以求之，俾合分際。如衣之於刀尺，松之於水月，綉被之於熏爐，是其例也。

二六七　跳脱與空靈

詞句當使跳脱，欲求跳脱，尤當先能矯舉。無論千回百折之意，當使成卓然自立之言。文字固求藻艷，筆意固求空靈，然决不能以弱脆爲纖柔，惝恍爲深入。

二六八　詞中轉折處

詞中有轉折處，其在長調尤易顯見者，即一句上之三字逗頓。常人往往以虚字爲轉捩，名手則用實字。其轉筆在理脉而不在字面，即爲暗轉之一法。

二六九　移步换形

詞中寫景，由晨入晚。詞中言節令，由春徂秋。移步换形，情緒自亦隨變。其用暗轉者，即於移步之中，寓推遷之迹，不必著以虚字。

二七〇　爲詞當擒住題意

凡爲詞當擒住題意，認真爲之，此成就之數語，即曰警句。即無題之詞，情緒所繫，亦當有著力之處。决不可通體泛言，黯然無色，托於渾成。

二七一　以佛禪入詞

以佛語入詞，不如以禪理入詞。

二七二　内典字面

間用内典字面，當擇其可通於詞者，使氣機不滯爲要。

二七三　珍祕愛惜之情

咏物之作，首貴對所賦之物，無限珍祕，無限愛惜。而所以抒此珍祕愛惜之情者，或明説，或暗説，均無不可。

二七四　咏物詞

咏物詞，點題之處，往往庸下，此大當避忌者。其非點題之處，亦當扣住題面，勿使軼出範圍。

二七五　詞調有義例

詞調亦有義例，若〔九張機〕當作九首，〔楊柳枝〕當作二、三首，多至十首。然既撰〔九張機〕九首，則首尾應使有段落。如第一首述初絍之際，第九首述綉竣之時，其中情事，不宜過於凌雜。〔楊柳枝〕或寫禁庭，或寫青樓，或志離别。然如撰十首，則第十首必須托住前九首，不能仍作零碎散漫之語。推之如撰一調、一題若干首者，均應先後停勾，位置相稱。

二七六　九張機

〔九張機〕固僅言織事，然織者之情緒，夜緯之時地，無一不可推衍新義。亦惟此等板拙之題，應有倜儻之句，資以生色。

二七七　小令

小令〔望江南〕〔浣溪沙〕諸調，盡可使盡藻詞，矜其才氣，上焉者更貴在意態兩絶，不必緯以藻詞，自見馨逸。本來錦心綉口，已極難能，若復吹氣如蘭，直必壓倒元、白。語淡情濃，詞簡意曲，上窺北宋，門徑在兹。

二七八　詞中避虚就實法

詞中避虚就實之法，如先立一於此句用憔悴之意，即當推詞中之人之境，而以所示其憔悴之景物從旁或直截言之，則句中不必有憔悴字面，而情致自見，且復遒上。

二七九　賦咏節令

賦咏節令，倘僅運用故實，無論精穩，不過能品。若就詞中主人之情緒，引申其與節令攸關者，悱疊説來，可入神品。如九日宜登高也，或曰無高可登，或曰明歲登高不知何處，或曰舉觴僅對黄花，或曰白衣并無送酒，均勝於鋪叙九日者爲佳。如連纚數意，愈轉愈深，不用故實，則白描作法，尤近北宋。

二八〇　詞當多自削定

詞有本屬第一義或第二義者，語亦工穩，然試爲更易一二虚字，則已轉入第三義。更深一層，益見灑脱者。雖非點綴，終卜成金。故一詞之成，當多自削定，勿憚艱辛。或今日以爲可存者，三數日後，靈機偶動，又且别易數字。如是數四，至於大成。倘獲名師益友之點定，尤獲事半而功倍之效。

（以上《同聲月刊》第1卷第6號）

二八一　詞筆三端

詞筆有三端：融情入景，融景入情，情景雜糅。其至也，雖種種無情之物，胥可使之有情。物固無情也，但以狀物者嬋嫣有致，斯足於情耳。其次一片空靈淡蕩之思，令讀者翛然神往。若此靈府之寄思，心結而目存者，交睫一息，便自立一境界，情味泱然，思致覃永，初不能知此境之何在，而爲悲爲樂，已爲詞所拘牽，不得脱矣。又次雜糅之作，内足諸心，外托於言，其所以感人者尤易深入。若其失也，言景失之滯，言情失之膚，情景雜糅，則失之凌雜而無次。滯，是無情也。膚，是無境也。凌雜則失雜糅之妙，轉墮惡趣也。唐人爲小令，往往作景中語，而栩蝶繁花，令人即之，情緒油然而生，即似駘蕩其中，在在收風光之後，亦有歇拍一二語，轉入情致，更復跌宕。雖語妙情纖，而絶無儇佻傷格之病，此蓋唐人初諧宫羽，猶有騷音。迨後雕琢者以匠心爲精英，豪放者以睥睨爲氣概，遂更無風日晴嫣。水流雲在，天然之美，昭宗〔巫山一段雲〕曰："小池殘日艷陽天。苧蘿山又山。"回環讀之，足征景中俊語，亦決非一蹴而幾者。

二八二　無限之情

無限之情，未足窮盡，則以一二語提之使起，使其神味亦復無限。於是作者讀者，可各各寓其不宣之情。惟唐人於一提後，更不别有所言。乍即之似不能作結，細會之始知此無限之情，正在不言之外。聽人索解，勝於言者多矣。莊宗"一葉落。吹羅幕。往事思量著"，正體斯旨。

二八三　詞中取景

詞中取景，往往以一時一地爲範圍，若包舉一切，勢必未備。而莊宗〔歌頭〕，自春徂秋，盛衰興廢，令讀者悟歲華之易逝，良辰之難覯。電光火石之旨，直爲舉發無遺，初不見其於百數十字間，有轉移斤斧之迹兆，筆力圓健，非後來聲黨所可冀矣。

二八四　以方言入詞

宋人往往有以方言入詞者，元時南北曲無論矣。李王〔一斛珠〕之"沉檀輕注些兒個"，亦用方言，可爲先導。

二八五 言情之作

言情之作，往往曲爲之晦，加以藻飾，其工者固文情相因，其不工者轉以文而失真。若李王“故國夢重歸。覺來雙泪垂”，舉所懷者傾以吐之，愴感之神，率寄於言表，寧不視曲晦者爲優。然曲晦者或以所懷非真誠，或無此筆力以赴之，遂不得不托於藻飾。其徒有真誠而筆力不足以達之者，爲失蓋亦相等。

二八六 李白清平樂

李白〔清平樂〕“月探金窗罅”，此等琢句，爲後人所未有。又“夜夜長留半被。待君魂夢歸來”，句法亦奇，而情致自真，非巧作纖語者所能及。惟是否白作，尚待考訂。

二八七 胡帝胡天之作

胡帝胡天之作，但臻絶勝，亦不必更言理法，思致拈來，妙諦具在，猶象教之立上乘。讀〔菩薩蠻〕“綉屏金屈曲。醉入花叢宿。春水碧於天。畫船聽雨眠”，可以知之。此類唐人語，至北宋即不復有人作之。非不作也，至宋而詞學已昌明，有理法思致，爲之範圍，不復有人敢軼於繩墨以外以作之也。後此力學《花間》《尊前》者，又無筆力足以勝之，但衹藻績花柳，求其貌似。胡帝胡天之勝，遂致不復可見矣。

二八八 愴懷語在皮相者

愴懷語之在皮相者，乍玩之凄感萬端，久習之便覺索然而廢。惟其語深，則愈觀愈覺其可感。“何處是回程。長亭更短亭。”夫言回程猶曰長亭短亭，萬水千山，真不知稅駕之何所，斯誠令玩索者黯然而銷魂。作愴懷語者，宜以此爲法。

二八九　叵耐

叵、耐二字，亦爲方言。宋詞輒用怎、恁等字，而李白用叵、耐，新穎可取。

二九〇　宫詞典雅

作宫詞言典而雅，至不易爲。伯可應制，譏者謂爲傷格。小晏"祥瑞封章滿御床"，稱者不絶。王建《三臺》二首，視小晏爲尤勝。

二九一　楊柳枝

〔楊柳枝〕作者殊夥，當以劉禹錫、徐鉉所作爲最。蓋暇逸之情，清麗之筆，不求工於刻畫，而妙諦天成也。

二九二　名作多爲神來之筆

歷代詞人至夥，傳作亦多。但名章俊語，膾炙人口，使人流誦而永不能忘者，亦復有數。蓋其能移情奪魄之名作，多爲神來之筆，初非刻意求工之語。所謂神來者，得之於無意之中。涵索之際，决非苦吟所可致。學者學詞，初不能不重之以學力，及其既成，乃可冀神來於偶然之際。是固得之於工力之外，而又在工力之上。學者求獲俊句，應知所適從矣。

二九三　章法氣息藻澤

詞有章法，有氣息，有藻澤。章法貴順乎理，充其極，縱胡帝胡天可也。氣息貴沖淡，雖作雕鎪之語，當有真意。藻澤於煉字主名貴，於造句主風神。

二九四　詞有理脉

詞有理脉，首當體會，字與字不可叠，句與句不可叠。馴至一題一咏，諸作者前後亦不可叠。理脉有明見處，有暗轉處，有充之使遐，約之使邇處。但當無混亂雜糅之弊，爲第一要義。

二九五　内而言外與事外有遠致

詞貴意内而言外，事外有遠致。意内言外，則所言爲不虚；事外遠致，則所言爲不盡。反是一讀即厭，無反復回環之尋味矣。

二九六　詞中濃處、淡處、雋永處

詞中濃處、淡處、雋永處，各標其勝，各極其能，非熟讀深思，不易細知，亦非細知，不易身匯衆妙。凡此又均可以意會，不可以言宣者也。

二九七　比賦事物

比賦事物，各有身分，稍一舛訛，即乖體格。於梅則纖雲素影，於桃則紫姹紅嫣，不可不爲區别。

二九八　詞以雍容之筆出之

前人説詩，以爲窮而後工。如“借車載傢俱，傢俱少於車”，極刻劃之能事。於詞則不然，詞雖道窮，亦宜以雍容之筆出之。若作寒酸語，則乖於詞格矣。小山“舞低楊柳樓心月，歌盡桃花扇底風”，固非三家村人語。即窮至白石，可謂郊寒島瘦矣，而〔鷓鴣天〕曰：“巷陌風光縱賞時。籠紗未出馬先嘶。白頭居士無呵殿。衹有乘肩小女隨。”雖述人家之盛，一身之貧，而氣度不少近於寒酸。籠紗未出，驊騮先嘶，是何等富貴語。又“東風歷歷紅樓下，誰似三聲杜牧之”，是何等風情語，可以知矣。

二九九　言情言景

詞不外言情言景，其至者曰融情入景，融景入情，情景雜糅。然締辨之，言景不能不參以情，蓋丹青之妙，猶寓深情，况抒之爲文翰乎。言情或假物理，或寓寄托，却有不參景色之處。若雜糅之作，當使融爲一片，使人讀之，不知其爲情爲景，但回環杼軸於胸中，使有無盡之感觸而不能自已，此其杰作也。

三〇〇　言景有博有約

言景有博有約。博者摭拾眼底之風光，一一揮灑，使其停匀位置，遠者爲螺黛，爲水風，近者爲曲屏，爲綉枕，在在有物，則在在有人，由物思人，觸景可以生情，此一格也。約者但於景物，擇其易動人情者言之，或於一詞之中，略著一二句，如畫龍之點睛，以繪樹而狀風，長亭遥岸，可興客子之懷；心字丁簾，可托佳人之怨。即此一二句中，已足使人發其感喟而有餘，抑或擇其可以包舉者言之，不爲一一臚列。言蘭房秀闥，則房闥中必有所庋置者矣。言斜暉院落，則院落中必有所蒔植者矣。此在騷人墨客，會心於微，不能舉格以强求，立體以責備者也。

三〇一　言情有博約

言情亦有博約。博者運諧婉之筆，抒回環之思，不惜反復以明其摯，深入以察其微，一之不足，則重言之，展轉之，但有真情，都成俊語。其約者則嫌博之易泛，泛則淺，淺則不專，遂并反復之數義，納諸片詞之中，而以一二虚字挈領之，是謂包衆義於片言也。承其下者，則或闡其深思，或參以佐證，或剥蕉心，抽重繭，或提挈而使超空，盡寸心之所由，率椽筆之所至，由小而大可也，由大而小亦可也。由小而大，則見吾心之浩瀚，寄聲色於區宇。由大而小，則見山川敷藻之榮，可以列諸階前膝次。寄聲色於區宇，則吾心大；移山川於几席，則吾見大。變化曼衍，不可方物。質言之，無論情景，博者易詮，而約者難精，可斷言也。

三〇二　詞中最難傳不易達之情

詞中最難傳不易達之情。所謂不易達者，厥故有二：一山重水復，言之冗長，非數語不能盡之。二縱有其情，而不能明言，祇可借徑於花草蜂蝶，曲爲比擬，然少一不慎，便失其微尚之所托。善爲詞者，并數語所欲言，花蝶之曲喻，揉爲一二句，更以一二虛字抑揚之，使盡曲折委婉之妙，兼以達難言之穩，斯非斲輪名手莫辦也。

三〇三　言情最高之境

言情之中，更有最高之一境，使人讀之，知詞中之有情，并深於情，爲悲爲樂，涉眼便知，而迄不能明其所以然之故。且觀其字句平正，非故爲晦澀。觀其意境高超，又不涉新佻。讀之心領神會，而又終不能以言宣之。蓋情之深者，秉賦乎方寸，抒發乎翰墨，内足於心，外揚於文，遂致讀其文者，亦復内會於心，彼此有息息相印之誠。此非情文兼至者，不能爲之。亦非情文兼至者，不能讀之而激賞之也。

三〇四　依黯之情

依黯之情，必參以傷感之事者，於詞習見，無足稱道。其有間傷感之字面者，略勝一籌。若寓傷感於神情之中，而不及傷感之迹兆，斯爲上著。苟其能於炫爛金碧之中，涉盛衰更故之慨，因微見著，使人人知日月之不留，風流之彈指，寄遠致於事外者，斯於學問文章之外，更益之以真性情，必爲傳作無疑。

三〇五　深入刻骨語與俳諧調侃語

詞中不妨有深入刻骨語、俳諧調侃語。但能刻骨而有風趣，調侃而寄懷抱者，斯不近於卑瑣。

三〇六　言情之語

言情之語，有托之於物者，有但傳其情者。托物易質實，質實則失所以托之者矣。傳情易纖靡，纖靡則卑劣，傷詞格矣。故托於物者宜指物以會情，使情物兩俱摇曳。參諧婉於質實，氣始流走而不滯。傳情者宜從重拙處落墨，則庶幾可已纖佻之疾。

三〇七 凄黯之情

凄黯之情，亦可托之於物。春秋迭代，榮衰異時，但述草木之榮衰，自見人態之凉燠，此在煉詞琢句加之意耳。

三〇八 詞重風度

詞重風度。風度，摇曳之謂也，而往往有以輕泛之語，謂爲風度者，此殊不然。蒼勁之極，促拍之音，均有風度。風度寄於語氣，而不涉於字面之文章。故文章之輕泛者，非風度也。文章之典則而語氣仍回環杼軸者，謂之風度。闊如樂章，雄如稼軒，蒼如白石，風度何嘗不佳。必以清空爲風度，是大謬矣。

三〇九 學詞不能就詞求詞

學詞者不能就詞以求詞。天下文心之寄托，萬籟之竽號，粤可稽者。於古爲國風，爲雅頌，循是騷賦。至於兩京，節文爲詩，衍詩爲詞，前乎詞者，固依然有詞心、詞筆。其所以不名爲詞者，但以節奏、體律之或歧耳。信此則徒於詞中求詞，爲甚仄矣。風雅史漢，自不得徑參之於金蘭。而風格典雅，非真自史漢中出者，亦决不能爲黄絹幼婦，可斷言也。

三一〇 詞有學有養

詞有學有養，非兼濟則不能獨步。學力在多讀多作，涵養在流覽吟咏。吟咏之法，不必先叙其理脉，辨其藻澤，但琅琅上口，先主諧婉，於諧婉中自得詞中之神味。若取徑一家者，多讀一家之詞，亦較易近似，廝磨含蓄，視媷求貌似者進益尤夥。

三一一　詞不易遽學

《花間》不易遽學。其至者爲古蕃錦，其下者未足取喻乎七寶樓臺也。吴夢窗質實之中，饒有清氣。玉田云云，甚非知人之言。曩跋《蓉影詞》，曾論及之。珠玉渾金樸玉，小山風神淡遠，亦不易遽學。蘇、辛清而能雄，雄以清越。後之學者，徒取皮相，遂多獷語，亦不易遽學。《樂章》能敷藻眼前之景物，作無窮之語，婉而不患其冗，寬而不嫌其廓，亦不易遽學。清真、夢窗，爲填詞趨於成就必由之一徑，不能責之初學者也，初學者尚以白石、六一爲近易。白石蒼勁處，千古卓絶，自不能一蹴而就。然其格局辭句，猶有迹象之可尋。六一風神諧婉，視大小晏亦較易取則，學之即不能似，當無纖佻飣餖之弊。

三一二　襟抱與學力

學蘇、辛首貴襟抱，學夢窗大、小晏，首貴學力。學力可以求進，襟抱難於求進。故學蘇、辛者，每每取雄而遺清。

三一三　以摇曳爲俊逸

草窗、碧山、玉田，同以摇曳爲俊逸，而胸中、腕底，初無濟勝之具，字面匀穩，色澤音節，并臻諧婉。然其所以驅遣諧婉者，猶患不足，遂蹈空泛之弊。學者循奉，易蹈其失，難以自拔。

三一四　至情之語

至情之語，上入九天，俯達重泉，拗鐵爲絲，刻金成縷，固不可以理相限度，然當於理可通。即乍觀似不可通者，亦當自圓其義，俾不偭越於理外，此自圓之義，固不必明言。要當使讀者細心玩索而可得，方爲允當。否則風魔之語，更何足道。有欲學爲蕃艷之作，胡帝胡天之語者，不可不致意於斯。

三一五 以新詞説舊義

千百年來，一切人情物理，胥已説盡。作者能獲新理，便爲俊語，必不得已。當以新詞説舊義，未經人用之語句，解釋眼前之人情物理，亦是妙詞，但苦不易易耳。

三一六 虚字之妙

一句之中，著以虚字，最難措置。能使上下相活者，是其初基。能兼闡言内之意，并使前後機括，因以靈活者，是已漸參上乘。至能以一二虚字，振挈全詞，是無上上法。

三一七 融情入景

融情入景，言詞者類能道之。然景屬實體，情爲虚致，以實喻虚，以虚襯實，運用得宜，誠非易事。是以陰、晴、寒、暖等字，人人用之，亦不能不位置妥帖。蓋消息所及，被於全詞。融情入景，正復有賴耳。

三一八 學力襟抱性靈

蕙風先生論作詞，每以學力、襟抱、性靈并重。學力可日日程功，襟抱可涵咏養蓄，獨性靈授之於天，誠難砥礪求進，此神品之不易得也。

三一九 小令當前後有貫注

小令咏事、咏史，以及信口吟諷者，或多至一、二十首。既作數首，即當前後有貫注，全局有布置。先有總綱，後有總結，使數首乃至數十首如一編文字。

三二〇 偶語

詞中極多於全篇中有偶語，亦時有上下啓承轉合之語。凡此或斷或續之際，騈白儷青之詞，或以新字新意襯之，使特新耳目；或即以不甚用力之句，使風神於以跌宕。則當視全篇論定之，不能預擬也。

三二一　襟抱學力兼勝

賦華貴之題，不濁不俗；作感愴之語，不卑不衰，爲學詞者所必知，然非襟抱學力兼勝者不易致之。

三二二　凄凉之語出以沉著之筆

夢窗〔木蘭花慢〕《游虎丘》："青冢麒麟有恨，卧聽簫鼓游山。"凄凉之語，出以沉著之筆，可爲學者途轍。

三二三　含意類似而句法各異

詞有含意類似，而句法各異，分際輕重迴別者。如"貪與蕭郎眉語。不知舞錯伊州"。或云曲中："倚嬌佯誤。祇圖一顧周郎。"可以知之。

三二四　填詞用字貴在適合分際

填詞用字，貴在適合分際。形容詞下於恰當處，始栩栩能活。清真〔瑞龍吟〕，坊陌曰"愔愔"，梅褪粉，桃試華，侵晨則"障風映袖"。"愔愔"二字，樸雅有致。曰障曰映，不嫌其方，且適足以喚起侵晨之情緒。於秋娘則曰"聲價如故"，語拙神完，誠可師法。

三二五　花柳須慧心杼軸

詞語不外寄情於花柳，然苟無慧心杼軸之，則人自人，花柳自花柳，何曾有情。必有慧心妙筆，運用得宜，始見其情緒縈結，而此情曾不必定以宛轉之詞令出之，盡可出以方筆。如"摇落風霜，有手栽雙柳"等語，當爲白石老仙所私淑。

三二六　清真淵源於古樂府

清真勝處，以直語説深情，以方語説慧解，此則淵源於古樂府者爲多。

三二七　調侃之語

詞有用調侃之語，而不流於纖俗者，亦可以備一格。如姚端甫、孔方從有絶交書，雖非正格，不墮惡趣。

三二八　樸質之語

詞中樸質語，要有至情。酬贈壽詞，尤雖著筆，不患俗即患麒麟楦耳。蕙風先生頗賞"相見似先公"一首。余於蕭維斗《壽叔經宣慰使》之"年高德劭，似一日春光一日深"語，以爲樸語能出新意。南宋集中，亦不多見。

三二九　詞中易代之感多佳句

易代之感，置之詞中，自多佳句。而《補題》諸作，文晦義隱，但事刻劃，故視遺山爲遜色。姚端甫有云："誰道夔龍不致君。白頭離亂未曾聞。三秦碧樹生春色。千里青山入暮雲。"蒼凉勁卓，庶幾可以抗手裕之。

三三〇　言情尤貴沉著

言情自貴疏秀，然尤貴於沉著。若但以膚廓疏淺之語爲疏秀，則非深於情矣。自當内事沉鬱，外務鬆俊。筆愈空靈，情愈深煉，方爲合作。《文心雕龍·隱秀》一篇，頗能盡其指歸。

三三一　絶妙之意境

有絶妙之意境，而不能行之於文，則自由於用筆之未臻純熟，驅遣之未能如意。若能如意指揮，雖并數意於一語一字，甚至在一語一字之外，使人含咏不盡。

三三二　詞中賦題

詞中賦題，有由盛而衰之轉折。小至庭花雜卉，由花開而至於花謝；大而君國，由開基而至於易代，其轉折處自爲一大關鍵。然此關鍵要處，在作者之深情，有情則筆自足以達之，不必定於一字一語求工。否則或爲硬澀，或爲鬆滑，雖珠璣絡繹，却不足以寄此深情。

三三三　潛氣内轉

所謂上抗下墜，潛氣内轉者，蓋如上説花，下説人，上説盛，下説衰，兩意兩語，就中不必綴以轉折之字句。惟憑理脉與情思，使人自悟，不見其斧斤搭截之痕迹。其憑理脉者能品，其運情思者斯爲神品。

三三四　寄托之詞

寄托之詞，寓於風月，必以風月與人我糅爲一體，使彼此有同感同情者在，方足以窮詞心之勝。

三三五　詞之宗法

詞有婉約、沉著、穩煉、蒼勁諸宗法，聖手融衆長於一爐無論已。學者或求得其全，或偶獲片解，亦必多讀古人名作，徐圖悟入。蓋一家有一家之風格，一詞有一詞之勝致。名手傳作，萬不能就一章一語中求之，力爲摹擬，愈摹擬且愈窒滯。縱得一二皮相形似之處，造詣必小，氣思必促，轉貽畫虎之誚。

（以上見《同聲月刊》第 1 卷第 8 號）

詞集提要

趙尊嶽◎著

《詞集提要》原連載於《詞學季刊》1933年第1卷第1期、第2期，1935年第2卷第3期，1936年第3卷第1期、第3期。本書即據此收録。陳水雲、黎曉蓮編《趙尊嶽集》（鳳凰出版社，2016）中收有《詞籍提要》整理本。

《詞集提要》目録

詞集提要

一　詞的四卷

明茅映輯

此輯爲選家論詞之總集，多唐宋名作，間亦取明楊慎、楊基、吴鼎芳等三數首；而無名氏、鬼仙、箕仙諸作，亦復甄采；明人蕪取之弊，無足責也。卷一小令，周邦彦〔十六字令〕，迄無名氏〔醜奴兒〕，凡三十一調，一百二十四首。卷二小令，張先〔減字木蘭花〕，迄張先〔醉落魄〕，凡四十八調，一百二十首。卷三中調，韋莊〔小重山〕，迄楊基〔洞仙歌〕，凡三十五調，九十二首。卷四長調，周清真〔意難忘〕，迄張翥〔多麗〕，凡三十八調，五十五首。全書率加圈點，且著眉批，多膚泛之語。明人論詞，每如評詩文制藝，以浪博選家之名，斯集有焉。映字遠士，浙江吴興人。朱竹垞《詞綜·凡例》，謂嘗見及其書。黄俞邰《千頃堂書目》亦著録之。書爲吴興閔氏刻本，輯入所刊《詞壇合璧》。詞用書體字，眉批用寫體字，朱墨套印極精；惟後刷者則率以墨印，遜色多多。《詞壇合璧》邇不多見，故《詞的》流傳亦少，幾不爲聲黨所知矣。

二　草堂嗣響四卷

清顧彩輯

全集以選詞爲主，取諸繼聲《草堂》，故曰"嗣響"。實則多順康間同聲諸子所作；如梅村、芝麓、秋岳、蒼岩、西樵、阮亭、茶村、牧仲、悔庵、羡門、東塘、其年、容若、梁汾等，均預其選。多諧唱一途；雖視倚聲爲漸近正宗，然猶不足以語《蘭荃》之妙緒也。卷一小令，劉幼功〔梧桐影〕迄孔振路〔錦堂春〕，凡九十九調，二百七十九首。卷二中調，曹秋岳〔蝶戀花〕迄袁其文〔意難忘〕，凡七十五調，一百四十四首。卷三長調，吴梅村〔滿江紅〕，迄顧天石〔雙聲子〕，凡五十五調，一百三十七首。卷四長調，宋牧仲〔綺羅香〕迄孔振路〔戚氏〕凡五十調，一百二十三首。每卷目録詞調下咸注字數，而不及首數作者。目前附《姓氏録》一卷，自梅村迄輯者顧天石都一百十五人，又釋子豁堂一人，閨秀徐燦、張藥、王朗、葉小紈四人。姓氏但標籍貫，及著作集名，不及仕爵焉。

彩字天石，江蘇無錫人，康熙間是集署闕里孔傳鐸振路、孔傳懿西銘同定。維時洙泗多尚詞學，宜相沆瀣也。授梓家塾辟疆園，鏤工精整，惜無傳刻，後不多見耳。

三　記紅集三卷附詞韵簡一卷

清吴綺輯

全書以訂譜爲主，而仍沿前明《嘯餘》之陋。每詞句讀韵叶，率爲記注；可平可仄之字，則左加直綫以志之；襯字、對句、换韵、叠字，亦爲標出；其换韵後仍叶前韵者注叶前韵，并加圈點於句右。一詞數體者，其第幾體，即注詞曲之下；而短調盡立新名，殊乖譜例。所收多唐宋名賢之作，間及閨秀女鬼。卷一單調小令，周晴川〔十六字令〕（新名〔月穿窗〕）迄馮延巳〔抛球樂〕凡四十七體，四十七首；雙調小令，馮延巳〔歸國遥〕迄魏夫人〔繫裙腰〕，凡一百六十六體，一百六十六首。卷二中調，鹿虔扆〔蝶戀花〕（新名〔庭院深深〕）迄劉過〔轆轤金井〕，凡一百十四體，一百十四首。卷三長調，周邦彦〔意難忘〕迄吴文英〔鶯啼序〕，凡一百三十七體，一百三十七首。附《詞韵簡》一卷，即采沈去矜之《詞韵略》以行，與《選聲集》所載正同，蓋其時家弦户誦之韵律也。

綺字薗茨，江蘇揚州人。康熙間所著《藝香詞》，殊享盛名。斯集署與岑山程洪丹問同選定，吴興茅麐天石校。剞劂甚精，而傳播未廣，近頗罕覯。

四　同情集詞選十卷

清陳鼎輯

斯集志在選詞而不精。所選唐宋名賢，以至康乾并世，無不兼采。除唐宋多習見者外，以楊慎、李漁、許嗣隆、楊婉、范安瀾、鄧繁禎之小令爲多；即國初諸作，本近柔媚；選政無當，幾於益墜惡趣；自度腔所收亦不少，而要均熟調小令；是蓋未仰見詞囿之淵深者也。卷一：十六字蔡伸〔蒼梧遥〕，迄二十七字閩陳后〔樂游曲〕，凡二十五調，一百十二首。卷二：二十八字歐陽炯〔南鄉子〕，迄三十五字牛嶠〔望江怨〕，凡三十調，一百零八首。卷三：三十六字白居易〔長相思〕，迄四十一字尤侗〔醉花間〕，凡三十調，一百十四首。卷四：四十一字王禹偁〔點絳脣〕，迄四十二字冒德娟〔浣溪沙〕，凡十二調，一百零一首。卷五：四十三字韋莊〔歸國謡〕，迄四十四字朱敦儒〔楊柳枝〕，凡十九調，一百十二首。卷六：四十五字歐陽修〔訴衷情〕，迄四十六字范毓秀〔清平樂〕，凡十六調，一百十二首。卷七：四十六字黄庭堅〔卜算子〕，迄四十九字余漢〔陽臺夢〕，凡四十六調，一百零七首。卷八：五十字張圯授〔怨三三〕，至五十二字柳永〔浪淘沙〕，凡五十二調，一百十一首。卷九：五十三字楊無咎〔天下樂〕，迄五十六字楊慎〔瑞鷓鴣〕，凡四十調，一百二十五首。卷十：五十六字牛嶠〔木蘭花〕，迄五十九字辛弃疾〔東坡引〕，凡二十一調，一百二十首。全書不加圈點，亦無評語也。

鼎字漢年，江蘇如臯人。乾隆間此巾箱本，格子繕寫極精，板心有“守拙齋”三字，序目并具，似待刊之本。然迄不見傳書，則或人事倉猝，未及即付剞氏耶？今藏京師北海圖書館。

五　詞軌八卷補録六卷

清楊希閔輯

斯集蓋楊氏統匯古今詞集，輯以存詞之巨著；惜未經刊行，但有稿本，存諸京師北海圖書館而已。所輯各卷，義例尚未能即歸一致；則或尚係初稿，未經釐定者耳。選詞頗主渾成，尚境界；每詞下輒有按語，間或發明意内言外之旨。其自撰評語，著墨不多，斐然成理；蓋能通詞之消息者。每卷前又各有題識，發揮選詞之意，以立宗派，陳義精嚴，評騭的當，兼及考據；雖詞律同異，無所持證，然亦足備省覽。至所輯本事，多同時人之筆記詞話，知人論世，説雖習見，要可窺豹於一斑。唐宋詞之格律，其純爲七言絶句者，均置勿録，稱已見所輯《詩軌》；而其書勿傳，論者惜之。人名下繫以小傳。明清兩朝詞，所收極少；於明取陳卧子，於清斥朱竹垞，是具有手眼，蓋熏沐常州詞派之薪傳者乎？總目正集八卷：卷一：唐代詞十九首，凡昭宗一首，李白三首，張志和二首，王建二首，劉禹錫二首，白居易三首，劉長卿一首，李德裕二首，杜牧一首，竇宏餘一首，唐駢一首。卷二：唐五代温庭筠二十九首，南唐中主四首，後主二十四首，韋莊二十首，李珣二十五首，孫光憲二十二首，馮延巳二十五首。卷三：宋晏殊二十首，晏幾道五十三首，附張先十六首，柳永六首；其云附者，蓋義例著宗派之説，以相屬尚：要如周止庵之論宋詞，以四家相領袖，而附以各家之詞，閉門造車，未必合轍；亦續詞派之結習云爾。卷四：宋歐陽修四十四首，蘇軾四十首，黄庭堅二十五首，附王安石七首。卷五：宋秦觀三十一首，賀鑄二十八首，附周邦彦十六首。卷六：宋姜夔二十九首，辛弃疾二十五首，附史達祖五首，吴文英八首，王沂孫十二首，蔣捷四首，張炎七首，又附元張翥八首，周密八首。卷七：明及國朝，楊慎七首，陳子龍二十首，王士正二十四首，毛奇齡十六首，成德二十首，附朱彝尊八首，陳維崧四首。卷八：國朝張惠言十六首，周之琦二十首，項鴻祚二十首，附戴敦元七首，劉嗣綰四首，郭麐四首。

補録六卷，卷前無題識。每人所選，不過三數首，所以補前録之未盡也。卷一：唐莊宗〔如夢令〕迄毛熙震〔臨江仙〕，凡十六人，三十六首，宋錢惟演〔玉樓春〕，迄閨秀李清照〔念奴嬌〕，凡三十三人，四十七首。卷二：南宋朱熹〔水調歌頭〕，迄方外葛長庚〔酹江月〕，凡六十四人，九十二首。卷三：金吴激〔人月圓〕，迄無名氏〔減字木蘭花〕，凡九人，十一首。元劉因〔木蘭花〕，迄張埜〔念奴嬌〕，凡十七人，二十二首。明高啓〔行香子〕，迄計南陽〔花非花〕，凡十二人，十四首。卷四：國朝王夫之〔摸魚兒〕，迄閨秀王朗〔浪淘沙〕，凡三十五人，六十三首。卷五：國朝阮元〔百字令〕，迄程恩澤〔浪淘沙〕，凡四十二人，六十五首。卷六：國朝王效成〔清平樂〕，迄閨秀楊芸〔清平樂〕(目録脱去楊芸一行。)，凡三十一人，六十四首，又無名氏〔桃源憶故人〕，迄〔賀聖朝〕，凡八首。卷首附《總論》一卷，均引撮他書，以發明詞義者。凡《四庫提要·花間集提要》一則，《歷代詩餘提要》一則，《碧鷄漫志提要》一則，《欽定詞譜提要》一則，萬樹《詞律提要》一則，《張小山小令提要》一則，王九思《碧山樂府提要》一則，毛大可《鷄園詞叙》一則，毛大可《倚玉詞序》一則，陸朗甫《紅櫚書屋樂府序》一則，又自識三則，附著於篇。

希閔字鐵傭，江西新城人，咸豐間□□□。斯集成於同治二年。所著《詩軌》，未嘗寓讀。此爲寫官過鈔待刻之本，於提行分段諸處，少有舛誤，眉間輒爲注正，惜未及壽之剞氏，用廣厥傳耳。

六　唐詞紀十六卷

明董逢元輯

詞紀之作，蓋董氏以唐詞爲宋詞之初祖，故博采《花間》《金奩》《尊前》諸唐詞，兼及各家説部所甄采，匯爲一編，以資椎輪之大輅者也。全書十六卷，卷帙不繁，搜采彌備。前有詞人目、卷目、詞名征目，并綴創調之始，具之於篇。詞人目：凡昭宗二首，喬知之一首，李白七首，賀知章一首，崔國輔一首，王維一首，元結五首，王昌齡二首，張志和五首，張松齡一首，韋應物四首，張潮一首，顧況一首，劉長卿一首，韓翃一首，張繼一首，令狐楚二首，戴叔倫一首，陳羽二首，戎昱一首，楊巨源一首，李德裕一首，王建十首，劉禹錫四十二首，盧貞一首，李涉五首，張祜三首，白居易三十首，施肩吾二首，滕邁一首，李商隱二首，朱慶餘一首，薛逢一首，姚合一首，鄭夢履一首，裴夷直一首，段成式五首，薛能十九首，韓琮一首，張善繼一首，司空圖二十一首，温庭筠六十九首，高駢一首，聶夷中一首，崔道融一首，韓偓三首，王貞白三首，蘇郁一首，孫光憲六十一首，韋莊四十九首，成文幹九首，張泌二十七首，盧肇一首，裴誠四首，顧雲一首，孫魴五首，薛昭蘊二十首，李夢符二首，毛文錫三十一首，皇甫松十二首，歐陽炯二十首，牛嶠三十二首，魏承班十五首，牛希濟十一首，閻選八首，顧敻五十五首，毛熙震二十九首，鹿虔扆六首，徐昌圖一首，尹鶚六首，李珣四十首，李中主五首，李後主三十五首，和凝二十二首，馮延巳一百四首，蜀後主衍二首，蜀後主昶二首。文珏一首，黄載萬一首（按載萬實南宋人，以其序稱蜀人，列入蜀代者誤。），盧絳一首，陶穀一首，吕岩八首，韓文璞二首，齊已四首，圓觀二首，江采蘋一首，柳氏一首，費氏一首，慕容岩卿妻一首；劉采春六首，魚玄機一首，劉燕奇一首，武昌伎一首，王麗貞一首，妙香一首，琴精一首，無名氏一首。

詞卷目一景色，分時序、水波、蟲鳴、花木四子目。自歐陽炯〔南鄉子〕迄無名氏〔楊柳枝〕，凡一百四十六首。卷二吊古，分仙詞、故國二子目。自毛文錫〔浣溪沙〕迄白居易〔河滿子〕，凡五十二首。卷三感慨，不分子目。自李後主〔浪淘沙〕迄琴精〔千金意〕凡五十八首。卷四宫掖，分稱慶、宫游、宫燕、宫曉、宫晚、宫姝、宫怨七子目。自司空圖〔楊柳枝〕迄王貞白〔楊柳枝〕凡四十三首。卷五行樂，分睡賞、游行、游遇、舟游、采蓮、游女、游歸、追游、宴飲、醉歸、俳調、會合、追會十三子目。自顧敻〔漁歌子〕迄顧敻〔荷葉杯〕凡一百四十一首。卷六别離，不分子目，自温庭筠〔河瀆神〕迄王維〔渭城曲〕，凡四十首。卷七征旅，分征行、舟征、羈旅三子目。自韋莊〔清平樂〕迄王建〔三臺令〕，凡三十五首。卷八邊戍不分子目，自牛嶠〔定西番〕迄戴叔倫〔轉應詞〕凡十二首。卷九佳麗，不分子目。自張泌〔浣溪沙〕迄和凝〔解紅〕凡五十八首。卷十悲愁，不分子目。自顧敻〔浣溪沙〕迄上皇〔三臺詞〕，凡六十首。卷十一憶念，不分子目。自張泌〔浣溪沙〕迄王建〔三臺詞〕，凡八十一首。卷十二怨恩，不分子目。自毛熙震〔菩薩蠻〕迄劉采春〔囉嗊曲〕，凡一百七十八首。卷十三女冠，不分子目。自薛昭藴〔女冠子〕迄顧敻〔虞美人〕凡十五首。卷十四漁父，不分子目。自李珣〔南鄉子〕迄韓文璞〔浪淘沙〕凡二十四首。卷十五仙逸，不分子目。自吕岩〔沁園春〕迄張善繼〔閑中好〕凡十七首。卷十六登第，不分子目。自韋莊〔喜遷鶯〕迄馮延巳〔謁金門〕凡八首。

詞名征〔黄鐘樂〕一首，〔清樂令〕十五首（亦曰〔清平樂〕，《遏雲集》載李白應制〔清平樂令〕四首，今存其兩首云。），〔清平調〕詞三首，（《松窗録》曰：“開元中禁中重木芍藥，會花方繁開，帝乘照夜白，太真妃以步輦從，李龜年以歌擅一時之名，帝曰：‘賞名花對妃子焉用舊樂詞爲？’遂命李白作〔清平調〕詞三章，令梨園子弟略撫絲竹以促歌，帝自調玉笛以倚曲。”《唐書》曰：“玄宗嘗自度曲，欲造樂府新詞，亟召白，白已醉，卧於酒肆，召入以水灑面，即令秉筆，頃之，成數十章是也。”）〔太常引〕一首，〔賀聖朝〕一首，〔賀明朝〕二首，〔小重山〕六首（多爲宫詞。)，〔謁金門〕九首（亦曰“出塞詞話”，作空相意，宋人名曰“垂楊碧”。)，〔天仙子〕九首（《樂府雜録》曰：“萬斯年曲是朱崖李大尉進。”此曲名即〔天仙子〕是也，屬龜兹部令，詞多賦天臺仙子。)，〔臨江仙〕三十二首（多賦水媛江妃。)，〔河瀆神〕六首（多賦别離及祠廟。)，〔巫山一段雲〕三首（漢《短簫鐃歌》有《巫山高》爲思皈詞，後人擬之，多賦楚王神女事，此其流變也。)，〔阮郎歸〕三首（亦曰“醉桃源”，亦曰“碧桃春”。)，〔思越人〕五首（多賦西子蜀後主，五年三月上巳宴於昭神亭，自執檀板唱《思越人》《後庭花》曲。)，〔憶秦娥〕二首（亦曰“秦樓月”，亦曰“雙荷葉”，秦娥即弄玉也，下〔鳳樓春〕亦其意。)，〔鳳樓春〕一首，〔虞美人〕二十三首（《樂府詩集》曰：“琴集有力拔山摻，項羽所作也。近世有《虞美人》曲，亦出於此美人，楚王虞姬也，楚王歌拔山，操虞姬和之，其詞哀焉，後人和之，傳爲此曲。”)，〔河滿子〕本體七首，詩體一首（白居易曰：“何滿子開元中滄州歌者，臨刑進此曲，以贖死，竟不得免。”《杜陽雜編》曰：“文宗時宫人沈阿翹爲帝舞，何滿子調詞風態率皆婉暢，然則亦舞曲也。”)，〔南歌子〕詩體五首，本體十一首（亦曰“南柯子”“風蝭令”“望秦川”，相和歌有“江南行”，南歌、南鄉，亦其遺意。)，〔南鄉子〕二十一首，〔西溪子〕三首，〔江城子〕八首（亦曰“江神子”。)，〔望江南〕詩體一首，本體二十一首，〔望江梅〕一首，〔憶江南〕二首（亦曰夢江南、憶江山、夢游仙、望江梅、江南好、謝秋娘。《海山記》：帝開西苑，鑿五湖，北海開瀆相通，帝多泛東湖，因製“湖上望江南”八闋，帝嘗游湖上，多令宫中美人歌唱此曲。又《教坊記》曰：“〔望江南〕始自朱尉李太尉傎制日，爲亡伎謝秋娘撰，本名〔謝秋娘〕，後改此名。馮延巳有〔憶江南〕二闋，與〔一籮金〕調同，不同本調。”)，〔望江怨〕一首，〔河傳〕十九首（《升庵集》曰：“樂府有〔穆護砂〕，隋朝曲也，與〔水調〕〔河傳〕同時，皆隋開汴河時詞人所製勞歌也，其聲犯角。”)，〔浪淘沙〕本體十八首，别體三首（亦曰“浪淘沙詞”，亦曰“浪搗沙”，亦曰“賣花聲”，小説作曲冥。)，〔浣溪沙〕本體六十四首，别體一首（亦曰“浣沙溪”，宋人亦謂之“山花子”。)，〔三臺詞〕詩體二首，本體八首（教坊作“三臺”，亦曰“三臺令”，一名“翠華引”，韋應物有“三臺詞”，王建有“宫中三臺”“江南三臺”，無名氏又有“突厥三臺”“上皇三臺”。)，〔春光好〕本體二首，别體一首（一名“鶴沖天”，宋人或易名曰“愁倚闌”，唐玄宗洞曉音律，善自度曲，嘗於臨軒縱一曲，曲名〔春光好〕，方奏，桃杏皆發。)，〔月宫春〕一首，〔玉樓春〕十一首，〔木蘭花令〕一首（亦曰“木蘭花令”，宋人亦謂之“木蘭花”)，

〔滿宫花〕三首（多爲宫詞。），〔後庭花〕五首（清商曲《吴聲歌》有〔玉樹後庭花〕曲，陳後主製，今詞與古曲異，俱賦陳後主，又有〔後庭宴〕，與此不同。），〔後庭花破子〕一首，〔後庭宴〕一首，〔木蘭花〕三首（亦有〔木蘭花令〕，即〔玉樓春〕，與此不同。），〔杏園芳〕一首，〔望梅花〕二首，〔山花子〕四首（宋人亦謂之〔浣溪沙〕，亦曰〔攤破浣溪沙〕。），〔采桑子〕十六首（《教坊記》有〔采桑〕，“采桑”即古相和歌中《采桑曲》，一名《羅敷令》，亦曰《醜奴兒令》。），〔采蓮子〕本體二首，附體八首（即清商曲《江南弄》中《采蓮曲令》，取唐人《采蓮曲》絶句附於後。），〔荷葉杯〕十四首，〔章臺柳〕二首（《柳氏傳》韓翃有寵姬柳氏，翃成名，從辟淄青，置之都下數歲寄詩，韓答之云云，後果爲蕃將沙叱利所劫，翃會入中書道，逢之謂永訣矣。是日臨淄大校置酒，疑翃不樂，具告之，有虞將許俊以義烈自許，即詐取得之，大校表語詔許皈韓。），〔柳含烟〕四首，〔楊柳枝〕本體百十四首，别體二首，〔折楊柳〕二十二首（亦曰“柳枝”，亦曰“柳枝詞”，亦曰“楊枝詞”，亦曰“折楊柳枝詞”，亦曰“添聲楊柳枝詞”，亦曰“楊柳枝壽杯詞”。本白居易洛中所製也，居易有伎樊素善歌，小蠻善舞，嘗爲詩曰“櫻桃樊素口，楊柳小蠻腰”，年既高邁而小蠻方豐艷，乃作〔楊柳枝詞〕一章以讬意，曰：“永豐西角花園裏，盡日無人屬阿誰。”及宣宗朝國樂唱是詞，帝問誰詞，永豐在何處，左右具以對。時永豐坊西角園中有垂柳一株，柔條極茂，因東使命取兩枝植於禁中，居易上知名，且好尚風雅，又作詞一章云：“定知玄象經春後，柳宿光中添兩星。”河南盧尹時亦繼和，薛能曰：“楊柳枝者，古題所謂折楊技也。”按折楊柳本漢横吹曲，古詞曰：“上馬不捉鞭，反拗楊柳枝。蹀坐吹長笛，愁殺行客兒。”本爲邊詞，在唐爲别曲，與此少異，而元郭茂倩所收張祜、施肩吾、李商隱、薛能輩十五首俱《折楊柳》，而并曰：“《楊柳枝》則是唐人《折楊柳枝詞》，今例當附入别體，宋人作《太平時》，又作《賀聖朝》。”），〔竹枝詞〕二十四首（亦曰“竹枝”，《教坊記》曰“竹枝子”。“竹枝”本出於巴渝，唐貞元中劉禹錫在沅湘以俚歌鄙陋，乃依騷人《九歌》作《竹枝新詞》九章，教里中兒歌之，由是盛於貞元、元和之間。按《竹枝序》曰：“四方之歌，異音而同樂，歲正月，余來建平，里中兒聯歌《竹枝》，吹短笛擊鼓以赴節，歌者揚袂睢舞，以曲多爲賢，聆其音中黄鐘之羽，卒章激訐如吴聲，雖傖佇不可分，而含思宛轉，有淇澳之艷。昔屈原居沅湘間，其民迎神，詞多鄙陋，乃爲作《九歌》。到於今荆楚歌舞之故，予亦作《竹枝》九篇，俾善歌者揚之，附於末，後之聽巴渝，知變風之自焉。”），〔摘得新〕二首，〔胡蝶兒〕一首，〔玉蝴蝶〕二首，〔撲蝴蝶〕一首，〔蝶戀花〕本體四首，〔鵲踏枝〕十首（亦曰“鵲踏枝”，亦曰“鳳栖梧”。），〔喜遷鶯〕九首（亦曰“鶴沖天”，多登第詞。)，〔烏夜啼〕詩體一首，本體二首，〔相見歡〕三首（亦曰相見歡、上西樓、秋夜月、憶貞妃，本清商西曲之一，今詞與古曲異。)，〔魚游春水〕一首（《古今詞話》云：“東都防河卒於汴河上，掘地得石刻，有詞一闋，不題相目，臣僚進上，上喜其藻思洵麗，欲命其名，遂摭詞中四字名曰‘魚游春水’，命教坊倚聲歌之。”詞凡八十九字，而風花鶯燕動植之物曲盡之，此唐人語也，後之狀物寫情不及之矣。)，〔酒泉子〕三十三首，〔甘州子〕五首（《樂苑》曰“甘州，羽調曲也”，《樂府雜録》曰“甘州，軟舞曲也”。)，〔甘州遍〕二首，〔甘州曲〕一首，〔定西蕃〕七首，〔蕃女怨〕二首，〔思帝鄉〕四首，〔離別難〕詩體一首，詞體一首（《樂府雜録》曰：“《離別難》，武后朝有一士人，陷冤獄，籍其家妻，配入掖庭，善吹觱栗，乃撰此曲以寄情焉。初名〔大郎神〕，蓋取良人第行也，既畏人知，遂三易其名曰《悲切子》《終號怨》《回鶻雲》。”詞曰：“此別難重陳，花飛復戀人。來時梅復雪，去日柳驚春。物候催行客，歸途淑氣新。剡川今已遠，魂夢暗相親。”)，〔上行杯〕五首（別曲)，〔渭城曲〕□首（“渭城”亦曰“陽關”，王維之所作也，本送人使安西詩，後遂被於歌，《古今詞話》曰：“王摩詰詩送元安西云云，其後送別者多以此詩附腔譜作《小秦王》。”)，〔醉花間〕六首，〔醉公子〕六首，〔風流子〕二首（與〔如夢令〕相似。)，〔戀情深〕二首，〔感恩多〕二首，〔望遠行〕四首（漢鼓角橫吹曲有〔望行人〕，此其遺意。)，〔紗窗恨〕二首，〔長相思〕詩體三首，詞體五首（古樂府〔怨思〕二十五曲之一，本古詩“上言長相思，下言久離別”，又“著以長相思，緣以結不解”，謂被中著綿以致綿綿之意也，齊梁皆有擬調之作，與今詞小異。)，〔長命〕詩體一首，本體二首（亦曰“薄命女”，《樂苑》曰“長命，西河女，羽調曲也”。《樂府雜録》曰：“大曆中嘗有樂工自撰歌，即古《長命西河女》也，加減其節奏，頗有新聲。”)，〔訴衷情〕十二首，〔獻衷心〕二首，〔一斛珠〕詩體一首，詞體一首（《梅妃傳》曰：“江采蘋，唐玄宗妃也，九歲能誦《二南》，語父曰：‘我雖女子，期以此爲志。’父奇之，故名采蘋。開元中高力士選皈侍明皇，大見寵幸，喜屬文，自比謝女，淡妝而姿態明秀，性喜梅，所居率植梅，上因其所好戲名‘梅妃’。會太真楊氏入侍，寵愛日奪，竟爲楊氏遷於上陽東宮，妃益怨慕，帝每念之，時在花萼樓，有夷使貢珍珠者至，命封一斛賜妃，妃不受，以詩付使者曰：‘爲我進御前也。’上覽詩悵然不樂，令樂府以新聲度之，號‘一斛珠’。”曲名蓋始於此。)，〔更漏子〕二十一首（多賦本意。)，〔搗練子〕二首（古樂府有《擣衣曲》，其遺意也。)，〔女冠子〕十九首（多賦本意。)，〔漁歌子〕本體十三首，別體八首（張志和好隱不仕，故製此以見志。憲宗畫像訪而不得，命集其歌詩以獻，其兄松齡怕其放浪不返，因和其詞諷之，一名《漁父》。），〔漁父引〕二首，〔欸乃曲〕五首（元結作其序云："大曆初，結爲道州刺史，以軍事詣都便還州，逢春水舟行不進，作〔欸乃曲〕，令舟子唱之，以取適於道路云。"），〔贊成功〕一首，〔接賢賓〕一首（後世曲有〔集賢賓〕，昉此。），〔中興樂〕二首，〔應天長〕十二首，〔生查子〕八首，〔菩薩蠻〕本體五十九首，〔子夜歌〕二首（亦曰"重迭金"，亦曰"子夜歌"，《丹鉛録》曰："唐詞有《菩薩蠻》，不知其義。"按小説開元中南詔入貢，危髻金冠，瓔珞被體，故號"菩薩蠻"，因以製曲，佛經戒律云"香油塗身，華鬘被首"是也，白樂天《蠻子朝天》詩曰"花鬘抖擻龍蛇動"，是其證也，今曲名"鬘"作"蠻"非。），〔八拍蠻〕三首，〔三字令〕一首，〔調笑令〕本體六首，〔三臺令〕三首，〔轉應詞〕一首（亦曰"古調笑""調笑詞""三臺令""轉應詞"。），〔如夢令〕三首（《古今詞話》："後唐莊宗修内苑，掘得斷碑中有三十三字，莊宗使樂工入律歌之，名曰《古記》，又使翰林作數篇，或云太白作，或云洞賓作，一名《宴桃源》，一名《憶仙姿》，東坡改爲《如夢令》。"），〔醜奴兒令〕一首，〔歸國遥〕本體五首，〔歸自謡〕三首（亦曰"歸自遥"，亦曰"歸國遥"。），〔遐方怨〕三首，〔謝新恩〕三首，〔醉妝詞〕一首（《北夢瑣言》云："蜀後主裹小巾，其尖如錐，宫伎多衣道服，簪蓮冠，施脂粉，夾臉號醉妝，作此詞。"），〔風光好〕一首（周陶穀奉使江南，傲睨異常，江南相韓熙載恨之，飾伎女秦若蘭爲郵亭卒，女前灑掃，穀悦之，私焉，贈以詞曰"風光好"，明日熙載宴穀，即於坐，令伎唱之，穀愧恨，即日命駕返。），〔六么令〕一首，〔舞春風〕一首（亦曰"瑞鷓鴣"。），〔閑中好〕三首，〔解紅〕一首（《升庵詩話》云："曲有名〔解紅〕者，今俗傳爲洞賓作，見物外清音，其名未曉，近閲《和凝集》有《解紅歌》。"云云。《樂書》云："優童解紅舞衣紫，緋綉襦銀代花鳳。蓋五代時人也，焉有洞賓在唐世預填此腔也?"），〔芳草渡〕一首，〔字字雙〕一首（《靈怪録》："有中官行宿於官坡館，脱絳裳，覆飾衣，燈下寢，忽見一童子捧一尊酒沖扉而入，復有三人至焉，皆古衣冠，相謂云'崔侍來何遲'，俄復有一人續至，凄凄然有離别之意，蓋崔常侍也。及至舉酒賦詩聯句云云，中官將起，四人相顧，哀嘯而去，如風雨之聲，及視其户扃，閉如故，惟酒尊及詩在而已。"初不云詞，《花草粹編》載此題，曰"字字雙"，女郎王麗真作。按王麗真事并詩出傳奇，亦無此曲，不知何據，當别有所出耳。），〔贊浦子〕一首，〔步虚詞〕詩體八首（《樂府解題》曰："步虚詞，通道家曲也，猶言衆仙縹緲輕舉之美。"），〔瀟湘神〕二首，〔北邙月〕一首（《洞微志》："鄭繼超過田參軍，贈伎曰妙香，數年告别，歌此詞，送酒，翌日同至北邙下，化狐而去。"），〔拋球樂〕本體八首，〔莫思返〕一首（亦曰“莫思返”。），〔謫仙怨〕一首，〔明月斜〕一首，〔擷芳詞〕一首（《古今詞話》曰：“政和間京師伎之老者，曾嫁伶官，常入内教舞，傳禁中擷芳詞以教其伎人，皆愛其聲，又愛其詞。類唐人所作也，張尚書帥成都蜀中，傳此詞，競唱之，却於前段‘記得年時共伊曾摘’，下添‘憶憶憶’三字，後段‘燕兒來也，又無消息’，下添‘得得得’三字，又名〔摘紅英〕，其所添字全無好句，又皆鄙俚，豈傳者之誤耶？擅芳英之名非擅爲之，蓋禁中有‘擷芳園’‘擅芳園’也。”），〔羅貢曲〕六首（亦曰“望夫歌”，《彤管遺篇》曰：“劉采春，浙人也，容顔獨絶，詩句甚工，嘗作〔羅貫曲〕。元禎廉問浙東，贈采春詩云：‘新妝巧梳畫雙蛾，慢裹常州透額羅。正面偷掄光滑□，緩行輕踏壧紋波。’‘言詞雅措風流足，舉止低徊秀媚多。更有惱人腸斷處，選詞能唱望夫歌。’‘望夫歌’者即‘羅貢曲’也。”），〔沁園春〕一首，〔漢宫春〕一首，〔洞仙歌〕一首，〔千金意〕一首（《江湖紀聞》曰：“曹珪仕吴越，守嘉興，復爲蘇州刺史。光啓中，舍宅爲招提寺，宋佳熙丁酉，鄂州金鶴雲以琴書寓嘉興富家，居近寺側，每夜聞歌云云，甚習。一夕歌聲甚近，窺之，乃一女子也，明夜推户至榻，惜别以百金爲意，女子潸然曰：‘妾曹刺史家女也，遇異人得仙術，但凡心未除，累遭降謫，今方别後，未卜會期，君前程甚遠，夾山之會，君其慎之。’金異之，明以告主人，皆不知其故。後修寺，橋下得石匣，藏一古琴，值百金焉。金後爲縣令，卒於峽州。”），〔破陣子〕一首（亦曰“十拍子”，近代曲有〔破陣樂〕，〔破陣子〕是其遺也。），〔一片子〕一首，〔點絳脣〕一首。

逢元字芝田，江蘇毗陵人，萬曆□□□□此書輯成於萬曆間，雖著録於《四庫存目》，而傳本絶罕，剞劂無聞。南昌彭氏《知聖道齋》舊有鈔本，近藏湖州許伯明申申閣，因獲假讀，間有訛字。尚精整，似出影寫也。

七　詞原二卷

明董逢元輯

斯集蓋輔《唐詞紀》而作。宋詞固源於唐詞，而唐詞又孳甲於古樂府。此即萃古樂府爲《詞原》者也。卷上擬調注，按譜填詞，唐季專之矣。梁陳諸什，亦往往偶會焉。《升庵詞品》曰：“梁武帝〔江南弄〕云云，此詞絶妙，填詞起於唐人，而六朝已濫觴矣。今輒攬擬調樂府數十篇，冠於首。凡〔清商曲〕〔江南弄〕

〔江南曲〕，梁武帝、昭明太子、李康成、王勃各一首，〔采蓮曲〕武帝、昭明太子、李康成各一首，〔采菱曲〕武帝一首，〔游女曲〕武帝一首，〔朝雲曲〕武帝、沈約、唐郎大家、宋氏各一首，〔龍笛曲〕武帝、昭明太子各一首，〔鳳笙曲〕武帝一首，〔趙瑟曲〕沈約一首，〔秦箏曲〕沈約一首，〔陽春曲〕沈約一首，〔清商曲〕〔上雲樂〕〔桐柏曲〕武帝一首，〔金舟曲〕武帝一首，〔金陵曲〕武帝一首，〔琴操宛轉歌〕晋劉妙容、唐郎大家、宋氏劉方平各二首，雜曲〔六憶詩〕沈約四首，〔雜憶詩〕煬帝二首，〔別義陽郡〕梁徐君倩二首，新樂府〔送春曲〕劉禹錫三首，鼓角横吹曲〔隴頭水〕唐鮑容一首，雜詩〔看梅詩〕隋侯夫人一首，梁鼓角横吹曲〔白鼻騧〕唐李白一首，雜詩〔贈夫〕梁王叔英妻劉氏一首。雜舞羽調曲〔柘枝詞〕無名氏一首，〔休洗紅〕無名氏二首，清商曲吴聲歌曲〔懊憹歌〕無名氏一首，〔華山畿〕無名氏四首，〔讀曲歌〕無名氏四首。西曲歌〔壽陽樂〕無名氏二首，雜曲〔迎客曲〕〔送客曲〕梁徐勉各一首，雜詩〔蘆花動〕唐耿湋一首，〔寒蛩〕唐耿湋一首，新樂府辭〔樂府雜題新曲〕唐長孫無忌二首，清商曲西曲歌〔烏栖曲〕梁簡文帝、元帝各四首，蕭子顯三首，陳徐陵二首，岑之敬、唐王建、張籍各一首，〔栖烏曲〕陳後主三首，江總一首，唐劉方平二首，雜詩〔寒夜雜體〕唐王勃二首，新樂府詞〔漢宫詞〕唐鮑容一首，〔古宫怨〕唐王建一首，〔臨池曲〕唐孟郊一首，〔蝴蝶舞〕唐李賀一首，〔紹古歌〕亦云〔東飛伯勞歌〕梁武帝一首，簡文帝二首，劉孝威、陳後主、陸瑜、江總、隋辛德源、唐張柬之、李嶠、李暇各一首，雜曲〔盧姬篇〕唐崔顥一首，新樂府詞樂府雜題〔春女行〕，唐王翰一首，鼓角横吹曲〔梅花落〕陳徐陵一首，新樂府詞〔邊城曲〕唐戴叔倫一首，〔春曉謡〕唐張泌一首，〔江南春〕唐張泌一首，雜詩〔月雪花草〕泉唐、張南史各一首。

卷下沿題注詞出自樂府，故題多沿舊。如〔采桑〕〔采蓮〕〔後庭花〕〔烏夜啼〕〔長相思〕數種，尚直仍其名，以至〔甘州〕〔楊柳〕〔望遠〕〔破陣〕之類，始稍稍變舊矣。然古詞多詩體，不堪擷。擷其似詞者數題，以見一節。凡雜曲〔長相思〕梁張率一首，陳後主、徐陵各二首，蕭淳、陸瓊、王瑳各一首，江總二首，唐武元衡、郎大家、宋氏、蘇頲、陳羽、李白各一首。清商曲西曲歌〔烏夜啼〕唐顧況一首。近代曲詞商調曲〔破陣樂〕唐張説二首，仿格注填詞之法，音韵有節，句字有制，不可少紊，嚴且詳矣。六朝先唐，初未講此也，而時復冥合之。豈前人垂的，後人學步哉？亦意韵所到，不期而有耳。覽之足以見古今之不遠也。凡相和歌楚調曲〔怨歌行〕周庾信一首。雜曲羽調曲〔舞媚娘〕周庾信一首。雜曲〔倡樓怨〕節梁簡文帝一首。雜曲商調曲〔還臺樂〕陳陸瓊一首。雜曲〔高句麗〕周王褒一首。近代曲〔辭塞姑〕無名氏一首。新樂府辭〔田園樂〕唐王維七首。近代曲詞〔紀遼東〕隋煬帝、王胄各一首。琴操〔明月歌〕唐閻朝隱一首。新樂府辭〔湘江曲〕唐張籍一首。近代曲辭清商曲〔回紇曲〕無名氏一首。清商曲〔江南弄〕〔陽春歌〕隋柳顧言一首。相和歌平調曲〔銅雀臺〕唐張氏琰一首。雜曲〔寒夜怨〕梁陶弘景一首。〔三五七言〕唐李白一首。〔秋夜長〕齊王融一首。〔悲平城〕北魏王肅一首。〔歸去來引〕唐張熾一首。〔春日行〕宋鮑照一首。〔靧面詞〕北齊盧士深妻崔氏一首。〔春情曲〕梁簡文帝一首。近代曲辭〔石州辭〕無名氏一首。新樂府辭樂府雜題〔昆侖使者〕唐李賀一首。〔春懷引〕唐李賀一首。〔静女春曙曲〕唐李賀一首。〔東峰歌〕唐温庭筠一首。〔春曉曲〕唐温庭筠一首。清商曲西曲歌〔三洲歌〕唐温庭筠一首。琴操〔胡笳〕唐劉商一首。雜詩〔聽琴〕無名氏一首。新樂府詞〔秦家行〕無名氏一首。雜歌謡詞〔小蘇家〕無名氏一首。〔春夏秋冬詩〕無名氏四首。〔鷄頭〕無名氏一首。〔紅薔薇〕無名氏一首。雜體注詞多雜言。其涉律絶體，〔竹枝〕〔楊柳〕〔鷓鴣〕〔玉樓〕百一而已。故唐人之名小詞，多曰長短句。雜體其可以已哉。凡相和歌吟嘆曲，〔楚妃吟〕梁王筠一首，雜曲〔聽鐘鳴〕梁蕭綜三首，〔悲落葉〕梁蕭綜二首，相和歌瑟調曲〔艷歌行〕陳顧野王一首,〔梅花落〕宋鮑照一首,雜曲〔楊白花〕魏胡太后、唐柳宗元各一首,〔秋夜長〕唐王勃一首,相和曲平調曲〔短歌行〕唐顧況二首,雜詩代人咏〔見故姬〕梁劉孝綽一首,鼓角横吹曲〔長安道〕唐顧況一首,雜曲〔樂未央〕梁沈約一首,〔古曲〕陳後主一首,雜曲唐王勃一首,樂詞無名氏一首,清商曲吴聲歌曲〔讀曲歌〕無名氏一首,雜曲〔臨江王節士歌〕齊陸厥一首,〔李夫人及貴人歌〕齊陸厥一首,〔夜坐吟〕宋鮑照、唐李白各一首,舞曲雜舞拂舞歌〔淮南王篇〕宋鮑照一首,〔北風行〕宋鮑照一首,〔擬古〕梁簡文帝一首,新樂府辭〔情人玉清歌〕唐畢耀一首,雜歌〔白雲歌〕唐李白一首,近代曲辭〔拜新月〕唐吉中孚妻張氏一首,〔烏栖曲〕唐李端一首,新樂府〔促促曲〕唐李益一首,〔春野行〕唐温庭筠一首,清商曲西曲歌〔楊板兒〕唐李白一首,漢短簫鐃歌鼓吹曲〔芳樹〕唐徐彦伯一首,〔有所思〕唐劉氏雲一首,相和歌平調曲〔銅臺怨〕唐程氏長文一首,鬼曲歌詞〔明月歌〕唐夷陵女子一首,〔雜曲蓮歌〕晋傅玄一首,〔采蓮曲〕唐僧齊已一首,清商曲〔江南弄〕〔采蓮女〕唐閻朝隱一首,〔江南行〕唐李叔卿一首,西曲歌〔大堤曲〕唐李賀一首,雜詩〔春晝〕唐李賀一首,雜歌謡詞〔蘇小〕唐李賀一首,雜曲〔前有一尊酒行〕唐李白一首,相和歌〔對酒〕唐李白一首,漢短簫鐃歌鼓吹曲〔將進酒〕唐李賀一首,舞曲雜舞拂舞歌〔白苧〕宋鮑照、唐楊衡各一首,李白二首,新樂府〔壽山曲〕南唐馮延巳一首,琴操〔楚明妃曲〕宋湯惠休一首,〔雙燕離〕梁沈君攸一首,舞曲後舞曲拂舞歌淮南王篇中曲〔後園鑿井歌〕唐李賀一首,新樂府辭〔遠將歸〕唐王建一首,〔春草謡〕唐顧況一首,雜詩〔望夫石〕唐王建、武元衡各一首,相和歌楚調曲〔婕妤怨〕唐劉氏雲一首,雜詩〔代贈〕唐李商隱一首,〔擣衣〕北魏温子昇一首,〔雜興〕唐李嘉祐一首,〔山雨〕唐僧皎然一首,仙曲歌辭〔踏歌仙〕藍采和一首。

斯集與《唐詞紀》同行,而不見於《四庫存目》。則當時經進之書，或正漏列是編。今所獲讀，仍彭氏鈔本。行款格式，率與《唐詞紀》相同，黃氏《千頃堂書目》著録之。

八　詞覯初篇二十二卷附詩餘類選五卷抑庵詩稿目一卷循庵詩稿目一卷詩餘合集六卷

清傅爕詷輯

此爲未刻鈔本之僅存者，雖名初篇，固無續集。原鈔題六世曾孫雀莊手録，族裔孫思梅校字，族玄孫思有正字，凡二十二卷。卷一：梁清標〔點絳脣〕，迄丁煒〔踏莎行〕，凡四人，一百首，梁詞存八十首爲多。卷二：李霨〔水龍吟〕，迄宋實穎〔鷓鴣天〕，凡五人，一百首，陳子龍存五十四首爲多。卷三：龔鼎孳〔十二時〕，迄宋琬〔意難忘〕，凡七人，九十七首，宋詞存三十九首爲多。卷四：高景〔滿江紅〕，迄方亨咸〔行香子〕，凡五人，一百零一首，鄒訏謨存七十三首爲多。卷五：錢謙益〔永遇樂〕，迄高琬〔晝錦堂〕，凡十六人，一百首，彭孫遹存二十九首爲多。卷六：熊文舉〔好事近〕迄毛棚〔蝶戀花〕，凡二十五人，李天馥存二十四首爲多。卷七：沈荃〔浣溪沙〕迄米漢雯〔虞美人〕，凡六人，一百首，王世禎存五十八首爲多。卷八：曹爾堪〔如夢令〕迄毛蕃〔蘭陵王〕，凡六人，一百首，曹爾堪存二十九首爲多。卷九：張縉彦〔柳枝〕迄毛羽宸〔繫裙腰〕，凡八人，一百首，宋徵輿存四十六首爲多。卷十：楊士聰〔醜奴兒令〕，迄程正萃〔六么令〕，凡八人，一百首，徐籀存三十二首爲多。卷十一：楊仙枝〔臨江仙〕迄顧雲鵬〔滿江紅〕，凡十一人，一百首，傅世堯存八十七首爲多。卷十二：吴綺〔多麗〕迄王仕雲〔柳梢青〕，凡三十五人，一百首，吴詞存十七首爲多。卷十三：魏學渠〔烏夜啼〕迄卓胤域〔沁園春〕，凡八人，一百首，顧貞觀存二十六首爲多。卷十四：魏學濂〔鷓鴣天〕迄李一貞〔傳言玉女〕，凡十九人，一百首，韋鍾炳存三十四首爲多。卷十五：吴剛思〔過秦樓〕迄黃始〔蝶戀花〕，凡二十八人，陳世祥存十五首爲多。卷十六：丁耀亢〔風入松〕迄賀錦標〔滿庭芳〕，凡十一人，一百首，周珂存七十首爲多。卷十七：梁士沖〔木蘭花〕迄李肇林〔踏莎行〕，凡十七人，九十八首，馬鴻勛存二十一首爲多。卷十八：龔百藥〔桃源憶故人〕迄周珽〔長相思〕（按目有王衡二首佚。），凡二十九人，九十八首，計南陽存十八首爲多。卷十九：管捷〔鷓鴣天〕迄李鄂〔摘紅英〕，凡四十人，一百首，黄永存十六首爲多。卷二十：王嗣奭〔如夢令〕迄潘炳孚〔瑞龍吟〕，凡一百人，各一首，合一百首。卷二十一：吕潛〔賀聖朝〕迄潘九芝〔望江南〕，凡三十二人，九十七首，潘詞存十三首爲多。卷二十二：閨秀徐燦〔西江月〕，迄無名氏〔醉花陰〕，凡三十七人，一百零一首。徐燦、王端淑各存十首爲多。蓋有清自開國迄康熙并世，收至四百五十七人，可謂繁富。清初詞習，猶沿明敝，無多足取。然選政蕃興，存人不尠，此亦其大觀矣。諸家間有零篇斷帙，别集罕傳，及不以詞名者，賴之流播，厥功益鉅。各家但注氏籍，不及官爵，列諸目録，亦刱格也。

《詩餘類選》五卷，蓋自明選《草堂》，裁篇别出，而又似未完之作也。卷一天文類：存周美成、朱希真《咏月》，万俟雅言、李元膺、張國安、蕭吟所、李舒章、史邦卿、周美成、楊用修《咏雨》，金主亮、康伯可、孫夫人、史邦卿、王元美《咏雪》，文徵仲《咏秋風》，劉伯温《咏雪》，李元膺、秦少游《春晴》，周美成《晴雪》。卷二地理類：蘇東坡《天臺》，李珣《巫峽》，辛幼安《江西造口》《黄沙道中》《石門道中》《戲賦雲山》，劉改之《武昌》，蘇東坡《七里瀨》《林外》《垂虹橋》，葉叔安《處州》，劉伯温《溪南草堂》，陳卧子《春潮》，范至能《柳塘》，沈會宗《水閣》，薛氏《蘇臺》，鍾惺《秦淮》，楊維楨、釋元璞、薩都剌、楊俊、嚴恭、朱静庵《西湖》，莫仲珟《三潭印月》，於國寶《湖園》，史邦卿、瞿宗吉《西湖》。卷三人事類：顔吟竹、辛幼安《慶壽》，方秋崖《除夕生日》，辛弃疾《爲詹老壽》，鄭中卿、顧孔昭《自壽》，王元美、無名氏《寄情》，王端卿《寄女》，楊用修《得遠信》，王修微《代柬》，柳耆卿《答人》，徐士俊、卓人月《悼亡》。卷四時序類：黄山谷、王安國、王元美、晏殊、張卿玉、王履道、歐陽永叔、晏叔原、史邦卿、李易安、解方叔、賀方回、魯逸仲《春情》，吴純叔、彭選吾、李後主、牛嶠、趙文鼎、趙德麟、蔣勝欲、田不伐、劉静甫、劉伯温、顧敻、晏同叔、晏幾道、譚在庵、俞克成、僧皎如、晁叔用《春思》，晏同叔、朱熹、韋莊、蘇養直、歐陽永叔、王敬美、黄山谷、朱希真、李景、晏叔原、趙德麟、劉伯温、王修微、王晋卿、李景元、辛幼安、周美成《春恨》，徐師川、沈公述、程正伯《春怨》，劉圻父、陳子高、蔣勝欲、程正伯、高賓王《春愁》，秦少游、陳道復、周美成、趙令畤、王元澤、秦觀、田不伐、宋子京、晏同叔、無名氏、王元澤、阮逸女《春景》，楊庭秀、王秀微、李元膺、秦少游《初春》，劉改之《春半》，寇准、吴純叔、李易安、劉伯温、牛嶠、孫光憲、魏夫人、黄山谷、葉清臣、盧申之、温庭筠、王修微、沈天羽、劉德修、楊孟載、僧祖可、歐陽永叔、晏同叔、楊島岫、賀方回、康伯可、辛幼安、周行之、文徵仲、蔣勝欲、晏叔原《春晚》、《春暮》，歐陽炯《春睡》，黄庭堅《賞春》，葉道卿《傷春》，蔣勝欲《催春》，辛幼安《惜春》，劉須溪《春寒》，陳元綸、僧皎如、張子野《送春》，梁貢父《西湖送春》。卷五時序類：李重元、晁次膺、王世貞、周美成、康伯可、蘇東坡《夏景》。下此花鳥器用均無選，未知原選止此，抑後來傳鈔所奪落也？

《抑庵詩稿目》：五言古十六首，七言古二十二首，五言律二十六首，五言排律四首，七言律四十二首，七言排律三首，六言律三首，五言絶句二十一首，七言絶句二十六首。

《循庵詩稿目》：五言古四首，七言古銘贊十七首，五言律二十四首，五言排律一首，七言律四十七首，五言絶句三首，七言絶句九首。注原本殘缺，不知幾首，今存七首，尚不完。案：兩稿但有存目。想詩集必别有鈔本，或同爲傅氏云初所珍秘，迄不可考據。康孟侯序，即燮詷所撰，然抑庵、循庵爲兩家，抑一家，又何以列目於《詞覯》之次？胥不可知矣。

《詩餘合集》六卷，均傅氏先德家人之詞别集，匯次成帙者也。一：《歎齋詞》，傅維鱗撰。維鱗字掌雷，順治丙戌進士，官太子少保，工部尚書。題男燮詷輯，凡詞八首。二：《蓬渚詞》，傅維㭬撰。維㭬字瑶篁，順治丁酉舉人，官常山令，題姪燮詷輯，凡詞十三首。三：《植齋詞》，傅維橒撰，維橒字培公。題姪燮詷輯，裔孫鶴汀敬録，族裔孫宗善正字，凡詞七十首。中奪半葉，前有維橒自序。四：《蔗園詞》，傅燮雝撰。燮雝字鷺來，號去沴，國學生。題弟燮詷輯，凡詞三十三首。五：《繩庵詞·上》，傅燮詷撰。題男斯琮、斯瑄正字，族裔孫宗善恭録，凡詞七十首。《繩庵詞·下》，凡詞六十三首。六：《傅斯瑄詞》。斯瑄字仲藻，號戒庵，廩膳生。題金陵汪永思攝山氏選，凡詞三十四首，有松嵐氏序。世德長流，雅言勿替，塤篪叠奏，殊盛事已！

燮詷字浣嵐，一字玄異。□□靈壽人。康熙間，官魯城令。此集成於康熙己巳，據其自序，前後三十年之力，始成此書，而未登梨棗。至道光間，僅乃獲之；然題族孫隺莊手録，則知此書固有原本，特未審其存否耳。繕寫尚雅整，序文均出影鈔，雖圖書率爲描勒，全書間有以朱筆改正訛字數處。書藏傅氏敬睦祠，簞題《先世遺稿》。書根列四之一，迄四之十，凡十册，則傅氏纂述不止此數，可斷言也。余就葉遐庵向京師大學劉範五轉假，始得讀之。

九　晚香室詞録八卷

清周之琦輯

全書爲鈔本，未經剞劂。署金梁夢月外史輯，兹藏東莞倫哲如續書樓。楷亦精整，特無序跋耳。卷一李白〔菩薩蠻〕迄徐昌圖〔臨江仙〕凡二十五家，一百三十首。卷二晏殊〔浣溪沙〕迄王觀〔江城梅花引〕凡十二家，八十二首。卷三賀鑄〔浣溪沙〕

迄朱敦儒〔感皇恩〕凡十七家，八十一首。卷四向子諲〔小梅花〕迄陸淞〔瑞鶴仙〕凡十九家，六十七首。卷五史達祖〔燕歸梁〕迄吴文英〔鶯啼序〕凡三家，七十六首。卷六王沂孫〔法曲獻仙音〕迄蔣捷〔白苧〕凡三家，七十四首。卷七周密〔探芳訊〕迄無名氏〔魚游春水〕凡二十五家，七十首。卷八吴激〔人月圓〕迄張翥〔六州歌頭〕，凡十九家，七十首。以作家先後相叙，次姓氏，下略繫小傳。詞後間著本事，及同時詞話。又偶引萬紅友説以校律。所選吴文英四十三首，史達祖二十六首，姜夔二十三首，張炎二十一首，爲最多，周密僅九首。金元人所取亦多。選法謹嚴，蓋出諸常州宗派者也。

一〇　鳴鶴餘音九卷

元彭致中輯

此爲道家所撰詞總集，《四庫》著録八卷，《道藏》本九卷；蓋第九卷均歌謠而非韵令，故傳録者或爲删乙也。題仙游山道士彭致中輯。凡作者三十六家，女仙二家，九卷合五百零八首；多爲仙真緇素，黄冠羽客，未可深考。所言或主習静，或主戒煉，金丹大訣，不易證悟。至詞調亦多創見，如〔拾菜娘〕〔上昇花〕之類，想出道家舉唱之遺。間有南北曲小令數首，則元時曲代詞興，一時風會所使然。全書既不分調相叙，又不以作者相隸；編次凌雜，且多誤字，未經改正者；亦有忘書詞調，僅列詞題者；有仍沿舊名，而調律迥異者；非細爲校勘，無自知之也。

《道藏》本無目録，卷一凡四十六首：吕純陽〔解紅〕〔吴音子〕〔無愁可解〕〔無俗念〕各一首，三子真人〔解紅〕一首，丘長春〔黑漆弩〕〔月中仙〕各一首，馮尊師〔春從天上來〕三首，〔解紅〕一首，馬丹陽〔二郎神慢〕一首，盤山真人〔金人捧露盤〕〔甘露滴喬松〕各一首，宋披雲〔雨霖淋〕二首，馮尊師〔玩瑶臺〕〔瑶臺第一層〕（咏茶）各一首，〔瑶臺月〕二首，郝太古〔無俗念〕三首，丘長春〔無俗念〕三首，〔滿庭芳〕一首，皇甫真人〔酹江月〕一首，虚靖真君〔水調歌頭〕三首，馬丹陽〔孤鸞〕一首，王重陽〔集賢賓〕一首，丘長春〔齊天樂〕〔永遇樂〕各二首，牛真人〔宣静三臺〕一首，白玉蟾〔念奴嬌〕〔咏武夷〕〔咏白蓮〕各一首，丘長春〔萬年春〕〔逍遥樂〕各一首，白玉蟾〔珍珠簾〕〔酴醿香〕各一首，丘長春〔望蓬萊〕〔四塊玉〕各一首。

卷二凡五十首：馮尊師〔蘇武慢〕二十首，馮尊師〔滿江紅〕六首，雲陽子〔滿江紅〕四首，丘長春〔江南好〕春、夏、秋、冬各一首，劉鐵冠〔月上海棠〕三首，〔山亭柳〕一首。

卷三凡五十四首：王重陽〔滿庭芳〕一首，馬丹陽〔滿庭芳〕二首，三子真人〔滿庭芳〕一首，馬丹陽〔滿庭芳〕十三首，白玉蟾〔滿庭芳〕十二首，辛天君〔滿庭芳〕《武當降筆》三首，吕洞賓〔沁園春〕十七首，馮尊師〔沁園春〕二首，〔燭影摇紅〕〔臨江仙〕各一首，吕洞賓〔鶯啼序〕一首。（按〔鶯啼序〕與律調不符，或係别調，或有闕失。）

卷四凡五十七首：馬丹陽〔蘇幕遮〕三首，朗然子〔蘇幕遮〕二首，〔生查子〕〔解冤結〕各一首，〔喜遷鶯〕〔爇香心〕（即〔行香子〕。）〔昭君怨〕〔霜天曉角〕各二首，〔促拍滿路花〕〔驀山溪〕各一首，〔浪淘沙〕三首，〔永遇樂〕一首，牛真人〔跨金鸞〕〔踏莎行〕（喝馬）〔一枝花〕〔探春令〕各一首，馬丹陽〔黄鶴洞仙〕一首，〔如夢令〕（誤作〔無夢令〕。）二首，〔柳梢青〕〔一剪梅〕〔醉桃源〕各一首，馬丹陽〔女冠子〕〔玉交枝〕〔歸朝歡〕各一首，王重陽〔六幺令〕一首，陳益之〔賀新凉〕（脱半首）一首，王通叟〔紅芍藥〕一首，王重陽〔宣靖三臺〕（化丹陽）一首，譚真人〔太常引〕三首，〔青玉案〕二首，〔賀聖朝〕〔解佩令〕〔粉蝶兒〕〔武陵春〕各一首，丘長春〔拾菜娘〕（即〔瑞鷓鴣〕。）〔二郎神〕〔青梅引〕〔玉蝴蝶〕〔玉液泉〕各一首，馬丹陽〔浪淘沙〕（煉丹砂）一首，桓真人〔點絳唇〕二首，丘長春〔點絳唇〕一首。

卷五凡四十五首：鍾離〔滿路花〕一首，吕洞賓〔江神子〕

〔曲江秋〕各一首，丘長春〔梅花引〕一首，吴真人〔上昇花〕一首，吕洞賓〔步蟾宫〕一首，丘長春〔雙燕〕一首，三子真人〔無愁可解〕〔木蘭花慢〕〔自樂〕各一首，〔上平西〕二首，〔鳳栖梧〕六首，〔南鄉子〕〔虞美人〕〔枕屏子〕各一首，孫仙姑〔卜算子〕一首，丘長春〔喜遷鶯〕八首，〔水龍吟〕六首，〔瑞鶴仙〕〔鬥鵪鶉〕各一首，丘長春〔夢游仙〕一首，〔錦堂春〕三首，馬丹陽〔神光粲〕二首，王重陽〔蜀葵花〕一首。

卷六凡十九首：何仙姑〔八聲甘州〕二首，〔踏雪行〕(應作〔踏莎行〕。)一首，〔柳梢青〕二首，〔梅花引〕一首，〔望梅花〕六首，三子真人〔綉停針〕一首，〔賀聖朝〕二首，〔行香子〕四首，楊真人〔輥金丸〕五首，馬丹陽〔兩隻雁兒〕五首，范真人〔步步嬌〕〔挂金索〕各十首，馬丹陽〔挂金索〕五首，孫仙姑〔綉薄眉〕十三首，〔梧葉兒調〕十一首，〔滿庭芳〕一首。

卷七凡十七首：披雲真人〔風入松〕十九首，〔金字經〕(即〔荷葉杯〕。)九首，〔迎仙客〕二十五首，〔遍地錦〕十八首，吕洞賓〔梧桐樹〕〔步步高〕各五首，〔南鄉子〕十二首，〔一寸金〕二首。

卷八凡七十五首：不注撰人名氏〔西江月〕二十九首，〔永遇樂〕〔漁家傲〕各四首，〔促拍滿路花〕六首，〔江神子〕〔春從何處來〕〔玉抱肚〕〔水調歌頭〕〔沁園春〕〔蘇幕遮〕〔解佩令〕〔雁兒落〕〔得勝令〕〔甜水令〕各一首，〔折桂令〕四首，〔雁兒落〕〔得勝令〕〔甜水令〕各三首，鍾離、吕洞賓、藍采和、徐神翁、張果老、曹國舅、李岳、韓湘子、水仙子各一首，純陽真人〔百字圖〕一首，朗然子、劉真人詩九首，附皇統元年三月二日，方壺知足居士跋劉真詩一則。

卷九凡二十五首：馬丹陽〔太空歌〕、馮尊師〔悟真歌〕、吕洞賓〔證道歌〕、景陽〔得道歌〕、三子真人〔心地賦〕、馮尊師〔八義禪賦〕〔識心識意賦〕〔清閑賦〕、馮尊師〔全真賦〕、宋仁宗〔尊道賦〕、無名氏〔祖庭記〕、趙真人〔昇堂文〕、馮尊師〔昇堂文〕、秦真人〔昇堂文〕，無名氏〔茶文〕各一首，披雲真人〔七真禪贊〕七首，并叙〔逍遥吟〕一首，白玉蟾〔堂規榜清閑跋〕各一首。

致中道士，不詳其事實。斯集輯入《道藏》，太玄部隨字一二三四五號，凡五卷。傳世有《道藏》本，十四年甲子二月涵芬樓影印本，前有虞集序。至傳鈔本則藏家亦間有之，惟未易得征耳。

元人金天瑞又僅集馮尊師〔蘇武慢〕二十首，虞集〔蘇武慢〕十二首，〔無俗念〕一首，亦稱《鳴鶴餘音》，或附見《虞道園集》後，無單行傳刊，則非足本矣。嘗於江寧鄧氏群碧樓藏《道園集》得讀之。

一一　花草粹編十二卷

明陳耀文輯

《粹編》署朗陵外史陳耀文晦伯甫纂，凡十二卷。序目前附沈義父之《樂府指迷》一卷；卷一小令〔蒼梧謡〕迄〔上行杯〕，凡七十九調，四百首；卷二小令〔中興樂〕迄〔采桑子〕凡二十九調，三百二十八首；卷三小令〔菩薩蠻〕迄〔一落索〕，凡二十一調，三百五十首；卷四小令〔憶秦娥〕迄〔滴滴金〕，凡八十調，三百九十八首；卷五小令〔少年游〕迄〔芳草渡〕，凡六十調，三百廿六首；卷六小令〔玉樓春〕迄〔散天花〕，凡四十七調，二百九十四首；卷七中調〔賀聖朝〕迄〔祭祆神〕，凡七十八調，三百二十三首；卷八中調〔千秋歲〕迄〔尉遲杯〕，凡一百二十七調，二百九十二首；卷九長調〔東風齊著力〕迄〔慶千秋〕，凡五十八調，二百二十七首；卷十長調〔慶清朝〕迄〔瑶臺聚八仙〕，凡八十五調，二百二十四首；卷十一長調〔玉燭新〕迄〔尉遲杯〕，凡一百另四調，二百四十五首；卷十二長調〔泛清波摘遍〕迄〔鶯啼序〕，凡二十八調，二百四十八首；小令長調，體格求全，唐宋諸作，燦然大備。其輯自唐宋人類書筆記，如《天機餘錦》等，多爲少見之本，尤可珍異。目録分見卷前；詞之同調異名者，并記於目録本調之下；采自群書，則注原本書名於作者姓氏之下；本事詞話，亦間附載。至輯自他書而姓氏無征，如《九張機》之出於《樂府雅詞》者，即列《雅詞》之名。女子之作可考者，均注明某妻。惜全書於名氏别號職銜，多所參用；又有錯篇，義例殊不精審。然明本晚出，此已爲極博可傳之書，爲治詞者所不可不備者矣。

原書刊於萬曆間，有耀文自序；又以自序原文改署延祐四年陳良弼識，則坊賈將改稱宋本以欺世，殊不足征；《四庫》著録，已斥其非矣。刊本每半葉十行，行二十字，與陳刊《天中記》相等。初印剞劂尚精，而傳本極少，海内藏者，歷歷可數；謹京師北海圖書館、南京盋山精舍圖書館、上海涵芬樓、武進陶氏涉園，外此繆氏藝風堂、徐氏積學齊、趙氏惜陰堂則但有傳鈔本耳。耀文仕履，具詳丁氏善本書室著録。

《四庫》所收《粹編》，不知何據，分作二十四卷，有序無目，序仍作十二卷，則或沿明季傳鈔之謬乎？以熱河文津閣所藏爲最精整，題詳校官主事石鴻翥，又臣紀昀覆刊；上鈐“文津閣”“太上皇帝之寶”及“避暑山莊”三印；每半葉八行，行二十一字；以張安國〔蒼梧謡〕迄吴淑姬〔長相思〕爲第一卷，無名氏〔夢桃源〕迄韋莊〔上行杯〕爲第二卷，毛文錫〔中興樂〕迄向伯恭〔三字令〕爲第三卷，無名氏〔縷縷金〕迄朱秋娘〔采桑子〕爲第四卷，李太白〔菩薩蠻〕迄魏承班〔訴衷情〕爲第五卷，宋子京〔好事近〕迄嚴次山〔玉連環〕爲第六卷，李太白〔憶秦娥〕迄趙介之〔眼兒媚〕爲第七卷，晏叔原〔慶春時〕迄無名氏〔滴滴金〕爲第八卷，晏同叔〔少年游〕迄鄭光薦〔浪淘沙〕爲第九卷，杜壽域〔端正好〕迄張子野〔芳草渡〕爲第十卷，温飛卿〔玉樓春〕迄無名氏〔玉壺冰〕爲第十一卷，張子野〔慶金枝〕迄張炎〔南樓令〕爲第十二卷，歐陽炯〔賀聖朝〕迄晏同叔〔十拍子〕爲第十三卷，程正伯〔攤破南鄉子〕迄無名氏〔脱銀袍〕爲第十四卷，秦少游〔千秋歲〕迄劉昂〔上平南〕爲第十五卷，柳耆卿〔柳初新〕迄無名氏〔尉遲杯〕爲第十六卷，胡浩然〔東風齊著力〕迄僧兒〔滿庭芳〕爲第十七卷，王通叟〔天香〕迄歐慶嗣〔慶千秋〕爲第十八卷，王通叟〔慶清朝〕迄〔梅苑錦堂春〕爲第十九卷，史邦卿〔换巢鸞鳳〕迄張叔夏〔瑶臺聚八仙〕爲第二十卷，周美成〔玉燭新〕迄魯逸仲〔南浦〕爲第二十一卷，康伯可〔瑞鶴仙〕迄無名氏〔尉遲杯〕爲第二十二卷，晏叔原〔泛清波摘遍〕迄周美成〔丹鳳吟〕爲第二十三卷，黄山谷〔沁園春〕迄趙青山〔鶯啼序〕爲第二十四卷。其分卷大概率當原卷之半，割裂全書，彌復可惜，而舛字亦多，則寫官之失，亦無足責也。

咸豐七年，錢唐金韵仙孝廉繩武以活字本校印百部，每半葉九行，行二十五字，按《四庫》本分爲二十四卷；謂依傳鈔本所分；則傳鈔本有原刊及《四庫》兩種，此出《四庫》所孳乳無疑。板心刻評花仙館校本，就中詞人姓氏，多所是正；與傳本有同異者，并校記於本字之下，曰"一作某"，未徑爲改乙也。本事評話，一仍其舊；撰人但署陳耀文而略去"朗陵外史"四字。兵燹之後，存書視明原刊本尤罕；世所傳者，僅丁氏善本書室所藏一部，後歸南京盋山精舍圖書館者而已。《粹編》搜羅廣博，患在不精；韵仙著意參校，傳又不廣；安得好事者就金、陳二刻，更以晚出精刊諸總别集，校槧行世，以惠士林耶？韵仙固工詞，并嘗匯刻《十名家詞》，别爲著録，近亦罕覯。

上虞羅子經振常蟫隱廬，於十六年丁卯，得海寧王忠慤公遺書所藏原刊，謂將以付景印，聞者跂焉。忠慤粹於詞學，收藏亦富；歿後楹餘散落，多在海上；而京師清華國學院輒載歸收藏。羅氏斯本，信能印行，别附《校刊記》，則裨益《蘭畹》者深矣。

一二　草堂詩餘别録一卷

明張綖輯

别録云者，蓋就《草堂》舊有評點之作，裁篇别出，而加之以箋者也。據張跋，評點出於吳文節公。凡前集黃山谷〔驀山溪〕，無名氏〔游春水〕，淮海〔滿庭芳〕，六一〔浣沙溪〕，淮海〔踏莎行〕〔如夢令〕，東坡〔西江月〕，荆公〔漁家傲〕，元獻〔玉樓春〕，王元澤〔倦尋芳〕，李後主〔浪淘沙〕，李玉〔賀新郎〕，曾純甫〔金人捧露盤〕，陸務觀〔水龍吟〕，陳同甫〔水龍吟〕，永叔〔瑞鶴仙〕，李世英〔蝶戀花〕，東坡〔蝶戀花〕，同叔〔蝶戀花〕，李易安〔如夢令〕〔武陵春〕，賀方回〔青玉案〕，張子野〔天仙子〕，解方叔〔永遇樂〕，山谷〔水調歌頭〕，少游〔風流子〕，賀方回〔望湘人〕，李元膺〔洞仙歌〕，徐幹臣〔二郎神〕，少游〔浣溪沙〕，馮延巳〔謁金門〕〔長相思〕，少游〔八六子〕〔謁金門〕，叔原〔生查子〕，東坡〔阮郎歸〕〔賀新郎〕，謝無逸〔千秋歲〕，稼軒〔鷓鴣天〕三十九首。後柳耆卿〔傾杯樂〕，周美成〔解語花〕，向伯恭〔鷓鴣天〕，張材甫〔燭影摇紅〕，吳大年〔燭影摇紅〕，賀方回〔臨江仙〕，謝無逸〔玉樓春〕，仲殊〔訴衷情〕，石林〔醉蓬萊〕，後邨〔賀新郎〕，宋謙夫〔賀新郎〕，東坡〔水調歌頭〕，石林〔念奴嬌〕，晁無咎〔洞仙歌〕，稼軒〔金菊對芙蓉〕，東坡〔南鄉子〕〔西江月〕，陳瑩中〔青玉案〕，陳後主〔秋霽〕，東坡〔念奴嬌〕，吕居仁〔滿江紅〕，東坡〔哨遍〕〔鷓鴣天〕〔滿庭芳〕，少游〔水龍吟〕，鹿虔扆〔臨江仙〕，韋莊〔小重山〕，少游〔江城子〕，陳簡齋〔臨江仙〕，吳彦高〔青玉案〕，東坡〔八聲甘州〕，稼軒〔水龍吟〕〔念奴嬌〕，陳後主〔西江月〕，張子野〔生查子〕，章質夫〔水龍吟〕，林和靖〔點絳唇〕，東坡〔卜算子〕，岳武穆〔滿江紅〕三十九首。夫《草堂》選本，固未必率惇率雅。然兹録亦不得遽謂能去其碔玞也。

每首之後，多附小箋，并稱有點録；或無點録，蓋指原本之曾未加以評選云爾。其箋無甚精義，且以〔如夢令〕“門外緑陰”一首爲無名氏。夫《草堂》於一人，數首同選，往往僅標姓氏於第一首。而此即以詞題下不列名氏即謂失考，彌復可哂！又陸淞〔瑞鶴仙〕“臉霞紅印枕”一首，元明諸本，多誤作永叔。此乃稱：

"正非歐公無此妙。"但歐集不録，豈子棐諱而去之耶？推波沿誤，亦復不思之甚。至其深斥周柳，則於《金荃》之微言大義，相去尚遠。狂夫之言，固奚責焉！

據岳武穆〔小重山〕詞箋，知此録出於浙本，且謂惟浙本始載〔小重山〕詞。實則嘉靖同時閩沙大學生陳鍾秀刊本，亦附岳武穆〔小重山〕〔滿江紅〕二首。范仲淹〔漁家傲〕一首，文天祥〔沁園春〕一首，或閩浙二刻，固復相同，亦相祖述耶？惟《别録》中李世英〔蝶戀花〕"遥夜亭皋閒信步"一首，無名氏〔念奴嬌〕"嗟來咄去"一首，爲元明本所未有；或浙本有之，則浙本又與舊本有增損矣！未及獲讀，莫自懸揣矣！

原書一卷。但三十九葉，按《草堂》卷次分前後集題"武昌府通判張綖"銜，數百年來，迄不見諸著録。僅四明天一閣有藏本，而天一諸籍，後多凌散，不知猶能幸存否？光緒十九年癸巳冬日，揚州吴福茨從政四明，嘗就影鈔一本，每半葉十行，行二十字，殊多訛字。是爲吴氏敹寬室藏，漸歸吴氏測海樓。藏書十九年庚午吴氏書入坊肆，展轉至海上武進趙氏惜陰堂，得獲録副，以廣其傳。惟吴本後此屬之誰氏？不可知也。

一三 宋四家詞選

清周濟輯

斯選共宋詞五十一家，二百四十一首。蓋以片玉、稼軒、花外、夢窗四家爲主。各家之作，則分隸以持宗派之論者也。凡片玉二十六首，稼軒二十四首，花外二十首，夢窗二十二首，所選要俱精當。既不騖於標新立異，又不徒事剿襲陳説。具有手眼師法可資。至四家之相繫屬，以淮海、東山爲片玉之支流，白石、竹山爲稼軒之支流，伯可、梅溪、東堂爲花外之支流，竹屋、日湖爲夢窗之支流。縱不以時代相次第，即論詞筆，亦殊患其未安。至玉田〔緑意〕一首，稱無名氏則尤不考之甚。全詞多著眉批，兼及章法。用字每多闡發，間亦不免於執筌認象之譏耳！

選前附緒論，即詞話也，均論各大家，兼及律韵。俊語紛紜，每見蹊徑。如“北宋主樂章，情景但取當前。南宋則文人弄筆，變化益多。南宋有門徑，故似深實淺。北宋無門徑，故似易實難。”又“筆以行意，不行須换筆。筆不行，便須换意。玉田惟换筆不换意。”又“詞以思筆爲入門，碧山思筆雙絶，惟圭角太分明。讀之有水清無魚之恨”等語，殊多悟入。惟謂“清真愈鈎勒愈渾厚”。“鈎勒”二字，狀清真，似猶一間之未逮矣。

濟字保緒，一字介存，號未齋，又號止庵，江蘇荆溪人，嘉慶進士，少與李兆洛、包世臣同治經世之學，通兵家。淮北梟亂，制府畀以偵緝之任，屢有擒獲，以所得資，購妖嫗豪客，意氣極盛。後復屏弃，隱居金陵春水園，潜心著述。有《晋略》《説文字繫》《韵原》《介存齋詩》《味雋齋詞》《史義》等。此蓋其晚作也。有滂喜齋刊本，湖南思賢書局刊本行世，近坊刻又有石印本矣。

止庵原稿本編次選詞，與此不同。手自圈點，且多評語。曩藏番禺曾剛父習經家，剛父殁，其書不可踪迹。番禺倫哲如讀書樓嘗爲移寫副本，足資讎勘焉。

一四　蘭畹集卷目失考

孔方平輯

此集久已失傳，并不見於藏家著録。但據南唐北宋人詞集，始征其名。新會梁任公啓超據《碧鷄漫志》詳加考證。實則《曲會》與此集，是否即復一書，或時代差近，竟以《金荃》《蘭畹》之嘉名其選本，而以“曲會”“曲令”等字别於原集，則非見原書，不易論定矣。

一五　花間集十卷

後蜀趙崇祚輯

詞肇始於唐，昌於五代。此集輯於五代，爲足本最古之詞總集。（《雲謡》卷子所收不多，且無足本。）一時名作，朋簪雅言，又多賴兹以傳。後人尋繹低徊，摹其旨趣，用爲造於詞境峰極之資，兼以備唐五代之一格。故并爲論詞學者所必誦習，操選政者所必甄采。蓋論詞言學，胥不得不溯其淵源，淵源實惟唐五代，當時詞人别集，莫可羅致，則論唐五代詞者，固捨兹莫屬。然學者雖繁，迄未有能儕其列。殆以風會一時之盛，胡天胡帝之音，未可以學力強求，顧不得不推爲不祧之祖矣。

全集凡十卷，卷五十首，合得五百首，盡爲小令，蓋其時猶未有創製長調者也。以求合每卷五十首之故，往往有一人分見兩卷者，是亦類於刻鵠，爲義例之疏謬。所登選者固一時之名俊，然蜀人爲多，容亦爲見聞所程限。卷一温庭筠，卷二温庭筠、皇甫崧、韋莊，卷三韋莊、薛昭藴、牛嶠，卷四牛嶠、張泌，卷五張泌、毛文錫、牛希濟、歐陽炯，卷六歐陽炯、和凝、顧敻，卷七顧敻、孫光憲，卷八孫光憲、魏承班，卷九魏承班、鹿虔扆、閻選、尹鶚、毛熙震，卷十毛熙震、李珣。凡姓氏下，咸繫其官守，亦開後來選家著録氏籍之一例。前有廣政三年夏四月，武德軍節度判官歐陽炯序，與徐陵《玉臺序》相媲美，人争傳誦，不復具書。

崇祚字宏基，官銀青光禄大夫衛尉少卿。此集成於蜀廣政三年，千餘年來，沿刻不廢。今所傳者，自以天水諸刻爲祖，明清以還，亦復代有佳槧，兹就所知者第述於次：

一、宋建康舊本，晁謙之跋云。

一、宋他處本，據晁謙之跋謂多舛誤。

一、宋紹興本，晁謙之校刊，曾藏虞山錢氏述古堂，一傳而爲明正德陸元大覆鍥本，再傳而爲吴伯宛覆鍥本，收入所輯《雙照樓景刊宋金元本詞》，展轉景雕，精美無藝。

一、宋淳熙本，刻於鄂州，藏聊城陽氏海源閣，一傳爲清光緒間王半唐覆鍥本，收入所輯《四印齋刊詞》，再傳爲坊間石板景印王氏本。今者海源閣書，乍罹浩劫，淳熙舊梓，不知尚在天壤間否？王刻及石印，現亦流傳絶少，未易求致矣。

一、宋開禧本，爲陸務觀校刊，曾藏海虞毛氏汲古閣，其云北宋本者非也。一傳爲汲古閣重刻本，易其行款字體，收入所輯《詞苑英華》，有陸氏原跋，既而板歸洪氏因樹樓，則已漫漶。再傳而爲皖歙宣古愚重刊毛本，款體又異於毛氏，然原跋具在，可以征其淵源也。

一、有注本，明俞弁《逸老堂詩話》："一方卯色楚南天。"引《花間集注》"卯"作"泖"者非是。《蕙風詞話》亦爲甄采，則《花間》必有注本可知。

一、有箋注本，清嘉慶間南匯馮金伯《詞苑萃編》引用書目，《花間集》注他人評注者，其中一則謂："《花間集》引張子澄時有幽艷語：'露濃香泛小庭花'是也。時遂有以〔浣溪沙〕爲〔小庭花〕者。"按世本《花間》無注，則此他人評注之《花間》，信爲又一本，特不知與俞弁所見者，是一是二耳？

一、明萬曆四卷本。明人刻書，每喜竄節原文，顛倒卷目，是其通病。此爲湯顯祖評，閔映璧朱墨套印本。（并有楊慎評《草堂詩餘》，世稱"閔刊《花間》《草堂》"。）以全書順移叙次，别釐爲四卷，率加圈點，甚至勒帛，又多著眉批，輒作膚泛之語，如讀時文制義，絶少精思。每卷末均附音釋，雖習見之字亦然，若"籙"注"音禄，圖籙也"，可征其陋。并有序跋，不詳所自出，惜陰堂有之。

一、明萬曆十二卷補遺二卷本，此亦蹈明人之惡習者也。先列總目，别爲十二卷，且易歐陽炯序原文之"分爲十卷"作"十二卷"，以强就之，彌爲剌謬。又增輯李白、張志和、元結、劉禹錫、李涉、王建、白居易、薛能、徐昌圖、劉燕奇、無名氏、李中主、李後主、馮延巳，都五十四首，爲補遺二卷。署西吴温博編次，不詳其何許人，亦無序跋，剞劂陋劣，署萬曆壬寅孟夏玄覽齋重梓，是坊刻牟利者耳。杭州葉揆初（景葵）家有之。迨上元己未，上海涵芬樓據以影印，收入《四部叢刊》，爲一傳本。

一、明震澤王氏本，《佳趣堂書目》云。

一、明吴訥傳鈔二卷本，不襲十卷之舊，前歐陽炯序及總目，目以人分，每家如干首，亦不似十卷本之强爲割裂，以就每卷五十首之數也。原鈔未有刊本，今存直隸天津圖書館。又毛斧季手校之《紫芝漫鈔》本，亦與吴鈔本同，惟佚去前半部，及歐陽炯序而已。今存京師北海圖書館。

一、明他處本，據湯若士序謂："楊用修始得其本，行於南方。"毛子晋跋謂："謬其姓氏。"朱竹垞跋謂："坊本甚陋。"

一、姚氏刻本，多補二卷。

一、清趙味辛刊本，亦馬氏所著録，未之前聞。

一、清莫郘亭藏舊本，避宋諱，有句讀，似明初翻宋本，亦馬氏著録，當即指正德陸元大本。按馬氏著録，并謂丁氏有宋刊本者誤。

一、清徐幹刊本，光緒十四年邵武徐氏收入所輯叢書第二集，殊非佳槧也。

一、石印重繕本，光宣以來，南中坊間，多盛行之。

一、《四部備要》本，十三年甲子上海中華書局以聚珍仿宋字重刻毛本。

一、日本京都炳文堂本，甚精美。

總之，《花間集》家喻户曉，惟其流傳之廣，而板本隨佚，無由盡征，自宋以來，可征考約略如此而已。然明嘉靖刻書，最號繁富，清康乾之際，詞學大興，而均未有《花間》，斯可異者。即以宋本論，三者互校，亦各有同異是非，則流傳寫繕之事，又非思誤功深者，所不易論定矣。

一六　尊前集一卷

輯人失考

此集輯人時代，均難考定，所收爲唐五代人詞，蓋視《花間集》相邇者也。全集甄采明皇、昭宗、莊宗、李王、李白、韋應物、王建、杜牧、劉禹錫、白居易、盧貞、張志和、司空圖、韓偓、薛能、成文幹、馮延巳、温飛卿、皇甫松、韋莊、張泌、毛文錫、歐陽炯、和凝、孫光憲、魏承班、閻選、尹鶚、李王、李珣、馮延巳、李王、庾傳素、劉侍讀、歐陽彬、許岷、林楚翹、薛昭蘊、徐昌圖凡三十九人，二百六十首，多爲《花間》所未具。唐五代時，詞方萌蘖，學者承趨，故論者以斯集與《花間》相媲美，其所選自蕃麗拙茂，全書率無評注，亦不繫作者氏籍，惟間署官守，想無可考其名氏者耳。

原書久佚不傳，迨明萬曆間，顧起鳳梧芳始爲傳刊，以其序稱“余是編有類《花間》”，故毛子晋以爲即出顧輯。朱竹垞又斷爲宋本之舊。至傳本之可征者，一毛子晋所見顧梧芳原刻二卷本，一朱竹垞所見吴匏庵手鈔本，一丁松生所藏梅禹金鈔一卷本，一毛子晋所刻汲古閣《詞苑英華》本，一洪氏因樹廔補毛本，一朱彊村所刻丁藏梅鈔本。

（陳水雲整理）

惜陰堂彙刻明詞跋

趙尊嶽◎著

《惜陰堂彙刻明詞跋》原連載於《詞學季刊》1933年第1卷第3期，1934年第2卷第1期。《明詞彙刊》（上海古籍出版社，1992）詞籍後附録有跋語，此爲定稿，本書即據此收録。吴格曾整理刊載於《中國文哲研究通訊》2012年第1、2、4期。陳水雲、黎曉蓮編《趙尊嶽集》（鳳凰出版社，2016）中亦收有整理本。

《惜陰堂彙刻明詞跋》目録

一　自娱集一卷
二　楊忠介公詞一卷
三　楊忠烈公詞一卷
四　幔亭詞一卷
五　顑頷詞一卷
六　六松堂詩餘一卷
七　澹園詞一卷
八　程仲權詞一卷
九　餐微子詞一卷
一〇　陳眉公詩餘一卷
一一　去僞齋詞一卷
一二　復宿山房詞一卷
一三　落落齋詞一卷
一四　鷃適軒詞一卷
一五　二餘詞一卷
一六　鸝吹二卷
一七　南湖詩餘一卷
一八　山帶閣詞一卷
一九　儼山詞一卷
二〇　遵岩先生詞一卷
二一　歸雲詞一卷
二二　具茨詩餘一卷
二三　黄忠端公詞一卷
二四　蜃園詩餘一卷
二五　盧忠烈公詞一卷
二六　絡緯吟一卷
二七　舜和先生詞一卷
二八　君庸先生詞一卷
二九　方山先生詞一卷
三〇　徐文長先生詞一卷
三一　昱青堂詞一卷
三二　鈐山堂詞一卷
三三　幾亭詩餘一卷
三四　十美詞紀一卷
三五　射陽先生詞一卷
三六　孫文忠公詞一卷
三七　季先生詞一卷
三八　中洲草堂詞一卷
三九　寶綸堂詞一卷
四〇　張尚書詞一卷
四一　蔡忠烈公詞一卷
四二　嘯雪庵詩餘一卷
四三　秋水庵花影詞一卷
四四　倘湖詩餘一卷

四五　桴亭詞一卷
四六　消暍詞二卷
四七　旅堂詩餘一卷
四八　佳日樓詞一卷
四九　淳村詞二卷
五〇　長春競辰餘稿一卷
五一　陳白陽先生詞一卷
五二　緱山詞一卷
五三　鍾山獻詩餘一卷
五四　西林詞一卷
五五　沁南詞一卷
五六　鼓棹初集一卷鼓棹二集一卷瀟湘怨詞一卷（夕堂戲墨卷七）
五七　升庵長短句三卷升庵長短句續集三卷
五八　水南詞一卷
五九　寶綸樓詞一卷
六〇　獨漉堂詩餘一卷
六一　射山詩餘一卷
六二　吴長興伯詞一卷
六三　夏内史詞一卷
六四　返生香一卷
六五　茗齋詩餘二卷
六六　祁忠惠公詞一卷
六七　六如居士詞一卷
六八　錦囊詩餘一卷
六九　道援堂詞一卷
七〇　湘中草一卷
七一　芳雪軒詞一卷
七二　陳忠裕公詞一卷
七三　溉園詩餘一卷
七四　憑西閣長短句一卷
七五　支機集三卷
七六　弇州山人詞一卷
七七　天益山堂詞一卷
七八　龍湖先生詞一卷
七九　晚聞堂詞一卷
八〇　青霞詞一卷
八一　心遠堂詞一卷
八二　趙文肅公詞一卷
八三　王奉常詞一卷
八四　聖雨齋詩餘二卷
八五　采隱詩餘一卷
八六　北海詞一卷
八七　東江别集三卷
八八　蒼谷詩餘一卷
八九　勉齋詞一卷
九〇　平山堂詩餘一卷
九一　圭峰先生詞一卷
九二　雙江詩餘一卷
九三　苑洛詞一卷
九四　古山詞一卷
九五　湘皋詞一卷
九六　鏡山詩餘一卷
九七　倪文僖公詞一卷
九八　西郊笑端詞一卷
九九　翠屏詞一卷
一〇〇　鄱陽詞一卷
一〇一　鳴盛詞一卷
一〇二　楊文敏公詞一卷
一〇三　毅齋詩餘一卷

一〇四　容春堂詞一卷
一〇五　歸田詞一卷
一〇六　虛舟詞一卷
一〇七　抑庵詩餘一卷
一〇八　頤庵詩餘一卷
一〇九　震澤詞一卷
一一〇　整庵詩餘一卷
一一一　翠渠詞一卷
一一二　執齋詩餘一卷
一一三　窺詞管見一卷
一一四　笠翁詩餘一卷
一一五　坐隱先生精訂草堂餘意二卷
一一六　山海漫談詞録一卷
一一七　痴山詞一卷
一一八　海壑吟稿一卷
一一九　百琲明珠五卷
一二〇　桂洲集六卷桂洲集外詞一卷
一二一　石門詞一卷
一二二　華泉詞一卷
一二三　東海詞一卷
一二四　未軒詞一卷
一二五　瓊臺詞一卷
一二六　楓山先生詞一卷
一二七　懷麓堂詞一卷
一二八　菉竹堂詞一卷
一二九　寓庵詞一卷
一三〇　坦齋先生詞一卷
一三一　周恭肅公詞一卷
一三二　詩餘圖譜二卷
一三三　秋佳軒詩餘十二卷
一三四　省愆詞一卷
一三五　巽隱詩餘一卷
一三六　半江詞一卷
一三七　林見素詞一卷
一三八　費文憲公詞一卷
一三九　改亭詩餘一卷
一四〇　登州詞一卷
一四一　思玄詞一卷
一四二　顧文康公詞一卷
一四三　何文簡公詞一卷
一四四　東軒詞一卷
一四五　運甓詞一卷
一四六　荷亭詩餘一卷
一四七　方洲詩餘一卷
一四八　峴泉詞一卷
一四九　青溪詩餘一卷
一五〇　滄浪艒歌一卷
一五一　解學士詩餘一卷
一五二　馬端肅公詞一卷
一五三　梓溪詞一卷
一五四　簡平子詩餘一卷
一五五　芳芷栖詞二卷
一五六　江南春詞集一卷
一五七　內臺詞一卷
一五八　穀庵詞一卷
一五九　匏翁詞一卷
一六〇　休庵詞一卷
一六一　樂府遺音一卷
一六二　邃谷詞一卷
一六三　憑幾詞一卷山中詞一卷

浮湘詞一卷
一六四　東洲詞一卷
一六五　石田詩餘一卷
一六六　名山藏詞一卷
一六七　葵軒詞一卷
一六八　嘯餘譜二十五卷
一六九　明詞綜十二卷
一七〇　誠意伯詞一卷
一七一　類編箋釋國朝詩餘五卷
一七二　古今詞彙二編四卷
一七三　林下詞選四卷
一七四　陶學士詞一卷
一七五　扣舷詞一卷
一七六　眉庵詞一卷
一七七　道山詞一卷
一七八　九霞山人詞一卷
一七九　西村詞一卷
一八〇　箬溪詞一卷
一八一　飢豹詞一卷
一八二　觀槿長短句一卷
一八三　西村詞一卷
一八四　清江詞一卷
一八五　半軒詞一卷
一八六　瀼溪草堂詞一卷
一八七　偲庵詞一卷
一八八　全庵詩餘一卷
一八九　松籌堂詞一卷
一九〇　黎陽王太傅詩集一卷
一九一　枝山先生詞一卷
一九二　閬風館詩餘一卷
一九三　蒲山漁唱一卷
一九四　來復齋詞一卷
一九五　種蓮詩餘一卷
一九六　履庵詩餘一卷
一九七　世經堂詞一卷
一九八　處實堂詞一卷
一九九　吹劍詩餘一卷
二〇〇　薇垣詩餘一卷
二〇一　瑞峰詩餘一卷
二〇二　簡齋詩餘一卷
二〇三　師竹堂詞一卷
二〇四　雲松近體樂府一卷
二〇五　青金詞一卷
二〇六　雁蕩山樵詞一卷
二〇七　紋山先生詩餘一卷
二〇八　醒園詩餘一卷
二〇九　百川先生長短句一卷
二一〇　群玉樓詩餘一卷
二一一　誠齋詞一卷
二一二　古庵先生詞一卷
二一三　堇山詩餘一卷
二一四　四留堂詞一卷
二一五　洗心亭詩餘一卷
二一六　白房詞一卷
二一七　徐卓晤歌一卷
二一八　蕊淵詞一卷
二一九　艷雪篇一卷
二二〇　丹峰詞一卷
二二一　平山詞一卷
二二二　十賚堂詞一卷
二二三　式齋詞一卷
二二四　斗南先生遼陽詩餘一卷

二二五　貴希函詩餘一卷
二二六　静觀堂詞一卷
二二七　寶綸堂佚詞一卷
二二八　恬致堂詩餘一卷
二二九　輪寥館詩餘一卷
二三〇　麗崎軒詩餘一卷
二三一　仁宗皇帝御製詞一卷
二三二　夢庵詞一卷
二三三　陶庵詩餘一卷
二三四　靈山藏詩餘一卷
二三五　觀復庵詩餘一卷
二三六　袁禮部詞一卷
二三七　濯纓餘響詞一卷
二三八　保閑堂詞一卷
二三九　南宫詩餘一卷
二四〇　渚山樓詞一卷
二四一　碧山詩餘一卷
二四二　蘇愚山洞詞一卷
二四三　默齋詩餘一卷
二四四　安甫詩餘一卷
二四五　西游詩餘一卷
二四六　心遠樓詞一卷
二四七　咏懷堂詞一卷
二四八　東武山人詞一卷
二四九　北潭詞一卷
二五〇　西園詩餘一卷
二五一　漸江詞一卷
二五二　坐隱先生詩餘一卷
二五三　小雅堂詞一卷
二五四　膠東詞一卷
二五五　名媛詩緯初編詩餘集二卷
二五六　涇林詞一卷
二五七　珠塵詞一卷
二五八　清唤齋詞一卷
二五九　樓溪樂府一卷
二六〇　乙巳春游詩餘一卷
二六一　豁堂老人詩餘一卷
二六二　遍行堂詞集一卷

惜陰堂彙刻明詞跋

一 自娱集一卷

長洲俞琬綸君宣撰

君宣，萬曆進士，官衢州西安知縣。眉公《明詩選》謂，君宣少有才名，成進士，行宦越中，未幾病歸，卧疾南城，遂爾長逝。詞附集以行，但有三首。〔疏簾澹月〕歇拍，彌見遠致。珍重閣。

丙子清明，全書殺青甫竟，潢整初成，晴窗重校一過。珍重閣。

《自娱集》以舊藏傳鈔江寧盋山書藏集本福斠之。

辛巳二月廿二日重校，蓋先後歷有年所矣。雍。

二 楊忠介公詞一卷

富平楊爵伯珍撰

忠介仕履，具詳《明史》本傳。以切諫繫獄七年，屢瀕於死，而講學不廢，卒以大高元殿灾，帝禱於露臺，火光中若有呼“三人忠臣”者，始傳詔急釋之，其忠貞居敬如此。全集附詞凡八首，并有錯簡，持律雖疏，然生氣虎虎，令千百世下猶想見其爲人也。武進趙尊嶽識。

同日以覆刻全集校讀。高梧。

三　楊忠烈公詞一卷

應山楊漣文孺撰

忠烈行誼，具見《明史》本傳。正氣所充，皎若日星，明政不綱，致罹璫禍，亦亡國之征已。傳集六卷，但附一詞，亟爲迻寫刊存之。戊辰歲暮，趙尊嶽。

同日以傳鈔集本付校，適有奪簡，遂致題既脱落，詞亦不可句讀。忠烈傳集尚夥，容再以它本校定覆刊之。高梧。

四　幔亭詞一卷

閩縣徐熥惟和撰

惟和，閩人。萬曆戊子舉人。有《幔亭集》十五卷。又撰《晋安風雅》，自洪永迄萬曆，甄采閩人詩至二百六十餘家，可與鄧氏《閩詩正聲》、陳氏《三山詩選》競爽。《四庫》著録，謂其詩歌大抵圭臬唐人。明季詩道冗雜，如熥者可謂蟬脱穢濁。詞附集以傳，亦庶其不失典型者也。高梧主人。

同日以傳鈔集本覆校，奪文過多，應再以庫本補正重刻。集本明刻，藏盋山，蓋八千卷樓故物也。余於十五年前游覽金陵時飭胥迻寫，兹方刊成，亦見居諸之推序矣。

五　顣頷詞一卷

華亭吴騏日千撰

日千，崇禎諸生。初預幾、復兩社，又與周宿來、計子山等集西郊，諸子爲一會，有雅似堂之刻。國變後匿迹韜影，家徒四壁，不改其樂。湯斌撫吴，將造廬請見，爲作《鳳凰説》辭焉。嘗自述生平，隆冬止禦單袷，身墮水者三，遇盜者再，火焚廬者再，可謂阨矣。所傳《顣頷集》八卷。此則爲其戚盛步青所手鈔，蓋猶外集也。詩親炙陳大樽而不盡沿其派，竹垞謂其力崇正始，沉厚不佻。詞温雅澹蕩，閑有傷格處，則一時之風尚如此，無足責也。珍重閣識。

丙子三月十五日重校，即以舊藏傳鈔本覆勘，蓋杭州西湖書藏所傳寫者。此本校讎至再，又得訛字，信矣落葉之喻，無可爲諱也。尗邕。

六　六松堂詩餘一卷

寧都曾燦青藜撰

燦，初名傳燦。少負才華，一時與錢牧齋、魏叔子游。牧齋稱“其詩則《黍離》《麥秀》也，其志則《天問》《卜居》也”，并選輯《過日集》，雖不及《感舊》《篋衍》之精，然搜采宏博，亦足觀已。詞短調綽約清綿，漸窺北宋門徑；長調微弱，然〔摸魚兒〕“集仙堂感舊”、〔百字令〕“集雅涵堂”諸闋，亦復矯健可喜。一時同輩，庶足與抗手者已。高梧主人。

十五日以傳鈔集本校讀一過。高梧。

七　澹園詞一卷

江寧焦竑弱侯撰

弱侯行誼，具詳《明史·文苑傳》。仕雖不達，公望歸之。聚書尤富，多出手校。著《國史經籍志》，盛傳於世。詩筆清放，詞則多酬應之作。〔江城子〕《贈别》一闋，猶循宋賢途轍者也。珍重閣。

三月十七日，以傳鈔集本校讀。尗邕。

八　程仲權詞一卷

新都程可中仲權撰

可中，字仲權，新都人（按：《千頃堂書目》、《明詞綜》小傳，并作休寧人。）。有《汉上集》，《四庫》著録，謂爲七子末派。詞附集以行，所傳止此。雖屬題咏酬應之作，要亦輕清駘蕩，足資籀諷者已。高梧主人。

同日以盋山藏集本傳鈔本校。高梧。

九　餐微子詞一卷

長水岳和聲爾律撰

《餐微子集》三十卷，岳和聲撰。和聲，嘉興人。萬曆壬辰進士，除汝陽知縣，征授禮部主事，歷員外，出爲慶遠知府，改贛州、東昌，遷福建副使，歷廣西參政，以右僉都御史巡撫順天。天啓中，起補延綏巡撫。著《餐微子集》、《後驂鸞録》，蓋守慶遠時仿范至能作也。其平生行誼如此。己巳仲冬，高梧主人識。

同日以傳鈔西湖書藏集本校。高梧。

一〇　陳眉公詩餘一卷

華亭陳繼儒仲醇撰

眉公，自號麋道人，又號無名釣徒，華亭人，諸生。年甫二十九，即焚弃儒衣冠以隱，見《明史·隱逸傳》。牧齋謂，仲醇能招吴越間窮儒老宿、隱約飢寒者，使之尋章摘句，取其瑣言僻事，薈蕞成書，因是流傳遠邇。又自撰歿後降乩詩，預刻時日，藏篋衍中，則非所謂“妝點山林大架子”者乎？詩詞要亦恬淡，自成簡趣，工拙非所計也。高梧主人。

同日以刊行集本校。珍重閣。

一一　去僞齋詞一卷

寧陵吕坤叔簡撰

坤，字叔簡，寧陵人。萬曆二年登進士第，除襄垣知縣，調大同，征授户部主事，歷郎中，遷山東參政、山西按察使、陝西右布政使，擢右僉都御史巡撫山西，召爲左僉都御史，歷刑部左、右侍郎。二十五年，疏陳天下安危，不報，遂乞休，卒。天啓初，贈刑部尚書。有《去僞齋集》十卷，具詳《明史》本傳。然以序刻鄭貴妃《女誡》，爲朝論所譁。生平不求工聲律，全集附詞及南北曲，詞僅〔望江南〕五首，曲則《折桂令》《收塞北》等。今爲删乙，要非詞人之詞也。珍重閣。

同日雨中以盋山藏集本傳鈔本正讀。邕。

一二　復宿山房詞一卷

山陰王家屏忠伯撰

《復宿山房集》二卷，王家屏著。家屏字忠伯，大同山陰人。行誼具見《明史》本傳。陳田輯《明詩紀事》，謂詩多酬應之作，非其所長，詞附集中，但此二首而已。歲甲子，余就江南圖書館藏本傳寫，蓋仁和丁氏善本書室舊藏本。近晋省别有擺印新本，視此無所增益。珍重閣識。

同日以傳鈔本校。高梧。

一三　落落齋詞一卷

江陰李應升仲達撰

李忠毅公仕履，見《明史》本傳。陳確庵稱其“服官之日，不名一錢，情不離山水，口不忘忠孝”，卒死璫禍。有遺稿十卷，英飆烈魄，照耀卷册，庶與睢陽聞笛之編、少保北伐之咏同傳千古已。尊嶽敬識。

同日以武進盛氏《常州先哲遺書》本校。尊嶽。

一四　鷗適軒詞一卷

益津王樂善存初撰

存初，萬曆壬辰進士，除行人，遷吏部主事。有《鷗適軒詩》《扣角集》。《明詩統》謂《扣角》多寫自傷不遇之意。詞但二闋，蓋酬應帳詞，明人之陋習，亦詞囿之别裁也。高梧主人。

三月十七日以傳鈔盋山藏集本校讀。珍重閣。

一五　二餘詞一卷

太倉陳如綸德宣撰

如綸，本姓許氏。嘉靖十一年進士，由侯官知縣擢刑部主事。有關民告昭聖太后支屬，事連宫闈，世宗意不測，如綸獨以大義開陳，卒得俞旨。又有邊帥失亡被逮，武定侯郭勛曲庇之，如綸卒置之於法。旋轉江西按察使，一至即釋戍邊者三十人。時内使奉旨設醮龍虎山，所過紛擾，如綸輒以禮法抑止之。父喪，乞歸。服闋，由江西轉福建布政司右參議。時丁兵役，積勞成疾，歸卒於家。如綸性孝友，工詩文，讀書至忠義事迹，輒勃然作色。方其困疾三忠寺，猶口占長歌以見志，即世所稱之《三懷詩》也。又勵清節，有饋以茶果者，曰："吾方飲水，無所用茶焉。"遺集傳世，見《四庫存目》，後附《二餘詞》，則里中酬唱之作。斐雲宗兄於京師見明刊本，即以寫寄，爲付綉梓。如綸蓋不僅以詞傳也。甲戌上巳，客樂清雁蕩靈岩寺，長夜校訖并記。武進趙尊嶽。

廿二日以傳鈔明刊本校。高梧。

辛巳春社日重校一過。

一六　鸝吹二卷

吴江沈宜修宛君撰

《鸝吹》二卷，卷上五、七言詩，卷下文、詞，此即就以裁出者也。吴江沈宜修撰。宜修字宛君，葉天寥紹袁室。幼擅文翰，好吟咏。自瓊章、昭齊二女即世，遂病不起。疾革時，作詩呈泐大師云："一靈若向三生石，無葉堂中願永隨。"可謂了然於死生之際者矣。葉氏一門風雅，天寥彙刻爲《午夢堂集》。迨乾隆戊寅，其五世孫恒椿又選刻八種。宣統三年，南陽葉焕彬以系出吴江，又授覆鍥，余所得蓋宣統刊本也。癸酉浴佛日，高梧軒書。

廿三日以葉氏福刻本校誤數字。朩邕。

辛巳春社日重校。雍。

一七　南湖詩餘一卷

高郵張綖世文撰

綖，字世文，高郵人。正德舉人，官至光州簿。負文譽，著《杜詩通》《詩餘圖譜》《南湖詩集》《南湖詩餘》。復以《詩餘》與《淮海詞》合刊，謂之《秦張詩餘合璧》，以其同里閈，遂附托於千載以上，俾獲同傳，亦復不思之甚矣。

《圖譜》謬誤不勝枚舉，自紅友《詞律》出，其書遂廢。汲古閣嘗刊《圖譜》《合璧》，與《花間》《尊前》《花庵》《草堂》《詞林萬選》，匯爲《詞苑英華》，余即以《詩餘》别付迻録輯存之。癸酉仲春，高梧主人。

三月廿四日，以汲古本校改訂正。朩邕。

辛巳社日重校一過，復得訛字若干。梧。

一八　山帶閣詞一卷

寶應朱曰藩子價撰

曰藩，字子價，一字射陂，寶應人。嘉靖二十二年登進士第，除烏程知縣，遷南京刑部主事，改兵部，轉禮部，升員外郎中，官至九江知府。有《山帶閣集》三十三卷，詞二首附，此其裁篇别出者也。壬申歲不盡四日，叔雍識。

同日以傳寫盋山藏集本校。高梧。

辛巳社日，朩雍重校。

一九　儼山詞一卷

上海陸深儼山撰

深，上海人，初名榮，字子淵，號儼山。弘治進士，嘉靖中爲太常卿，兼侍讀。世宗南巡，掌行在翰林院印，進詹事府詹事。卒謚文裕。深少爲文章負盛名，工書，賞鑒博雅，爲詞林冠。著述尤夥，有《南巡日録》《淮封日記》《南遷日記》《蜀都雜鈔》《科場條貫》《史通匯要》《同異録》《書輯》《古奇器録》《河汾燕閑録》《停驂録》《傳疑録》《春雨堂雜鈔》《玉堂漫筆》《金臺紀聞》《春風堂隨筆》《知命録》《溪山餘話》《顧豐堂漫書》《儼山集》，詞附。余得集本，爲輯其詞以付剞氏。癸酉燕九日，朱雍。

同日以盋山藏集本傳鈔本校。高梧。

辛巳春社日，珍重客覆校。

二〇　遵岩先生詞一卷

晋江王慎中道思撰

慎中，字道思，初號遵岩居士，後號南江，晋江人。嘉靖五年，年十八，登進士第，授户部主事，改禮部祠祭司。稍移吏部，爲考功員外郎，進驗封郎中。忌者讒之，謫常州通判。稍遷南京户部主事，轉禮部員外郎。久之，擢山東提學僉事，改江西參議，進河南參政。有《遵岩先生集》，詞附見。嘉隆之際，人文特盛，遵岩亦其翹楚者也。壬申臘日，叔雍書。

同日以傳鈔盋山藏集本校讀。高梧。

辛巳二月廿二日重校。雍。

二一　歸雲詞一卷

應城陳士元心叔撰

心叔，應城人。嘉靖二十三年登進士第，官至灤州知州。有《歸雲三集》七十五卷、《詩餘》一卷。江寧盋山書藏藏其全集，蓋仁和丁氏舊物也。飭胥迻寫付梓，并紀歲月。壬申臘八日，珍重閣書。

同日以迻寫本校。朱邕。

辛巳仲春廿二日重校。梧。

二二　具茨詩餘一卷

無錫王立道懋中撰

立道，字懋中。嘉靖十四年登進士第，官翰林院編修。有《具茨詩集》五卷、《文集》八卷，詞附。余曩歲赴江寧，過盋山書藏，獲讀全集，因爲迻寫授鍥。壬申臘尾，珍重閣。

同日以傳鈔盋山藏集本校讀。卡邕。

辛巳社日重校。

二三　黄忠端公詞一卷

漳浦黄道周幼平撰

黄忠端公事行，具見《明史》本傳。全集附載〔滿江紅〕二詞，校之不盡合律。忠端生平大節，卓著天壤，即文章法書，亦大家名世。餘事爲詞，當必不止此數，集中蓋得自輯存者。風骨健舉，略似山谷，而“空城立幟”“高賢代匱”等句，憂國憤時之志，有隨寓而發者。乙丑季秋，尊嶽書於珍重閣。

同日校傳鈔本。卡邕。

辛巳春社日重校。

二四　蜃園詩餘一卷

海鹽李天植因仲撰

校刊因仲先生詞竟，又得其同里施洪烈所撰小傳，凡所稱述，視彭傳加詳，移録如左：潜夫李先生，家世當湖之後所人也。潜夫生於明朝神廟辛卯，鄉舉於崇禎辛酉。後所自三百年來未有舉賢書者，潜夫始之，即以潜夫終之。蓋時方嬉如，而潜夫以心隱；身閲鼎移，潜夫遂身隱。先是，太公寄迹闤闠，隱德可風。潜夫遁迹山屋，有丈人抱甕之遺，不爲絶俗自詭，蕭然無累焉。所著有

《忘機社月令詩》及《和中峰韵》《梅花百韵》《送秋詩》《九山游草》，皆已刻行世。又《九山志》《族譜》《古今觴咏集》《隱林别傳》《明忠清隱林合傳》《褒忠録》《就正草》《七言雜咏》《飽蠹篇》諸稿。遠近見聞，惟此一人。名天植，字因仲，又號蜃園士雲。乙丑嘉平既望，高梧軒書。

同日以傳鈔盋山藏集本校。珍重閣。

辛巳春社日校補一過。雍。

二五　盧忠烈公詞一卷

宜興盧象升建斗撰

盧象升，字建斗，宜興人。天啓二年進士，官至兵部尚書。清兵下巨鹿，督師戰殁。福王監國南都，追謚忠烈。乾隆四十一年，改稱忠肅。今稱“忠烈”，從公志也。死難之烈，具詳《明史》本傳。遺集附詞七首，風格婉約，校付剞氏，以見忠義大節之士，即餘事亦足增重藝林也。乙丑展重陽，武進趙尊嶽。

同日以傳鈔盋山藏集本校。赤邕。

辛巳春社日重校。尊。

二六　絡緯吟一卷

東海徐媛小淑撰

《絡緯吟》十二卷，范夫人徐小淑女史著。卷一賦、楚詞、四言詩，卷二五言古，卷三七言古，卷四五言律，卷五五言排律，卷六七言律，卷七五言絶，卷八七言絶，卷九詩餘，卷十詞餘，卷十一序、傳、頌、誄、悼詞、祀文、祭文，卷十二赤牘。蓋幾於無所不工。此則最録其卷九詩餘以别行者也。卷首有萬曆甄胄錢希言簡栖序，其夫吴郡范允臨長倩序，其表弟董斯張序，其弟徐洌仲容序。范序略稱：“夫人生而孱，幼善病，病輒稱劇。顧性慧，剪彩刺綉，不習而能。父母不欲苦以書史，少長，閑從女師受書，輒以病廢。笄而從余，見余吟咏，從旁觀焉，心竊好之，弗能也。余舉賢書，偕計吏上春官，夫人閑居，漫取唐人韵語讀之，遂能成咏，乃雅不欲示人，藏之篋衍。余歸而碎錦滿奚囊，余曰：‘何不遂成之?’從此泛濫詩書，又不能竟，讀亦不求甚解，而多所悟入。所作慕長吉，而不喜子美。”錢序：“小淑，我吴范參岳長倩室。時趙凡夫細君陸令人能詩，亦與夫人環瑱通聞問。蓋夫人髫年好學，父太僕公與母董恭人絶憐愛之。長倩家落，夫人至脱奩妝以佐之云。”壬申花朝，珍重閣識。

三月十九日，假董大理授經藏原刊本校。高梧。

二七　舜和先生詞一卷

蕭山來繼韶舜和撰

繼韶，字舜和，蕭山人。至性孝友，居母喪，病羸瘠，遂治岐黄書，病以霍然。萬曆丙午，試冠軍，餼於庠，是秋登副卷。己酉，爲讒人所中，安命逶迤，作《可困先生傳》以自况。薄游遼左，見邊備多弛，作《徙薪卮言》。越數載，其言均驗。爲文深而新，於書無不研討，濂洛之學爲尤深，旁及陰陽卜筮、奇門太乙，皆考究精密。晚歲益專於醫，客至雲集。其青山壽藏，亦所自卜青烏者，咸以爲不可及。縣志有傳。遺集一卷，爲玄孫汝誠家鈔本，董大理綬經得之以見視者，爲迻録付刊，并識其行履。壬申伏日，珍重閣。

同日以董鈔本福校。赤邕。

二八　君庸先生詞一卷

吴江沈自徵君庸撰

右《君庸先生詞》十首，輯自集中。集少傳本，蓋董大理綬經得之傳鈔者。前有梁溪鄒流綺漪撰傳，及吴江邑志文苑傳。按之，先生名自征，南直吴江人，副使珫子。幼負大言，無所愧阻。年十五，父鎖之書室，夜輒穴牖出，平旦復卧室中，然責以讀書，不差隻字。已而授以田五十畝。笑曰："吾家素封，自父筮仕，冰蘗自勵，先業遂隳。五十畝可以禄男子耶?"遂盡費去。性好兵家言，精治邊勢，家無藏書，取讀朋輩，過目不忘。爲文據案徑書，無定體，尤長北劇，世所傳《霸亭秋》《鞭歌伎》《簪花髻》，合爲《漁陽三弄》者是也。崇禎三年，遵化、永平破，兵使者張椿聘居幕府，公爲計，復遵、永。事定，長揖去，之京師。時督師袁崇焕壁城下，或疑有貳，募能人探虚實者上賞。公慨然往，却車騎，謂崇焕無反心，必不加害；即欲加害，亦不能救，徒滋疑耳。於是司馬授以令節，縋城至大營，厲聲曰："天子新踐祚，知公不報朝廷，但公列營城外不朝，天下何從識其公忠？且曩殺毛文龍，人心至今不慊，少不盡節，天下臠公之肉矣!"崇焕爲改容，曰："明日即入朝。"先生曰："不可。城中恣懼，公驟去，此盧杞之所以阻懷光也。俟某入城，以情具告，俟詔入覲，群疑釋矣。"崇焕應命。於是天子召見崇焕，賜貂裘玉帶。迨入朝，下獄族焉。居京師十年，或名媛屏侍，珍錯雜陳；或鹽虀數莖，獨卧敗席，世人終莫察也。年四十二，挾千金歸金閶，營宅第，又以振其宗族。念母早喪，則市居田悉歸釋氏資冥福，仍作窶人。居吴江，躬耕無悔色。庚辰，大司成薦之朝，以賢良方正辟，辭不就。同鄉葉御史紹顒巡按粤東，治海寇，先生授奇計平之。先生文不存稿，散失莫可窮詰。兄自繼，字君善，亦工文，佚誕似晋人，隱平坵，有《平坵集》四種。蓋先生振奇人也。集中有《熹廟大漸嗣君勸進》一文，并紀廠臣奔競，亦野史所必征云。壬申伏日，珍重閣書。

同日以董鈔本校讀。高梧。

二九　方山先生詞一卷

武進薛應旗仲常撰

仲常，武進人。嘉靖進士，屢遷南京考功郎中。忤嚴嵩，謫建昌通判，歷浙江提學副使，以大計罷歸。著《宋元資治通鑒》《考亭淵源録》《甲子會記》《四書人物考》《高士傳》《薛子庸語》《薛方山紀述》《憲章録》《方山文録》，蓋治性理而又兼事考據者也。癸酉初春，趙尊嶽書。

同日以明刊本校詞。赤邕。

三〇　徐文長先生詞一卷

山陰徐渭文長撰

渭，字文清，更名文長，别號天池生，又自稱田水月，山陰人（按：《明詞綜》小傳作江陰人，誤。）。諸生，嘉靖中少保胡宗憲督師浙江，招致幕府莞書記。是時上方崇禱事，急青詞，當國者謂渭文能當上意，聘致之。渭知其與宗憲有郤，弗應。宗憲下請室，渭懼，及發狂。後以罪論死繫獄，張宫諭元忭力救乃解，遂以文字歌嘯終其身。國史有傳。所著有《闕編》《櫻桃館》諸集，而公安袁宏道評點本尤盛傳。詞七首附，兹所據者即袁本也。刊成，復得唐圭璋社兄輯佚三首，因并存之。珍重閣。

同日以盋山藏袁刊評點本校詞。高梧。

三一　昱青堂詞一卷

蓬萊吴脉鬯灌先撰

脉鬯，字灌先，蓬萊人。據《昱青堂集》，有《庚寅四月朔日自壽三首》，云："二千餘里客話，四十七度年華。"又據《四庫·易象圖説提要》，稱國朝人，則庚寅當爲順治十七年，是生於明神宗萬曆三十三年甲辰，北京破時爲四十七歲也。《遥寄玉水兄詩》云："爲官爲士事全非，朗朗前朝一布衣。自許血忱堅似鐵，敢將名教等閑違。"又和前韵云："解含薇蕨有幾人，閉門一任世交瞋。"是入清未嘗出仕。晚年有南京、武林、越中、毘陵諸詩，而無東魯行迹，殆寄寓南土，不復北歸者歟？集中年歲，以《丙辰歲暮寄石公》一首爲最後。丙辰，七十三歲，康熙十五年也。著

《易象圖説》及《昱青堂集》，杭州書藏有之。叔雍社兄以付剞劂，爲識其崖略如此。癸酉八月，癯禪夏承燾記。

同日以傳鈔西湖藏刊本校。高梧。

三二　鈐山堂詞一卷

分宜嚴嵩維中撰

嚴嵩，《明史》自有傳，行誼不更縷舉。詩餘六首，則附全集以傳者也。全集刊成於嘉靖三十年，兵部尚書湛若水爲之序。若水時年八十有六矣。全集凡賦、詩、古律、絶句七百八十，頌、序、記、碑五十有九，内書講章二十有七，雜著二十有九，銘四十有三，宏富足稱。嵩才氣不可一世，詩文臨池，咸有法度，餘事爲詞，宜不止此數，全集所收，或僅嘗鼎之一臠而已，容當以别本較之。壬申殘臘祀竈日，珍重閣書。

同日以傳鈔盋山藏嘉靖刊本校。高梧。

三三　幾亭詩餘一卷

嘉善陳龍正惕龍撰

龍正，字惕龍，學者稱幾亭先生，師事高攀龍。崇禎中成進士，精治性命經濟之學，探討數十年。官中書舍人，上《養和》《好生》二疏。御史葉紹顒、主事趙奕昌舉任督撫，而忌者中傷之。迨事白，僞學之論起，左遷南京國子監丞，鍵門著書。北都之變漸作，憤恨嘔血，年餘絶食以死。先有《學言》《外書》《文録》等篇，具載内聖外王之學。歿後，其子揆修重加訂次，輯成《幾亭全書》六十餘卷，言性理十之四，經濟十之六，而屯墾一事，著論尤精詳，蓋朝廷已用其法，設節鉞畫地董理矣。會排斥以去，其事遂廢，以至於明亡，禍有所由也。錢繼登爲序其書，盛繩先生私淑王文成，躬受高忠憲之學，以見性明善爲宗，以格物窮理爲要，其密至於穆粹精一、不罣一物爲體，其實至於修齊治平、利濟萬物爲功。見諸行事，發爲文詞，標指性天，由淺而深，理微治距。不爲壇坫標榜，而理學獨得其宗；不爲因果布施，而鄉邦胥被其澤。故抒爲撰述，絶無輕艷之詞，對君皆靖獻之忱，求友俱忠告之悃，蓋名儒諍臣，可以師表百世者矣。詞八首，附於篇末，《廣平》一賦，媲美先後。裁篇授梓，并志其行誼如此。壬申臘日，趙尊嶽謹跋。

同日以盋山藏刊本覆校。高梧。

三四　十美詞紀一卷

吴江鄒樞貫衡撰

鄒貫衡，明季人。長南北曲，又作《十美詞》，若圓圓、玉京，均預其列，一時傳誦，後尠傳本。光緒中，有輯古今香奩諸作爲叢書者，因付剞氏。余復采自叢書，廁諸明詞之列。癸酉伏日，高梧主人。

同日以《香艷叢書》本校。珍重。

三五　射陽先生詞一卷

山陽吴承恩汝忠撰

承恩，字汝忠，學者稱射陽先生。馳譽嘉隆間，與寶應朱日藩友善。方其髫齡，即以文名，投刺造廬，乞言問字，踵趾相接。顧屢困場屋，以奉母屈爲長興倅，又不諧於長官，既而有荆府紀善之補。歸田後，益以詩文自娱，十餘年以壽終，而絶世無繼，手澤隨亡。萬曆間，其猶表孫邱汝洪從親交中索得遺稿，匯而刊之，凡四卷，詩賦、古文、詞曲，粲然畢具，而俗傳説部《西游記演義》亦承恩著，世人尠有知者矣。承恩工詞，别輯詞總集《花草新編》，蓋托於《花間》《草堂》之流。其書與《存稿》均少傳本。甲子之役，移宫事定，董其事者整治書藏，遂獲得之，先印《存稿》，始傳於世。其第四卷，凡幛詞、詞曲如干首，今汰幛詞之引言及南北曲，爲重梓之。原有陳文燭、李維楨序，吴國榮跋。文燭、維楨均與承恩友善，國榮又預校刊之役，故志其淵源尤詳云。壬申小除日，叔雍。

同日以故宫刊本校。赤邕。

三六　孫文忠公詞一卷

高陽孫承宗稚繩撰

文忠行誼，具見國史本傳。《國史唯疑》謂，解經邦推經略抵死不赴，而孫承忠寧捨綸閣之重慨請行邊，人意量相越至此。其云："目前可代督師者，實難其人，臣請自往。"即此肝腸，九廟神靈鑒之矣。時詞臣共賦《送樞輔行邊詩》稱盛事，蓋范希文、辛稼軒一流。詞中〔慶春澤〕〔水龍吟〕〔臨江仙〕諸闋，庶以見志，而〔柳梢青〕四叠，尤極清雄之致云。武進趙尊嶽。

三月十九日以傳鈔盋山藏集本校。赤邕。

三七　季先生詞一卷

泰州季來之大來撰

大來先生苦行卓節，所恨遺書勿傳。得此一臠，亦庶足仰窺純儒之風於萬一乎。尊嶽。

同日以《國粹學報》本輯校。赤邕。

三八　中洲草堂詞一卷

南海陳子升喬生撰

喬生，南海人。侍郎子壯弟。弘光時，以明經舉第一。隆武改元，拜中書舍人。桂王時，拜吏科給事中，遷兵科右給事中。有《中洲草堂遺集》行世。牧齋盛稱其學殖富有，才筆日新，以風雅爲第宅，以騷選爲園囿。詞中〔燭影摇紅〕一闋，感憤特深，足見其志已。珍重閣書。

十九日以傳鈔本校粵刻《十三家集》本。高梧。

三九　寶綸堂詞一卷

暨陽陳洪綬章侯撰

洪綬，字章侯，一字老蓮，又字老遲，諸暨人。國子監生，崇禎中召爲中書舍人。國變後，削髮爲僧，改字悔遲。工書畫，花鳥山水，無不精絶，中年遂成一家，尤長人物衣紋，清圓細勁，庶兼公麟、子昂之妙。有《寶綸堂集》行世，羅坤爲之序，謂先生行誼詳施愚山傳中。向居諸暨之楓橋，世系華胄，自幼能文章，喜結交，每文酒高會輒醉，醉必歌咏，掉頭不輟。迨甲申之際，侘傺無聊，幅巾方袍，放情世外，促席銜觴，必有所作，隨意揮灑，乃多散佚。今集所傳，蓋猶嗣君幼字鹿頭者求諸四方友朋以輯存者也。詩詞并瀟灑，翛然塵表，惟律以詞格，終一閑未達耳。集中附南北曲〔鷓鴣天〕四闋，删之。己巳天貺日，高梧主人。

三月十九日以盋山藏集本校西湖書藏本，别有補遺一卷附刊以行，則友人就家藏手書詞卷過録見惠者也。赤邕。

四〇　張尚書詞一卷

鄞縣張煌言玄箸撰

煌言，字元箸，號蒼水，小字阿雲，鄞人。崇禎十五年舉人。明亡，錢肅樂起師，遣煌言之天臺迎魯王，授行人。王監國紹興，賜進士，加翰林院編修，典制誥，晋侍講，兼兵科左給事中，加右僉都御史。王居舟山，召煌言入衛，加兵部右侍郎。桂王在雲南，遣使間道赴海，命煌言爲東閣大學士兼兵部尚書。以殘兵支撑於天涯海角者可二十年。康熙三年，被執於南田之懸嶴，不屈死於市。乾隆四十一年，賜謚忠烈。有《奇零草》十二卷、《夊槎集》四卷。詞雖不多，風格自高抗，孤忠所托，豈偶然哉。己巳仲冬，武進趙尊嶽。

四一　蔡忠烈公詞一卷

晋江蔡道憲元白撰

蔡忠烈，字元白，晋江人。崇禎丁丑進士，除大理推官，未赴，改長沙。癸未八月，秦賊張獻忠攻長沙，城陷被執，磔死，年甫二十九歲。事聞，贈太僕少卿，謚忠烈。詩詞清婉絶俗，要不當以尋常聲律繩之者也。己巳八月既望，尊嶽。

同日以傳鈔盋山藏集本校。赤邕。

四二　嘯雪庵詩餘一卷

茂苑吴綃夂仙撰

夂仙著詩、詞各一卷，未經剞劂，蓋武進董大理綬經所藏傳鈔本，最録其詞，冠以詩序，庶使後人得知所本。大理别藏《贈藥篇》鈔本，按之，則其文殊有奇趣。凡致子齊函數十通，頑艷旖旎，欬吐芬馨，筆致上追六朝，平揖徐、庾。原本小引有云："對鏡而崔貌常憐，抱衾而王郎羞偶。琴挑司馬，户越昆侖。邂逅鸞姿，托春心於金刻；期諧素願，寫幽怨於雲箋。玉人入花砌而魂迷，夂郎吐艷芬而情惹。迨後漆膠不啻鸞鳳，以致風波動夫雀鼠。倏合倏離，赤繩之緣安在；一死一生，則其情事已可想見。"其書并屬迻録，容付梓人。惟夂仙適常熟許遥，晚境甚裕，儷茀勝常，則或至性純孝，有格彼蒼，終以顧復者與？壬申孟夏，高梧校訖并記。

同日以董鈔本校。赤邕。

四三　秋水庵花影詞一卷

華亭施紹莘子野撰

紹莘，字子野，自號峰泖浪仙，青浦人（按：一作嘉興人。）。有《花影集》五卷，詞一卷。《明詞綜》謂《花影詞》四卷，初未之見。《青浦詩傳》謂其少負雋才，作别業於泖上，又營精舍於西佘，極烟波花藥之美。時陳眉公居東佘，管弦書畫，兼以名童妙伎，來往嬉游，故自號浪仙。亦慕宋張三影所作樂府，因以“花影”名詞，蓋明季逸民一流也。詞則疏俊有餘，工力未逮，亦一時風會所趨已。庚午重九，高梧主人。

三月廿五日，以拙藏傳鈔盋山集本校。尗邕。

四四　倘湖詩餘一卷

蕭山來鎔元成撰

來鎔，字元成，繼韶子。事父孝，父殁，幾以身殉。崇禎庚午，游於庠。乙亥，應特科，冠其曹。己卯、庚辰，由南闈聯隽禮闈，成進士，選授皖城司李。時張逆獻忠往來蹂躪，左良玉提師勤王，鎔往謁，説以合鎮標、楚軍以擊賊，左賢之。又其前撫軍王，後撫軍張，皆性躁意偏，獨從其言。迨去皖未幾，軍心解散，城亦毁矣。壬午，分較南闈，得戚價人等九人，論者以爲公明。其撫皖有仁政，薦剡先後十四上。甲申，永嘉南渡，以行取至金陵。馬士瑛時督鳳陽，首以樞垣薦。有讒之者，曰：“此人強項，非公所得牢籠也。”從而改任樞部，兼吏、户兩垣。不數月，晋奉常副卿。迨國變，削髮入山，課耕讀以自給。所著《大易三種》，曰《讀易隅通》，曰《易圖親見》，曰《卦篆一得》；《春秋》二種，曰《春秋志在》，曰《四傳權衡》。詩文有《南行偶筆》《載筆》《倘湖樵書》，及雜劇之《兩烏紗》《秋風三叠》二本。至遺稿則傳之子孫，未有刊本。余亦就董大理傳鈔所得最録其詞，以合之舜和先生詞集者也。壬申仲秋，珍重閣識。

同日以傳鈔董大理藏本校。尗邕。

四五　桴亭詞一卷

太倉陸世儀道威撰

陸道威，太倉州人。諸生，同治間從祀孔廟。學主於敦守禮法，不虛談誠敬之旨；施行實政，不空爲心性之功。於近代講學之家，最爲篤實，蓋恂恂君子儒也。小詞如〔卜算子〕，亦頗作側艷語；〔浪淘沙〕《失蟹》，則更近於俳，要無礙其儒行。廣平鐵石，猶賦梅花，吾於桴亭亦云。珍重閣。

閏三月朔日自吴閶歸來，以傳鈔盋山藏集本校。尗邕記。

四六　消暍詞二卷

江陰夏樹芳茂卿撰

右《消暍集》二卷，江陰夏樹芳著。樹芳字茂卿，一字習池，萬曆元年舉人。辛丑以後，念母氏年高，遂謝公車，以圖終養。有《消暍集》，自序稱夊蓮子，謂“消暍”名集，輒擬於司馬長卿。姚希孟、董玄宰、周延宰、文震孟、陳仁錫咸爲之序，蓋與浙東胡元瑞、吴門張伯起齊名。又多所纂輯，如《栖真法》《喜女鏡》《玉麒麟》《酒顛》《茶董》《奇姓通》《詞林海錯》諸書，均爲人所傳誦。玄宰有云：“澄江夏茂卿，今之柴桑翁也。昆山之隱，四十餘年，太夫人在，不敢以身許人固矣。太夫人以天年終，而蓼莪銜痛，誓墓益堅，世莫能窺其際。迨夫大璫扇虐，江左諸賢曩昔所兄事公、師事公者，不能以身體髮膚還之所受，而始知堅卧之孝，與鬼神合其吉凶。故以遺榮盡陶公，而以孺慕概茂卿，皆目睫論也。”全集有詞一卷、幛詞一卷，兹次第爲上下二卷，并删其幛詞之駢序。明人濫儷之文固不足存，亦不以徒費楮墨已。庚午初秋，高梧軒書。

同日以傳鈔集本校一過。尗邕。

四七　旅堂詩餘一卷

錢塘胡介彦遠撰

介，初名上登，字彦遠，錢塘人。諸生。有《旅堂詩集》，詩餘附見。蘭泉司寇著録有《河渚詞》，今未之見，或即詞題下注

“河渚吟”者是已。《明詞綜》選〔滿江紅〕“走馬歸來”一首，詞句迥異：“人如昨”，作“回首處”；“舊國重尋”兩句，作“久客不知家遠近，重來却怪人驚顧”；“那是遼陽”兩句，作“惆悵遼東丁令鶴，當年華表誰爲主”；“去來兮”，作“但相逢”。不知何所據也。庚午小春，珍重閣。

同日校傳鈔盋山藏集本。高梧。

四八　佳日樓詞一卷

新都方於魯建元撰

於魯，初名大激，以字行，改字建元，新都人。按《四庫書目提要》《千頃堂書目》《静志居詩話》并作歙縣人，當是其元籍。萬曆時布衣，以製墨名於時，丸值兼金，上自符璽圭璧，下至雜佩，凡三百八十五式，刊成圖譜，上呈乙覽。又精於造箋。嘗以百花香露和墨，自作長歌。佳日樓詩詞之名，乃爲其技所掩。有《方建元集》傳世，詞亦附見。庚午九月望日，珍重閣。

同日以傳鈔盋山藏集本校。未邕。

四九　淳村詞二卷

檇李曹元方耘庵撰

右《淳村詞》二卷，曹元方撰。元方字介皇，别號耘庵，海鹽人。明崇禎癸未進士。隆武立，授吏部驗封司郎中。後兵敗還家，遂隱居硤石以終，自署“檇李遺民”。詞凡二卷，音律多謬，而家國之感，間有流露，閑居之趣，輒以自娱，亦易代中高士也。余匯刻明詞，所得不少，以涉園張氏庋藏尤富，因往請益，菊生先生欣然以此見貽。窮日夕之力，手自移寫，付之剞氏，并識其崖略如右。歲在丙寅天中節，武進趙尊嶽。

丙子閏月初七日，以手鈔覆本重校。蓋恩恩已逾十稔，人事如流，方獲斷手，重可念也。高梧軒。

五〇　長春競辰餘稿一卷

蜀藩朱讓栩□□撰

讓栩，蜀獻王椿五世孫。椿，太祖第十一子也。正德三年襲封蜀王。開國宗藩，惟蜀奕葉檢飭守禮法，好學能文。孝宗恒稱之，舉獻王家範爲諸宗模楷。讓栩尤賢明，喜儒雅，不邇聲伎，創義學，修水利，振灾墾荒。嘉靖十年，御史上其事，賜敕嘉獎，署坊表曰“忠孝賢良”。二十年，建太廟，蜀王上黄金六十斤、白金六百斤，酬以玉帶幣帛。二十六年薨，謚曰成，子恭王嗣。著《長春競辰餘稿》，詞附焉。《餘稿》流播未廣，客歲金陵唐君圭璋獲見之，亟飭胥寫示。唐君劬學媚古，較宋元佚詞數千首，補名家詞千餘首，方駕《彊邨》，凌轢《四印》。惠而好我，錫比百朋，并爲題名，用志笙磬之誼。癸酉仲春，尊嶽。

丙子閏三月初七日，以圭璋兄寫寄元本校。赤邕。

五一　陳白陽先生詞一卷

古吴陳淳道復撰

淳，字道復，長洲人。監生。詩書畫咸負盛名，丹青尤以没骨法見稱於世，蓋逸氣充塞而工力又足以制勝，亦山林逸民之流亞也。全集附詞如干首、曲一首。以全集罕覯，蘭泉《明詞綜》亦僅録其〔如夢令〕一闋。雅人深致，固不必於章句間繩其格律也。曩歲甲子春日，自江寧盋山精舍屬胥迻寫，藏之篋衍，今始付剞，荏苒七更寒暑矣，爲并識其歲月。庚午冬日，高梧主人。

同日以傳鈔盋山本校。赤邕。

五二　緱山詞一卷

太倉王衡辰玉撰

衡，字辰玉。錫爵子。萬曆二十九年以一甲第二登進士第，官翰林院編修。著《緱山集》二十七卷，詞一卷，南北曲附。仁和丁氏八千卷樓藏之。余自江寧盋山精舍圖書館迻寫付刊。中元庚午坡公生日，高梧記。

同日以迻寫盋山藏本校。赤邕。

五三　鍾山獻詩餘一卷

金陵楊宛宛叔撰

宛，字宛叔，金陵人。適茅元儀，漸别從田宏遇，爲盜殺於野。漁洋《池北偶談》：可仕字文寺，更名文峙，字楚淀。楚人，家金陵。能詩，與歸安茅元儀善。茅死，有姬楊宛以才色稱，戚畹田宏遇欲得之，以千金壽文寺，求喻意，文寺絶勿與通云云。按：宛叔年十六歸元儀，深賞其詩，嘗有句云："家傳傲骨爲迂叟，帝賚詞人作細君。"可以知矣。其傳集曰《鍾山獻》，有二刻本：一四卷本，爲歸茅止生時所刊行，前有茅序，以《山海經》"鍾山有女子衣青衣，名曰赤女子獻"，因以名其詩集。明人好以迂闊荒誕之言拾爲美談，此其積習也。又有傅汝舟序，盛稱其詞翰之美。刊成於天啓丁卯，板心題"玄穡居"，其款制精整異常，南陵徐氏積學齋藏之，余得假讀。又一則爲《正續集》本，朱竹垞《静志居詩話》曾及之，金陵盋山書藏有藏本，亦即此刻之祖本也。兩兩相較，天啓本至〔賀新郎〕"纔喜春寒"一首爲止，惟此徐本則有績溪汪詩圃氏所影鈔補遺〔太平時〕〔浪淘沙〕二首。《正續集》本視天啓本多〔一剪梅〕〔杏花天〕〔浣溪沙〕〔柳梢青〕〔長相思〕〔憶王孫〕〔捲珠簾〕〔思佳客〕〔楊柳〕〔長相思〕十一首，而獨少汪氏所補之〔太平時〕〔浪淘沙〕。因知楊氏遇境至歉，遺篇之零落者不易復迹矣。宛叔詞筆輒多渾璞之意，上追北宋，非明人靡敝一流。蕙風先生尤賞其〔長相思〕"偏是相思相見難，無情自等閑"，〔洞天春〕"紅燭雨中静悄"，〔陽關引〕"落葉分飛散，還有聚時節”諸語，謂爲摯至之作。余得遍讀二本，合補爲一卷，鏤板以行。止生九天鸞鶴，其亦許余爲異代之知己耶？甲戌小春，叔雍識於珍重鐙窗。

同日以積學齋本校。赤邕。

五四　西林詞一卷

無錫安紹芳茂卿撰

紹芳，字茂卿，無錫人。國子監生，有《西林集》傳世。茂卿學贍才高，生不得志，厭栖鄉曲，慷慨遠游。詩以清婉爲尚，鄒迪光爲序其集，稱：“君詩原本蘇、李，下逮六朝初盛，彌不包絡揣摹，而又夙具勝情。余以爲上者曹、劉，下亦阮籍；最者沈、宋，次亦錢、劉。”又謂：“君族則崔、盧，門則王、謝，俠則原、嘗，舉止蘊釀則叔寶、彦輔，丹青翰墨則子久、叔明、松雪、伯生。園亭泉沼，廣榭回廊，烟霞竹樹之勝，則野王辟彊、摩詰輞川；結駟連騎，傾蓋投轄，自元美司寇而外，則李方伯本寧、吴使君明卿、王太常敬美、湯博士義仍、胡孝廉元瑞、王徵君伯谷輩。於此可以征其人矣。”二詞附載全集，因爲裁篇付墨，以合之同時諸家云。庚午臘日，珍重閣書。

同日以西湖書藏本校。高梧。

五五　沁南詞一卷

建業胡汝嘉茂禧撰

茂禧，江寧人。嘉靖三十二年進士，官翰林編修、河南參議。著《沁南稿》，詞附存。筆意清新，亦庶幾明詞之上乘也。壬申歲暮，珍重閣識。

同日以盋山藏集本校。高梧。

五六　鼓棹初集一卷鼓棹二集一卷瀟湘怨詞一卷（夕堂戲墨卷七）

衡陽王夫之而農撰

船山先生經術文章彪炳一代，學者尚焉。遺集流布，光被宇内。迄於同治初元，湘鄉曾文正公削平髮逆，於長沙設思賢書局，即匯輯先生遺著，首刊《船山遺書》。詞集凡《鼓棹》二卷、《瀟湘怨》一卷，同在集中，最爲足本。先生詞婉約瀟麗，雅韵欲流，緣知大儒固無所不工，亦以卓然殿朱明蘭畹之盛也。歲癸酉孟冬，逡寫付梓，并書卷尾。武進趙尊嶽。

同日以涵芬樓《四部叢刊》景印本校。高梧。

五七　升庵長短句三卷升庵長短句續集三卷

新都楊慎用修撰

升庵《明史》有傳，具詳行誼。久戍滇雲，投荒多暇，無書不覽。强記博聞，著述宏富，多至百餘種。尤好治詞，所撰輯者《升庵長短句正續集》《陶情樂府正續集》《詞品》《詞品拾遺》《詞林萬選》《詞林選格》《百琲明珠》《填詞玉屑》《詞選增奇》《古今詞英》《草堂詩餘補遺》《詞苑增奇》，凡十一種。惟傳本不廣，蜀中雖有《升庵全書》，不足盡其流播也。《天一閣書目》有《長短句》三卷、《玲瓏唱和》三卷、附刻一卷，《樂府拾遺》一卷，合之適《正續集》三卷，錢塘丁松生徵君丙得之於武林，訝爲單傳。既而所藏率歸江寧盋山書藏，余因得往讀，并録福本。惟《正集》卷三有缺葉，末由校補，乃懇諸斐雲宗兄，據所經見，以萬曆福刻本補正見示。萬曆本共三卷，無《續集》，然其卷三多至此本《續集》卷二〔西江月〕"畫觀音壽意"一首，則知其淵源有自。祖本早出，迨後升庵續有所作，遂分曩刻卷三之詞爲《續集》一二，以合成《正》《續》六卷之數耳。於此不特得所正是，且因諳前後二刻之不同，殊快事矣。再《陶情樂府》涵芬樓有活字本，《詞品》及《詞品拾遺》有李調元覆鍥本，《詞林萬選》有毛氏汲古閣本，《草堂詩餘補遺》有明萬曆坊本，均尚易得。外此初未經見，一瓻以求，何當獲之，并付寫官，用合於斯，寧非嘉事。同聲笙磬，乞有以惠我也。癸酉三月，高梧軒。

丙子四月上澣，京師歸來，重理故業，排日校詞，雨中題記。赤雍。

五八　水南詞一卷

德清陳霆聲伯撰

聲伯，弘治十五年進士，官刑科給事中。抗直敢言，以忤逆瑺，逮庭杖，謫判六安州。瑾死，復起，歷遷山西提學僉事，士習丕變。致仕歸隱，居渚山四十年，著述百餘卷，詩古文詞則合爲《水南集》，别有《渚山堂詞話》三卷。吴興劉氏嘉業堂得明刊集本，歸安朱彊邨侍郎即據以輯入《湖州詞徵》，惟〔點絳唇〕“碧水澄秋”一闋，集中兩見之，《詞徵》已爲删乙。余以劉氏原本覆鍥，故一仍其舊云。庚午十月校訖，越四載，癸酉五月上板。珍重閣記。

四月初七日，以劉氏所藏明刊本校。赤邕。

五九　寶綸樓詞一卷

進賢傅冠元父撰

冠，字元父，進賢人。天啓壬戌賜進士第二，授編修，歷侍讀、中允、諭德、祭酒、少詹事、詹事，掌翰林院，以禮部尚書兼東閣大學士，進文淵閣。有《寶綸樓集》，熊明遇序其集，有云：“公丞輔先帝，萬方之事，大録於公。時朝臣舛忤，往往群朋更相是非，因勢抵陁。公壹是以寬平博厚爲劑，百事絶不攘袂，私有詆諆，又畏慎無所交通，上意安之。歸而剪茅作堂，高廊四注，日與父老嘉會，側尊無禁夫逸樂，閑曠而不失爲清勝。虚遠快意者，緑野平泉，裴晋公、李文饒業先爲之，又何必矯激譎奇，故枯槁拾穗爲名高，陽魯冠而陰部鼎乎？若揣量當世，非薄前賢，高議矜抗，未嘗推下，則又公所不屑爲也。先帝死，社稷新，聖人聰明淵懿，繼天立極於南京，旁求俊哲，眷注耆舊，安車軟輪，不日當抵鍾陵。出竇綸樓中緒餘，少康、武丁不得專烈矣。”元父行誼，於兹可以概見，特爲附著於篇云。珍重閣識於鍾陵旅邸。

丙子灌佛節，以西湖書藏本福校。赤邕。

六〇　獨漉堂詩餘一卷

羅浮陳恭尹元孝撰

元孝，廣州順德人。侍郎邦彦子，與屈翁山、梁藥亭齊名，號“嶺南三家”。漁洋稱其詩清迥絶俗，得唐人三昧。竹垞則謂其降志辱身，終當進之逸民之列。詞其餘事，視翁山遜色多矣。高梧主人。

同日以《粤三大家集》本校。赤邕。

六一　射山詩餘一卷

東濱陸鈺真如撰

小傳：陸鈺，字真如。萬曆戊午舉人，具疏改名藎誼，字忠夫，晚號退庵。九上春官不得志，鍵户著書，名刺不通當事，足不入城市。當事者悉耳先生名，欲羅致之，堅謝不往。惟同里張元岵，往來甚密。甲申、乙酉遭變，先生以家事付子嘉叔，隱居於貢師泰之小桃源，曰：“吾乃不及祝開美乎？”未幾，絶食十二日而卒。時越有魯國主、閩有隆武尚存，禮曹秦法翼祖襄、兵曹查與齋繼佐，以公與祝公事拜上，祝公得恤編修，公得御史。友人潘文學廷章、沈文學亮采及吴若谷太史太沖，皆爲文記之。有遺集十卷、宗譜四卷、《古文存法》二十卷、《五經注傳删》二十卷、《周禮辨注》四卷，惜皆燼於火，不復存。

同日校孫式熊重鈔本。珍重閣。

六二　吴長興伯詞一卷

吴江吴易日生撰

吴長興伯行迹，具見志傳。乾隆間賜謚節愍。遺書罕覯。光緒乙巳，吴江陳佩忍輯《松陵文録》，得鈔本於其族人堯棟，以校舊刻，方爲全璧。就中詞一卷，曰《北征小咏》，即兹所刻也。己巳重陽日，趙尊嶽。

四月初九日，以《國粹學報》社刊本覆校。朩邕。

六三　夏内史詞一卷

華亭夏完淳存古撰

玉樊行誼，具見《成仁録》。乾隆間賜謚節愍。所傳《夏内史集》，一出吴氏《藝海珠塵》，一出蘭泉司寇輯本，視吴刻爲勝。詞意境具足，〔燭影摇紅〕一闋，以視功甫，何遽讓兹。《静志居詩話》謂《大哀》一賦，足敵蘭成。昔終童未聞善賦，汪踦不見能文，方之古人，殆難其匹。要之正氣所鍾，充塞天地，生有自來者，文章猶其餘事而已。武進趙尊嶽。

四月初九日，以王蘭泉輯刊本校。朩邕。

六四　返生香一卷

吴江葉小鸞瓊章撰

小鸞，字瓊章，又字瑶期，天寥次女。幼撫於舅氏君庸，四歲能誦《離騷》，十歲歸家，學吟咏，脱口成誦。十四能弈，十六學琴，復愛丹青。姿容美慧，父母特加鍾愛，性又習静，長日爐香課讀而已。聘於昆山張立平，方婿家催妝，即病，經月而歿。彌留誦佛號，明朗清澈，父母冀其再生，七日始斂，顔色不變，甫十七齡也。天寥慟極，以叩乩仙，謂得仙籍，爲玉皇修文女史。既又叩之泐庵大師，謂爲月府侍書女，遂從師授記。師以其迥絶無際，字之曰“絶際”，家人遂祀之無葉堂中，稱“絶子”，亦稱“絶禪師”。其事凄艷，率載於《窈聞》《續窈聞》篇中，不具詳。《返生香》一題《疏香閣遺集》，今汰詩賦古文，僅録其詞，而略綴遺事爲之跋云。癸酉浴佛日，珍重閣。

丙子浴佛後一日，以長沙葉氏覆刻本校，悤悤蓋四易寒暑矣。赤邕斠記。

六五　茗齋詩餘二卷

淮南彭孫貽羿仁撰

茗齋志行可風，所謂求忠臣必於孝子之門者也。與哲弟金粟分鑣平轡，承明詞敝，以俊爽藥庸下，以婉約運清空，頗極聲家能事。詞學自清初已還，阮亭、程村諸子以神韵流美爲歸，而斯道爲之不尊，如金粟輩實階之厲，茗齋先生猶爲彼善於此。乙丑十月朔日，高梧主人。

六六　祁忠惠公詞一卷

山陰祁彪佳宏吉撰

山陰祁氏世集簪纓，家傳風雅，宏吉尤崛起致身匡國，事實具詳《明史》本傳。小詞傳世，乃多山林逸趣，有合於靖節先生“心遠地偏”之恉。大凡志節之士，與功利之徒，出處或同，蹊徑迥别。文章所寄，性情斯在，觀於忠惠之詞益信。乙丑小春，珍重閣書。

西泠歸艓，續校明詞，以盋山藏本傳鈔覆讎之。丙子四月中澣，赤邕。

六七　六如居士詞一卷

吴郡唐寅伯虎撰

六如居士行誼，具詳《明史》本傳。遺聞軼事，説部流傳，尤膾炙於婦人稚子之口，至今勿衰。全集以當時袁中郎批四卷本、萬曆何君立刊二十二卷本爲最佳。嘉慶六年，其長沙族裔名仲冕字陶山者復裒輯重梓，爲《内集》七卷、《外集》六卷，凡遺事、投贈、題跋、詩話，無不畢詳，別附所作制藝、畫譜，纚屬以行，蓋居士遺著至是庶幾備具。兹篇所録，即出陶刊本之卷四，其幛詞有入他卷者，則汰其駢文而合存之。居士才情天縱，著作繁富，詩詞則書畫題跋往往有之，亦必不僅此數，容當別爲匯輯，俾得全豹，以饜同聲。迨刻成，又得原本，始見別有〔一剪梅〕〔水仙子〕等詞，後印之本爲之删乙者，特匯存之，以存其舊，惟南北曲之次於詞後者，則未授梓云。癸酉四月，珍重閣。

同日以兩本覆校。未邕。

六八　錦囊詩餘一卷

會稽商景蘭媚生撰

商夫人字媚生，一字眉生，祁忠惠公室，吏部尚書周祚女。所著《錦囊詩餘》，一名《香奩集》，篇什甚富，詞亦秀蒨，《衆香集》甄録不少。今觀集中若〔卜算子〕“春日寓山”、〔生查子〕“春日晚妝”、〔長相思〕“春景”諸闋，并皆雅令可誦。至〔燭影摇紅〕闋，以樸語寫至情，寓家國之感於變徵之音，視蓮社諸作庶幾趾美，而得之金閨碩媛，爲尤非易易也。乙丑小春，校忠惠詞竟，并書卷尾。

同日以傳鈔盋山藏集本校讀。未邕。

六九　道援堂詞一卷

番禺屈大均翁山撰

大均，初名紹隆，字介子。番禺諸生。國變後易服爲僧，名今種，字一靈，返儒後更今名。入越，讀書祁氏寓山園，不下樓者五月。漸游秦隴。殁後以文網特興，集本遂爲禁書，詞益罕覯。此自蕙風簃藏鈔本傳寫，其〔夢江南〕《賦落葉》諸闋，哀感頑艷，上儷騷竺，不當與後主〔浪淘沙〕同傳耶？珍重閣。

丙子四月廿二日，以傳鈔蕙風簃藏本覆校。高梧。

七〇　湘中草一卷

古吴湯傳楹卿謀撰

卿謀，别字子輔。吴諸生，早擅才華，與尤西堂交篤，集中多倡和之作。詩詞專致綺語，意境遂未易超拔，蓋已涉於國初輕纖一派，不免歧趨矣，珍重閣識。

丙子四月廿二日，以傳鈔集本校。尗邕。

七一　芳雪軒詞一卷

吴江葉紈紈昭齊撰

紈紈，字昭齊，天寥長女。幼奇慧，三歲即能背誦《長恨歌》。十三四，學爲詩詞。十七歲嫁，隨宦嶺西。十九歲，與婿同歸浙江。二十三歲病殁，距妹氏瓊章之喪甫七十日。紈紈亦好佛法，日課《金剛》《楞嚴》諸經，深得寂滅之旨。遺著詩詞如干首，天寥爲之編次，題曰《愁言》，即《芳雪軒遺集》，匯刻《午夢堂全集》中。兹裁取其詞，合於宛君、瓊章之列。葉氏姊妹同兹慧質，又同不永年，殊可哀已。癸酉浴佛日，叔雍。

同日以長沙葉氏覆刻本校讀。尗邕。

七二　陳忠裕公詞一卷

華亭陳子龍卧子撰

卧子，一字人中，行履具見國史本傳。乾隆間賜謚忠裕。詩高華雄渾，爲一時所稱道。詞亦漸近沉著，非明季疲靡之音所可同日語已。趙尊嶽。

丙子四月廿四日，武進趙尗邕據迻寫盋山藏本《陳忠裕公集》本校讀一過。

七三　溉園詩餘一卷

南昌萬時華茂先撰

茂先，崇禎征士，一時聲名藉甚。《西江詩話》紀其臨殁，從容危坐，口占二首，有“窮通真偶爾，來去亦翛然。我愛裴中令，虛空不礙禪”語，則明心悟道之流，固有不同於凡俗者矣。所傳《溉園》《東湖》二集，詞則附見《溉園》。余丁卯仲冬薄游京師，偶至大方家胡同圖書館，得獲循誦，即爲最録。時不逾晷，爲示秋嶽共賞之。珍重閣識。

同日以手寫京師藏本校。赤邕。

七四　憑西閣長短句一卷

東濱陸宏定紫度撰

明季二陸詞，夔笙先生所得舊鈔本，署孫式熊鈔存，各繫小傳，疑其未有刻本，欲授梓未能也，以貽尊岳。《蕙風詞話》有曰：“《憑西閣詞》篇幅增於射山，而風格差遜。射山間涉側艷，洎乎晚節，敻然河岳日星，烏可以詞論人耶?”其〔小桃紅〕歇拍云：“終躊躇、生怕有人猜，且尋常相看。”因憶國初人詞有云：“丁寧切莫露輕狂，真個相憐儂自解，妒眼須防。”此不可與陸詞并論。詞忌做，尤忌做得太過，巧不如拙，尖不如禿。陸無巧與尖之失。又射山〔虞美人〕云：“可憐舊事莫輕忘，且令三年無夢到高唐。”余甚喜其質拙。又〔一斛珠〕〔醉春風〕過拍，并爲佳句。荏苒歲年，始付剞氏，先生乃墓有宿草，每一展卷，涕來無從矣。己巳仲冬，高梧。

同日以手鈔蕙風簃藏本福校。珍重閣。

七五　支機集三卷

杜陵蔣平階大鴻、汝南周積賢壽王、大梁沈億年矩承撰

右《支機集》三卷，其第一卷爲蔣平階撰詞，次則弟子周積賢、沈億年所分撰也。皆小令，無長調，温厚馨逸，直逼《花間》。朱明一代，允推獨步。按平階字大鴻，華亭人。萬曆間諸生，工詩文，性豪雋，有古義俠風，晚年尤精堪輿術，凡言三元法者莫不宗之。又著《東林始末》一書，《四庫》著録之而不及其名。周、沈并有著作。按明人詞集，多附全集以行，别傳者最所罕覯。黄虞稷《千頃堂書目》著録較夥，亦不之見，蓋僅有單傳之本，授受之際，少一不慎，即且湮没而無聞者矣。甲戌秋日，斐雲宗兄獲睹於廠肆間，估人謂自山左携歸，索值至百金。書少殘缺，第三卷佚去一葉，少〔踏莎行〕一首，然尚不足爲疵累。斐雲亟以見告，展轉得之，即付重鋟，用識墨緣，亦以見斐雲之惠而好我，音磬之雅，雖三千里外無閑素心也。乙亥人日，趙尊嶽記。

同日以元刊本校讀。尗邕。

七六　弇州山人詞一卷

吴郡王世貞元美撰

世貞，字元美，自號鳳洲，又號弇州山人，吴郡人。嘉靖進士，官刑部主事。時楊繼盛下獄，爲進湯藥，又代其妻草疏。楊死，復棺斂之。大忤嚴嵩，會其父忬失事灤河，嵩乃構忬於帝，繫獄。世貞兄弟伏嵩門乞貸，卒論死，哭泣持喪歸。隆慶初，伏闕訟父冤，復忬官。後官至刑部尚書，移疾歸。好爲詩古文，始與李攀龍狎，主文盟。攀龍没，獨主壇坫者垂二十年。其持論“文必西漢，詩必盛唐”，而藻飾特甚，晚年始趨於平簡。著《弇州山人四部稿》《弇山堂别集》《嘉靖以來首輔傳》《觚不觚録》《讀書後》《王氏書苑》《畫苑》，而所批《綱鑒》尤盛行於世云。《明史》自有傳。癸酉上元，珍重閣識。

丙子五月初三日，以《四部稿》本校，蓋傳鈔盋山所藏也。尗雍并記。

七七　天益山堂詞一卷

慈溪馮元仲次牧撰

元仲，不詳其仕履。崇禎末季有二馮者：長元揚，官至都御史，巡撫天津；次元飆，官兵部尚書，慈溪人，蓋爲其昴季行。壬申秋仲，余過析津，於友人案頭獲讀斯集。因録其詞，行篋無書可資訂正，留俟異日也。叔雍。

同日以鈔本福校，既知盋山亦有其書。高梧。

七八　龍湖先生詞一卷

茶陵張治文邦撰

右《龍湖先生詞》一卷，附見於《文集》第十五卷，蓋其婿治中彭宣於嘉靖間所輯，門人薛應旗、雷禮、陳柏爲之序。迨雍正四年，彭氏裔孫思眷復重校梓行之。龍湖行誼，别具傳略，雷禮復爲撰本傳，具稱其志存經濟，不安於萎儒掇華襲馨，以竊章句。凡軍旅刑獄、錢穀水利之數，與夫邊隘夷險、地圖修阻、户口登耗，無不講求其法。又斤斤自信，敢斷决鋭，以辨正邪、明升黜爲大務。及大計吏治，貴人嫉忤己者，欲擠之，持不可，竟不能奪。惡人趨競，有京朝官求正門下，甘詞申款，則正色戒之曰："國家造士，以明經取用，乃敢遽污唐人之詩耶?"其嚴正若此。茶陵州嘗有龍化湖，故有讖："龍湖坼，榜元出。"正德己卯，忽暵涸龜裂。明年，治舉進士第一，遂自號龍湖。又其母譚夫人夢大鳥倏戛雲下，朱顱玄吭縞羽，止於庭前，忽縮化入襟衽間，已而驚寤。其父伯誠曰："此鶴征也。"踰年而生先生。及其將病，忽夢乘鶴游戲，飄飄若出九垓，覺而占之曰："吾始姙之祥，殆將反化以歸乎?"其神異又如此。詩餘凡二首，附應制燕樂歌五首，兹并存之。庚午小除夕，高梧。

同日以集本校定。高梧。

七九　晚聞堂詞一卷

星源余紹祉子疇撰

紹祉，字子疇，初號元邱，沱川人。太僕卿一龍孫。幼有至性，及稍長，負俠好客，師事尚寶黄公龍光。天啓末，黄以建言忤權璫謫戍，祉不畏誅，立往慰，且助之。太僕邱公禾嘉視婺篆，於稠人中與論天下事，折服敬畏，紹祉毫無所闕。試不售，築室學道，號疑庵居士。兵憲唐公良懿稱其學在朱、陸之間。晚謝世緣，托迹僧寺，參密雲大師，以詩歌見志。甲申國變，聞詔至咳血，緇服入高湖山。有司禮召再三，終不赴。卒年五十三。所著《賦草》一卷、《詩草》四卷、《雜文》二卷，《山居瑣談》《元邱素話》《訪道日録》各一卷。子藩卿，字翰臣，能繼其學，其再侄孫知章輯而刊之，曰《晚聞堂稿》，周沐潤爲之序。道光間，和源單氏又爲覆鍥。歲在癸酉立春後一日，帥南社兄見之海上廛肆，舉以相告，即往購讀，并輯其雜文中僅存之一詞，列於明季諸賢，用彰大節云。珍重閣識。

同日以刊本校讀。尗邕。

八〇　青霞詞一卷

會稽沈煉純甫撰

煉，字純甫。嘉靖進士，知溧陽，參金吾軍，由言事詆宰執，遷茌平。入爲錦衣衛經歷。性剛直，嫉惡如讎。會俺荅犯京師，詔廷臣博議，煉昌言敵由嚴嵩父子，上疏劾嵩十大罪。帝大怒，杖之數十，謫佃保安。邊人慕其忠義，多遣子就學。煉恨嵩父子，縛草象李林甫、秦檜及嵩，令子弟攢射之。總督楊順巡按，路楷承嵩旨，誣煉與白蓮妖人閻浩等謀亂，遂弃市。後事解，追謚忠愍。後其子襄始以遺集屬之俞咨益，爲梓行之，俞又屬歸安茅維爲之序。附幛詞三首，爲汰其引而存之。壬申小冬，趙尊嶽。

八一　心遠堂詞一卷

無錫王永積崇岩撰

永積，無錫人，自號蠡湖外史。崇禎進士，官至兵部郎中。著《錫山景物略》《心遠堂集》。余曩在杭州獲讀於西湖書藏，因輯存之。癸酉花朝日，叔雍。

同日以西湖書藏傳鈔本校讀。赤邕。

八二　趙文肅公詞一卷

内江趙貞吉孟静撰

文肅，字孟静，學者稱大洲先生。嘉靖十四年，登進士第，選庶吉士，授編修，遷中允，掌司業事，擢左諭德，兼監察御史。迕時相嚴嵩，下詔獄，杖於庭，謫荔波典史。稍遷徽州通判，累遷南京户部右侍郎，復坐事奪官。隆慶初，起禮部左侍郎，掌詹事府，攝太學祭酒，充日講官兼文淵閣大學士，參預機務，加太子太保，得請歸。萬曆十年卒，贈少保，謚文肅。有集三十三卷，詩五卷，詞一首附存全集，刑部尚書丹陽姜寶爲之序。文肅於吾儒外兼通釋、老二氏，所著書，内篇爲經世，外篇爲出世，蓋篤學明性之流，不僅以功業見稱者也。壬申臘日，趙尊嶽書。

同日以西湖書藏本校。高梧。

八三　王奉常詞一卷

吴郡王世懋敬美撰

敬美，嘉靖進士，累官太常少卿。好學，其詩文名亞乃兄，先世貞三年卒。著《王奉常集》《藝圃擷餘》《窺天外乘》《遠壬文》《却金傳》《學圃雜疏》《閩部疏》《三郡圖説》《名山游記》。其行誼附見《明史》世貞傳中。癸酉上元，珍重閣并識。

同日以盋山所藏《王奉常集》傳鈔校讀。高梧。

八四　聖雨齋詩餘二卷

檇李周拱辰孟侯撰

拱辰，字孟侯，桐鄉人。崇禎歲貢生。長文學，著《莊子影史》《離騷草木史》《離騷拾細》《公羊墨史》《南華真經影史》《聖雨齋詩文》，詞二卷附，當湖金柳城璞玉、婁江浦甄玉爲琛爲刊其集。余過江寧，得之於盋山書舍，因裁出其詞，以合於明季諸家。漸又見光緒九年其七世孫重刊本，遂爲覆校付鍥云。癸酉春仲，高梧。

同日以兩本互校。赤邕。

八五　采隱詩餘一卷

華亭莫秉清紫仙撰

秉清，字紫仙，一字葭士。是龍子。明季諸生。遭鼎革，誓不出山，以吟咏自遣。所著文章，勿顧忌諱。終清代二百六十餘年，子孫藏其稿不輕示人。同光間，有人請於其孫春飄者，欲壽之梨棗，春飄婉却之。清社既屋，其七世孫子經屬明經雷君毅校刊之。書成，子經已先逝。全集凡文集二卷，詩二卷，有錢玉度、張齊廉序，詩集有葭士自序。全集之行，余得受而讀之，裁其詩餘，合諸翁山、二陸之林，胥明季詞林之大師也。壬申歲不盡二日，珍重閣識。

丙子天中節前夕，以近刊活字本校。赤邕。

八六　北海詞一卷

臨朐馮琦用藴撰

琦，字用藴，一字琢庵，臨朐人。大父惟重，有名於時。琦萬曆成進士，累官至禮部尚書。蒞政勤肅，力抑營競，學有根柢，數陳讜論，卒謚文敏。著《北海集》《經濟類編》，《明史》自有傳。

填詞其餘事也。癸酉孟春，叔雍記於卷尾。

同日以盋山舊藏集本傳鈔校讀。高梧。

八七　東江别集三卷

仁和沈謙去矜撰

去矜，明季人，居臨平。幼特穎異，尤勤習誦，居其家之南樓者二十年。崇禎壬午，補縣學生。性友愛，析居後事其兄者益篤。父病，衣不弛帶，居喪毁瘠。娶於徐氏，得六子。去矜不治生産，順治間，遂嗣先人爲岐黄業。自喪妻及長子，益以歌嘯自遣。於學雖刎專而極博，每憑南樓，與毛稚黄、張祖望相酬答。文望所歸，號“西泠十子”。後復輯數椽，曰“東江草堂”，即以爲號。所著詩賦二十一卷、文十卷、《詞學》十二卷，又有《詞韵》《詞譜》《南曲譜》《古今詞選》，多有刻本，流播未廣。《别集》一卷，爲填詞、南北曲。《四庫存目》著録之，然絶罕覯。泉唐丁氏嘗有傳鈔本，既而歸之金陵盋山書藏，凡詞三卷、曲二卷，燦然大備矣。歲在己未，歸安姚虞琴社兄景瀛以《别集》無他本，重爲排印，其書始顯。拙藏則亦傳鈔丁本，與姚刻同源者也，兹删其南北曲，爲梓行之。癸酉仲春，珍重閣。

同日以姚刊本及傳鈔本互校。赤邕。

八八　蒼谷詩餘一卷

郯縣王尚絅錦夫撰

尚絅，字錦夫，郯縣人。弘治十五年，登進士第，授兵部主事，歷員外郎，升郎中，出爲山西左參政，調任四川，引疾歸。起補陝西左參政，遷浙江右布政使。卒，鄉里私謚曰“貞孝文子”。有《蒼谷集》十二卷，詩餘附。余曩者獲讀於金陵，因爲輯録，以授梓人。甲戌立春日，叔雍。

丙子天中節，就傳鈔盋山藏本校。赤邕。

八九　勉齋詞一卷

慈溪鄭滿守謙撰

勉齋，弘治舉人，官至濮州知府，著《勉齋遺稿》，幛詞五首附焉。茲删其駢儷引序，而存其詞。癸酉臘月，珍重閣。

同日以傳鈔盍山藏本校讀。尗邕。

九〇　平山堂詩餘一卷

沂水劉應賓思皇撰

思皇，天啓進士，官安徽巡撫，又轉他省，旋擢都察院僉都御史。著《平山堂詩集》，詞附。此即自集中裁篇以出者也，亟郵叔雍宗兄梓之。歲次癸酉臘月，海寧趙萬里并識。

同日以斐雲鈔本校。尗邕。

九一　圭峰先生詞一卷

建武羅玘景鳴撰

玘，字景鳴，學者稱圭峰先生，南城人。由諸生輸粟入國學。成化二十三年，登進士第，選庶吉士，授編修，進侍讀。正德初，累遷南京太常卿，擢南吏部右侍郎，引疾歸。卒贈禮部尚書，謚文肅。有集十八卷，續集十五卷，幛詞附。茲爲輯出，列諸明詞別集云。甲戌立春日，叔雍。

同日以傳鈔盍山藏元刊本校。尗邕。

九二　雙江詩餘一卷

永豐聶豹文蔚撰

豹，字文蔚，永豐人。正德十二年，登進士第，除華亭知縣。嘉靖四年，召拜御史，巡按福建，出爲蘇州知府，憂歸。補平陽知府，擢陝西副使，備兵潼關。大計，坐乾没落職。二十九年，召拜右僉都御史，擢兵部右侍郎，尋轉左，進尚書，加太子少保，蔭錦衣，世千户，累進太子太保，以中旨罷歸，卒。隆慶初，贈少保，謚貞襄。有《雙江先生集》，附詞三首，蓋獄中作也，存之以備家數。癸酉臘月，叔雍。

同日以傳鈔盋山藏本校讀。高梧。

九三　苑洛詞一卷

朝邑韓邦奇汝節撰

邦奇，字汝節，朝邑人。正德三年，登進士第，除吏部主事，進員外郎。上疏論時政忤旨，謫平陽通判。遷浙江僉事，復忤中官在浙者，坐斥爲民。嘉靖初，起山東參議，改山西，乞休去。起四川提學副使，入爲右庶子。七年，主應天試，坐試録謬誤，謫南太僕丞，復乞歸。起山東副使，進大理少卿，以右僉都御史巡撫宣府，進右副都御史巡撫遼東，换山西督河道，遷南刑部右侍郎，進兵部尚書致仕。卒贈太子少保，謚恭簡。有《苑洛集》二十二卷，詞一卷，南北曲附。此其輯本也。癸酉臘日，高梧。

同日𡵢邕校傳鈔盋山藏本。

九四　古山詞一卷

安仁桂華子樸撰

華，字子樸，安仁人。正德八年舉人。著《古山集》四卷，其弟萼爲梓行之。萼，蓋仕至禮部尚書者也。余所得見爲史珥重校，而其九世從孫五同弟瞻等重刊本，蓋非明刻之舊矣。集附幛詞，删其序而存之。癸酉臘日，叔雍。

同日以傳鈔覆刻本校讀。高梧。

九五　湘皋詞一卷

全州蔣冕敬之撰

敬之，成化進士，正德間累官户部尚書。時主昏政亂，冕持正不撓，有匡弼功。世宗初，朝政維新，而上下捍格彌甚，冕守之不移。任首輔僅兩月，卒齟齬以去，論者謂有古大臣風。卒謚文定。《明史》自有傳。著《湘皋集》及《璚臺詩話》，此則附載集中者也。癸酉長至日，高梧。

同日以刻本校讀。珍重。

九六　鏡山詩餘一卷

歙縣李泛彦夫撰

泛，字彦夫，歙人（按：一作祁門人。）。弘治十八年，登進士第，官工部郎中，出爲思恩知府，致仕。有《鏡山稿》十三卷。《詩餘》一卷，余得之海上，每卷端署“歙縣李”而闕其名。據《國史經籍志》，知爲李泛之作。《千頃堂書目》亦著録是書，“歙”作“祁門”，與《經籍志》異。詩多作於弘治、正德、嘉靖間，與李泛登第之年正合。《詩餘》有《客寓梧州寺》〔漁家傲〕、《梧州寺挹清亭上作》〔臨江仙〕、《梧州夊井寺作》〔天仙子〕各一闋，賓州、梧州皆廣西省屬，而泛曾守思恩，足以證之。惟卷首闕名不可解，或書賈纂奪脱刊之誤，亦有所諱耶？癸酉臘日，叔雍。

同日以原刊本校讀。赤邕。

九七　倪文僖公詞一卷

上元倪謙克讓撰

謙，字克讓，其先錢塘人，徙上元。正統四年，以一甲三名登進士第。歷編修。景泰中，以左中允兼侍讀，遷侍講學士，與子岳同入史局。改南京掌院，奉使高麗，終南京禮部尚書。卒贈太子少保，謚文僖。有集三十二卷，詩餘附，多題畫之作，雅雋可誦也。丙寅歲不盡四日，高梧軒校記。

同日以傳鈔盋山藏集本校讀。珍重。

九八　西郊笑端詞一卷

松江董紀良史撰

紀，字良史，以字行，更字述夫。上海人。洪武十五年，舉賢良方正，擢江西按察僉事，辭歸，結西郊草堂以終老。有《西郊笑端集》二卷，詞附。余得之於金陵，歸示蕙風先生，欣然共讀。時先生方輯《歷代詞人考鑒》，因録副以貽之。丁卯三月，高梧軒書。

丙子天中日，以傳鈔盋山藏本校。高梧軒記。

九九　翠屏詞一卷

古田張以寧志道撰

以寧，古田人。父一清，元福建江西行省參知政事。泰、宣中以《春秋》舉進士，授黃岩州判官，累遷至翰林侍讀學士，知制誥。以博雅擅名，人呼爲“張學士”。明師取元都，太祖仍授侍讀學士，知制誥，兼修國史。洪武二年，使安南，册封陳日煃爲國王。甫抵境而日煃卒，其兄子日熞嗣位，遣臣來迎，請誥印。以寧不予，曰：“奉詔封爾先君，不言世子。”留居洱江上，使世子告哀請襲。既得命，然後入境將事。及還，道卒。詔有司歸其柩，所在致祭。以寧以《春秋》高第，故治《春秋》多所得，撰《胡傳辨疑》最辨博。家翠屏山下，學者稱“翠屏學士”。著《學士集》，詞二首附焉。丁卯仲春，叔雍。

同日以傳鈔盋山藏本校。高梧。

一〇〇　鄱陽詞一卷

鄱陽劉炳彦昺撰

炳，字彦昺（案：《明詞綜》小傳字彦章，誤。），以字行，鄱陽人。洪武初，獻書言事，授中書，博士廳咨議典簽，出爲大都督府掌記。

有《鄱陽集》九卷，詞一卷（案：卷端署《南詞》，《明詞綜》小傳，《春雨軒詞》一卷。），未題“春雨軒”名也。乙卯三月，高梧軒。

同日以傳鈔盋山藏本校。高梧。

一〇一　鳴盛詞一卷

福唐林鴻子羽撰

林鴻，明初人。以人才薦至京師，太祖臨軒試士，以《龍池春曉》及《孤雁》二詩稱旨，名動京師，官至精膳司員外郎。自免歸，與閩縣周元、鄭定，侯官黄元、王褒、唐泰，長樂高棅、王恭、陳亮，永福王偁，號“閩中十才子”，而鴻爲之冠。其所暱張紅橋能詩文，輒與唱酬，終委身事之，一時傳爲艷遇。集中〔蝶戀花〕“記得紅橋西畔路”一首，蓋紅橋作，誤入《鳴盛集》中者。兹依明本授梓，故未爲删乙，一如其舊云。丙寅天中節，珍重閣。

同日以傳鈔盋山藏本校。未邕。

一〇二　楊文敏公詞一卷

建安楊榮勉仁撰

榮，初名子榮，字勉仁。建文進士，授編修。成祖簡入文淵閣，爲更名榮。有才智，見事敏捷，最受帝知，每北巡及出塞，必令扈從。仁宗立，累進謹身殿大學士、工部尚書。宣德中，加少傅。正統中卒，謚文敏。榮歷事四朝，有謀能斷，與楊士奇、楊溥并入閣，稱“三楊”，榮最以才著。詩文雍容平易，肖其爲人。著《北征記》及《文敏集》，王直爲之序。詞載集中，此其裁篇别出者也。癸酉陽月，叔雍。

同日以傳鈔西湖書藏本校。高梧。

一〇三　毅齋詩餘一卷

錢塘王洪希範撰

希範爲“閩中十才子”之一，年十八，成進士，授翰林檢討。永樂初，與修《大典》，歷修撰、侍講。帝頒佛曲於塞外，命洪爲文，逡巡不應詔，爲同列所排，遂不復進用。著《毅齋集》，八詞咏“夾城八景”者附焉。爲別裁篇，以合於明初諸詞家云。癸酉陽月，叔雍。

同日以傳鈔西湖書藏本校。高梧。

一〇四　容春堂詞一卷

無錫邵寶國賢撰

國賢，成化進士，累官江西提學副使。釐革澆俗，修白鹿書院學舍以處學者，教人以致知力行爲本。宸濠索詩文，峻却之。正德中，遷右副都御史，總督漕運，忤劉瑾，勒致仕。瑾誅，陞户部侍郎，拜南禮部尚書，懇辭。嘉靖初，起前官，復辭。卒謚文莊，學者稱“二泉先生”。著《左觿》《學史》《簡端》二録，《定性書説》《漕政舉要》《慧山記》，《容春堂詞》則載諸集中者也。癸酉陽月，叔雍。

同日以傳鈔西湖書藏本校，高梧。

一〇五　歸田詞一卷

余姚謝遷於喬撰

於喬，一字木齋。成化進士第一，授修撰。弘治中，以少詹事入内閣，參預機務，尋加太子少保、兵部尚書，兼東閣大學士。遷秉節直亮，與劉健、李東陽同心輔政，而見事尤敏，天下稱賢相。武宗嗣位，加少傅，請誅劉瑾，不納，遂與健同致仕。嘉靖中，手勑促起，入相數月，仍以老辭歸。卒謚文正。著《歸田稿》八卷，康熙中其族孫爲重梓之，余爲别存其詞焉。癸酉陽月，高梧軒。

同日以傳鈔西湖書藏本校。高梧。

一〇六　虚舟詞一卷

三山王偁孟揚撰

孟揚，王翰子，爲"閩中十才子"之一。洪武中領鄉薦，永樂初授翰林檢討，出官袁州，薦與修《大典》，學博才雄，最爲學士解縉所推重。後以縉事連及，繫獄中。所著《虚舟集》，桑悦爲之序，稱其臨終有《自誄詞》一篇，與陶淵明、秦少游自挽詩意同，得陶之曠達、秦之凄愴，讀之令人泪下也。詞一首，附集中，因爲别録以行焉。癸酉臘日，高梧軒。

同日以傳鈔西湖書藏本校。高梧。

一〇七　抑庵詩餘一卷

泰和王直行儉撰

王直，伯貞子。永樂進士，授修撰。歷仕仁宗、宣宗，遷少詹事，兼侍讀學士。在翰林二十餘年，稽古代言、編纂紀注之事，多出其手，與王英齊名，時有"東王""西王"之目。英宗時，累拜吏部尚書。秉銓十四年，爲時名臣。卒謚文端。著《抑庵集》，廬陵劉教爲之序，蓋直五世孫有霖乞教爲編訂者也。詞附集中，爲别行之。癸酉臘日，珍重閣書。

同日以傳鈔西湖書藏本校。高梧。

一〇八　頤庵詩餘一卷

南昌胡儼若思撰

頤庵嗜學，於書無所不窺，凡天文地理、律曆醫卜，均所精擅，又長書畫。洪武中，以舉人授華亭教諭。永樂初，薦入翰林，歷官國子祭酒，朝廷大著作多出其手。居國學久，以身率教，動有師法。洪熙初，進太子賓客，兼祭酒。致仕，歸閑二十餘年卒。著《頤庵集》，涵虚子爲之序。余疇昔得讀於西湖，因爲録副以存之。癸酉臘日，叔雍。

同日以傳鈔西湖書藏本校。高梧。

一〇九　震澤詞一卷

震澤王鏊濟之撰

鏊，吴縣人。成化間，鄉、會試皆第一，授編修。弘治時，歷侍講學士，充講官。時中貴李廣導帝游西苑，鏊講“文王不敢盤游於田”，反復規切，帝爲動容。正德初，累進户部尚書、文淵閣大學士。時劉瑾銜韓文、劉大夏，欲殺之，又欲以他事中劉健、謝遷，鏊力救得免。未幾，以志不得行，力求去。鏊博學有識鑒，文章爾雅，議論明暢。卒謚文恪。著《姑蘇志》《震澤集》《震澤長語》《春秋詞命》《史餘》諸書。南海霍韜序其集，盛稱其人品學力有格，尤拳拳於不通壽寧侯及忤瑾二端焉。詞、南北曲附見集中，曲非所長，因爲乙去，僅存其詞焉。癸酉殘臘日，叔雍。

同日以傳鈔西湖書藏本校。高梧。

一一〇　整庵詩餘一卷

泰和羅欽順允升撰

允升，弘治進士，授編修，遷南京國子司業。與祭酒章懋，務以實行造士。乞養歸，劉瑾怒，奪職爲民。瑾誅，復官，累遷南吏部右侍郎。世宗立，擢吏部尚書。時張璁、桂萼以議禮驟貴，樹黨屏逐正人，欽順耻與同列，乃辭不拜。里居二十年，潛心格物致知之學，著《困知記》，辨析精審，學者稱“整庵先生”。卒謚文莊。所著曰《整庵存稿》，喻時序之，盛稱其學。附二詞，因爲輯存之。癸酉臘日，叔雍。

同日以傳鈔西湖書藏本校。高梧。

一一一　翠渠詞一卷

莆田周瑛梁石撰

梁石，成化進士，知廣德州。弘治初，爲四川參政，進右布政使。咸有著績，尤勵清操。其學以居敬爲主，學者稱“翠渠先生”。著《書纂》及《翠渠類稿》，前有嘉靖戊子蜀人馮馴序，蓋其甥林雲從以《類稿》摘鈔付梓也。乙丑重五，余獲讀於西湖書藏，爲録其詞，并志歲月。叔雍書。

同日以傳鈔西湖書藏本校。高梧。

一一二　執齋詩餘一卷

萬安劉玉咸栗撰

咸栗，弘治進士，知輝縣，陞御史，以忤劉瑾削籍。瑾誅，起河南按察司僉事，官至刑部右侍郎。坐李福達獄，削籍歸，卒。隆慶初，謚端毅。《執齋集》二十卷，其門人傅鎮源所輯，刊於濟南。鄉人山東故御史彭黯爲之序，稱先生未第時，與張子静、蔡虚齋書，憫斯道之缺絶，不顧流俗，不避姗笑，直以聖學自任。及任刑部侍郎，持議與權貴人不合，輒謝政以去云。道光庚寅，裔孫翹等復爲重校雕行。三詞附見詩集，因爲裁篇迻寫。同日又得張龍湖詞，并校付梓，爲記歲月。庚午歲不盡四日，叔雍記。

同日以原刊本校讀。珍重閣。

一一三　窺詞管見一卷

仁和李漁笠翁撰

明人雖作詞，而未必工之。詞話所傳，僅數家耳。笠翁斯作，自以爲度盡金針，實則文心所通，固當於多讀、多作中求之，不宜懸格以求也。然其持論，亦間有可取處。論詩詞之與南北曲，得消息於環中，足爲學詞者之一助。頃校刊其詩餘，因并付墨焉。甲戌花朝，珍重主人記。

丙子五月初六日，以近刊《一家言全集》本校。赤邕。

一一四　笠翁詩餘一卷

仁和李漁笠翁撰

笠翁，仁和人，生明末季。傲放山林間，與貴介游，能治宮室，辨聲妓，人多樂而顧之，因以隱逸傳於世，蓋余澹心一流人也。文字不高，然能逞機鋒，務爲小巧，亦有雅令可誦者。遺著詩文詞集、史評十卷，《閑情偶集》六卷，都爲《一家言》。外則傳奇十種，咸有刊本。詞在全集卷八，附詞話二十二則，今裁刻其詞，以備家數云。甲戌燕九日，珍重閣書。

丙子五月十三日，以《一家言》坊本校之。赤邕。

一一五　坐隱先生精訂草堂餘意二卷

下邳陳鐸大聲撰

曩治詞學，讀《渚山堂詞話》，屢及陳大聲，謂其有宋人風致，使雜之《草堂集》中，未必可辨；又謂篇中亦時有佳句，凡此婉約清麗，使其用爲己調，當必擅聲一時，而以之追步古作，遂蹈村婦鬬美毛、施之失。漸從蕙風先生游，於其《選巷叢談》《蘭雲菱夢樓筆記》又屢稱陳詞，謂具澹厚之妙，足與兩宋名家頡頏。半唐借去未還，繆藝風至欲爲大聲一哭。按鐸字大聲，下邳人，萬曆時官指揮使。《明詞綜》載其一闋，未足盡其流播也。其書越三十年見於京師廠肆，徐森玉社兄博學好古，見之即飭胥影寫精本，藏之篋衍。癸酉孟夏，余以事北行，寇迫京師，而談藝之樂，一如恒日。忽一日，森玉出以相視。愛不忍釋，且謀復鍥，遂慨然舉以相贈。厚我者何止百朋而已。亟挾之南歸付墨，亦庶可彌半唐、蕙風、藝風三先生之遺憾。素雲有知，黄鶴來下，其亦執卷以共爲欣賞乎？是年九月朔日，趙尊嶽跋記。

又全書爲大聲撰，然多引用原作者姓名，其本無名者始用陳名，此亦刊例之至奇者，未嘗經見，特揭而出之。尊嶽校畢再記。

丙子五月以景鈔本重校一過。尗邕。

一一六　山海漫談詞録一卷

長治任環應乾撰

環，字應乾，嘉靖甲戌進士，令廣平，調沙河，補滑縣，所在皆有仁政。以卓異補蘇郡同知。適倭賊至，一時幾莫與争鋒。當道審其方略，檄以討賊。躬擐甲冑，跋履山川，前後百餘戰，斬首五萬餘級。館人搏賊以代死，義媪投井以全節，凡此沐德，咸知嚮義。倭亂卒平，德化具征矣。既而以制歸廬墓，未及起復而卒。求忠臣於孝子之門，其此之謂矣。遺集曰《山海漫談》，蓋其六世孫世燮字理臣者所編，凡詩文咸付校輯，并及先輩所紀平倭事迹、章奏、諭祭諸文，都爲一編，刊成於康熙間，郜世爵爲之序。此則自《漫談》裁篇迻寫者也。壬申臘日，珍重閣。

丙子五月十四日，暑熱雨後校刊本。尗邕。

一一七　痴山詞一卷

杭州陳孝逸少游撰

孝逸，字少游，杭州人。崇禎間諸生，性淡泊，隱居不仕。著《痴山集》，臨川傅占衡爲之序。占衡與少游以文章相切礳，傅居西溪，陳居迎仙山，相距二里許。“迎仙”即少游取以號痴山者也。論文一以簡婉澹約爲尚，而以不作文字爲主，其學可從知也。集凡六卷，詞附存，因以授梓，并最傅序以代跋言。珍重閣。

同日尗雍校西湖書藏本。

一一八　海壑吟稿一卷

膠州趙完璧全卿撰

完璧，字全卿，號雲壑，晚號海壑。由貢生官至鞏昌府通判。其詩文集曰《海壑吟稿》，萬曆十年浙西王三錫爲之序，謂："先生性靈揮灑，蟬脱塵表，而浩氣充然，利害生死不足介其際。嘉靖間，筮宦司城，抗職忤權奸，與楊椒山公同厄。人僉謂先生談笑當之，與椒山賡歌迭唱，竟荷聖斷得白。已而出判秦中，聲名藉藉。無何，敝屣簪綬，益肆吟弄。迨於今踰耄望耋，手不停絲桐，興至，浩歌敲金石，剌剌不休。此其人豈所謂關天地、參盛衰者耶?"平生行誼，於兹可見。詩餘四首，附見集中，因爲裁篇，并删其帳詞，以列於嘉靖諸家云。壬申小除日，武進趙尊嶽跋。

同日校傳鈔西湖書藏本。高梧。

一一九　百琲明珠五卷

新都楊慎升庵選

升庵才大如海，所爲詞六卷，已付梓人，獨其評選諸集，若《百琲明珠》《填詞玉屑》之見於全書目録者七八種，迄不可得見。聞蜀中尚有叢書小字本，道遠亦未易致之也。癸酉孟夏，京師陷重圍中，余始襆被北行，折衝間幾不可終日，猶以詞翰自娱。斐雲宗兄乃出視明刊此本，題"嘉靖朝蜀楊慎選集，萬曆朝楚杜祝近訂補"，有祝進一序，古墨流馨，并有曹楝亭、韓李卿、汪退思、張竺孫諸家藏印。半葉十行，行二十字，并於每葉題刻工姓名。久懸想望者，至此幸慰長思矣。其書旋歸北海書藏，斐雲留影見惠，而江寧唐圭璋社兄亦以景鈔本寄示，因亟付鍥，麗諸《升庵詞集》之後。所冀天壤間佚書漸出，即升庵所選輯者均獲傳見，則流播之責，余固樂任不疲也。寫樣既成，爲綴跋言。是歲九日，叔雍書。

同日校景寫本。赤邕并記。

一二〇　桂洲集六卷桂洲集外詞一卷

貴溪夏言公謹撰

貴溪行誼，具詳《明史》，不具書。曩日過金陵盋山書藏，獲讀《賜閑堂稿》，因飭工裁録其詞。稿凡二集。一得五十六首，一得七十六首，意其詳盡，行授梓人矣。壬申冬日，復見明刊本《桂洲集·玉堂餘興》，蓋嘉靖間皇甫汸刊於吴中者，都六卷，每半葉十行，行十八字，每行輒空首二字，其有涉及廟堂者則頂格書，同於制策之雙抬。詞籍刊本，體制特崇，殊復罕觀。余舊藏《延露詞》原刻本，亦視界闌低二格，每用爲異，兹乃知其有所沿溯。意者貴溪官階特達，詞籍又及身刊行。故不得不師制策之成格，用爲頌聖之資乎？書題"桂洲集"，别題"玉堂餘興"一行。據跋，則單行詞籍，初不麗於《桂洲全集》者也。六卷合詞二百五十五首，視《賜閑》多至倍蓰。然以校《賜閑集》，除互見外，又得别出者八十首，其間復有字句題目之異同，大約以《桂洲》爲較勝。兹刻率准《桂洲》，原有序跋一不删乙；而《賜閑堂集》之八十首，則次第二集别編之，題曰《桂洲集外詞》，纚屬以行。貴溪所作，庶備於是矣。癸酉元夜，高梧軒識。

丙子五月杪，武進趙赤雍以明刊本校讀。人事俶□，亡輟兼旬，徒唤奈何。

一二一　石門詞一卷

石門梁寅孟敬撰

寅，字孟敬，學者稱石門先生，又稱"梁五經"，新喻人。元末累舉於鄉，不第，辟集慶路儒學訓導。居二歲，以親老辭歸，隱居教授。洪武初，征入禮局，書成，賜金幣。有《石門集》，詞附。漚尹侍郎已據吴伯宛校唐鷦庵鈔本，刻入《彊邨叢書》，列諸元代。惟首缺六闋，又多誤字，至不可讀。考孟敬出仕朱明，以次於明，亦未始不可也，爲特以明刊本重付剞劂，并爲校記。乙卯六月，高梧軒。

丙子五月杪，以盋山書藏明刊本校正。珍重閣。

一二二　華泉詞一卷

歷城邊貢廷實撰

貢，字廷實，號華泉，歷城人。弘治九年，登進士第，除太常博士，擢兵科給事中，改太常丞，遷衛輝知府，改荆州，歷陝西、河南提學副使，以母憂家居。嘉靖改元，起南京太常少卿，升太常卿，督四夷館，擢南刑部右侍郎，拜户部尚書。都御史劾其縱酒廢職，罷歸。有集十四卷，詩餘附。余得其集於金陵，因次其詞，以付梓人。太歲在癸酉臘日。叔雍。

丙子五月廿九日，以傳鈔盋山書藏明刊本校讀。高梧。

一二三　東海詞一卷

華亭張弼汝弼撰

汝弼，華亭人，以家近東海，遂以爲號。成化二年，登進士第，授兵部主事，陞員外郎。以忤當路，出爲南安知府，謝病歸。以有政績，士民爲立祠。著文集五卷、詩集四卷。詞二首附，即此是也。盋山書藏有全集，蓋仁和丁氏八千卷樓故物。曩歲過金陵，移録付梓，并題歲月。甲子元月，高梧軒書。

同日校傳鈔盋山藏明刊本。赤容。

一二四　未軒詞一卷

莆田黄潜仲昭撰

仲昭，成化丙戌進士，授編修。三年十二月，帝將以明年元夕張鐙，命詞臣撰詩詞進奉，仲昭疏諫。帝以其妄言，杖之闕下。謫湘潭知縣，未行，改南京大理評事，遂請歸省。服闋赴京，又引疾乞歸。家居十七年，出爲江西提學。連疏乞歸。學者稱未軒先生。遺集爲詔州同知孫希白編梓，校者均孫氏昺季，或其從學諸生耶？幛詞附載集中，爲乙其駢序，録存之。乙丑二月，叔雍校記。

丙子五月二十九日，赤雍校傳鈔盋山集本。

一二五　瓊臺詞一卷

瓊山丘浚仲深撰

仲深，初舉鄉試第一，景泰五年，登進士第，改庶吉士，授編修，進侍講。與修《英宗實録》，進侍講學士。《續通鑒綱目》成，擢學士，進禮部右侍郎，掌祭酒事，陞禮部尚書，掌詹事府事。修《憲宗實録》，充副總裁，書成，加太子太保兼文淵閣大學士，參預機務，加少保。卒贈太傅，謚文莊。正德中，賜謚於鄉，曰景賢。有《瓊臺會稿》，詩餘并附。向與海忠介公齊名，學者爲刊《邱海合集》。余嘗得《會稿》，爲次其詞，以列於盛明諸家云。丙寅秋仲，叔雍。

同日以傳鈔盋山藏本校。高梧手記。

一二六　楓山先生詞一卷

蘭溪章懋德懋撰

懋，字德懋，學者稱楓山先生。成化二年會試第一，登進士第，改庶吉士。明年，授編修。以元夕張鐙命撰詩詞忤旨，并請停止烓火被杖，貶臨武知縣。未行，改南京大理寺評事。逾三年，遷福建僉事，滿考致仕歸。弘治中，起南國子監祭酒。正德二年，乞休得請。五年，起雲南太常卿，又起南禮部右侍郎，皆力辭。嘉靖初，即家進南禮部尚書，致仕。卒贈太子少保，謚文懿。有集四卷，詞附，蓋酬應幛詞也，爲迻寫彙刊之。乙丑天中節，珍重閣書。

同日以傳鈔盋山藏本校。朩容。

一二七　懷麓堂詞一卷

茶陵李東陽賓之撰

東陽，字賓之，號西涯，茶陵人。四歲能作徑尺書，召試賜果鈔。後兩召講《尚書》，大義稱旨，命入京學。天順八年，登進士第，選庶吉士，授編修，累遷侍講學士，充東宫講官。弘治五年，進太常少卿，擢禮部右侍郎，兼侍讀學士。入内閣，參預機務，進太子少保、禮部尚書，兼文淵閣大學士。武宗立，屢加少保，兼太子太傅。劉瑾入司禮，東陽即日辭位。不許，加少師，兼太子太師。瑾誅，加東陽特進左柱國，以老疾乞休。卒贈太師，謚文正。有《懷麓堂集》，詞附，余得讀於金陵，因爲裁篇，付鋟人云。丙寅人日，叔雍。

丙子五月，校傳鈔盋山藏本，悤悤蓋十易寒暑矣。朩雍讀記。

一二八　菉竹堂詞一卷

昆山葉盛與中撰

盛，字與中，號仲盛，别號蜕庵，又號涇東道人，又號澱東老漁，昆山人。正統十年，登進士第，授兵科給事中，進都給事中，擢右參政。督餉宣府，以李秉薦，協贊都督僉事孫安軍務，遭父憂歸。天順二年，召爲右僉都御史巡撫兩廣，乞終制，不許。稍遷左僉都御史巡撫宣府。成化三年，入爲禮部右侍郎，改吏部，轉左侍郎。十年卒，謚文莊。有《菉竹堂集》八卷，詞附。又有《水東文稿詩稿》《涇東小稿》。與中富藏書，其《書目》盛傳於世。癸酉新歲，余過昆山，謁先生墓塋，碑僕蔓草中，蓋不勝其低徊矣。歸校其詞，以授鍥氏，并記歲月。叔雍。

同日以傳鈔盋山藏本校之。珍重。

一二九　寓庵詞一卷

鄱陽葉蘭楚庭撰

蘭，字楚庭，别號醉翁，鄱陽人。隱居不仕。元末入明，至景泰中卒，年九十九歲。著《寓庵集》，其鄉後學史簡爲刊之，附詞一首。金陵盋山精舍藏其書，余獲讀而録之，以授梓焉。丙寅秋日，叔雍。

同日校傳鈔盋山集本。珍重。

一三〇　坦齋先生詞一卷

茶陵劉三吾坦甫撰

三吾，初名如孫，以字行，號坦甫，又號坦之翁。元末爲永平教諭，授靖江路儒學副提舉。洪武十八年，以薦授左贊善，陞翰林學士，授晋世子經。三十年，主會試，以多中南人，坐罪戍邊。建文初召還，永樂中卒。有《瓊署》《春坊》《北園》《知非》《化鶴》《正氣》等集，合爲《坦齋集》，詞一卷附。按《堯山堂外記》："三吾伯兄眻孫，元至順間守寧國，死之。季兄與孫爲南堂同知，亦仗節死於臺城。"三吾并有詩哭之，曰："黄甲題名前進士，白頭死節古宣州。高城留得萇弘在，故友應同李翽游。"其挽與孫者曰："桂嶺使還猶有信，杉關路斷竟無書。生前有恨臺城死，身後無家故國虚。"詩筆亦矯健可喜也。丙寅小冬，叔雍書。

同日校傳鈔盋山藏本。高梧。

一三一　周恭肅公詞一卷

吴江周用行之撰

用，字行之，號白川，吴江人。弘治十五年，登進士第，授行人。正德初，補禮科給事中，改南京兵科。出爲廣東參議，預平番禺盗有功。歷浙江、山東副使，擢福建按察使，改河南右布政使。

嘉靖八年，擢右副都御史巡撫南贛。召協理院事，歷吏部左、右侍郎，調南京刑部，就遷右都御史，工、刑二部尚書。九廟災，自陳致仕。久之，以工部尚書起督河道，改漕運。未行，召拜左都御史，加太子少保，進吏部尚書。卒贈太子太保，謚恭肅。有集十六卷，詩餘附，南北曲亦雜置其間，今汰去之，僅刻其詞。丙寅立冬日，叔雍。

同日校傳鈔盋山藏本。高梧軒。

一三二　詩餘圖譜二卷

曹縣萬惟檀子馨撰

惟檀，字子馨，曹縣人。由恩貢授直隸曲陽縣令，尋補湖廣保康縣。抵任三月，闖賊以數萬騎來攻，城陷被執，不屈死之。妻李氏同死。長子士爆并妻路氏、妾閻氏，抱幼女同赴水死。是時主僕男婦一門死節者凡十六人，嗚呼烈矣。所撰《圖譜》，概以己作旁譜而成之，取法南湖者也。詞非專詣，韵律猶多舛謬，獨以訂譜，亦復不思之甚。惟所作亦有疏秀處，而大節凛然，更不可没。斐雲宗兄得見萬曆元刻本於京師，亟以寄視，不忍聽其湮逸，因依式重雕，并考索其行誼，用爲之跋。

甲戌六月下澣，武進趙尊嶽。

丙子五月杪，以明刻本校一過。高梧。

一三三　秋佳軒詩餘十二卷

金陵易震吉月槎撰

震吉，字起也，號月槎，上元人。崇禎七年，登進士第，授刑部主事，陞郎中，出爲大名知府，歷嘉湖道、江西參政副使。有《秋佳軒詩餘》十二卷，明人作詞，此其篇帙最富者也。詞筆取徑稼軒一流，力求以疏秀取勝，雖不能至，猶較顰眉齲齒強增色澤者爲善矣。甲戌歲暮，校刊竣事，并爲之跋。武進趙尊嶽書。

丙子五月，以傳鈔盋山本校。赤邕。

一三四　省愆詞一卷

永嘉黄淮宗豫撰

淮，字宗豫，號介庵。舉洪武丁丑進士，授中書舍人。成祖即位，召對稱旨，被顧問。既直文淵閣，改翰林編修，進侍講，以争立太子事左遷。永樂五年，進右春坊大學士，漸與胡廣等輔導太孫。七年，帝北巡，命輔皇太子監國。後以帝歸，太子使迎少緩，詔獄罪淮等，繫十年。仁宗即位，始復官，尋擢通政使，武英殿大學士，進少保，户部尚書兼大學士。宣德元年，帝親征，命淮留守。明年疾，乞休，英宗立，再入朝。正統十四年六月卒，年八十三，謚文簡。淮歷相兩朝，有古大臣風，著《介庵集》《省愆集》《歸田稾》。其題“省愆”者，蓋繫獄所作也。《介庵集》凡十五卷，《四庫》著録，翰林院儲明刻本。遜學齋藏影明寫本。又《明史藝文志》《百川書志》《千頃堂書目》并著録《省愆詞》一卷。明刊集本則附詞二十四闋，蓋詞集固嘗以合行者矣。仁和丁氏舊藏《省愆集》，後歸盋山書藏，余飭胥録詞，僅得十闋。恐有脱落，惜無從得他本爲補足也。丁卯四月，叔雍。

丙子七月十六日，以傳鈔盋山集本校。赤邕。

一三五　巽隱詩餘一卷

桐鄉程本立原道撰

本立，字原道，崇德人（按：《善本書室藏書提要》作桐鄉人。）。洪武九年，舉明經，推秦王府引禮舍人，以母憂去。復改周王府禮官，從王入覲，坐累謫雲南馬龍他郎甸長官司吏目。建文初，以薦召入翰林，陞左僉都御史。靖難兵至，自經於應天府學（按：丁氏《提要》云：“出爲江西按察副使，適靖難兵已進京師，悲憤自盡。”）。有《巽隱集》四卷，詞附，因裁録之。乙卯四月，高梧軒。

同日以傳鈔盋山藏本校。未邕。

一三六　半江詞一卷

吴江趙寬栗夫撰

寬，字栗夫，吴江人，號半江。成化十七年，以會試第一登進士第，授刑部主事，官至廣東按察使。爲文雄渾秀整，卓然大家，行草亦清潤。有《半江集》傳世，詞附，并復雅令可誦。兹付梓人，用廣其傳播云。乙亥人日，高梧軒記。

同日以傳鈔盋山藏本校。未邕。

一三七　林見素詞一卷

莆田林俊待用撰

俊，成化進士，拜刑部主事，進員外郎。二十年，帝惑淫僧，尊爲法王，廷臣嘿不敢發。俊上疏諫，帝大怒，下詔獄考訊，罪幾不測。太監懷恩請曰："殺俊，且失天下人心，奴死不奉詔。"始得不死，謫姚州判官。弘治元年，擢雲南副使。五年，調湖廣。九年，引疾歸。十三年，起南京右僉都御史，以母憂歸。迨至正德四年，起撫湖廣，改四川。世宗即位，進工部尚書，改刑部尚書。二年，致仕卒。俊蓋直臣也，爲録其詞，并征其行誼。戊辰元月，叔雍記。

同日以盋山藏本傳鈔本校。高梧。

一三八　費文憲公詞一卷

鉛山費宏子充撰

費宏，字子充，成化中，以會試第一人登進士第，授修撰。正德中，累遷至户部尚書。時侍臣錢寧陰黨宸濠，欲交歡於宏，不可得，因以他事中傷之，宏遂乞休歸田。迨宸濠敗，言者争薦宏。迨世宗即位，起加少保，入輔政。宏持重識大體，明習國家故事。及楊廷和去位，遂爲首輔，委任甚至。後復爲張璁、桂萼所構，致仕。

及萼死，璁亦去位，帝追念宏，再起之。卒謚文獻。有《宸章集録》及遺集行世。《明史》自有傳。余曩歲薄游金陵，得就盋山書藏裁寫其詞，窮移晷之功，付諸剞氏，因并征其行誼爲跋。趙叔雍書。

同日以傳鈔盋山藏本校。珍重閣。

一三九　改亭詩餘一卷

昆山方鳳時鳴撰

時鳴，正德戊辰進士，與兄方鵬同榜，除行人，選監察御史，出爲廣西提學。著《改亭存稿》十卷、《續稿》六卷，詞在《續稿》中。仁和丁氏八千卷樓藏書，余得讀於金陵，爲輯存之。戊辰伏日，高梧軒。

同日以傳鈔盋山藏本校。赤雍。

一四〇　登州詞一卷

閩漳林唐臣元凱撰

唐臣，後名弼，龍溪人。至正八年進士，拜吏部主事。庚戌，奉使安南，事竣，安南王命中使夜携五百金密投弼榻，詰朝，使從官復餉五百金，他物稱是，弼率却不受。漸遷金城令，有爲奸者，誣以受賄，帝詔獄釋之。官至登州知府，以疾卒。弼工書，嘗與王太史廉論書，謂筆法須偏正兼備，乃臻妙境，近世趙孟頫側筆太多，故不能逃書家清議耳。著《登州集》，詞附，亦丁氏故物也。己巳四月，高梧軒書。

同日以傳鈔盋山藏本校。赤雍。

一四一　思玄詞一卷

海虞桑悦民懌撰

悦，成化舉人，簡柳州府通判，丁外艱歸，遂隱居不出。其人怪妄，輒以大言鳴於時。著《桑子庸言》及《思玄集》。《明史》

有傳，附見徐禎卿傳後。余在金陵盋山書藏讀其書，爲迻寫其詞，合之有明中葉諸家云。珍重閣記。

同日以盋山藏本傳鈔本校。朩雍。

一四二　顧文康公詞一卷

昆山顧鼎臣九和撰

顧鼎臣，字九和。弘治間，以第一人登進士第，授翰林院修撰，累遷至禮部右侍郎。世宗爲神仙術，内殿設齋醮。鼎臣進〔步虚詞〕七章，優詔褒答。明代詞臣，每以青詞結主知，蓋自此始。尋以禮部尚書兼文淵閣大學士，入參機務。時貴溪夏言當國，專擅朝政。鼎臣素性柔和，不能有所建白，備位而已。昆山舊治無城郭，鼎臣言於當事者，始修建之。後倭亂，遂得獲全。尋卒於官，謚文康。《明史》有傳。遺集中附小詞，有與桂洲酬和者，并存其元作，兹爲依式重梓之，亦以見匪躬之節，固非易語於常人也。乙亥新歲五日，珍重閣。

同日以傳鈔盋山藏本覆勘一過。雍。

一四三　何文簡公詞一卷

郴陽何孟春子元撰

子元，弘治進士，師事李東陽，學問該博。屢遷至右副都御史，巡撫雲南，討平米寨叛蠻。嘉靖初，任禮部侍郎。大禮議起，上疏力争之，又偕百官伏闕號泣，奉旨奪俸，調南京工部，遂引疾歸。卒謚文簡。著《疏議》《餘冬序録》《家語注》及《何燕泉詩》。《明史》有傳。二詞附見集中，爲裁刊之。甲戌九秋，叔雍記。

同日以傳鈔盋山藏本校。高梧。

一四四　東軒詞一卷

臨川聶大年壽卿撰

聶大年，字壽卿，臨川人。博學，工詩古文詞，書擅率更體，爲時人所珍秘。宣德末，薦授仁和教諭。母卒歸葬。哀感行路。里人列其母子賢行上之官，詔旌其門。景泰中，以修史征入翰林。卒。所著《東軒集》行於世，《補遺》一卷，中有賦八景詞，爲迻録之。甲戌五日，叔雍書。

同日以盋山藏本傳鈔本校定。高梧。

一四五　運甓詞一卷

廬陵李禎昌祺撰

禎，字昌祺，廬陵人，以字行。永樂進士，選翰林院庶吉士，預修《永樂大典》，僻書疑事，人多就質。歷廣西、河南左布政使，并多惠政。致仕二十餘年，屏迹不入公府，伏臘不充，敝廬僅蔽風雨。其品誼之高，可以想見。著《運甓集》，詞曲咸附集中，兹獨取其詞别行之。乙亥穀日，叔雍記。

丙子七月十七日，據傳鈔盋山藏本校。赤雍。

一四六　荷亭詩餘一卷

東陽盧格正夫撰

格，字正夫，東陽人。成化十七年，登進士第，除貴溪知縣，行取爲江西道監察御史。有《荷亭文集》十四卷，詩餘附，每多酬應之作，蓋幛詞也。戊辰仲秋，叔雍校記。

同日以傳鈔盋山藏本校。高梧。

一四七　方洲詩餘一卷

海鹽張寧靖之撰

靖之，海鹽人。景泰五年，登進士第，官至都給事中，出爲汀州知府。《眉公秘笈》謂其奉使朝鮮，著《奉使集》，未之見。遺著《方洲集》，詞附存，亦酬酢所作爲多。余前過金陵，得讀之，因録覆本付梓。戊辰重三日，叔雍。

同日以傳鈔金陵盋山藏本校。高梧。

一四八　峴泉詞一卷

貴溪張宇初子璿撰

宇初，字子璿，嗣漢四十二代天師正常之家冢子。五歲讀書，十行并下。嘗見西北金扉洞開。洪武十年，方髻丱，襲掌道教，應詔見奉天殿。永樂八年示疾，書誦而逝。有《峴泉集》二十卷，王仲縉序之。詩筆清利絶俗，詞亦道園之一流也。戊辰九月朔日，叔雍記。

同日以傳鈔盋山藏本覆校。高梧。

一四九　青溪詩餘一卷

錢塘倪岳舜咨撰

岳，字舜咨，上元人，謙子。天順八年，登進士第，改庶吉士，授編修。成化中，歷侍讀學士，直講東宫。二十二年，擢禮部右侍郎，仍直經筵。弘治初，改左侍郎，進尚書，加太子太保，任南京吏部尚書，改兵部，參贊機務。召還，爲吏部尚書。卒贈少保，謚文毅，有《清溪漫稿》二十四卷，詩餘附，僅一闋，爲梓存之。戊辰九日，高梧軒。

同日以傳鈔盋山藏本校。高梧。

一五〇　滄浪櫂歌一卷

天臺陶宗儀九成撰

右《滄浪櫂歌》一卷，附《陶南村集》中。南村名宗儀，字九成，黄岩人。元時舉進士，一不中，即弃去。古學無所不窺，工詩文。家貧，教授自給。洪武初，累征不就。晚年，有司聘爲教官。常客松江，躬親稼穡，暇則憩於樹陰，有所得，摘葉書之，貯一破盎。十年積盎十數，一日發而録之，得三十卷，名《輟耕録》，盛傳於世。其它《書史》《四書》《古刻叢編》之屬，纂述亦夥。《艫歌》則附於《南村詩集》以行者也。戊辰七月，高梧軒。

同日以傳鈔盋山藏本校。未邕。

一五一　解學士詩餘一卷

吉水解縉大紳撰

縉，字大紳，一字縉紳，吉水人。洪武二十六年，登進士第，授中書庶吉士，改御史。好直言，爲衆忌，上惜之，命侍父歸，進學十年。歸八年，太祖崩，入臨京師，坐違旨，謫河州衛吏。以薦召爲翰林待詔。成祖即位，擢侍讀，直文淵閣，預機務，陞侍讀學士、翰林學士，兼右春坊大學士。漢王高煦譖之，謫廣西布政司參議，改交阯，命督餉化州。永樂八年，高煦又陷以他事，征下獄。十三年，瘐死。成化元年，詔復官，贈朝議大夫。有《春雨齋集》十卷、《似羅隱集》二卷、《學士集》三十卷，詞則裁篇别出者也。戊辰小春日，高梧軒書。

同日以傳鈔盋山藏本校勘一過。未邕。

一五二　馬端肅公詞一卷

鈞陽馬文升負圖撰

文升，字負圖，晚號三峰居士，鈞州人。景泰二年，登進士第，授御史，歷按山西、湖廣，遷福建按察使。成化初，召爲南京大理卿，進左副都御史巡撫陝西，尋總制三邊軍務。入爲兵部右侍郎，轉左。汪直傾之，下詔獄，謫戍重慶衛。直敗，起左副都御史巡撫遼東，進右都御史總督漕運，陞兵部尚書，以譖調南京。孝宗即位，召拜左都御史，遷兵部尚書，轉吏部，屢加少師，兼太子太師。年八十五卒，贈太傅，謚端肅。嘉靖初，加贈左柱國、太師。有集，詞附。余得集本於金陵，遂付寫官，以廣其傳云。戊辰小春，叔雍。

同日以傳鈔盋山藏本校。高梧。

一五三　梓溪詞一卷

進賢舒芬國裳撰

芬，字國裳，號石灘，更字梓溪。世稱“忠孝狀元”，進賢人。十二歲，以郡守祝瀚薦補郡學生。正德十二年，以一甲第一名登進士第，授翰林修撰。疏諫南巡，受杖幾斃，謫福建市舶副提舉。世宗立，召復故官。嘉靖三年，議大禮，再杖奪俸，旋遭母喪歸。卒於家，年四十四。有集十卷，詞附，僅《送王陽明三首》耳，爲裁録之。戊辰長至日，高梧。

丙子七月十八日，以盋山藏本傳鈔覆校。珍重閣。

一五四　簡平子詩餘一卷

嘐城王道通晋卿撰

王道通，字晋卿，嘉定人，居羅店，爲邑諸生。負經濟才，遂不欲以文章自命，而文極古茂。居師沈賓之喪，衰麻三年，入其室，終身不敢正坐。居親喪，邑令謝三賓往訪之，道通辭焉，固請，乃不易服而見之。其篤行如此。遺著《簡平子集》，附詩餘九首。彊邨翁舊於友人案頭見之，親爲傳録見貽。越七年，爲鋟之木。墨瀋猶新，翁已謝世，中夜讎校，人琴之慟，固有不能自已者也。甲戌孟夏，趙尊岳識。

丙子七月十八日，以彊邨翁寫本校。尗邕手記。

一五五　芳芷栖詞二卷

錢塘高濂深甫撰

高濂，字深甫，號瑞南，萬曆間人。工樂府，尤以南曲馳名，所著《玉簪記》爲世所傳誦，被之弦管，雖元四大家無以過也。又著《遵生八箋》，志性嫻雅，所載多烟雲供養之事、營養調攝之功。文人結習，往往如此。又《雅尚齋詩》《芳芷栖詞》。兹得讀仁和丁氏八千卷樓藏本，爲重梓之。乙亥新歲六日，珍重閣雨窗識。

丙子七月十八日，以傳鈔丁藏本福校。尗邕。

一五六　江南春詞集一卷

無錫倪瓚元鎮撰

《江南春詞集》一卷，未見明寫本，蓋代有增作，未嘗匯爲專集，逮萬曆朱之蕃始合而書之也。原本展轉收藏，具見方跋，自方刻出而其書始盛傳於世。江陰金溎生丈又增輯《清閟閣集》及所載周詞、《聽秋聲館詞話》所載薛詞，合爲《附録》，并以清代陳其年以次四家爲《續附録》而重鋟之，輯入《粟香室叢書》。溎生丈囊以貽示，歡喜展讀。越二十年，余刻此詞，即用全本合二續録爲一卷，序跋率如舊。而丈墓木已拱，不及再見，山陽之感，爲可勝慨耶？癸酉歲不盡八日，尊嶽校識。

一五七　内臺詞一卷

浚川王廷相子衡撰

廷相，字子衡，儀封人。弘治進士，選翰林院庶吉士，授兵科給事中。因事忤中官劉瑾、廖鏜，遂爾屢黜屢起。嘉靖中，以右副都御史巡撫四川，討平茫部賊沙保，累遷至左都御史。廷相博學好議論，以經術著稱。卒謚肅敏，《明史》自有傳。其所著《内臺集》附詞至富，爲别行之。乙亥人日，高梧軒書。

一五八　穀庵詞一卷

嘉興姚綬公綬撰

綬，輔子，字公綬，號穀庵，又自號雲東逸史。天順間進士，簡監察御史。成化初，爲永寧郡守。迨解官，築室曰“丹邱”，嘯咏其中，一時人稱“丹邱先生”，蓋自擬於隱逸之流者。工詩畫，著《雲東集》，杭州西湖書藏有之。余疇昔買舥往游，獲睹斯帙，因摘而存之。扣舷放歌，中流容與，亦竊自比於雲東也。甲戌長至，高梧軒。

一五九　匏翁詞一卷

長洲吴寬原博撰

匏翁，長洲人，以文行有聲於諸生間。成化中，會試、廷試皆第一，授翰林院修撰。侍孝宗於東宫，每進講，閑雅詳明。迨孝宗即位，以舊學遷左庶子，預修《憲宗實録》。累遷掌詹事府，入東閣，典誥勑，進禮部尚書。卒謚文定。《明史》有傳。匏翁行履高潔，不爲激矯，而自守以正，不少阿附。於書無所不窺，作詩文雅有典則，兼工書法。詞亦窺見門徑，不同庸下，因爲栞存之。甲戌重九日，珍重閣。

一六〇　休庵詞一卷

南陵盛於斯此公撰

於斯，南陵人。先世有義聲，屋多藏書，十餘歲即能讀等身書，有聲邑里。明季鼎革之際，散金結客，不治生産，漸病盲。家居屏迹，壹意著述，成《毛詩名物考》《休庵雜鈔曆法》《輿地考》《群書考索》各如干卷，歿後俱不傳。大梁周櫟園爲經紀其喪，并梓其遺稿之僅存者，曰《休庵集》，前有佟國棟、甘文奎、陳周政及亮工所爲序，傳本亦極罕覯。南陵徐氏積學齋幸而得之，爲刊入《南陵先哲遺書》中，余蓋就《遺書》本裁篇授梓者也。乙亥重五日，珍重閣記。

一六一　樂府遺音一卷

錢塘瞿佑宗吉撰

右《樂府遺音》一卷，從明影鈔天順七年刊本傳録，大半皆塞垣所作。《四庫》附存有《存齋樂府》五卷，當爲别本，余未之見。按先生生於元至正七年丁亥七月十四日，詞中有“今朝初度，明日中元”之句。祖居薦橋街，少不得於親。年十四，有鄉人張彦復自福建檢校回，瞿翁款以鷄酒，先生歸自學舍，彦復指鷄命賦，應聲云：“宋宗窗下對談高，五德聲名五彩毛。自是范張情義重，割烹何必用牛刀。”彦復稱賞，寫桂以贈云：“瞿君有子早能詩，風采英英蘭玉姿。天上麒麟原有種，定應高折廣寒枝。”瞿翁遂構“傳桂堂”。洪武元年，先生二十二歲，凌彦翀、邱彦能、吴敬夫相與訂忘年交。楊廉夫訪之，出所作《香奩咏》以示，先生悉和之，廉夫嘆曰：“此瞿家千里駒也。”凌彦翀作〔梅柳争春〕，先生一日盡和之，凌亦驚嘆。長苦不第，築一室，自署曰“西泠草堂”。洪武十年，先生卅一歲，寄居外家，富子明氏有餘清樓，調寄〔摸魚兒〕，製“西湖十景詞”十闋，盛傳人口。此卷〔沁園春〕詞有“陳士謙爲余製吴山舊隱圖”，題云“烏龍潭畔，城隍祠後”，正其地也。以明經薦，筮仕於仁和、臨安、宜陽三邑庠。陞國子助教，復陞周府右長史，克勝輔導，故詞中自壽，有“四度儒宫設講，六載王門效職”之句。建文元年，五十三歲。越五載爲永樂改元，旋以詩禍，編管保安。太師英國張公延爲西賓，甚加禮貌，詞中有云“自罹罪譴，逾十寒暑”之語，按之先生貶謫，當在永樂五、六年間也。迨洪熙元年始釋歸，先生已七十九歲。著《歸山詩話》。府志稱復原職内閣辦事，他書無征。宣德八年，先生卒，壽八十有七，葬錢塘之甘溪。余集刊宋元明武林諸名家詞，擬以此卷入梓，因詳加詮次云。光緒丁亥二月十二日，爲亡婦陸氏三周忌辰，禮佛雲栖，鐙下漫識。丁丙。

曩嘗見《四庫提要》著録《存齋樂府》，嚮往求之不可得。漸在金陵盋山書藏，得見丁氏八千卷樓藏《樂府遺音》，差以自慰，命胥迻寫。按，佑學博才贍，洪武中爲臨安教諭，永樂間官周王府長史，以詩禍編管保安，洪熙中釋歸，復原職，内閣辦事，著述自娱。此卷塞外之作較夥，當爲北歸後所編也。戊辰重三日，高梧軒。

一六二　邃谷詞一卷

信陽戴冠仲鶡撰

仲鶡，正德進士，一作吉水人。爲户部主事，上疏極諫，貶廣東烏石驛丞。嘉靖初起官，歷山東提學副使，以清介聞。嘗從何景明學詩，著《邃谷集》，詞附，以和朱淑真《斷腸詞》者爲多。余見明刊集本，遂録其詞，以授鋟焉。戊辰七日，叔雍書。

一六三　憑幾詞一卷山中詞一卷浮湘詞一卷

蘇州顧璘華玉撰

華玉，蘇州人，寓居上元。弘治進士，授廣平知縣，仕至南京刑部尚書。少負才名，詩以風調取勝，與同里陳沂、王韋號“金陵三俊”。後寶應朱應登繼起，號“四大家”。虚己好士，如恐不及。歷官有才能，晚罷歸，構息園，大治居舍，以接賓客，客常滿。著《浮湘》《山中》《憑几》諸集及《息園詩文稿》《國寶新編》《近言》三書，合之爲《顧華玉集》。今分著其詞，而沿其舊名云。戊辰二月，叔雍書。

一六四　東洲詞一卷

維揚崔桐來鳳撰

東洲，正德進士，授編修。武宗議南巡，上疏力諫，致被廷杖。嘉靖中，晋禮部右侍郎，卒。著《東洲集》，詞附，多酬應之作。明人好幛詞致語，於此見之。戊辰重三日，珍重閣書。

一六五　石田詩餘一卷

長洲沈周啓南撰

沈周，恒吉子，字啓南，號石田，又號白石翁。博覽群書，文學《左氏》，詩擬白、蘇，字仿山谷，尤工於畫。與唐寅、文徵明、仇英并稱爲“明四大家”。爲人耿介獨立，年十一，游南都，作百韵詩上巡撫侍郎崔恭。比長，郡守欲以賢良薦，筮《易》得《遯》之九五，遂絶意隱遁。風神蕭散，如神仙中人。正德間卒，年八十有三，世稱“石田先生”。著《客座新聞》《石田集》《江南春詞》《石田詩鈔》《石田雜記》，此則出自集中。《江南春》和倪作以已別行，不更附此。戊辰六月，高梧軒書。

一六六　名山藏詞一卷

丹陽葛筠東之撰

葛筠，字東之，明季人。康熙乙卯舉於鄉，選長洲外翰。長於文學，與魏叔子、侯朝宗交厚，爲序其文集。遺著《名山藏》二十八卷，道光二十七年元孫華爲梓行之。余就金陵書藏檢得其詞，爲附於明季諸家之後云。甲戌四月既望，珍重閣書。

一六七　葵軒詞一卷

貴溪夏暘汝霖撰

右《葵軒詞》一卷，明夏暘撰。暘字汝霖，江西貴溪人，爲夏鼎從兄。鼎則言父。按之汝霖於公謹，爲伯叔行也。曾任府司獄，其事迹之可考者如此。甲戌仲春，海寧趙斐雲宗兄得傳鈔本，蓋猶明刻所孳乳，以之惠寄，廣吾所藏，稱快何似，亟以授梓，爲廣其傳。斐雲兼治南北曲，堅屬勿爲删乙，故并存之。是歲天中節，高梧軒書。

一六八　嘯餘譜二十五卷

歙縣程明善若水編

《嘯餘譜》，程明善撰。《四庫存目》著録之。明善字若水，歙縣人，天啓間監生。其書載詞曲之格式，以歌之源出於嘯，故以“嘯餘”名譜。凡十卷。首列《嘯旨》，又《律度》《樂府》，原題爲一卷。次《詩餘譜》，凡三卷，析之爲二十五卷，附宋致語。次《北曲譜》一卷，《中原音韵》及《務頭》一卷；次《南曲譜》三卷，《中州音韵》及《切韵》一卷。傳世者有萬曆元刊本及康熙間張漢重校本，余得藏其書。細檢詞譜，以天文地理、珍寶花木析類，已爲謬妄，又分二字題、三字題，則更涉怪誕。就中譜字之訛，不可勝數；平仄通假，一本己意，初不足語於詞律也。惟後附宋人致語，猶是大曲放隊之遺，爲後世所罕見。詞在天水一朝，家弦户誦，至元曲興而詞法墜。明善強爲之譜，自謂解人，殊不足數。迨有清一代，萬氏出而訂譜，戈氏出而辨韵，斯道爲之大尊，返觀斯篇，不禁失笑。惟是明人刱譜，流傳不多，大輅椎輪，亦足研討，因汰其致語，重爲梓行。至《蘭荃》佳什，倚聲名家，固不必引此相訂證也。《存目》斥之，誠哉其不足爲善本矣。乙亥鐙節，趙尊嶽跋。

丙子重昜後五日，鐙下依康熙刻本校。邕。

一六九　明詞綜十二卷

青浦王昶蘭泉纂

蘭泉司寇承金風亭長之後，輯《明詞綜》十二卷，蓋以亭長舊稿合諸平生所搜輯者，匯而梓之。所輯多出於《蘭皋館詞選》及《草堂新集》，兹二書傳本極尠，故世之言明詞者多宗司寇。余往年并得二者，且陸續付鋟，於是明詞選本漸爲治《金荃》者所共賞，不必取資於此。司寇存佚媚古之功，固不可没也。又選中諸家，余得其單行裁篇之本者，幾於什之五六，均登梨棗；假以歲月，或可更致如干種。兹編能爲之喤引，用供參訂，所以益余者實多，因爲重雕，并紀歲月。乙亥重五日，珍重閣。

丙子十二月廿六日據元栞本校。珍重閣。

一七〇　誠意伯詞一卷

青田劉基伯温撰

誠意伯劉文成公，開國功勛，仕履備著於《明史》。述作甚夥，詩古文詞咸有法度。有明三百餘年，刊本不一。余初得睹芝田令萬里續梓本於金陵，裁録其詞。漸又見麗水何鏜刊本，以相讎校，初無同異，惟〔阮郎歸〕“曉寒楊柳”以下十首，何本在〔渡江雲〕“晚晴池館”一首下，而萬里本則在卷末〔滿庭芳〕“積雨沉昏”後耳。比聞吾鄉陶蘭泉觀察湘得明初刻本，依樣付梓，不日斷手，當更圖假校，俾合成完璧也。癸酉四月，趙尊嶽書。

乙亥秋七月，陶本甫殺青，因得假校一過。其編次蓋與麗水本同，文字亦無同異。前有葉蕃序一篇。按之爲洪武十三年刊本，題《寫情集》，實爲劉詞之祖本。凡分四卷，自〔河傳〕“江上作”至〔怨王孫〕“翠被”一首，爲第一卷；〔謁金門〕至〔蝶戀花〕“春夢”一首，爲第二卷；〔摸魚兒〕“晚春”至〔清平樂〕“春風”一首，爲第三卷；〔錦堂春〕至〔滿庭芳〕“清明”，爲第四卷。不知麗水覆鋟，何以合四卷爲一篇。陶刻精整，幾可亂真，讎校之餘，并迻録葉序以冠兹刻，用存全豹。尊岳再記於宣武城南。夜鐙人静，漏下兩鼓，明河在天，斯景清絶，恰宜詞境，末易輕忘也。

丁丑三月，據何本、陶覆本重校。珍重閣。

一七一　類編箋釋國朝詩餘五卷

長洲錢允治功甫編、長洲陳仁錫明卿釋

允治，初名府，字功甫，長洲人。錢穀子，後以字行。生萬曆間，貧而好學，年至八十餘，隆冬病瘍，映日鈔書，至暮不止。没，無子，遺書類多散佚。有《少室先生集》及《國朝詩選》五卷，同邑陳仁錫爲合編《草堂詩餘選箋》行之。仁錫字明卿，天啓進士，授編修，典誥勑，以不肯撰魏忠賢鐵券文落職。崇禎初，召復原官，累遷南京國子監祭酒。卒謚文莊。生平講求經濟，喜著書，有《繫詞》《易經頌》《重訂古周禮》《四書考》《史品赤函》《古文奇賞》《蘇文奇賞》諸書行世，雖不免空疏之弊，亦所謂篤

學好事者矣。所箋《詩餘》，僅及飣餖，因爲删乙而重梓之。原書疏於校勘，兹略加讎讀，初不能盡正其魯亥。明人選明詞，本不多見，亦足珍閟也。乙亥冬至，武進趙尊嶽記。

丁丑三月十三日，據原刊本校并酌補數字。珍重閣。

一七二　古今詞彙二編四卷

仁和卓回方水輯選

方水，字休園，卓人月弟。性好柔翰，治詞章，不樂仕進，旅游閑暇，手鈔古今詞，與大梁周雪客諸君子參訂，爲《詞彙》三編，事詳所述緣起中。原書梓行於康熙間。前有陸階、嚴沆、金鎮、魯超諸序，又輯諸家詞話、毛稚黄詞韵各一卷，合而行之。原板傳世極罕，兼金不可得致。南陵徐氏積學齋獲藏其書，因就假讀，并手録覆本，存之篋中，忽忽已逾十稔。比者彙刻明詞，因取其二編別爲鋟木。明人選明詞者不多，嘗鼎亦庶足以快一臠耶。乙亥臘日，高梧軒校記。

丁丑穀日校讀一過。尗邕。

一七三　林下詞選四卷

吴江周銘勒山選

《林下詞選》十四卷，吴江周勒山銘選輯。勒山，康熙時人。劬學媚古，尤擅詞翰，嘗選其鄉先賢詞，曰《松陵絶妙詞選》；又古今名媛所製詞，曰《林下詞選》，謂爲有林下風也。選一至四卷爲宋詞，五卷元詞，六至九卷爲明詞，下此爲清詞。前有尤西堂、吴慊庵、趙子氏序，及勒山自題〔鶯啼序〕一闋。原板久毁，其書不易復得，而余獨得其完整者，藏之篋衍垂二十年。比輯刻明詞，獨少金閨玉臺之作，所藏《衆香集》董大理綬經又已爲刊行，則取次斯選，自六至九卷，爲一一重刊，別以補遺中明媛之作附麗其後，庶合諸明詞爲全璧，存此麗製於芸編云。甲戌秋望，珍重閣書。

丁丑穀日校原刊本。未邕。

一七四　陶學士詞一卷

當塗陶安主敬撰

右《陶學士詞》一卷，蓋自全集中裁篇別出者也。按主敬少從耆儒李習游，元至正初舉鄉試，授明道書院山長，避亂家居。太祖渡江，安與習率父老出迎，太祖與語，善之，留參幕府，授左司員外郎。洪武初，命知制誥，兼修國史，歷江西行省參知政事，卒。安尤長《易》學，筮驗若神。國初議禮，宋濂以外艱家居，率安爲裁定之。福王時追謚文憲。所著題《陶學士集》，余得之於金陵，因爲屬鍥者也。丙寅七月，叔雍。

丙子除夕，校盋山藏明刊本。高梧。

一七五　扣舷詞一卷

長洲高啓季迪撰

季迪博學工詩，家北郭，與王行輩十人卜居相近，號"北郭十友"。又以能詩，號"十才子"。張士誠據吴，名士雲集，季迪獨寓外家，在吴淞江之青邱，自號"青邱子"。洪武初，爲編修，與修《元史》，累官户部侍郎。自陳年少，不敢當重任，乃賜白金放還，授書自給。知府魏觀爲之移家入郡，旦夕延見，歡洽無比。後觀以改修府治獲譴，帝見其所作《上梁文》，怒之，腰斬於市，年甫三十有九。所著《大全集》《鳧藻集》。余則以文瑞樓刊本摘録其詞者也。戊辰二月，高梧軒。

丁丑元日校《四部叢刊》本。未邕。

一七六　眉庵詞一卷

姑蘇楊基孟載撰

孟載，字眉庵，九歲能背誦六經。及長，著書十餘萬言，名曰

《論鑒》。嘗於楊維楨座上賦《鐵笛歌》，維楨驚喜。與高啓、張羽、徐賁，號“四杰”。兼工書畫。洪武初，官至山西按察使。著《眉庵集》，詞即附載集中。余得其集於杭州，遂録其詞焉。戊辰八月，叔雍。

丁丑元日，校傳鈔西泠書藏本。高梧。

一七七　道山詞一卷

浦江鄭棠叔美撰

叔美，濂從子，受學於宋濂，有文行。永樂中，官至翰林檢討。著《金史評》《道山集》。浦城鄭氏有世德，其祖文嗣十世同居，凡二百四十餘年，一錢尺帛不敢私。元至大間旌表其閭，世稱“義門”者也。乙巳元月，叔雍。

同日校傳鈔西泠書藏本。高梧。

一七八　九霞山人詞一卷

句吴顧起綸玄緯撰

顧玄緯，起元弟，字更生，別號元言。從父可學挈之京師，代爲祝釐應制之文，多稱帝意。以國學生累官鬱林州同知，致仕。玄緯豪於文酒，善書法。其昆季於嘉靖間，以校輯《王右丞詩》《會真記》等書名於世，顧其所著《九霞山人集》獨罕傳。今年盛暑，觀書於四明范氏天一閣，《山人集》赫然在焉，然前後蟲傷殘破，不忍觸手。卷一後附詞三闋，幸未損字，亟命胥録於閣中，以貽我叔雍詞長，刊入明人詞輯中，備一格焉。宗弟萬里記。

同日校趙斐雲傳鈔本。朩邕。

一七九　西村詞一卷

海鹽朱樸元素撰

元素，正、嘉間人。工詩，隱居西村不仕，詩集即以“西村”

名，多與文衡山唱酬之作。余初得之於浙江西湖書藏，僅詞二首，而〔念奴嬌〕猶有闕文，蓋集本遺脱，恨非全豹。既而張菊生先生乃以補詞三首見示，因并彙刊之。癸酉仲冬，叔雍。

同日校傳鈔本。高梧。

一八〇　箬溪詞一卷

長興顧應祥惟賢撰

應祥，弘治進士，授饒州府推官。桃源洞寇亂，掠樂平令去，應祥單身詣賊壘出之，賊亦解。歷廣東僉事，擒剿海寇雷振等，半歲三捷。累遷刑部尚書，奏定律例。時嚴嵩專横特甚，應祥以耆舊自處，嵩不悦，以原官改南京，致仕歸卒。著《惜陰録》《人代紀要》《尚書纂言》《歸田詩選》《南詔事略》等書。又精算術，著作亦夥。應祥嘗受業王守仁，因復作《傳習録疑》《龍溪致知議略》諸書，詞在《歸田詩選》中，兹輯出單行之。癸酉臘日，叔雍。

同日校傳鈔北海集本。高梧。

一八一　飢豹詞一卷

豐城李萬年維衡撰

萬年，字維衡，號茫湖，江西豐城人。弘治時官至刑部尚書郎。遺集八卷，題《飢豹存稿》。卷八詞調三十八首，僅此一首爲詞，餘皆南北曲也。過拍“青蛇壯氣”不協律調，姑以存之，備明詞家數云。癸酉仲春，圭璋社兄自金陵寄示，爲識其崖略。是年仲秋，珍重閣書。

同日校傳鈔本。未邕。

一八二　觀槿長短句一卷

寶應吴敏道日南撰

敏道，號南莘，又號射陽畸人。以孝名鄉黨間，不樂仕進，以布衣終老。隆慶庚午，自刊其集，名《觀槿稿》，凡詩賦六卷，長短句殿焉。兹爲輯録，俾叔雍兄校刊明人詞集之一助。癸酉長至，海寧趙萬里記。

同日校傳鈔本。赤邕。

一八三　西村詞一卷

松陵史鑒明古撰

明古，弘治己未進士。於書無所不讀，尤長史學。家居水竹秀茂，亭館相通。客至，陳三代秦漢器物及唐宋以來書畫名品，相與鑒賞。好著古衣冠，曳履揮麈，望之者如神仙居，人稱“西村先生”。著《西村集》。朱竹垞《静志居詩話》謂其撰曾祖墓志，僅稱權推爲稅長，質實不華，非同後世之冒濫，足知其文行。此蓋自明刊本迻録者也。戊辰八月，叔雍。

丙子元月四日，校傳鈔盋山書藏明刊本。赤雍。（丁丑誤作丙子，有年光倒流之夷。）

一八四　清江詞一卷

崇德貝瓊廷琚撰

瓊，一名闕，字廷琚，又號廷臣。元末領鄉薦，遭亂退居殳山。博覽經史，尤長於詩。洪武初，征修《元史》，除國子監助教，與張美和、聶鏝齊名，時稱“成均三助”。著《清江集》，附詞。余初得寫本於金陵，既以《四部叢刊》景明初刊本校之，以附槧焉。戊辰二月，叔雍。

同日校明景刊本。高梧。

一八五　半軒詞一卷

長洲王行止仲撰

止仲，自號澮如居士，又號半軒，亦號楮園。淹貫經史百家言，富人沈萬三延之家塾，每文成，酬以白金，行輒麾去。洪武初，延爲學校師。已而謝去，隱於石湖。其二子役於京，行往視之。凉國公藍玉館於家，數薦之。後玉被殺，行父子亦坐死。行善潑墨山水，著《二王法書辨》《半軒集》，詞附。兹爲别行，以廣其傳云。戊辰四月，叔雍。

一八六　瀼溪草堂詞一卷

華亭孫承恩貞父撰

貞父，正德進士，歷官禮部尚書，兼掌詹事府。時齋宫設醮，獨不肯黄冠，遂乞致仕。卒謚文簡。貞父篤學，博稽宏覽，爲文深厚爾雅。著《瀼溪草堂稿》，余得讀於西湖書藏，因録副本，并紀其仕履。己巳四月，高梧軒。

同日校傳鈔本。朩雍。

一八七　偲庵詞一卷

建安楊旦晋叔撰

晋叔，太師楊榮曾孫。弘治進士，歷官太常卿。以忤劉瑾，謫知温州，治績最著。瑾誅，累擢至南京吏部尚書，轉北京吏部尚書，漸以事爲陳洸所劾，致仕。事迹俱附載《明史·楊榮傳》中。所著《偲庵文集》十卷，有旦自序，其少子褱又爲增輯梓行。詩多題識贈遺之作、和平忠愛之音。帳詞附詩後，兹汰其駢序而存其詞焉。癸酉十一月，高梧軒書。

同日校傳鈔西泠書藏本。朩雍。

一八八　全庵詩餘一卷

錢塘胡文焕全庵撰

文焕，字德甫，號全庵，一號抱琴居士。文詞曲無所不通，於萬曆中設文會堂於虎林，廣刊四部典籍，并手輯《琴譜》《古器具名》《詩家匯選》諸書，又以雜著數十種合梓行世，所謂《格致叢書》者是也。此從所編《游覽粹編》中輯出，以備明詞之一家。何當得其全璧，用行於世，庶與南宋陳道人後先踵美與。癸酉長至，趙萬里識。

同日校北海書藏本。汞邕。

一八九　松籌堂詞一卷

吴縣楊循吉君謙撰

循吉，字君謙。成化進士，授禮部主事。善病，好讀書，致仕歸，年甫三十有一。結廬支硎山下。惟性狷隘，好論人短長。武宗駐蹕南都，召賦《打虎曲》稱旨，易武人裝侍御前。善爲樂府小令，帝以優俳畜之。循吉以爲耻，辭歸。晚歲益落寞，堅癖自好，卒時年八十九。著《松籌堂集》。北海書藏得原刊本，斐雲宗兄過録見惠，因輯入明詞别集云。癸酉長至日，叔雍。

丁丑五日，校傳鈔明刊本。高梧。

一九〇　黎陽王太傅詩集一卷

浚縣王越昌世撰

越，字昌世，浚縣人。景泰進士，漸官至兵部尚書，以功封威寧伯。事誼具見國史本傳。集稱王太傅者，蓋贈官也。今年仲夏，得正德刊本於海上，乃四明范氏天一閣故物。中附詩餘十五首，亟録出以貽叔雍宗兄，聊備明詞一格焉。癸酉八月，海寧趙萬里記。

同日校傳鈔天一閣藏本。汞邕。

一九一　枝山先生詞一卷

長洲祝允明希哲撰

允明，字希哲，號枝山，又號枝指生，長洲人。弘治五年舉人，授興寧令，遷應天通判，謝病歸。有《褱星堂集》三十卷，案《静志居詩話》，有《祝氏集略》，又有《金縷》《醉紅》《窺簾》《暢哉》《擲果》《拂弦》《玉期》等集。今存殘本四卷，詞附見集中。余得讀於江寧盋山書藏，因飭胥録副，重付剞氏。迨刻成，又得斐雲宗兄函，謂北海書藏有嘉靖甲辰謝雍手鈔《枝山集》，可以互校，遂復寄勘正，此書庶可爲善本矣。癸酉臘月，珍重閣。

同日合校兩本。尗邕。

一九二　閬風館詩餘一卷

馮詡馬樸敦若撰

樸，字敦若，同州人。萬曆四年舉人，官至雲南按察使，彌有循聲。著述繁富，《閬風館全集》凡六十二卷，詩賦古文無不畢具。卷二十一、二爲詞，而〔黄鶯兒〕〔玉芙蓉〕〔清江引〕等南北小令并廁其間，則編者未暇細爲類例也。原書藏北海書藏。乙亥伏日，逭暑都城，得加披録，因合之爲一卷，以付傳梓云。高梧并記。

丙子臈月下澣，校北海藏本。尗雍。

一九三　蒲山漁唱一卷

蒲圻魏觀杞山撰

觀，蒲圻人。元末隱居蒲山，明太祖起兵下武昌，聘授平江學正。洪武初，建大本堂，奉命侍太子説書，授諸王經歷，累遷至祭酒。廷臣交章薦其才，出知蘇州府，親賢任能，彌著惠政。後以遷治事被譖，伏誅。高啓亦罹大辟。帝尋悔之，命致祭歸葬。遺集題《蒲山漁唱》。余在京師得見成化刊本，三詞并在集中，爲迻録之。乙亥仲春，叔雍書。

同日校北海書藏成化刊本。高梧。

一九四　來復齋詞一卷

吉州劉鐸洞初撰

劉鐸，字我以，别號洞初，安城南里三舍人。父鳴岐，虔奉關侯像而生鐸，骨相神異，宛肖關西。幼穎悟，受知胡瞻明。入邑庠，而困於諸生者十年，擔石無儲，豪氣横逸。萬曆丙午，舉於鄉。越十年丙辰，成進士。殿試本擬拔第一，以小故抑之。初任刑部主事，又奉使隴右。歸來，重入秋曹，因欲平反内臣陳正己殺商人李朝事，大忤魏璫。璫畏其才，屬人求草書，意以諷之。不少顧，遂出之。守揚州，有治聲。璫益銜之，授意田爾耕以詩語訕謗，緹逮之，官民爲之遮道。已而朝審得釋，乃復原職，竟不詣璫一謝。於是又以戚畹李承恩獄逮繫，亦竟不屈。璫復陷以巫蠱事，屬薛貞鍛煉成獄，加以慘酷。鐸被刑，徑斥璫逆，終赴西市。宜人蕭氏及七歲幼女欲從死，鐸止之。臨刑，賦絶命詩：“大限年來五十三，翻身跳出是非闌。魂魄先從三島去，詩書率付六丁擔。無棺任憑魚腹葬，有首徒教野狗銜。龍逢比干歸泉下，此去相逢面不慚。”又作别妻女詩數章。迨莊烈嗣位，始旌葬之。蕭宜人扶櫬以還。子一：兆幟；女淑，適同里王石鯨巡撫次男藹。藹矢死撫孤。迨寇至陷吉城，脱珥以餉義師，士民爲之感泣。遺著詩文多散逸，淑爲輯刊之，又請於其同年瞿式耜爲銘其墓，内侄蕭琦爲序其書，而自繫以跋，集凡十卷，詩賦古文，粲然俱備。詞在五卷中，玆爲裁篇别行，亦以作正氣於海岳之際、陽九之秋也。乙亥伏日大暑，武進趙尊嶽記。

同日校原刊本。赤雍。

一九五　種蓮詩餘一卷

遼藩朱憲㸅□□撰

憲㸅，遼王植六世孫。植爲太祖第十五子，封遼王，國於廣寧，旋改荆州者也。憲㸅於嘉靖中襲王爵，以篤奉道教，爲世宗所寵信，賜號“清微忠教真人”。敏慧絶世，而行多縱佚。隆慶初，坐罪降爲庶人，國除。著《味秘草堂集》《種蓮歲稿》傳世。八詞散見《種蓮集》中，爲别存之。乙亥仲春，浚儀趙尊嶽。

同日校北海藏本。高梧。

一九六　履庵詩餘一卷

宜興萬士和思節撰

士和，字思節，號履庵，嘉靖進士。隆慶中，以禮部左侍郎引疾歸。萬曆初，起爲禮部尚書。條上崇儉數事，又以菑祲屢見，奏乞杜幸門、容戇直、汰冗員、抑干請，多犯時忌。卒忤張居正，謝病以去。居正殁，起爲南禮部尚書，不赴。卒謚文恭。有《履庵集》。詞非所工，而恬澹後雅，猶存風骨，爲付梓人，并記歲月。乙亥仲春，高梧軒。

同日校傳鈔北海藏本。尗邕。

一九七　世經堂詞一卷

華亭徐階子升撰

階，字子升，嘉靖進士，歷禮部尚書，東閣大學士。時嚴嵩爲首輔，深嫉之。階才智足以見馭，嵩不能圖。嘗密疏仇鸞罪狀，鸞坐得罪。外事嵩甚謹，内深自結於帝，卒逐嵩，盡反其行事。屏絶苞苴，收名人望，優假言官，稗政多所匡救。後爲高拱所扼，致仕歸。卒謚文貞。有《世經堂集》《少湖文集》行世。詞多酬應之作，同在集中，兹特爲裁篇，以合之隆萬諸家云。乙亥仲春，叔雍。

同日校傳鈔北海藏本。高梧。

一九八　處實堂詞一卷

長洲張鳳翼伯起撰

鳳翼，嘉靖間舉人。工文學，尤長於南北曲，所著《紅拂記》

等傳奇，被之弦管，有聲於時，又有《處實堂集》《占夢類考》《文選纂注》《海内名家工畫能事》諸書，均盛行於世。《四庫》并著録其集。詞八首，在第四卷中，爲裁存之。乙亥仲春，珍重閣書。

同日校傳鈔北海藏本。未雍。

一九九　吹劍詩餘一卷

洧上范守己介儒撰

守己，字介儒，萬曆間進士，官至按察使司僉事。有《肅皇外史》《御龍子集》《郢堊集》《吹劍草》諸書，《四庫》著録。《郢堊集》中附樂府，渴欲求得，卒不易致，而京師書藏藏目有《吹劍集》。乙亥仲春，養痾北行，客豫邸者經月，抽暇往讀，於卷二十中得五詞。嘗鼎一臠，聊副宿懷，亟爲輯録，以廣余明詞之囿。叔雍校餘并記。

同日校傳鈔北海傳藏本。未邕。

二〇〇　薇垣詩餘一卷

山陰王濬初啓哲撰

濬初，字啓哲，山陰人，隸大同府。萬曆乙酉舉人，旋官内閣。著《薇垣小草》，傳本不多見。乙亥仲春，病客宣南，就北海書藏得讀一過，爲輯存之。叔雍。

同日校傳鈔北海藏本。未邕。

二〇一　瑞峰詩餘一卷

漳浦盧維楨司典撰

維楨，隆慶戊辰進士，由吏部主事，歷考功、文選郎中。擢進孤寒，品藻精密。旋擢光禄寺卿，具疏議歲派上供改折，及良醖、珍羞二署弊端，上嘉納之。累遷至工部右侍郎，代總督倉場事。以忤當道，上疏致仕。策蹇出都門，年始艾也。與朱天球結社梁山之麓。卒贈户部尚書，賜祭葬。有《醒後集》傳世。按黄虞稷《千頃堂書目》，載盧維楨《瑞峰集》六卷，實即《醒後集》，集五卷，續一卷，故云六卷。維楨號瑞峰，又號水竹居士。《醒後集》題水竹居士而不著姓氏。既考集中奏疏題名及《漳州府志》，始得舉其行誼。斐雲宗兄就北海藏本録詞見視，爲刊存之。乙亥仲春，尊嶽跋記。

同日校傳鈔北海藏本。赤邕。

二〇二　簡齋詩餘一卷

曲周劉榮嗣敬仲撰

榮嗣，字敬仲。萬曆丙辰進士，授户部主事。管銀庫，矯發金華銀濟邊，雖獲罪不恤。累遷至工部尚書，總督河道。挽黄治洳，備極勞瘁。爲忌者所中，逮繫卒，士論惜之。性孝友，好賓客，詩文書畫皆卓然名家。有《簡齋集》行世，詞則附載集中卷十一者也。乙亥仲春，叔雍記。

同日校傳鈔北海藏本。高梧。

二〇三　師竹堂詞一卷

信陽王祖嫡胤昌撰

祖嫡，字胤昌。父詔，官信陽指揮僉事，因詿誤，鐫世秩。祖嫡以胄子舉於鄉，上書闕下，白父冤，得復故爵。隆慶辛未成進士，改庶吉士。吕文簡公謂有忠孝大節，雅愛重之。時同官有毆斥掾屬者，江陵當國，手札欲加窮治，祖嫡獨前進奮言，其事遂解。授檢討，垂十年，丁内艱歸。廬墓側起，遷國子司業，上疏請釐正革除間事，得旨俞允，時論偉之。旋預修玉牒，上賜四品大紅羅衣一襲。又撰《明因寺碑》，中有"塗膏釁血"語，微以示諷，偶達慈寧宫，恩賚甚厚。擢宫庶，以妻喪請告歸。維風正俗，里社士習爲之丕變。晚習禪誦，屬纊之日，神氣翛然。著《師竹堂集》，詞附，蓋所以爲輔弼啓沃之資，語詳小序中，亦詞苑所罕見者也。乙亥仲春，北游京師，得見《三怡堂叢書》本，迻録一過，斐雲宗兄復以雍正間其裔孫兑之手鈔本校正數字，爲付剞人。高梧跋記。

同日校北海藏本傳鈔本。赤邕。

二〇四　雲松近體樂府一卷

鄞魏偁達卿撰

魏偁，鄞人。官至石城訓導。著《雲松詩略》八卷，翰林院庶吉士，泰和歐陽鵬爲之評點，蓋明人刻書標榜之陋習也。書爲弘治原刊本，舊藏天一閣，其卷七載詞十二首，爲裁録之。乙亥八月既望，高梧軒。

同日校北海藏本。赤邕。

二〇五　青金詞一卷

金壇史遷良臣撰

遷，字良臣，一號清齋，金陵人。元季隱居，以教授自給。洪武初，累征始起，爲蒲城令，陞忻州守，後改廉州，所在有治績。著《青金集》八卷，原書刊於成化間，傳世甚罕。四明盧氏抱經樓藏傳鈔本，此則就鈔本乙録者也。乙亥八月，叔雍記。

同日據北海書藏藏抱經樓本校。赤邕。

二〇六　雁蕩山樵詞一卷

樂清章玄應順德撰

玄應，字順德，樂清人。其先爲吴姓，恭毅公綸長子，從宦留都中鄉試。以言者論其大臣子有嫌，復還爲邑諸生。試浙省，復中式，繼成進士，任南京禮、工二科給事中。慷慨敢言，有父風。孝廟初，常陳五事，又悉按劾中貴之招權亂政者，累官廣東布政使。所著有《曼亭稿》。弟玄會，應天通判。子九儀、九仁，咸有雋才。九仁子朝鳳，登進士第。玄應之孫朝鳳，疏復吴姓。《雁蕩山樵集》則爲嘉靖中朝鳳官閩中時所刊，故均題吴玄應也。詞在第十五卷中。《曼亭稿》未之前見，此則北海書藏有刊本，余遂得展轉假録，并志其行誼於右。丙子歲朝，珍重閣。

丙子臘月廿七，校京師書藏明刊本。高梧。

二〇七　紋山先生詩餘一卷

永安羅明祖宣明撰

明祖，字宣明，福建永安人。天啓辛未進士，歷官華亭、繁昌、襄陽令。尤精於律算青鳥、渾天格物之學，迭上平寇議於總督楊嗣昌，頗忤時俗。卒時年四十四，友人寧化李世熊爲之傳。著《紋山先生集》三十卷，詞在卷九中，雖律調乖誤，而其人忠勇奮發，亦在可傳之列也。丙子初春，珍重閣書。

同日校京師書藏本。尗邕。

二〇八　醒園詩餘一卷

河東李嵩醒園撰

嵩，平陽滎河人。萬曆三十二年進士，累官至監察御史。著《醒園文略》二十卷、《雜咏》一卷、《疏草》一卷，亦一時敢言之士也。詞在《文略》卷五中，爲别存之。丙子人日，高梧軒。

同日校京師書藏明刊本。尗邕。

二〇九　百川先生長短句一卷

常熟孫樓子虚撰

樓，字子虚，常熟人。嘉靖丙午舉人，官湖州府推官，改漢中，致仕歸。性好書，杜門讎校，晝夜不輟，所藏逾萬卷。著《百川集》《麗詞百韵》，《四庫存目》著録及之。《麗詞》未及見，《百川集》卷十二爲長短句，因輯存之。丙子四月，高梧識於京師旅邸。

同日校京師書藏明刊本。赤邕。

二一〇　群玉樓詩餘一卷

甌寧李默時言撰

默，字時言，甌寧人。正德辛巳進士，官至吏部尚書兼翰林學士。爲趙文華誣陷，下詔獄瘐死。萬曆中追謚文愍，《明史》有傳。此蓋從明刻《群玉樓集》《困亨别稿》輯録者，前二首見集本卷六，後二首見《别稿》卷一也。丙子四月，京師旅邸雨窗校記，趙尊嶽。

同日校京師書藏藏本。赤邕。

二一一　誠齋詞一卷

周藩朱有燉□□撰

有燉，周定王長子，高皇帝孫。洪熙元年襲位，景泰三年卒。史稱其博學善書。著《誠齋録》四卷、《雜録》如干卷。又長南北曲，其雜劇三十一本盛傳於世，論者以爲有明曲學之盛，實出藩封振導之力。詞附載《誠齋集》卷四，因爲裁篇别出云。丙子展上巳日，高梧。

同日校京師書藏明刊本。高梧。

二一二　古庵先生詞一卷

武進毛憲式之撰

憲，字式之，别號古庵，武進人。正德進士，官給事中。時内侍擅權，國事日壞，憲疏大臣怙勢爲奸利者數人，内外肅然。武宗儲嗣未建，舉朝諱不敢發，憲疏請不報，謝病以歸。憲生平敦行誼，矜名節，學者稱“古庵先生”。著《古庵文集》《諫垣奏草》，詞亦雅潔駘蕩。吾鄉於有清一代以詞開派學者，彌不宗臯文、翰風兩先生，謂詞體之尊、詞義之博，惟兩先生實昌其端緒，庸詎知三百載前古庵先生已肇椎輪大輅之始乎？寒夜勘讀，爲并紀其仕履。丙子元日，邑後學趙尊嶽謹跋。

同日校京師書藏藏本。珍重閣。

二一三　堇山詩餘一卷

鄞李堂時升撰

堂，字時升，號堇山。八歲日記數千言，屬對敏給，甫成童，廪於郡庠。登成化丁未進士，授工部主事，監税蕪湖。時中官宋昂怙巨璫李廣勢，恣横阻，堂爲力禁，歷陞營繕、屯田二司，多所興革。適清寧宫灾，以郎中承敕督建，首請發内帑，免征天下，以蘇民困，答天戒。修復之際，又多省抑。時提督英國公張懋、兵部尚書馬文升、工部尚書徐貫等既聯章具保，陞京職二級，堂三疏辭免。明年，敕建禮部，興修闕里，費皆取諸夙羨，民用不擾。又沮兵部之請，罷築京師外城，停南京内府不急工役。凡所具奏，皆主厚培民力，切中時弊。旋陞應天府丞、南京光禄卿，改僉都御史提督操江，陞工部右侍郎。汴、徐河患告急，敕兼左僉都御史總理修築，而鎮守河南太監廖紀以堂嚴於提遏，忮恚媒孽，遂謝病歸。閉門纂述，多崇正學。著《堇山文集》，詞附見，爲裁存之。丙子季春，趙尊嶽記。

同日校京師書藏藏本。高梧。

二一四　四留堂詞一卷

南海盧龍雲少從撰

龍雲，萬曆癸未進士，補邯鄲令，治行爲諸郡邑最。復補長樂，以忤權要，左遷江西藩幕，轉雲南大理寺副，晋户部員外郎，陞貴州參議，卒於官。其治苗夷，尤得撫循之道。著《四留堂集》《尚論全篇》《易經補篆》《談詩類要》諸書，詞則在集本卷十七，迻録校梓也。丙子春夜，叔雍。

丙子小除夕，據北平圖書館傳鈔本校。高梧。

二一五　洗心亭詩餘一卷

平凉趙時春景仁撰

時春，字景仁，號浚谷。嘉靖會試第一，選庶吉士，歷兵部主事。以言事切直，黜爲民。久之，授翰林編修，復以言事黜。京師被寇，起官擢御史，巡撫山西。思以武功自奮，旋遇寇於廣武，一戰而敗，時將帥多避寇退去，功雖不就，天下壯之。尋被論解官歸。平生讀書強記，文章豪肆，詩亦伉俍自喜。詞曲合爲《洗心詩餘》一卷，門人周鑒爲之序，男守嚴於隆慶間刊行之。余得其原刊本，因輯次其詞，别爲鋟木，以彰吾宗之典雅。惜有闕葉，無自校補也。丙子灌佛日，尊嶽跋記。

丙子小除夕，據明刊本校。赤邕。

二一六　白房詞一卷

永州朱衮子文撰

《白房詞》，明朱衮撰。衮字子文，湖廣永州人。弘治十五年壬戌科進士，選翰林庶吉士，拜監察御史。以忤劉瑾，謫縣丞。瑾敗，起擢南禮部郎中，出補雲南參議，轉按察副使，進参政。《明史》無傳，事迹具詳過庭訓《分省人物考》。俞憲《皇朝進士登科考》卷九，亦載衮登康海三甲進士，湖廣永州衛籍，直隸長洲縣人。衮蓋江南人而著籍湖廣者，與黄虞稷《千頃堂書目》所載著有《三峰文集》諸書之上虞朱衮字朝章者，當别爲一人。衮在弘、嘉朝，以能爲柳州文見稱於時。過庭訓謂其文飆回雲結，崒嵂崎巇，其所蘊蓄，人莫能測其涯涘。餘事爲詞，亦復自鳴天籟，不爲空綺，奇思壯采，比之陳聲伯、王子衡輩，殆如驂靳，是蓋能以古文行氣之法通於聲學者。詞凡七闋，從吴興劉氏嘉業堂所藏正德刊本《白房集》中録出。叔雍嗜搜明詞，因迻寫付梓。發潛闡幽，同聲冥契，爰爲考其大略如此，并以補王昶《明詞録》之漏列云。丙子夏，匑厂黄孝紓識於墨謔廎。

同日據鎦氏藏本校。高梧。

二一七　徐卓晤歌一卷

杭州徐士俊野君、卓人月蕊淵撰

徐士俊，原名翽，字三有，號野君，明季仁和人。工文翰，尤長樂府，庶與王、關、馬、鄭相抗手，所著《絡水絲》等劇本盛行於時。卓人月，字珂月。别有《蕊庵詞》一卷，已爲授梓。《晤歌》蓋二人賡唱迭和之作，附刊於《詩餘廣選》之後者也。《廣選》凡十六卷，輯自唐五代，迄於明季，一一加以箋評，裒然巨帙，初不甚精。明季選家所好如此，收名有餘，定價不足，無可爲諱。歲在丙子天中節，迻録授梓，并爲跋記。珍重閣。

丁丑三月十五日，據原刊本校。高梧。

二一八　蕊淵詞一卷

仁和卓人月珂月撰

人月，字珂月，明季仁和人。性耽琴書，好文詞，浪迹江湖間，蓋眉公一流也。著《蕊庵集》《詩餘廣選》《晤歌》，拈聲訂韵，無間晨夕。《蕊庵集》卷十二爲詞，即兹刻之祖本。《晤歌》與徐士俊相酬唱，亦待授梓。《詩餘廣選》則輯録唐宋以來詞凡十六卷，裒然巨制，以所收明人之作無幾，故未爲鋟木。王言遠稱其詞有意出新，獨開生面，但於宋人藴藉處不無快意欲盡之病，信非虚語也。乙亥孟夏，高梧并記。

丁丑季春十一日，校北海書藏全集傳鈔本。雍。

二一九　艷雪篇一卷

震澤葛一龍震甫撰

一龍，字震甫，吴縣人。崇禎間，由貢生選授雲南布政司理問。有《尺木齋》《艷雪篇》諸集，竹垞謂讀之未免有楓落吴江之憾，蓋微詞也。此從明刊集本中迻寫，題鑒湖蔣埏植之校。前有吴江周永年序，兹并存之。乙亥四月下澣，叔雍書。

同日校傳鈔北海藏集本。珍重閣。

二二〇　丹峰詞一卷

上虞徐子熙世昭撰

世昭，上虞人。弘治辛酉鄉試第三，乙丑成進士，授兵部職方司主事，區畫有方。正德戊辰，充會試同考官，再典武舉，咸慶得人。陞武庫司員外郎，應制直文華殿，晋光禄少卿，乞詞翰者無虚日。世昭淹貫經史百家，下筆語高意古，不落時格，或勸其少爲貶損者，益篤志好古。襟懷磊落，不拘小節，論議若懸河，下筆千言，尤善草書。事繼母至孝，處昆季間不私一錢，臨終惟諄諄以孝友訓諸子。著《貽穀堂集》，余所見者，爲其孫南京工部主事啓東萬曆間所校刻之《丹峰先生文集》，當爲其私謚也。詞雖不工，饒有逸趣，爲録存之。乙亥孟夏，高梧軒書。

同日校傳鈔北海本。朩邕。

二二一　平山詞一卷

上虞徐應豐德中撰

應豐，子熙子。初游泮，善屬文，尤工楷法。嘉靖間，由儒士考選制敕房中書，奉詔侍直，時承晋接。會相嵩怒從弟學詩敕奏，疑有所授，以京察罷黜。一日，上問："徐中書安在?"左右以實對。上云："徐應豐侍辦御典，著留用。"晋禮部主客司郎中。逾年，竟誣以他事，廷杖，削爲編民。應豐素性鯁直，不屑治生，以故賞賚所得，悉以濟人，歸惟圖書數卷而已。居家事二兄若嚴父，有不平者，片言立解，人争重之。所著詩稿，并刊於《貽穀集》，惟别題《平山先生集》，以别於賓豐之《丹峰先生集》而已。子啓東，官南京工部主事，集本即所手刊也。詞見第五卷中，兹與《丹峰詞》合行之。己亥孟夏，叔雍記。

同日校傳鈔北海藏本。高梧。

二二二　十賚堂詞一卷

吴興茅維孝若撰

孝若，號僧曇，坤季子。能詩，與同郡臧懋循、吴稼竳、吴夢暘并稱“四子”。萬曆四十四年，北闈登乙榜。先是，見楊漣擊璫疏，遂發憤上葉福清相國奏記，福清不能用其書，而京師一時傳誦，謂爲曲突書。著《十賚堂》甲、乙、丙、丁四稿，詞在《丙集》卷十二，凡三十六闋。《甲》《乙稿》中遍檢無他詞也。彊邨侍郎輯《湖州詞徵》，甄録四首，均不見《丙稿》，當從選本所得，知茅詞之散落者多矣。吴興劉氏嘉業堂旋得《四稿》，臨桂况蕙風先生嘗見之，馳書告尊岳，後擬往録副本，而北海書藏已寫寄，近始付刊。蕙風先生謂其筆近沉著，未墜先正典型，洵知言也。乙亥孟夏，尊岳校讀記。距蕙風先生之殁，忽忽蓋且十年，發緘猶新，人琴之痛，曷其能已，因并志之。

同日校傳鈔北海藏本。珍重閣。

二二三　式齋詞一卷

太倉陸容文量撰

文量，成化丙戌進士，初官兵部職司郎中。西方進獅子，請大臣往迎，進諫，止之。累遷至浙江右參政。性至孝，嗜書籍，與張泰、陸釴齊名，以忤權貴，罷政歸。《明史·文苑》有傳。著《式齋集》三十七卷、《菽園雜記》十五卷。詞雜廁詩集中，不別爲詮次。兹董輯別裁，用廣其傳焉。乙亥四月望日，叔雍校寫并記。

同日校北海藏本傳鈔本。高梧軒。

二二四　斗南先生遼陽詩餘一卷

江陰黄正色士尚撰

正色，字士尚，號斗南。官南海令，擢南臺御史。後以罪謫戍遼東瀋陽衛，欣然就道，無羈旅窮愁之態。其安命自得，忠義所發，往往見於歌詩。在遼幾三十年，穆宗初始歸。陞南太僕卿，旋乞致仕。萬曆丙子九月卒，年七十六。萬士和爲撰墓志，備志其行誼。余得讀其集本，裁取其詞，惜有闕失，容以他本補之。乙亥四月，高梧。

同日校北海藏傳鈔本。赤邕。

二二五　貴希函詩餘一卷

黄岡官撫辰凝之撰

撫辰，字凝之，黄岡人。萬曆選貢，官至徐州知府。著《貴希函雲鴻洞稿》，余於廠肆見崇禎刊本，因爲最録其詞。案黄岡官應震爲户科給事中，旋擢太常少卿，萬曆間與劉廷元、亓詩教齊名，聲勢煊赫，時人目爲齊、楚、浙三黨，而應震爲楚黨之魁。子撫極，字進之，任平越守，以襲擒苗帥，擢太僕卿。撫辰蓋其昴季行也。乙亥灌佛日，珍重閣書。

同日校北海書藏本。赤邕。

二二六　静觀堂詞一卷

昆山顧潛孔昭撰

顧潛，字孔昭，昆山人。十九薦賢書，登弘治丙辰進士，選庶吉士，改御史。上疏論列馬政五事，上勅所司從其議。壬戌在告，輯唐虞以來事可爲法者，名《稽古治要》，上嘉諭留覽。甲子，以畿輔災變，疏論時政八事，上加采納。又劾罷光禄少卿祝祥以附外戚，進太常卿崔志端以道流。累官禮部尚書，提督京畿學政。吏部劉宇，逆瑾黨也，子官縣令，謁，潛不爲禮。銜構於瑾。出爲馬湖知府，未任旋罷。潛生平以禮自持，嘗著《慎獨箴》以志警。家居事親，又十二年，於舍南鑿池叠山，爲展桂堂居之。所著有《静觀堂稿》《讀史新知》《林下記聞》《湖墺醉韵》《悙史夢林》等集，此自集本卷六裁出者也。乙亥孟夏，叔雍校讀記。

丁丑季春十一日，校北海傳鈔本。珍重閣。

二二七　寶綸堂佚詞一卷

暨陽陳洪綬章侯撰

《寶綸堂集》舊有康熙刊本，載詞二十九首。迨光緒間，會稽董金鑒有重棸活字不分卷本，載詞三十三首，前有孟氏撰章侯傳。按毛西河撰傳，謂崇禎末愍皇帝命供奉，不就。朱竹垞撰傳，則謂崇禎壬午入資爲國子監生。其説兩岐。而余前所據刊之康熙刊本施愚山所爲傳，則又稱崇禎召爲中書舍人者也。前刻甫成，龍榆生社兄以陳彦疇君來函見視，且謂其家舊藏老蓮手寫詞稿十九首，内九首爲拙刻所未備，因迻寫，屬爲補行。同聲之雅，惠我者過於百朋，亟别梓鍥，麗於舊刻之後。他日苟得光緒本合補覆之，以完盛業，寧非快事！姑以俟之。文字顯晦，本有夙緣，無俟強求者也。乙亥新歲四日，珍重閣鐙窗題記。

同日校陳君迻鈔本。高梧。

二二八　恬致堂詩餘一卷

嘉興李日華君實撰

日華，字君實，號竹懶，又號九疑。萬曆間進士，官至太僕少卿。爲人恬澹和易，與物無忤。工書畫，精鑒賞，兼事考據家言。維時稱博雅君子者，王惟儉與董其昌相并，而日華亞之。著《恬致堂集》《官制備考》《姓氏譜纂》《檇李叢談》《書畫想像録》《竹懶畫媵》《紫桃軒雜綴》《六研齋筆記》諸書。《筆記》《雜綴》爲世傳誦，而《恬致堂集》頗不多見，此則自集中第十卷别録以行者也。乙亥孟夏，叔雍校訖并記。

同日校北海藏集傳鈔本。尗邕。

二二九　輸寥館詩餘一卷

華亭范允臨長倩撰

允臨，字長倩。萬曆進士，仕至福建參議。工書畫，與思白翁齊名。歸而築室姑蘇天平山之陽，故人及四方知好之來吴者，恒與遨游山水間。詩詞恬澹沖雅，著《輸寥館集》，詞在卷一，因次録之。允臨婦徐小淑亦工韵令，有聲於時，有《東海集》《絡緯吟》傳世，已授梓同行矣。乙亥四月，珍重閣記。

二三〇　麗崎軒詩餘一卷

休寧查應光賓王撰

查應光，字賓王，任城人。生而警敏，氣局魁然。登賢書，尋遘二親喪，以禮聞。爰創宗祠，輯家乘，群從五世同居，庭闈雍肅。平居牘絶公門。至地方大利害，讜言不諱。同年王廣文爲仇構於御史臺，力雪其誣。里閈有質成者，折以片言，事竟，人莫敢以私饋干也。别構池草閣，日手一編。崇禎丙子，劉直指令譽以名薦，奉旨紀録優擢。有司勸駕，辭不赴。踰年，直指張復繕疏薦用，適以微疾卒。所著有《回四書》《易經陶瓶集》《麗崎軒詩文集》，輯有《群書纂》《靳史》《祲象録》《古文逸選》諸書。此則自詩文集第四卷裁録者也。乙亥仲夏，高梧軒書。

同日據北海藏本傳鈔本校。尗邕。

二三一　仁宗皇帝御製詞一卷

朱高熾撰

明仁宗昭皇帝，諱高熾，成祖長子。初封於燕，守北平。永樂二年立爲皇太子，輒受命監國。危疑之際，克盡子職。二十二年，嗣皇帝位，改元洪熙。多行仁政，赦建文諸臣，罷西洋寶船，省苛刑，納直諫，錫蹇義、楊士奇諸臣繩愆糾繆銀章。惜享國不永，德化涵濡，未之盡布也。有《御製詩集》傳世，其第六卷凡詞八首，録之以軒冕朱明一代文治之盛云。乙亥四月，趙尊嶽跋。

據北海藏本傳鈔本校。赤邕。

二三二　夢庵詞一卷

錢塘張肯繼孟撰

《夢庵詞》一卷，明浚儀張肯撰，明梅禹金藏舊鈔本。又有何夢華鈔本、趙輯寧鈔本，似皆從舊鈔本傳鈔得之，以三本脱略從同也。朱竹垞輯《詞綜》，録夢庵〔齊天樂〕《題燕文貴楚江秋曉卷》一首，蓋從《楚江秋曉圖》真迹録入。余初未見《夢庵詞》，亦不知夢庵即張肯之别號。後考《錢塘縣志》文苑門，載宋人張雯事，略云："張雯字子昭，其先浚儀人，南渡居錢塘。力學嗜書，所居臨市衢，尤精律吕，每衆坐聞樂，輒俯首顰蹙曰："吾其不免乎！"子田，字耘己，亦工文詞。田子肯，字繼孟，從金華宋濂學，所爲詩文清麗有法，尤長南詞新聲。"據此庶可知其行誼矣。惟《大觀録》載文徵明畫跋云："張肯字季孟，號夢庵，吴人。"是肯晚年嘗流寓於吴也。又《清河書畫舫》載夢庵〔齊天樂〕詞尚有跋，云："余嘗放舟武昌，泛赤壁磯，登黄鶴樓，上巫峽，涉瞿唐之險。於楚江晨夕，飽覽奇勝。回首又二十餘年矣。今披此圖，恍然夢寐，追想舊游，姑譜〔齊天樂〕以寓所慨云。歲癸酉十月望日，夢庵識。"此跋記題詞緣起甚明，而竹垞删之，遂難窺其崖略。案癸酉爲洪武二十六年，是肯當屬明人。竹垞以夢庵爲元人，亦未當也。余輯元詞，初收肯之《夢庵詞》及王行之《半軒詞》，《半軒》亦《詞綜》謂爲元詞者也。嗣考之皆當屬明人，因舉以視叔雍社兄。叔雍方彙刻明詞，逾二百家，珍本秘笈，重見人間。尋三百年前詞人之墜緒，集朱明一代文苑之大觀，此雖蹄涔，當足爲滄海一勺之助也。甲戌四月望日，江寧唐圭璋識。

同日據傳鈔本校。

二三三　陶庵詩餘一卷

劍州張岱陶庵撰

陶庵，明季人，一號蝶庵居士，籍劍州，愛西湖山水，僑寓錢唐。國變之際，僅以文酒自娱。著《西湖夢尋》及《陶庵集》。詞雖未合法度，而清才逸思，時露故國之思。萬載龍榆生社兄以集本見視，特爲裁篇授梓，用以殿明季諸家云。乙亥初夏，叔雍校記。

丁丑三月十六日，據榆生寫本校。珍重閣。

二三四　靈山藏詩餘一卷

上饒鄭以偉子𨲐撰

以偉，登萬曆辛丑進士，改庶吉士，授翰林院檢討，歷贊善、諭德、庶子、少詹府，右遷禮部侍郎，以忤奸璫告歸。崇禎初，起禮部尚書，兼東閣大學士，入贊機務。卒贈太子太保，予謚文恪。著《靈山藏集》，詩餘附。諍臣風骨，禁苑詞林，所作自可珍秘也。丙子孟夏，高梧校記。

二三五　觀復庵詩餘一卷

武進吴奕世於撰

吴奕，字世於，萬曆庚戌進士，出令龍溪。洚水氾濫，城不没者三版，奕力救無恙。水退，築城修橋，不取費於民間，行法必信，胥吏不敢作奸。終以强項忤巨室，遂媒孽之，投劾以歸。著《觀復庵集》八卷、《續集》十二卷，傳播未廣。歲甲子，移宫事定，始得就大内所藏明刻本裁録其詞。景行鄉賢，緬懷先哲，亟授之剞氏焉。丙子孟秋，邑後學趙尊岳敬書。

二三六　袁禮部詞一卷

吴袁袠補之撰

補之，自號谷虚子，嘉靖十七年戊戌進士，官至禮部儀制司主事。補之長於文學，與諸昆季同著盛譽，東南勝侶，多嚮往之。詞二首附載集中，爲裁存之。珍重閣。

二三七　濯纓餘響詞一卷

山陰朱東陽清溪撰

朱清溪以布衣終老，事迹無可考見。子南雍，則登隆慶戊辰進士，官至太僕寺卿。斐雲宗兄得見明萬曆刊本《濯纓餘響》，附詞十三首，知爲拙藏所未備，因以寫示，彌可感已。丙子天中節，珍重閣記。

二三八　保閑堂詞一卷

常熟趙士春景之撰

士春，爲趙文毅公用賢孫。崇禎十年，以第三人及第，授翰林院編修。以援黄道周下獄，抗疏上陳，謫廣東布政使照磨。行誼具見《明史》。著《保閑堂集》二十六卷，各立卷目。詞亦分見諸卷中，兹合輯存之。丙子七月，高梧軒。

二三九　南宫詩餘一卷

常熟楊儀夢羽撰

儀，字夢羽，自號五川居士。登嘉靖五年進士，官至山東按察副使，構萬卷樓爲退食讀書之所，多藏宋元精槧。著有《螭頭密語》《驪珠隨録》《高坡異纂》《古虞文録》及《南宫集》七卷。其第七卷爲詞，亦間入散曲，兹付迻刊，未爲汰乙也。丙子七月，珍重閣書。

二四〇　渚山樓詞一卷

海寧潘廷章美含撰

廷章，字美含，號梅岩，明季諸生。工詩文，中年不復應試，留心經學，多所撰述。家居硤石，嘗輯《硤川志》。與仁和陸圻、同邑陸嘉淑友善，多有酬唱。門人王廷獻編其詩文，爲《渚山樓集》，嘉淑昆季序而行之。書甚罕覯，海寧陳君乃乾近刻其鄉先賢遺詞三家，始盛傳於世焉。丙子八月朔日，高梧軒書。

二四一　碧山詩餘一卷

鄠王九思敬夫撰

山東鄙人聞太史王渼陂先生之名舊矣，及壯游京師，獲睹其文集及諸樂府，始竦然大駭曰："是何富且奇也！"既而叨尹鄠邑，辱侍几杖。一日杯酒從容，談及詩餘。先生笑顧其孫曰："山木，吾春雨亭有一束書，取來。"拜領以歸，詳覽精思者累日，見其篇少趣多，衆體咸備。或慷慨激烈，或舒徐和平，或醞藉含蓄，或清淑簡易，要皆華敏高妙，與李太白、温飛卿爲千年友，蘇黄而下不論也。始復竦然大駭曰："是何雅且麗也！"夫美而愛，愛而傳，公也，遂鋟諸梨，與好藝文者共之。先生名九思，字敬夫，號渼陂，一號碧山。今八十四歲，尚健且日事咏歌，無異少年云。嘉靖辛亥春正月戊午，日城後學宋廷琦書。

渼陂，弘治進士，授檢討。以附劉瑾，官至吏部郎中。瑾敗，降壽州同知，勒致仕。平生閑美風流，不拘禮數，善歌彈，工詞曲，與康海、何景明等游，號"十才子"。年八十餘卒。著《渼陂集》《碧山樂府》《碧山詩餘》《游春記》《中山狼傳奇》，咸盛行於時。丙子孟秋，余自上虞羅氏蟫隱廬得見嘉靖原刻本，因飭寫官過録存之。高梧軒。

二四二　蘇愚山洞詞一卷

蒲城李應策成可撰

應策，字成可，號蒼門。萬曆癸未進士，任邱知縣。以兩居憂，歷成都、安陽，舉卓異，授給事刑科。以倭事參處石星、沈惟敬等大辟，朝論韙之。歷太常少卿、左通政歸。居家孤高絕物，踽踽獨行，年八十卒。著有《諫垣題稿》八卷、《蘇愚山洞正續集》三十卷、《黌宫補漏》二卷、《六緯質難》七卷、《摹真藻》四卷、《婚喪泊堤》一卷、《李氏世遺録》三卷，裁邑志四卷。詞與南北曲羼厠，分見《正續集》，兹則别爲類輯以從者也。丙子孟秋日，高梧。

二四三　默齋詩餘一卷

靈寶許論廷議撰

廷議，靈寶人。嘉靖丙戌進士，由尚書郎進南京光禄寺少卿。尋遷南京大理寺丞，進都察院右僉都御史撫薊州，又進右副都御史。逾年，受命撫山西，以功進兵部尚書。萬曆初，予謚恭襄。行誼具詳汪道昆所撰傳中。著《默齋集》，詩餘十首附。丙子暑中，邊患告亟，余北行客京師，得見集本，爲輯存之。珍春閣。

二四四　安甫詩餘一卷

吴陳堯德安甫撰

詩餘十三首，蓋自舊鈔本《陳安甫小草》所裁録。陳嘗自稱"賣菜傭"，於其自序有曰："堯德廢舉子業，販衣賣繒，兑錢糴穀，衫帽蒙塵，筋骨煩擾。弱孩早喪，少婦夜摧，青蚨散盡，黑虱在頭，餬口無策，每晨荷菜入城，易錢數片。"則其堅貞之情可以概見，而集中又多冶游之作，則安甫何前侈而後儉耶，亦傷心人别有懷抱耶？此外行誼無可征。考詩集卜舜年爲之評點，則舜年與同里開，固相友善。舜年於國變後佯狂以終，則安甫亦必篤首陽之節，因而窮餓海濱，可以知已。丙子雙蓮節，珍重閣。

二四五　西游詩餘一卷

江陵蘇惟霖雲浦撰

惟霖，萬曆戊戌進士，官監察御史巡視兩淮漕儲，按山西，調河南按察副使。性稟穎異，事親以孝聞。諸昆弟碌碌，僅守先業，惟霖仕達，所得禄賜，盡以均給之。歸田後，優游小龍湖，與公安袁宏道、康山李維楨、同里吴道昌諸人相和酬唱，年五十卒。著《西游集》，詞附，雖不能工，而林泉瀟灑，亦復清逸可喜也。丙子暑中北游，得於王城，見而迻寫，因并考其仕履。珍重閣記。

二四六　心遠樓詞一卷

休寧楊琢季成撰

季成，元時隱居不仕，自號放鶴翁。與趙東山、朱楓林爲友，而私淑於陳定宇。洪武初，以儒行任本縣儒學教諭。弘治中，其裔孫鳳梓其遺書，題《心遠樓存稿》，凡八卷。其書久佚不傳。《明史藝文志》及《千頃堂書目》均未著録。余得見漢陽葉氏所藏舊鈔本，彌可珍秘，因傳録其詞，以示叔雍焉。丙子秋日，萬里附記。

二四七　咏懷堂詞一卷

懷寧阮大鋮圓海撰

圓海事迹，備詳載籍，無俟贅陳。獨所著《咏懷堂詩》清微澹遠，歸於陶、謝一流，初與其人之儌利逐名，終以身殉者迥異。氣質行誼，相去甚遠，古來神奸巨慝，乃往往有之也。詞四首，分見詩集及《今詞初集》。江陵唐圭璋社兄輯寫見寄，因付墨板，庶與《春鐙》《燕子》共傳於世云。丙子白露日，珍重閣。

二四八　東武山人詞一卷

山陰朱公節允中撰

公節，舉嘉靖辛卯鄉試，謁選知彭澤縣，擢泰州知州，罷歸。以次子太師文懿公賡貴，累贈如其官。溯爲諸生時，博聞強識，即務古學，與陳山人鶴、沈經歷煉結社爲詩歌。錢謙益評其詩，謂爲學殖深厚，骨氣清真，具見推挹之忱。著《東武山人集》，蓋乾隆辛巳間八世孫繼相爲之板行者也。詞四首，附載卷七，爲裁梓之。丙子七月既望，高梧軒記。

二四九　北潭詞一卷

清苑傅珪邦瑞撰

珪，字邦瑞，成化二十二年進士，官至禮部尚書。卒贈太子少保，謚文毅。事誼具見史傳。著《北潭集》，附詞一首。丙子孟夏，黄公渚社兄就劉氏嘉業堂藏集本録示，亦足以張吾軍也。高梧軒記。

二五〇　西園詩餘一卷

博羅張萱孟奇撰

孟奇，一字九岳，别號西園。萬曆中舉於鄉，官至平越知府。好學博識，經史百氏，靡不淹通。能畫，書法兼通諸體。著《匯雅》《西園集》，詩餘附。斐雲宗兄於京師見明刊集本，録詞見視，即以授梓焉。丙子新秋，高梧軒識。

二五一　漸江詞一卷

海寧查容韜荒撰

韜荒，號漸江。明季人。工詩文，天才卓絶，性秉簡傲，輒從外兄朱竹垞游。肆力史事，長於持論，古今成敗得失，歷歷在心。

少應童子試，以場中例有搜檢挾帶，以爲慢士，拂衣徑出，遂以布衣終老。家貧，不問生産，出游四方，筆耕自給。年五十，客死楚中。蓋逸民之流亞也。丙子仲秋，珍重閣校記。

二五二　坐隱先生詩餘一卷

休寧汪廷訥昌朝撰

廷訥，字昌朝，一字無如。萬曆間官鹽運使。著《環翠堂集》《廣陵月》雜劇、《天書記》《三祝記》諸傳奇，又《坐隱棊譜》《人鏡陽秋》，蓋亦能文好博之士也。集本凡三十卷，别爲《坐隱集選》四卷，《四庫存目》著録之。按蕭和中序，“坐隱”乃其園名，故别自摘選爲四卷本，凡詩詞、南北曲各一卷，隨録一卷，詞如干首，無不緯以奕事，足見癖嗜之深，亦蘭苑之别裁矣。丙子八月，珍重閣校記。

二五三　小雅堂詞一卷

雲間莫雲卿廷韓撰

是龍，如忠子，字雲卿，後以字行，更字廷韓，號秋水，又號後朋。嘉靖間人。能文，善書畫，皇甫汸、王世貞輩亟稱之。以貢生終。著《石秀齋集》及《畫説》，寸縑尺帛，傳之至今，價直兼金。曩歲余得其子秉清《采隱詩餘》，付之剞氏，獨惜莫氏何以不合《小雅堂集》同刊。兹者北游，斐雲宗兄乃以明刊集本過録見示，合之爲一家之言，喜不自勝，秉燭爲跋。時丙子之秋七月既望，珍重閣識。

二五四　膠東詞一卷

華亭周思兼叔夜撰

思兼，字叔夜，號萊峰。工書畫。嘉靖進士，除平度知州，治行舉第一，累官湖廣僉事。岷府宗室五人，封爵皆將軍，殺人掠貨，監司避不入武岡者二十年。思兼繫其黨於獄，五人懷利刃入，思兼婉諭之，皆沮退。乃列其罪上聞，悉錮之。後以憂去官，遂不復出。迨卒，門弟子私謚“貞靖先生”。著《叔夜集》《學道紀言》。此則就集本第四卷裁篇以行者也。丙子秋夜，高梧讀記。

二五五　名媛詩緯初編詩餘集二卷

山陰王端淑玉映選輯

《詩餘集》上下二卷，爲《名媛詩緯》之第三十五、六卷。輯者王端淑，山陰王季重先生女也。季重殉國難，大節凛然。金閨才彦，乃輯一代之翰墨，付之棗梨。滄桑之際，賴爲傳作，信可寶矣。其書流播絶罕。甲戌之秋，余在海上書肆見之，未及收購，已歸雲間施氏無相庵。明歲，始得獲録副本，舉示叔雍社兄。叔雍方彙刊明詞，以爲可補選集之未備，因以貽之。至《詩緯》三十七、八兩卷，題曰“雅集”者，則爲散曲，他日當别梓以廣吾曲囿焉。丙子孟冬，盧前冀野甫識於飲虹簃。

二五六　涇林詞一卷

昆山周復俊子籲撰

公字子籲，號木涇，昆山人。舉嘉靖壬辰會魁，仕至雲南左布政使，晋南太僕寺卿，致仕。公少與王同祖、顧夢圭齊名，稱“昆山三儁”。入滇，與楊升庵極相得。著有《六梅館集》八卷，内《涇林詩集》三卷、《涇林文集》五卷。詞不多作，僅此三篇附刻詩後。集本流播未廣，竊懼湮没，因寫寄叔雍道兄輯刊之。丙子仲秋，族孫周慤雁石甫謹識。

二五七　珠塵詞一卷

嘉善潘炳孚大文撰

炳孚，字大文。父永澄，興化太守。家多藏書，窮三年之力遍讀之，雄於文。崇禎三年，黄石齋典試得其卷，擬擢第一，以後場格於功令見遺。爲人矜奇傲舉，名行自砥。房師阮公行縣至邑，欲邀一見，敦迫乃往。阮迎謂曰：“子天下才，名當在李夢陽上。”炳孚瞠目曰：“李夢陽爲誰?”示不屑也。後以科試卷過放部議，奪其餼。炳孚曰：“吾能改面目與俗人伍耶?”遂廢於酒，卒年未三十。有《珠塵遺稿》一卷，同里錢繼章爲輯入《人琴録》中。丙子十一月，珍重閣書。

二五八　清喚齋詞一卷

嘉善劉芳墨仙撰

墨仙，崇禎間人。少孤，撫於祖。年三十，青其衿，旋食餼，一時名士皆樂與之游。既而游金陵，疽發於背以死。有《清喚齋遺稿》一卷，同里錢繼章匯梓朋好之作爲《人琴録》，因輯存之。丙子仲冬，珍重閣得斐雲宗兄傳鈔本校記。

二五九　樓溪樂府一卷

平度崔廷槐公桃撰

廷槐，字公桃，平度州人。嘉靖丙辰進士，授户部主事，歷郎中，出爲四川僉事，卒。著《樓溪集》三十六卷，此則從明刻集本卷十六、十七裁篇别録，合之爲一卷者也。丙子仲冬，珍重閣。

二六〇　乙巳春游詩餘一卷

祥符李濂川父撰

濂，正德甲戌進士，授沔陽知州，遷寧波同知，擢山西按察僉事。著有《嵩渚集》一百集、《乙巳春游稿》五卷、《祥符文獻志》十七卷、《祥符鄉賢傳》八卷。丙子仲春，斐雲宗兄自京師寫示，爲付墨板。叔雍記。

二六一　豁堂老人詩餘一卷

仁和釋正岩豁堂撰

正岩，字豁堂，仁和郭氏子，出家靈隱。法藏説法净慈，作頌往呈，遂承印證。壬辰，主三峰席。歷主靈隱、净慈，退居普寧。示寂，預刻時日，至期作辭世偈，擲筆而逝。或云，豁堂徐姓，名繼恩，武林名士，國變後爲僧。嘗云："人非金石，立見消亡，不若逃形全真，自游方外。"著《同凡草》。王新城目爲湯惠休、帛道猷之流。亦工書，能畫山水，筆意蒼秀。此則自《同凡草》卷九迻録者也。丙子仲冬，高梧校餘并識。

二六二　遍行堂詞集一卷

丹霞今釋澹歸撰

（陳水雲整理）

疚齋詞論

冒廣生◎著

冒廣生（1873～1959），字鶴亭，號疚齋。江蘇如皋人。光緒二十年（1894）舉人，曾任中山大學教授等。著有《小三吾亭詞話》等。《疚齋詞論》原載《同聲月刊》1942年第5、6、7號，本書即據此收録。冒廣生《冒鶴亭詞曲論文集》、張璋《歷代詞話續編》（大象出版社，2005）、葛渭君《詞話叢編·補編》收録《疚齋詞論》。

《疚齋詞論》目録

疚齋詞論

經有經學，史有史學。言詞學者，玉田而後，吾所服膺爲凌次仲、張嘯山、陳蘭甫三人。玆編宗旨在溯詞源，明詞體，開詞禁，通詞郵，冀與好學深思之士，發揮而光大之。四十年前所撰《小三吾亭詞話》，爲江寧唐君圭璋采入《詞話叢編》者，今日覆視，面赤至頸，恨不作楚人一炬也。疚齋記

卷上

一　論艷趨亂

《宋書·樂志》言："樂府前有艷，後有趨。"此二字無人能解。吾謂"艷"即今"引"字也。詞牌有：〔翠華引〕〔法駕導引〕〔江城梅花引〕〔華清引〕〔琴調相思引〕〔太常引〕〔青門引〕〔東坡引〕、〔梅花引〕〔千秋歲引〕〔婆羅門引〕〔陽關引〕〔望雲涯引〕〔夢玉人引〕〔迷仙引〕〔黄鶴引〕〔蕙蘭芳引〕〔清波引〕〔華胥引〕〔遥天奉翠華引〕〔雲仙引〕〔迷神引〕〔石州引〕。"引"與"序"，曲家皆歌在前，且皆散板。《九宫大成譜》凡引詞列在正曲之前卷，可證也。《樂府詩集》有〔三婦艷〕〔羅敷艷〕。《輟耕録》載有〔四妃艷〕〔球棒艷〕〔破巢艷〕〔開封

艷〕〔鞍子艷〕〔打虎艷〕〔四王艷〕〔蝗蟲艷〕〔撅子艷〕〔七捉艷〕〔修行艷〕〔般調艷〕〔棗兒艷〕〔蠻子艷〕〔快樂艷〕〔慈烏艷〕，俱院本也。“艷”又作“鹽”。《禮記·郊特牲》：“而流示之禽，而鹽諸利，以觀其不犯命也。”注：“鹽讀爲艷。”《隋書·音樂志》有〔疏勒鹽〕，《樂府詩集》有〔昔昔鹽〕。《容齋隨筆》又載有〔突厥鹽〕〔黄帝鹽〕〔白鴿鹽〕〔神雀鹽〕〔滿座鹽〕〔歸國鹽〕〔刮骨鹽〕。元遺山詩，又有〔竹枝鹽〕。“鹽”又減寫作“炎”，沈存中《夢溪筆談》云“頃年王師南征，得〔黄帝炎〕一曲於交阯”，即容齋所舉之〔黄帝鹽〕也。“炎”又作“焰”，宋人所謂“焰段”，實同一字。自“引”字行，而“艷”字與“鹽”字、“炎”字、“焰”字并廢。學者所當於聲近求之，以期一貫者也。今詞牌有〔羅敷艷歌〕，此“艷”字之僅存者。然既曰“艷”，即不得再加“歌”字。如於〔鶯啼序〕等“序”字下加一“歌”字，作〔鶯啼序歌〕，〔調笑令〕等“令”字下加一“歌”字，作〔調笑令歌〕，不成蛇足耶？

“趨”即今之“煞”字。“趨”何以作“煞”？俗工以“趨”作“趋”，又急就作“刍”。“刍”不成字，遂改爲“煞”。後又用“煞”之同聲字作“殺”，又省作“杀”。自“煞”與“殺”、“杀”字行，而“趨”字又廢矣。此學者所當於形近求之，以期一貫者也。然今詞牌不用“煞”字。吾以曲牌求之，則仙吕有〔後庭花煞〕，中吕有〔賣花聲煞〕，雙調有〔離亭宴煞〕，詞牌亦有此三調，皆無“煞”字，殆省文耳？

《唐書·五行志》云：“天寶樂曲，多以邊地爲名，有〔伊州〕〔甘州〕〔凉州〕等。至其曲遍繁聲，皆謂之入破。”故元稹詩有《甘州破》，張祜詩有《凉州破》也。《教坊記》又有〔阿遼破〕，李後主有〔念家山破〕，凡破，在曲將終時，五音雜奏，即《論語》“《關雎》之亂洋洋盈耳”之“亂”字。《離騷》每篇後亦有“亂曰”，自“破”字行而“亂”字又廢矣。學者所當於字義求之，以期一貫者也。張端義《貴耳集》不明“破”字之義，乃有

“自周美成輩出，自製樂章，有曰側犯、尾犯、花犯、玲瓏四犯，入音雜律，宫吕奪倫，是不克諧矣。天寶後，曲遍繁聲，皆名入破。破者，破碎之義也。宣和之曲，皆曰犯。犯者，侵犯之義”云云。是誤以“破”爲破碎，又誤以犯詞爲“破”，非知音者。吾人讀書，先求識字，不識字，不識古音古義。詞其小焉者也。

二　论大遍解数

沈存中《夢溪筆談》云：“所謂大遍者，有序、引、歌、䤠、嗺、哨、催、攧、衮、破、行、中腔、踏歌之類，凡數十解。”按此皆所歌之詞之名詞也。今詞牌有尚存者；有詞牌不存，而曲牌尚存者；有并曲牌亦不存者。爲分别述之，并附己見。

序　今詞牌有〔霓裳中序〕〔鶯啼序〕。即王晦叔《碧鷄漫志》所稱“大曲有散序”也。

引　今詞牌有〔翠華引〕等，已見上《論艷趨亂》章。

歌　今詞牌有〔羅敷艷歌〕(一名〔醜奴兒〕，實亦引也。)、〔子夜歌〕〔洞仙歌〕〔玉人歌〕(即〔探芳信〕。)〔金縷歌〕(即〔賀新郎〕。)〔白苧歌〕(即〔白苧〕。)，即《碧鷄漫志》所謂排遍中之一遍也。

䤠　此字不可解。《集韵》：“音趿。”實即“靸”字，即《碧鷄漫志》所謂“靸”也。張玉田《詞源》有“七敲八掯靸中清”語。然今曲牌無名靸字者，意後來楔子之“楔”字，即從“靸”改稱，自“楔”字行而“靸”字、“䤠”字并廢矣。

嗺　《集韵》：“促飲也。”史浩《鄮峰真隱大曲·壽鄉詞》第五首爲實催，而曲牌亦有〔六幺實催〕一調，疑下文“催”字專指歌言。此則歌兼進酒，故名實催，以别於虚催也。俗工以是促飲，乃改作口旁耳。《碧鷄漫志》有實催，有虚催。張表臣《珊瑚鈎詩話》云：“樂部中促拍催酒，謂之〔三臺〕。”李濟翁《資暇録》云：“鄴中有三臺，石季龍常爲游宴之所，而造此曲以促飲。”今詞牌有〔三臺〕，即嗺。

哨　今詞牌有〔哨遍〕，謂哨之一遍也。哨亦在排遍中之一。

催　今曲牌有〔鮑老催〕，又有〔催拍子〕。

攧　字書無此字。《夢溪筆談》云："寇萊公好《柘枝舞》，會客必舞《柘枝》，每舞必盡日，時謂之柘枝顛。今鳳翔有一老尼，猶是萊公時柘枝妓。云：當時《柘枝》尚有數十遍，今日所舞柘枝，比當時十不得二三。老尼尚能歌其曲，好事者往往傳之。"意"攧"即"顛"字。〔柘枝顛〕殆當時曲名，俗工形容其手勢，乃加手旁。放翁詩有"海棠顛"，疑亦曲名。《碧鷄漫志》有攧，又有正攧。

衮　今曲牌有〔劉衮〕〔山東劉衮〕〔鮑老三臺衮〕〔薄媚衮〕〔伊州衮〕〔賀新郎衮〕〔黄龍衮〕〔降黄龍衮〕。又有〔衮衮令〕。《碧鷄漫志》有衮遍。

破　今曲牌有〔入破〕〔出破〕。《碧鷄漫志》亦有入破。

行　今詞牌有〔月中行〕〔引駕行〕〔望遠行〕〔踏莎行〕〔御街行〕。行亦在排遍中之一。

中腔　今詞牌有〔鈿帶長中腔〕〔徵招調中腔〕。《碧鷄漫志》無中腔及踏歌，而有歇拍、殺衮。

踏歌　今詞牌有〔踏歌辭〕。《樂府雅詞》所載〔調笑〕諸詞，目云"轉踏"，皆踏歌也。

三　論折字

姜白石〔越九歌〕後附折字法云："篪笛有折字。假如上折字，下無字，即其聲比無字微高。餘皆以下字爲準。金石弦匏無折字，取同聲代之。"世人誤以無字讀作有無之無，不能得其解矣。白石此兩行接〔蔡孝子〕後。〔蔡孝子〕第一末句爲"鬱陶以死"，譜作"夷無（折字）無"；第二末句爲"靈不歸兮父思子"，譜作"夾仲夾太無（折字）無"；第三末句爲"屋陽阿兮招爾"，譜作"夷（黄清）無夷（折字）無"，此無字，指無射之無，非有無之無也。無射應下凡，其聲爲⑪⑪⑪。用三下凡字，歌者將拗折嗓子，故第二聲須微高，以别之也。此外，〔越九歌〕中有折字者，爲

〔曹娥〕之三“仲（折字）仲”。仲爲仲吕，應上，其聲爲上上上，而中一上字，須微高也。〔龐將軍〕之兩“姑（折字）姑”，五“應（折字）應”，姑洗應乙，應鐘應凡，其聲爲乙乙乙、凡凡凡，而中一乙字、凡字，須微高也。〔旌忠〕之兩“夾（折字）夾”，夾鐘應下乙，其聲爲㊀㊀㊀，而中一㊀字，須微高也。惟譜中有折字者，其上下皆同一聲，而〔蔡孝子〕第三末句獨作“夷（黄清）無夷（折字）無”疑刻本顛倒一字，當作“夷（黄清）夷無（折字）無”，否則不必折矣。

〔越九歌〕中之楚調即越調。又有中管商調、中管般瞻調，南宋時此兩調已不用。白石志在復古，故有此告朔餼羊。惟中管般瞻調（瞻即涉字。）當云高般瞻調，若中管般瞻調，則爲太簇羽，其結聲爲應鐘，非無射矣。此亦刻本之誤，附記於此。

四　論鬲指

姜白石〔湘月〕詞自序云：“予度此曲，即〔念奴嬌〕。鬲指聲也，於雙調中吹之。鬲指亦謂之過腔，見《晁無咎集》。凡能吹竹者，便能過腔。”按晁無咎《琴趣外篇》有〔消息〕一首，自注云：“即越調〔永遇樂〕。”白石所谓見《晁無咎集》者指此。陳元龍《白石詞選》此調注小石，小石即雅樂之仲吕商，用尺字住，白石用雙調吹之，雙調即夾鐘商，用上字住，仲吕與夾鐘隔一律，上與尺則隔一指，故云鬲指聲也。萬紅友《詞律》於〔念奴嬌〕調後云：“白石〔湘月〕一調，自注即〔念奴嬌〕鬲指聲，其字句無不相合。今人不曉宫調，亦不知鬲指爲何義，若欲填〔湘月〕，即仍是填〔念奴嬌〕，不必巧徇其名也。故本譜不另收〔湘月〕調。”夫不收〔湘月〕調，可也。鬲指二字，則紅友實未明其義也。

越調爲雅樂之無射商，住聲合字。無咎殆以商調吹之，商調即夷則商，住聲用下凡。無射與夷則，亦隔一律。下凡與合，亦鬲一指。《琴趣》雖未明言。可按律而推求得之也。

五　論近慢

詞牌中近詞，有〔訴衷情近〕〔荔枝香近〕〔隔浦蓮近〕〔撲蝴蝶近〕〔祝英臺近〕〔红林檎近〕〔早梅芳近〕。慢詞有〔浪淘沙慢〕〔江城子慢〕〔長相思慢〕〔上林春慢〕〔浣溪沙慢〕〔卜算子慢〕〔醜奴兒慢〕〔錦堂春慢〕〔西江月慢〕〔探春慢〕〔雨中花慢〕〔木蘭花慢〕〔鼓笛慢〕〔卓牌子慢〕、〔謝池春慢〕〔聲聲慢〕〔勝勝慢〕〔惜黄花慢〕〔粉蝶兒慢〕〔玉女迎春慢〕〔倦尋芳慢〕〔慶清朝慢〕〔西子妝慢〕〔長亭怨慢〕〔揚州慢〕〔國香慢〕〔瑞雲濃慢〕〔西平樂慢〕〔瑶花慢〕〔石州慢〕〔拜星月慢〕〔瀟湘逢故人慢〕〔惜餘春慢〕〔蘇武慢〕〔紫萸香慢〕〔夜飛鵲慢〕。此“近”“慢”二字，應用小字注寫，不應連屬作詞牌名。姜白石〔淡黄柳〕詞下注“正平調近”四字，是也。“慢”者慢板，“近”者緊板。“近”即緊字之減寫。笛師多用減寫字，猶“工”作“フ”，”尺”作“∧”，“上”作“の夕”，“四”作“ㄟ”，“合”作“A”也。至曲中此等字尤多，如娘兒作卜兒之類。娘減寫作外，再減寫作卜。幾非重譯，不能明矣。

六　論雙調及過遍

詞家於〔南歌子〕〔望江南〕諸詞有後遍者，謂之雙調。其長調則於後遍起處，或稱過遍，或稱過變，或稱過片。實則小令從五、六、七言絶句來，以單遍爲本位。其有後遍者，當名雙疊，不當名雙調。雙調乃雅樂夾鐘商之俗名，不容紊也（《蓮子居詞話》引吴西林説同。）。過遍、過變，亦不容無别。曲家於第二遍起處與前遍同者，謂之么篇，不同者謂之换頭。以此準之，則小令不换頭者，當名過遍；長調之换頭者，當名過變（小令亦有换頭者，如〔菩薩蠻〕等是也。長調亦有不换頭者，如〔晝夜樂〕等是也。）。片則變之同聲減寫字。

七　论和聲

〔竹枝〕出巴渝沅湘間，詞家以其調中所注"竹枝""女兒"字，與〔采蓮曲〕之"舉棹""年少"，皆爲和聲。吾謂此〔竹枝〕之體云爾（吾足迹未至巴渝沅湘，僅知衡州山歌，盛於他處。官京師時，陳梅生侍御酒酣輒爲吾歌之，已無竹枝、女兒等聲。若粤中蛋家所歌："香港有間魚肉舖，兄哥。買條魚脊打邊爐。姑妹。"又云："手巾縷頭鹹水妹，兄哥。長鬃大髻淡水姑娘，姑妹。"則真〔竹枝〕遺聲也。）。宋玉對楚王問云："客有歌於郢中者，其始曰《下里》《巴人》，國中屬而和者數千人，其爲《陽阿》《薤露》，國中屬而和者數百人；其爲《陽春》《白雪》，國中屬而和者不過數十人；引商刻羽，雜以流徵，國中屬而和者不過數人而已。"古人歌詞，必一人唱，衆人和其尾聲，今弋陽腔猶然（世謂之高腔。）。南北曲譜，遍尾注合字者，亦是衆人合唱。南宋以後之詞，與音樂離，閉門造車，視爲文章之事，和聲無存。乃僅僅以竹枝、女兒、舉棹、年少等短句爲和聲耳。《虞書·益稷篇》"股肱喜哉，元首起哉，百工熙哉"，爲堯所歌；其"元首明哉，股肱良哉，庶事康哉。元首叢脞哉，股肱隋哉，萬事墮哉"，必皋陶與夔合和。夔典樂，時又在帝旁，不應讓皋陶一人拜手，而已獨向隅也。

八　論虛聲

〔後庭花〕爲陳隋舊曲。今《花間集》所載毛熙震詞云："輕盈舞妓含芳艷。競妝新臉。步摇珠翠修蛾歛。膩鬟雲染。　歌聲謾發開檀點。綉衫斜掩。時將纖手匀红臉。笑拈金靨。"一、三、五、七句增五字爲七字，與二、四、六、八等四字句，皆以虛聲填實字也。孫光憲於後遍起句又增一"上"字，次句增一"見"字；同調後遍起句增一"盡"字、"更"字，又叠"野棠如織"一句（增法詳後。）。白居易〔長相思〕詞，則從一首七言絶來，不應分遍。詞云："汴水流。泗水流。流到瓜州古渡頭。吴山點點愁。思悠悠。恨悠悠。恨到歸時方始休。月明人倚樓。""汴水流""思悠悠”句并減一字（減法詳後。假定作“汴水流兮泗水流”“思悠悠兮恨悠悠”，則皆七字句也。），其“吴山點點愁”與“月明人倚樓”兩句皆以虚聲填作實字。吾人閉目冥想，此等弦音，如在耳也。凡長調過變之短句用韵者，亦皆弦音。

九　論官韵

歐公〔摸魚兒〕詞云：“卷綉簾梧桐秋院落，一霎雨添新緑。對小池閒立殘妝淺，向晚水紋如縠。凝遠目。恨人去寂寂，鳳枕孤難宿。倚闌不足。看燕拂風檐，蝶翻露草，兩兩長相逐。　雙眉促。可惜年華婉娩，西風初弄庭菊。況伊年少，多情未已難拘束。那堪更、趁凉景追尋，甚處垂楊曲。佳期過盡，但不説歸來，多應忘了，雲屏去時祝。”不獨萬红友疑其“前段起句多一字，次句平仄亦異，三句亦多一字”，“後段則竟全異”也。讀此詞者，當無不致疑。永嘉夏瞿禪，在近人中爲真好學深思之士，嘗舉以問吾。吾謂此不差錯，但依歐公填者，無第二首耳。詞從五、六、七言絶句來，無論如何長調，衹有四個官韵。二十字或二十四字、二十八字以外，皆增字。四個官韵以外，皆增韵也。韵何以要增？以字數既增，不增韵，不能拍板也。韵增則板亦增（曲家謂之增板，與襯字即增字同。一取字音，一取字義。），所謂死腔活板者是也。明皇問黄繙綽板法，繙綽畫一耳朵以進。蓋謂板無一定，在人耳之所聽。詞之長短，爲手之所下，板之疏密也。北曲商調〔梧葉兒〕本體衹二十七字，〔折桂令〕本體衹五十四字，有加至百字者，名〔百字知秋令〕〔百字折桂令〕，并板隨字增。後來南曲限於襯不過三，非古法也。襯不過三，小令不得變爲長調矣。歐公此詞，其本體衹是：“梧桐院落添新緑。小池向晚紋如縠。寂寂（二字并作平。）鳳枕孤難宿。風檐露草長相逐。”後遍云：“婉娩西風弄庭菊。多情未已難拘束。追尋甚處垂楊曲。歸來忘了雲屏祝。”兩首七絶本腔已經還足，則增字與增韵之多少，不能限之。故第一句增一“秋”字（次句平仄異，柳、周詞常有。），第三句增一“對”字。後遍第四、五句減二字，破

七、六作四、七。而“那堪更”句“更”字、“佳期過盡”句“盡”字，以不在官韵中，遂不更叶，謂之疏則可；謂之差錯，或不然也。讀者疑吾言乎！則試以東坡〔洞仙歌〕詞證之。東坡此詞，蓋從後蜀後主〔木蘭花〕加以增字增韵而成，其中但减一“雲”字、“啓”字而已。其“庭户”“庭”字應作“瓊”，“不道”二字應作“衹恐”，或東坡誤記，或東坡不誤記而今所傳蜀主之詞有誤也。

木蘭花

後蜀後主

冰肌玉骨清無汗，水殿風來暗香滿。綉簾一點月窺人，欹枕釵横雲鬢亂。　　起來瓊户啓無聲，時見疏星渡河漢。屈指西風幾時來，衹恐流年暗中换。（今通行〔木蘭花〕詞，第五句韵，實則與首句“汗”字，皆非官韵也。官韵衹有四個，觀於七律首句有叶有不叶，便明。）

洞仙歌

蘇軾

冰肌玉骨，自清凉無汗。水殿風來暗香滿。綉簾開一點，明月窺人，人未寢，欹枕釵横鬢亂。　　起來携素手，庭户無聲，時見疏星渡河漢。試問夜如何，夜已三更，金波淡玉繩低轉。但屈指、西風幾時來，又不道流年暗中偷换。

此詞後遍，破四五作五四。其“試問夜如何”三句，乃叠“起來携素手”三句，“但屈指”句减一字，《詞律》收此調又一體多至十首，未明攤、破、增、减法耳（法詳後。）。歸納而劃一之，責在學者。

十　論增减攤破

詩變爲詞，小令衍爲長調，不外增、减、攤、破四字。除〔紇那曲〕〔羅嗊曲〕依然五言絶句本體，〔塞姑〕〔回波詞〕〔舞馬詞〕〔三臺〕依然六言絶句本體，〔竹枝〕〔柳枝〕〔小秦王〕

〔采蓮子〕〔浪淘沙〕〔八拍蠻〕〔阿那曲〕〔欸乃曲〕〔清平調〕依然七言絶句本體外，五言絶句之有增、減、攤、破者，其變化至〔洞仙歌〕〔六州歌頭〕而極（詳後。）。六言絶句之有增、減、攤、破者，其變化至〔傾杯〕而極（詳吾所著《傾杯考》。）。其他長調，十九皆自七言絶句增、減、攤、破而成。蓋“渭城朝雨”，“黄河遠上”，旗亭所唱，無一非七言也。今詞牌有〔攤破浣溪沙〕〔攤破醜奴兒〕〔減字木蘭花〕三調，尚有斷港可尋。若增則與減爲對待字，謂四十四字者爲〔減字木蘭花〕，即可謂五十二、五十四、五十五、五十六字者爲增字也。今專就柳、周二家詞，考證於後（柳無者，取周；柳、周皆無者，始取他家。）。

十六字令（清真亦有此調，句首“明”字失叶，改録蔡詞。）

蔡伸

□□□□□□□天。休使蟾圓照客眠。□□□□人何在，□□桂影自嬋娟（凡墨圍，皆虚聲不填實字。）。

右減詩字變詞。

浣溪沙

周邦彦

不爲蕭娘舊约寒。何因容易别長安。□□□□□□□□□，預愁衣上粉痕乾。（後遍不録。凡詞後遍，皆從前遍增也。下同。）

右減詩句變詞。

瑞鷓鴣

柳永

天將奇艷與寒梅。乍驚繁杏臘前開。（暗想）花神巧作江南信，鮮染燕脂細剪裁。

右增詩字變詞。

漁家傲

周邦彦

灰暖香融銷永晝。葡萄上架春藤秀。曲角闌干群雀鬬。（清明）

後，風梳萬縷亭前柳。

右增詩句變詞。

鵲橋仙

秦觀

纖雲弄巧，飛星傳恨，銀漢迢迢暗度。金風玉露一相逢，便勝却、人間無數。　柔情似水，佳期如夢，忍顧鵲橋歸路。兩情若是久長時，又豈在、朝朝暮暮。

鵲橋仙

柳永

（屬）征途（携）書劍，迢迢匹馬，（東去慘離懷，嗟。）年少易分難聚。佳人（方恁）繾綣（便忍）分鴛侶。當媚景（算密意幽歡。）盡成孤負。　（此際）寸腸萬緒。（慘愁顔）斷魂無語。（和）泪眼（片時）幾番回顧。傷心脉脉（誰訴）但（黯然）凝竚。暮烟（寒）雨（望）秦樓何處。

右爲小令入長詞之漸。

望遠行

李珣

露滴幽庭落葉時。愁聚蕭娘柳眉。玉郎一去負佳期。水雲迢遞雁書遲。　屏半掩、枕斜欹。蠟泪無言對垂。吟蛩斷續漏頻移。入窗明月鑒空帷。

望遠行

柳永

綉幃睡起。（殘妝淺無緒）勻紅（鋪）翠。藻井（凝塵），金梯（鋪蘚寂寞）鳳樓十二。風絮（紛紛），烟蕪（苒苒，永日晝）闌，（沉吟）獨倚。（望遠行）南陌春殘悄歸騎。　（凝睇。消遣離）愁無計。（但暗擲）金釵（買）醉。好景（空飲）香醪（争奈）轉添（珠）泪。待伊（游冶）歸來，（故故解放）翠（羽輕）裙（重）繫。（見）纖腰圍小（信）人憔悴。

右爲小令衍成長調。

詩之變爲詞，小令之衍爲長調，其法既明，以後乃可言增、減、攤、破之法。

增之法有四：一增字，二增句，三增叠，四增遍。凡詞句之首，有“恁”字、“甚”字、“鎮”字、“又”字、“况”字者，十九皆爲增字也。其句中所增字句，如耆卿〔黄鶯兒〕起云：“暖律潛催，幽谷暄和，黄鸝翩翩乍遷芳樹。”後遍云：“恣狂踪迹，兩兩相呼，终朝霧吟風舞。”則“翩翩”二字增也。中云：“曉來枝上綿蠻，似把芳心，深意低訴。”後云：“此際海燕偏饒，都把韶光誤。”則“似把芳心”句增也。增叠之法。如耆卿〔安公子〕云：“長川波瀲滟。楚鄉淮岸迢遞，一霎烟汀雨過，芳草青如染。”下加一叠云：“驅驅携書劒。當此好天好景，自覺多愁多病，行役心情厭。”世所謂雙拽頭者，實則增叠也。增遍之法，世多未明。其實《詞律》所收二十四字〔三臺〕，後有万俟雅言一百七十一字之〔三臺〕，即是增遍。红友謂：“從來舊刻，此篇俱作雙調，於‘雙雙游女’分段。余獨斷之，改爲三叠。”不知此調本體衹六言四句，此詞實應分六遍。红友知二五，猶未知十也。耆卿有兩〔引駕行〕，“虹收殘雨”一首，是四遍。當於“輕舉”“烟樹”“輕負”下各分段。其“愁睹”“幾許”“南顧”三短句，皆過變也。“紅塵紫陌”一首，是五遍。當於“西征”“長亭”“盈盈”“回程”下各分段。其“新晴”“愁生”“消凝”“相縈”四短句，亦皆過變也。彊邨刻《樂章集》後附《校記》，誤信夏吷庵云：“集中〔引駕行〕凡二調。此較中吕宫仄叶者，多二十五字。疑起句至‘新晴’數語，描寫秋景者，别是一同調殘詞。編者誤以冠諸‘韶光明媚’之首，蓋其下皆寫春景，爲一完全平叶之〔引駕行〕。”云云。吷庵一時失言，當不吝改過。

減爲增字對待，多在長調後遍之尾。其在中間者，謂此爲減，亦可謂彼爲增。詞牌中有〔減字木蘭花〕，蓋減第一、第三句七字爲四字句。

攤之法有時近於增，有時近於破。耆卿〔瑞鷓鴣〕之“暗想花神，巧作江南信"。攤七字爲九字，謂之增亦可也。美成〔荔枝香〕之"大都世間最苦唯離别"，攤三、三、三句爲九字一句，謂之破亦可也。詞牌有〔攤破浣溪沙〕，蓋攤第三句之七字爲七三句。〔攤破醜奴兒〕，蓋攤第四句之七字爲七、三、三句，中加"也囉"二助辭。

攤句之多，莫多於小令。破句之多，莫多於長調。凡小令中〔虞美人〕之"恰似一江春水向東流"，〔相見歡〕之"寂寞梧桐深院鎖清秋"及"别是一般滋味在心頭"，皆攤句也。至長調則攤多寓於破矣。破之法，在四者之中爲最繁。吾曩校《云謡集》，前有《發凡》，所舉實未悉備，兹更列之：

悄郊原帶郭。暖烟籠細柳。(周〔瑞鶴仙〕)

右破上一、下四五字句，作上二、下三。

慣輕擲，慣憐惜。事須時恁相憶。(柳〔法曲獻仙音〕)

右破三、三句作六。

先斂雙蛾愁夜短。脱羅裳姿情無限。(柳〔菊花新〕)

右破上四、下三七字句，作上三、下四。

離愁别恨無限，何時了。月不長圓。春色易爲老。(柳〔梁州令〕)

右破上六、下三句，作四、五。

繞嚴陵灘畔，鷺飛魚躍。盡思量、休又怎生休得。(柳〔滿江红〕)

右破上五、下四句，作三、六。

樓下水，漸緑遍、行舟浦。大都世間最苦唯聚散。(周〔荔枝香近〕)

右破三、三、三句，作九字一句。

衹恁殘却黛眉，不整花鈿。尤殢檀郎，未教拆了鞦韆。(柳〔促拍滿路花〕)

右破上六、下四句、作上四、下六。

多少離恨苦，方留連啼訴。似痴似醉，暗惱損憑闌情緒。(周〔芳草渡〕)

右破五、五句，作四、六。

著這情懷，更當恁地時節。不成也還似伊無個分别。(周〔滿路花〕)

右破上四、下六句，作十字一句。

暗想歡游，成往事、動欷歔。門草踏青人，艷冶遞逢迎。（柳〔木蘭花慢〕）

右破四、三、三句，作五、五。

近日來、不期而會重歡宴。奈你自家心下，有事難見。（柳〔秋夜月〕）

右破上三、下七句，作六四。

何期到此，酒態花情頓辜負。算伊還共誰人，争如此寃苦。（柳〔祭天神〕）

右破上四、下七句，作六、五。

巷陌乍晴，香塵染惹，垂楊芳草。盡日竚立無言，贏得凄凉懷抱。（柳〔滿朝歡〕）

右破四、四、四句，作六、六。

帝居壯麗，皇家熙盛，寶運當千。傍柳陰，尋花徑，空恁亸轡垂鞭。（柳〔透碧霄〕）

右破四、四、四句，作三、三、六。

鶴書飛下，鷄竿高聳，恩露均寰宇。　　雖看墮樓换馬，争奈不是鴛幃伴。（柳〔御街行〕）

右破四、四、五句，作六、七。

極目處、微雲暗度，耿耿銀河高瀉。　　願天上人間，占得歡娱，年年今夜。（柳〔二郎神〕）

右破三、四、六句，作五，四、四。

人静夜久憑闌，愁不歸眠，立殘更箭。誰信無聊，爲伊才减江淹，情傷荀倩。（周〔過秦樓〕）

右破六、四、四句，作四、六、四。

眼看菊蕊重陽，泪落如珠，長是淹殘粉面。春困懨懨，抛擲鬥草工夫，冷落踏青心緒。（柳〔鬥百花〕）

右破六、四、六句，作四、六、六。

地勝異錦里風流，蠶市繁華，簇簇歌臺舞榭。仗漢節攬轡澄

清，高掩武侯勛業，文翁雅化。（柳〔一寸金〕）

右破七、四、六句，作七、六、四。

金絲帳暖銀屏亞。并燦枕輕假輕倚，緑嬌紅姹。愛印了雙眉，索人重畫。忍負艷冶，斷不等閑輕捨。（柳〔洞仙歌〕）

右破七、七、四句，作四、四、四、六。

增、减、攤、破之法，既如上述，而其源則出於《三百篇》。概而言之：則增、减之法，風多於雅；攤、破之法，雅多於風。試爲舉例，大抵小令近風，長調近雅也。

增字 陟彼崔嵬，我馬虺隤。我姑酌彼金罍，維以不永懷。（《國風・周南・卷耳》）第四五句，均增一字。

增句 求之不得，寤寐思服，悠哉悠哉，輾轉反側。（《國風・周南・關雎》）比前章增四句。

增叠 采采芣苢，薄言采之。采采芣苢，薄言有之。（《國風・周南・芣苢》）第三四句叠。

增遍 參差荇菜，左右采之。窈窕淑女，琴瑟友之。參差荇菜，左右芼之。窈窕淑女，鐘鼓樂之。（《國風・周南・關雎》）承上章增兩遍。

减字 螽斯羽，詵詵兮。宜爾子孫，振振兮。（《國風・周南・螽斯》）第一、二、四句，均减一字。

减句 麟之趾。振振公子，於嗟麟兮。（《國風・周南・麟之趾》）中間减一句。

攤 我龜既厭，不我告猶。謀夫孔多，是用不集。發言盈庭，誰敢執其咎。如匪行邁謀，是用不集於道。（《小雅・小旻》）除第六句增其字，第七八句是攤法。與下章“如彼筑室於道謀，是用不潰於成”同。

破 哀哉不能言，匪舌是出，维躬之瘁。舒矣能言，巧言如流，俾躬處休。（《小雅・雨無正》）除“哀”字增，破下章“维予曰仕，孔棘且殆。云不可使，得罪於天子（“於”字增。）。亦云可使，怨及朋友”之上二、下四。作兩三、三。

再以杜詩證之。《今夕行》之“君莫笑劉毅從來布衣願，家無儋石輸百萬”，則增字也。《蘇端薛復筵簡薛華醉歌》之“忽憶雨時秋井塌，古人白骨生青苔，如何不飲令心哀”，則增句也。《杜鵑行》之“蒼天變化誰料得，萬事反覆何時無，萬事反覆何時無”，則增叠也。《乾元中寓居同谷》之“有弟有弟在遠方”，“有妹有妹在鍾離，”則增遍也。《兵車行》之“車轔轔、馬蕭蕭”，則减字也。〔飲中八仙歌〕之“知章騎馬似乘船，眼花落井水底眠”，則减句也（汝陽、左相、宗之、張旭、每人三句。李白四句。此與蘇晋、焦遂每人二句。）。《天育驃騎歌》之“如今豈無騕褭與驊騮，世無王良伯樂死即休”，則攤法也。惟破法絶少。衹《入奏行》之“竇侍御，驥之子，鳳之雛，年未三十忠義俱”，是破七字作三、三、三，中加兩襯。與李白《蜀道難》之“其險也若此，嗟爾遠道之人，胡爲乎來哉”，破七、七作五、六、五，亦中加兩襯同。

附增句增叠最多之詞：

增句以〔鶯啼序〕爲最多。增叠以〔蘭陵王〕〔瑞龍吟〕爲最多。清真夢窗所作，膾炙人口，求其能理會諸詞本體者，百無一也。今爲分别正襯，赤裸裸還他一個父母未生時，俾學者認識本來面目。

鶯啼序

吴文英

殘寒正欺病酒，掩沉香綉户。燕來晚、飛入西城，似説春事遲暮。畫船載，清明過却，晴烟冉冉吴宫樹。念羈情游蕩隨風，化爲輕絮。　　十載西湖，傍柳繫馬，趁嬌塵軟霧。遡红漸招入仙溪，錦兒偷寄幽素。倚銀屏、春寬夢窄，斷红濕歌紈金縷。暝堤空，輕把斜陽，總還鷗鷺。　　幽蘭旋老，杜若還生，水鄉尚寄旅。别後訪六橋無信，事往花萎？瘞玉埋香，幾番風雨。長波妒盼，遥山羞黛，漁燈分影春江宿，記當時短檝桃根渡。青樓仿佛，臨分敗壁題詩，泪墨慘淡塵土。　　危亭望極，草色天涯，嘆鬢侵半苧。暗點檢離痕歡唾，尚染鮫綃，亸鳳迷歸，破鸞慵舞。殷勤待寫，書中長恨，藍霞遼海沉過雁，謾相思彈入哀箏柱。傷心千里，江南怨曲重招，斷魂在否。

第一遍“掩”字，“似説”二字，“念羈情”三字，并增。中間“畫船”二句，或作上四、下三，或作上三、下四。红友不知破法，爲此二句，費至萬言，無異痴人説夢，卒之不得其解，以“可疑”及“想不拘”了之。

第二遍“傍柳”二字（詞家斤斤於“傍柳繫馬”四字，謂必須去上去上，以爲神秘。不知此襯字可有可無也。），“趁”字，“錦兒”二字，“暝堤空”三字，并增。

第三遍“旋老”二字，“尚”字，增。“事往花萎，瘞玉埋香”二句，與“長歌妒盼，遥山羞黛”二句，并疊。凡增疊，必與上下句同。歌者歌至此時，操弦管者，可就原有譜字，回環加以一遍或多遍。若字句一參差，不能合原調矣，此又詞家所不可不知者也。此下“記”字，“青樓仿佛”四字（下句“敗壁題詩”是四字句，故可增四字句。），“臨分”二字，“慘淡”二字，并增。

第四遍“望極”二字，“嘆”字，增。“尚染鮫綃，亸鳳迷歸”二句與“殷勤待寫，書中長恨”二句，增疊，與第三遍同。此下“謾”字，“傷心千里”四字，“江南”二字，并增。

蘭陵王

周邦彦

柳陰直，烟裹絲絲弄碧。隋堤上、曾見幾番，拂水飄綿送行色。登臨望故國，誰識京華倦客？長亭路，年去歲來，應折柔條過千尺。　　閑尋舊踪迹，又酒趁哀弦，燈照離席。梨花榆火催寒食。愁一箭風快，半篙波暖，回頭迢遞便數驛。望人在天北。
凄惻，恨堆積！漸别浦縈回，津堠岑寂，斜陽冉冉春無極。念月榭携手，露橋聞笛。沉思前事，似夢裹，泪暗滴。

此詞應分四遍：第一遍“送行色”止。第二遍“過千尺”止。第三遍“便數驛”止。

第一遍“隋堤上”三字增。

第二遍首句增“登臨”二字。“誰識”句六字，即第一遍之“烟裏絲絲弄碧”，但添一暗韵，以求美聽耳。“長亭路”三字亦增。

第三遍減第二句。增“一箭風快”一叠。一叠中又各增“燈照離席”“半篙波暖”四字一句。“閑尋”二字，“又”字，“愁”字，并增。“席”字暗韵。向來以“望人在天北”分段，直是不識詞體。此詞每遍皆七字句收，此如何獨異。讀者皆盲讀之，填者亦盲填之而已。

第四遍從“望人在天北”起，此即第二遍之“登臨望故國”，第三遍之“閑尋舊踪迹”也。“人在”二字增，與“登臨”“閒尋”同。“凄惻”“惻”字亦暗韵。“恨”字下減一字。此下增叠、增句，與第三遍同。“漸”字，“念”字，“似夢裏”（一作“似夢魂裏”。）三字，并增。“寂”字，“笛”字，暗韵。

瑞龍吟

減字，增字，增句，增叠，詳後。第二遍中，“故”字，“步”字，“緒”字，“雨”字，并暗韵。凡暗韵皆不在官韵之內。故宋人名詞，遇暗韵，有叶者，有不叶者。

一一　論聲字相融

聲之高低，分爲七級。古之宫、商、角、徵、羽、變宫、變徵，今之凡、工、尺、上、一、四、合，西人之度、累、米、乏、沙、拉、西（此七字已見《律吕精義》。）。其名雖異，其爲音階之符號則同。未加二變以前，《爾雅·釋樂》：“宫謂之重，商謂之敏，角謂之經，徵謂之迭，羽謂之柳。”（張嘯山謂當作：“商謂之經，角謂之迭，徵謂之敏。”以聲音求之。張言是也。）自宫、商行而重、敏、經、迭、柳廢。自工、尺行而宫、商、角、徵、羽、變宫、變徵，亦幾於廢矣。然音階實不衹於七，以十二律言，則音階當有十二。十二猶不足，故又加黄鐘、大吕、太簇、夾鐘之四清聲。陳蘭甫疑四清聲不見經傳。

今案《周禮·小胥職》云："凡縣鐘磬，半爲堵，全爲肆。"注云："鐘磬編縣之，二八十六枚，而在一簨虡，謂之堵。鐘一堵，磬一堵，謂之肆。"十六枚之數，起於八音。倍而設之，故十六也。編鐘、編磬既各十六枚，則當爲十六個音階。此四清聲，蓋在此十六個音階之内，但經傳無明文耳。工尺之名，始見於《遼史·樂志》。世人以《楚辭》"四上競氣"當之，此穿鑿附會之言，未足爲據。《遼史》所載音階凡十：曰五，曰凡，曰工，曰尺，曰上，曰一，曰四，曰六，曰句，曰合（句即低尺，譜字工作勹，尺作亼，蓋合二字爲勾，又改勾爲句耳。）。《事林廣記》所載音階凡十六。六二聲：曰六，曰合。凡三聲：曰凡，曰尖凡，曰大凡。工二聲：曰工，曰尖工。尺三聲：曰尺，曰尖尺，曰勾。上二聲：曰上，曰尖上。一二聲：曰一，曰尖一。五二聲：曰五，曰四。今笛家所用音階，名爲七級，實則十九。由低而高，曰低上，曰低尺，曰低工，曰低凡，曰合，曰四，曰上，曰尺，曰工，曰一，曰凡，曰六，曰五，曰高一，曰高上，曰高尺，曰高工，曰高凡，曰高六。蓋由七音，或折之而高，或折之而低，非此不能與歌者之字相融也。字有喉、脣、齒、舌等音之不同，而凡、工、尺、上、一、四、合，祇有七級，故不能不以高低融之。聲不能融，則歌者以字融之。古之善歌者，皆能以字融聲，以聲融字。以聲融字者，謂之善過度。以字融聲者，謂之内裹聲。如宫聲之字，而曲合用商聲，則能轉宫爲商以歌之也。姜白石云〔滿江红〕舊調用仄韵，多不叶律。如末句云"無心撲"三字（此清真句。），歌者將"心"字融入去聲，方諧音律。蓋北音"撲"字讀平。三平相連，不能諧聽，故"心"字須融入去聲。然白石所譜之"簾影間"，"影"字開口亦平聲，須收音方到上聲。不如"聞佩環"之"佩"字去聲，爲界限清楚也。周德清《中原音韵》論〔四塊玉〕"青樓飲"之"飲"字須改。"飲"字之病，與白石"影"字正同。然德清所改"纏頭錦"，"錦"字仍上聲，所謂責人則明也。

清真〔浣溪沙慢〕，起句爲"水竹舊院落"，連用五仄。史梅溪之〔壽樓春〕起句“裁春衫尋芳”，則連用五平。史詞當以“裁春衫”三字爲句，“尋芳”二字爲句。《詞律》作五字一句，非也。周詞則“水竹”二字，“落”字，皆當融作平聲，否則拗折歌者嗓子（史詞中如“今無裳”“良宵長”“愁爲鄉”，皆連用三平。及“消磨疏狂”“猶逢韋郎”，皆連用四平，在詞中爲罕見，故宋人亦無第二首。此如曲中仙吕長拍，第六句四字全用上聲。洪昉思《長生殿·得信》折之“兩載寡侶”，“載”字、“侶”字，在古人唱時，必融入平聲。而〔納書楹〕〔吟香堂〕兩譜，皆譜準上聲，不稍通假。以云嚴密，則嚴密矣。不知古之善歌者，尚有融之一法也。）。

《能改齋漫録》載：“杭之西湖，有一倅，閒唱少游〔滿庭芳〕，偶然誤舉一韵，云‘畫角聲斷斜陽’。妓琴操在側，云‘畫角聲斷譙門’，非‘斜陽’也。倅因戲之曰：“爾可改韵否？”琴即改作陽字韵云：‘山抹微雲，天連衰草，畫角聲斷斜陽。暫停征轡，聊共飲離觴。多少蓬萊舊侶，頻回首、烟靄茫茫。孤村裏，寒雅萬點，流水繞低牆。　　魂傷。當此際，輕分羅帶，暗解香囊。漫贏得，青樓薄幸名狂。此去何時見也，襟袖上、空有餘香。傷心處，長城望斷，燈火已昏黃。’”以原詞校之，“紛”字、“村”字、“分”字、“昏”字，皆陰平。而“茫”字、“牆”字、“囊”字、“黄”字，則陽平。“魂”字、“痕”字，皆陽平。而“傷”字、“香”字，則陰平。若在今之泥於四聲者，將譏其不合。然而琴操能歌之者，必歌時能以字配聲，用融之之法也。

古人填詞，皆就舊譜。觀於《白石歌曲》，除自度腔，不更注譜字，可以知之。惟其依譜填詞，故字有不合於聲者，則歌者有融之之法以救之。若今日盛行之水磨腔，字字唱準，字字譜準。故雖同牌之曲，其譜亦不一致，蓋緣歌者不能以字就聲，作譜者始純以聲就字。其法則密於前，而譜則繁於調矣。

今南曲中之北曲，非復古之北曲也。即南曲中之南曲，亦非復古之南曲也。南曲以《琵琶記》爲最先，經魏良輔點拍之後，在明時即有古板與時板之不同。而近時所通行〔遏雲〕〔六也〕諸譜，較之〔納書楹〕之一板一眼者，已增爲一板三眼。不獨非魏良輔明時之舊，且非葉懷庭乾隆時之舊矣。音樂由簡而入繁，詞由小令而衍爲長調，其理正同，因論聲字之義附及之。

總之：無論詞曲，是陶寫性情之事，非梏桎性靈之事。吾曩撰《四聲鈎沉》，歷舉《清真詞》中之平仄全句移易者，若〔風流子〕之“望一川暝靄”，他首作“羨金屋去來”；〔荔枝香近〕之“共剪西窗蜜炬”（汲古閣本注。），他首作“此懷何處消遣”；〔滿路花〕之“玉人新間闊”，他首作“不是寒宵短”；〔西河〕之“南朝盛事誰記”，他首作“瀟灑西風時起”，“莫愁艇子曾繫”，他首作“冷落關河千里”；〔瑞鶴仙〕之“斂餘红”，他首作“濃於酒”，“重解綉鞍”，他首作“黄昏淡月”，“上馬誰扶”，他首作“洞房佳宴”；〔浪淘沙慢〕之“念漢浦離鴻去何許，經時信音絶”，他首作“聽數聲何處倚樓笛，裝點盡秋色”，“嗟萬事難忘”，他首作“憶少年歌酒”；〔看花回〕之“秀色芳容”，他首作“蕙風初散”，“那日分飛”，他首作“雲飛帝國”，謂工尺祇有高低，無平仄，故平仄可移。嘌唱祇有斷續，無句讀，故句讀可破也。吾爲此言，蓋爲近時死守四聲者下一針砭。今音樂既與文字離，何處可增、可減、可攤、可破、不復能知，則惟依古人已增、已減、已攤、已破者，一一填之，不能隨便再爲增、減、攤、破。若於句之首字、三字，平仄亦不許移易，甚至通首平、上、去、入，一字均不許移易，何苦在高天厚地之中，日日披枷帶鎖，作詞囚也。此由未知古人聲能融字，字亦能融聲，有時非曲子中所能縛住也。此《夢溪筆談》所以於融之一字，詳哉言之也。

卷中

一二　論選韵

唐虞之世，朝有賡歌，野有擊壤，（“帝力”二字，應在“何有於我哉”之下，方與“息”字“食”字叶。自來相傳已誤，亦無留心者。）遠在未有韵書以前。蓋韵之叶不叶，在人喉舌中也。“韵”字後起，古書作“均”。《國語》：“伶州鳩謂律所以立均出度也。”韋昭注：“均者，均鍾木，長七尺，有弦，繫之以均鍾者。”《文選·成公綏嘯賦》：“音均不恒，曲無定制。”李善注：“均，古韵字也。”世傳詞家韵書，以菉斐軒《詞林要韵》爲最古。其書分十九部：一東红。二邦陽。三支時。四齋微。五車夫。六皆來。七真文。八寒間。九鸞端。十先元。十一蕭韶。十二和何。十三嘉華。十四車邪。十五清明。十六幽游。十七金音。十八南山。十九占炎。所標韵目，羌無來歷，實出南宋書坊本。自道光後戈氏載《詞林正韵》盛行，而李氏漁之《詞韵》、沈氏謙之《詞韵略》、吴氏烺、程氏名世等之《學宋齋詞韵》與菉斐軒韵書全廢。吾人填詞，遇侵尋廉纖等閉口音之韵，須稍留意，不可與開口音同押。次則用古人自製之調，不可不依其平或上、去或入聲韵，能事畢矣。若如順卿所云：〔秋宵吟〕〔魚游春水〕，宜單押上聲。〔玉樓春〕〔菊花新〕〔翠樓吟〕，宜單押去聲。又謂〔霜天曉角〕〔慶宫春〕〔憶秦娥〕〔慶佳節〕〔江城子〕〔柳梢青〕〔望梅花〕〔聲聲慢〕〔看花回〕，〔兩同心〕〔南歌子〕，皆宜入聲。又謂必須用入聲者，則如〔丹鳳吟〕〔蘭陵王〕〔鳳凰閣〕〔三部樂〕〔霓裳中序第一〕〔應天長慢〕〔西湖月〕〔解連環〕〔侍香金童〕〔曲江秋〕〔琵琶仙〕〔雨霖鈴〕〔好事近〕〔蕙蘭芳引〕〔六么令〕〔暗香〕〔疏影〕〔凄凉犯〕〔淡黄柳〕〔惜红衣〕〔尾犯〕〔白苧〕〔玉京秋〕〔一寸金〕〔浪淘沙慢〕。今以柳周兩家詞校之，除〔應天長〕〔六么令〕〔浪淘沙慢〕，兩家并押入聲，〔望梅〕(無花字)、〔鳳凰閣〕〔雨霖鈴〕〔尾犯〕〔白苧〕，柳押入聲。〔憶秦娥〕〔看花回〕〔丹鳳吟〕〔蘭陵王〕〔三部樂〕〔霓裳中序第一〕〔解連環〕〔蕙蘭芳引〕，周押入聲外，〔慶宫春〕則柳、周皆押平聲，〔看花回〕則柳押平聲，〔柳梢青〕則周押平聲。然此猶可曰平與入通也。若〔一寸金〕則柳押上、去，〔兩同心〕則周亦押上、去矣。其餘爲兩家集中所無之調，及後來〔暗香〕〔疏影〕〔凄凉犯〕〔淡黄柳〕〔惜红衣〕諸白石自度腔，不在此數。戈氏之説，亦不盡可憑也。又其所舉单押上聲兩調，柳、周并無。單押去聲三調，除〔翠樓吟〕柳、周無外，〔菊花新〕則柳押上聲，〔玉樓春〕則柳、周非獨押上聲，且押入聲矣。學者於前人陳説，皆須用過一番功夫。若徒耳食，則將如萬红友所云，方千里和清真詞，無一字四聲不同者，害盡天下蒼生也（周、方及楊、陳諸家和詞之不同者，詳吾所著《四聲鉤沉》。）。

紫霞翁《作詞五要》，其第四云："要隨律押韵，如越調〔水龍吟〕、商調〔二郎神〕，皆合用平、入聲韵。古詞皆押去聲，所以轉摺怪異，成不祥之音。昧律者反稱賞之，是真可解頤而啓齒也。"其持論似極精。耆卿集中，無〔水龍吟〕，有〔二郎神〕；清真集中，無〔二郎神〕、有〔水龍吟〕，均上、去通押。東坡無論，柳、周皆詞聖，而所作均不限平、入聲，則紫霞翁説，亦可破也。

一三　論選調

周德清云："仙吕宫清新綿邈。南吕宫感嘆傷悲。中吕宫高下閃賺。黄鐘宫富貴纏綿。正宫惆悵雄壯。道宫飄逸清幽。大石風流醞藉。小石旖旎嫵媚。高平條利滉漾。般涉拾掇坑塹。歇指急并虚歇。商角悲傷宛轉。雙調健捷激裊。商調凄愴怨慕。角調嗚咽悠揚。宫調（即黄鐘羽。）典雅沉重。越調陶寫冷笑。"蓋聲音應於律吕，哀聲不可歌樂詞，樂聲不可歌怨詞，非可謬然爲之也。今詞之宫調即殘，又離音樂已久，無人能唱。然亦須相題選調，自爲消息之。若賦閨情而用〔六州歌頭〕〔哨遍〕，雖盡人皆知其不是也。古人填詞，所賦之事，必與其所用之調，發生映帶，不獨〔臨江仙〕賦江妃，〔河瀆神〕賦祠廟，〔思越人〕賦西子，〔天仙子〕賦天臺仙子也。今若贈僧而填〔女冠子〕詞，爲人妻壽而填〔巫山一段雲〕詞，不令人掩口葫蘆耶？憶往在京師時，某君新年出所作春詞八首，皆和古人名詞原韵，屬吾繼聲。吾見其有用荆公韵〔桂枝香〕詞，逡巡歛手，謝不敢爲也。此外則如楊守齋云："詞須擇腔，腔不韵則勿作。如〔塞翁吟〕之衰颯，〔帝臺春〕之不順,〔隔浦蓮〕之寄煞,〔鬥百花〕之無味”云云,拈筆時亦不可不慎。擇腔,即選調也。

一四　論平仄須注重遍尾

近人泥於四聲之説,作繭自縛。吾既撰《四聲鈎沉》一書以解放之。謂四聲者,宫、商、角,羽(琵琶無徵弦,故唐人無徵調。),指宫調言,非謂平、上、去、入也。今爲學者斟酌損益,則遍尾之平、上、去字,亦當稍加之意。周德清《中原音韵·作詞十法》論末句云:“前輩已有某調末句是平煞,某調末句是上煞,某調末句是去煞,照依填之,云上者必要上,去者必要去,上、去者必要上、去。去、上者必要去、上。”其羅列諸調之末句,或云:“仄平平去平”,或云“平平上去平”,或云“平平仄平平去平”,或云“平去仄平平去上”。詞曲初無二理,然亦無全句必須依平,上、去者。

惟尚有一言,當爲學者忠告者。則遇詞中入聲字,古人多作平聲。若誤以爲可通去、上,則又大謬不然。柳詞〔傾杯〕八首中,其一首云:“暮雨乍歇,小楫夜泊”,“歇”字、“楫”字,均入作平,惟“泊”字作入。蓋此二句與“木落霜洲,雁横烟渚”對也。至美成〔浪淘沙慢〕詞“南陌脂車待發,東門帳飲乍闋”二句,是破柳詞之“那堪酒醒,又聞空階,夜雨頻滴”之四、四、四作六、六。今人已誤認“發”字爲韵,其實“發”字可不叶也。又“掩红泪玉手親折”,今人亦誤“折”字爲韵。其實柳詞此句作“負佳人幾許盟言”。周“折”字讀平,亦非韵也。此則須明於詞體者,分别其語氣屬上屬下。若一味死填,不知以此句起下,劃然中止,成腰斬矣。

又有用入聲叠字,而兩字均作平,或一字作平,一字作入者。如歐公〔摸魚兒〕詞,“恨人去寂寂”,此兩字均作平者也。白石〔暗香〕詞,“江國正寂寂”,此一字作平,一字作入者也。詞雖今不能唱,讀時可於喉舌間得之也。

近日曲家，遇雙聲叠韵，如“局促”“淅瀝”等字，均視爲畏途。若如李易安之〔聲聲慢〕詞，連用十四叠字，惟元人雜劇《李春郎》之〔九轉貨郎兒〕有之。後來〔長生殿·彈詞〕一折，摹仿其調，他詞無有也。

一五　論唱法

唱詞之法，失傳久矣。古人治經，皆重口授，較之尋章摘句，事半功倍。謝元淮《碎金詞譜》以崐曲之法，譜唐、宋人詞，識者譏之。然崐曲亦適成爲今日之崐曲耳，其唱法不獨非古人北曲之舊，且非南詞之舊也。今即不能唱古人之詞，而古人唱詞之法，猶可於《詞源》之《謳曲要旨》求之。不揣鄙陋，略將歌訣疏證，其所不知，仍本闕如之義（近人蔡楨有《詞源疏證》，用功甚劬，惟過信鄭叔問言，不知《斠律》中固多模糊影響之談也。）。

歌曲令曲四掯匀　　破近六均慢八均
官拍艷拍分輕重　　七敲八掯靸中清

歌曲令曲，四字對舉。歌如〔子夜歌〕之類是也。令如〔調笑令〕之類是也。破爲入破，近爲近詞，慢爲慢詞。掯即拍也。芝庵《論曲》，有碎掯兒，《詞源》作碎拍（纏令用）。又有長掯兒，短掯兒，曲牌作〔長拍〕〔短拍〕（南仙吕）。可證。歌曲令曲，多爲四句，故用四掯。破、近較長，故均之爲六掯。慢又長，故均之爲八掯也。官拍者，正板之拍。艷拍者，贈板之拍。官拍重，艷拍輕也。靸即楔子（説見前。），掯用板，於八音爲木。敲用方響（今雲鑼。），於八音爲金。楔子八掯，同於慢詞，但多雲鑼七敲耳。

大頓聲長小頓促　　小頓才斷大頓續
大頓小住當韵住　　丁住無牽逢合六

“頓”，沈存中《筆談》、芝庵《唱論》并作“敦”，《遏雲要訣》作“墩”，實一字也。當韵曰“住”、不當韵曰“頓”。小頓小住當一字，故曰促；大頓大住則當二字，故曰長也（一敦一住當一字，一大住當二字，見《筆談》。大住當二字，故知大頓亦當二字也。）。言小住者，雖當韵，别於結聲之大住也。丁亦頓字，下卷論音譜有“丁抗掣拽”之語，即《遏雲要訣》所謂“墩亢掣拽”也。“無牽”謂小頓小住，皆不縈縷也。“逢合六”者，舉正宫之住聲，以概其餘之大住。黄鐘住聲爲合，黄鐘清住聲爲六。既曰合，又曰六者，歌訣不能不叶韵耳。今曲家唱法，有四字訣：曰掇。曰叠。曰擻。曰霍。霍之聲欲其短不欲其長，如尺上工尺，或合工合四，其第二腔皆祇要閉口帶過，不可延長，近於小頓。掇則近於大頓，謂以一腔唱作兩腔。如仩乙五六唱作仩、乙五六是也。

慢近曲子頓不叠　　歌颯連珠叠頓聲
反掣用時須急過　　折拽悠悠帶漢音

“叠”即今日曲家“掇、叠、擻、霍”之“叠”也。“叠”者，將其腔重叠唱之，大都用於腰板以下之長腔。如五……六工尺，此五字自腰贈板以下，三叠其音，唱作五五五是。慢、近疑破、近之訛。破爲繁聲，近爲緊板，故可不叠。若慢詞則正所謂“歌颯連珠”者，此而不叠，則次句所謂“歌颯連珠叠頓聲”者，將何指耶？反掣折三聲以《事林廣記》考之，其《音樂總叙訣》有“折聲上生四位，掣聲下隔二宫，反聲宫閏相頂”云云。上生四位，則如合尺連用是也。下隔二宫，則如上四連用是也。宫閏相頂，則如尺尺連用，而下一尺字用低尺是也。沈存中云“一掣减一字”，則反字亦當减一字，故云用時須急過也。拽即今曲家之“擻”字。擻者，摇曳其音之腔也。如工五六工尺，其末眼上之工字，將笛孔忽開忽按，唱者隨之而作摇曳之腔是。折拽與反掣爲對待，故一用急過，一則悠悠也。《事林廣記·寄煞訣》有“折掣四相生”語，蓋舉折以概拽，舉掣以概反，謂謳曲中有此四者，生生不已耳。鄭叔問疑折有同於掣，非也（此“折”字與白石所論“折”字不同，彼爲指法，此爲唱法也。）。《管色應指字譜》亦舉折以概拽，舉掣以概反。故有折掣，無拽反。惟折應作𠂆，從斤省。掣應作刂，從刀。今刻本𠂆作ㄅ，則與上字混。刂作𠃍，則與凡字混，此亟應改正者也。漢音對北曲言。北曲勁，無悠悠之致。時金人院本已行，故别之以漢也。

頓前頓後有敲掯　　聲拖字拽疾爲勝
抗聲特起直須高　　抗與小頓皆一掯

此四句中惟“聲拖字拽疾爲勝”句最不易通。蓋既云“拖拽”，則絲竹與肉，聲皆主緩，云何又以疾勝？爲此一句，尋思累日，始悟玉田所謂“疾”者，對“敲掯”而言。蓋頓前頓後，敲掯已過。若聲字不過，一味拖拽，即不得云勝也。《舜典》：“歌永言，聲依永，律和聲。”一“依”字包盡千古歌訣。當拖拽不拖拽，不得云依。不當拖拽而猶拖拽，亦不得云依也。“抗”即《樂記》“上如亢”之“亢”，凡抗聲多去聲字。

腔平字側莫参商　　先須道字後還腔
字少聲多難過去　　助以餘音始繞梁

“側”即仄字。腔平字仄，歌者須用融之一法。沈存中所謂“宫聲之字，而曲合用商聲，則能轉宫爲商”也。先道字後還腔者，如上文所舉柳詞“暮雨乍歇”“歇”字，“小檝夜泊”“泊”字，周詞“掩红泪玉手親折”“折”字，若不先道字，則“歇”成爲“些”，“檝”成爲“凄”，“折”成爲“遮”，失却詞意。故歌時仍當以入聲吐字，而微以平聲作腔也。字爲實字，聲爲虚聲。虚聲多，實字少。非以餘音不能過去。《樂記》所謂“纍纍乎如貫珠”者，正指餘音言。

忙中取氣急不亂　　停聲待拍慢不斷
好處大取氣流連　　拗則少入氣轉换

段安節《樂府雜録》言：“善歌者必先調其氣。”芝庵《論曲》有“偷氣、取氣、换氣、歇氣、就氣”。此四句專言取氣、换氣，而偷氣、歇氣、就氣悉寓其中。

哩字引濁囉字清　　住乃哩囉頓唆喻
大頭花拍居第五　　叠頭艷拍在前存

今詞中〔攤破醜奴兒〕，南曲中〔水红花〕，并尚存“也囉”二字之腔。“哩囉”“唆喻”四字，皆纏聲。俗語於人糾纏不清者，謂之“囉嗹”。“囉”即“哩囉”二字合音，“嗹”即“唆喻”二字合音也（“唆喻”二字，今不見曲中，吾疑即“玲瓏”二字之俗寫，犯詞尚存〔玲瓏四犯〕名。）。大頭、叠頭皆慢曲。下卷論拍眼，謂慢曲有大頭曲、叠頭曲是也。惟何者爲大頭曲，何者爲叠頭曲，則玉田未明言。今以《清真集》中慢詞證之，如〔夜飛鵲〕詞，後遍“何意重經前地，遺鈿不見，斜徑都迷。兔葵燕麥，向殘陽影與人齊”，與前遍“相將散離會處，風前津鼓，樹杪參旗。花驄會意，縱揚鞭亦自行遲”對。而前遍起云“河橋送人處，良夜何其。斜月遠，墮餘輝。銅盤燭泪已流盡，霏霏凉露沾衣”，較後遍“迢遞路回清野，人語漸無聞。空帶愁歸”，多十四字，兩韵。〔大酺〕詞後遍“怎奈向蘭成顦顇，樂廣清羸，等閑時易傷心目。未怪平陽客，雙泪落笛中哀曲。况蕭索青蕪，红糝鋪地，門外荆桃如菽”與前遍“潤逼琴絲，寒侵枕障，蟲網吹黏簾竹。郵亭無人處，聽檐聲不斷困眠初熟。奈愁極頻驚，夢輕難記，自憐幽獨”對。而前遍起云“對宿烟收，春禽静，飛雨時鳴高屋。牆頭青玉旆，洗鉛霜都盡，嫩梢相觸”，較後遍"行人歸意速，最先念流潦妨車轂"，多十四字。此大頭曲也。兩詞後遍遍尾各增一句，則餘音。餘音亦名泛聲，非此不能與前遍相稱也。至〔蘭陵王〕之爲叠頭曲，則盡人能知之，不煩吾更言之矣。花拍、艷拍名異實同，即今曲家之贈板也。"居第五"義未詳，以臆度之，則大頭花拍當歌詞之第五字。叠頭艷拍當歌詞之首字或第三字耶？此當與下卷論拍眼中"打前拍""打後拍"之語合參。

舉本輕圓無磊塊　　清濁高下縈縷比
若無含韵强抑揚　　即爲叫曲念曲矣

沈存中《筆談》云："古之善歌者，謂當使聲中無字，字中有聲。凡曲止是一聲，清濁高下，如縈縷耳。字則有喉、脣、齒、舌等音不同，當使字字舉本皆輕圓，悉融入聲中，令轉换處無塊壘。"又云："不善歌者，聲無抑揚，謂之念曲。聲無含韞，謂之叫曲。"足爲此四句注脚。"本"者舌本，"含韵"爲"含韞"之訛。

芝庵《曲論》，言歌之格調，有抑揚、頓剉、頂叠、垛换、縈紆、牽結、敦拖、嗚咽、推題、丸轉、摇欠、遏透；歌之節奏，有停聲、待拍、偷吹、拽棒，字真句篤，依腔貼調，可與玉田合參，但其中或有訛字耳。

一六　論詞有謎語

秦少游贈妓陶心兒〔南歌子〕詞"天外一鈎殘月挂三星"，黄山谷〔兩同心〕詞"你共人女邊著子，争知我門裏挑心"，又〔少年心〕詞："似合歡桃核，真堪人恨，心兒裏有兩個人人"，皆謎語也。《雲溪友議》載晋公弟之子裴諴，與温歧爲友。裴有〔南歌子〕云："不是厨中串，争知炙裏心。井邊銀釧落，輾轉恨還深。"又曰："不信長相憶，抬頭問取天。風吹荷葉動，無夜不摇蓮。"又曰："簳蠵爲紅燭，情知不自由。細絲斜結網，争奈眼相鈎。"

二人又爲〔新添聲柳枝詞〕，飲筵競唱其詞而打令也。詞云“思量大是惡因緣。衹得相看不得憐。願作琵琶槽那畔，美人常抱在胸前。”又曰：“獨房蓮子莫人看。偷折蓮時命也拼。若有所由來借問，但道偷蓮是下官。”温歧曰：“一尺深紅蒙麴塵。舊物天生如此新。合懽桃核終堪恨，裏許元來别有人。”又曰：“井裏點燈深燭伊。共郎長行莫圍碁。玲瓏骰子安红豆，入骨相思知不知。”知秦、黄之詞，蓋有所本。

一七　論詞有俳體

明寧獻王朱權論樂府體一十五家，其末曰俳優體。注謂：“詭喻淫謔，即淫詞也。”秦、黄集中，此體常見。其中勾欄市井之語，今多不可解，然亦不必學也。《碧鷄漫志》言：“元祐間，王齊叟彦齡，政和間，曹组元寵，皆能文，每出長短句，膾炙人口。彦齡以滑稽語譟河朔，组潦倒無成，作〔紅窗迥〕及雜曲數百解，聞者絶倒，滑稽無賴之魁也。其後祖述者益衆，嫚戲污賤，古所未有。”曾慥選《樂府雅詞》，周密選《絶妙好詞》，正爲俳體對方下藥。但學者亦須知詞中有此一種文字耳。

品令

秦觀

幸自得。一分索强，教人難吃。好好地惡了十來日。恰而今、較些不。　　須管啜持教笑，又也何須肐織。衡倚賴臉兒得人惜。放軟頑、道不得。

品令

秦觀

掉又懼。天然個品格。於中壓一。簾兒下時把鞋兒踢。語低低、笑咭咭。　　每每秦樓相見，見了無限憐惜。人前强不欲相沾識。把不定、臉兒赤。

滿園花

秦觀

一向沉吟久。泪珠盈襟袖。我當初不合、苦攔就。慣縱得軟頑，見底心先有。行待痴心守。甚捻著脉子，倒把人來僝僽。
近日來、非常羅皁醜。佛也須眉皺。怎掩得衆人口。待收了孛羅，罷了從來鬥。從今後。休道共我，夢見也、不能得勾。

望遠行

黄庭堅

自見來，虚過却、好時好日。這訑尿黏膩得處、煞是律。據眼前言定，也有十分七八。冤我無心除告佛。　管人閑底，且放我、快活嘚。便索些别茶祗待，又怎不遇偎花映月。且與一班半點，祗怕你没丁香核。

少年心

黄庭堅

心裏人人，暫不見、霎時難過，天生你要憔悴我。把心頭從前鬼，著手摩挲。抖擻了、百病銷磨。　見説那廝脾鱉熱大。不成我便與拆破。待來時、鬲上與廝噉則個。温存著、且教推磨。

鼓笛令

黄庭堅

見來兩個寧寧地。眼廝打、過如拳踢。恰得嘗些香甜底。苦殺人、遭誰調戲。　臘月望州坡上地。凍著你、影艖村鬼。你但那些一處睡。燒沙糖、管好滋味。

鼓笛令

黄庭堅

見來便覺情於我。厮守著、新來好過。人道他家有婆婆。與一口、管教屎磨。　副靖傳語木大。鼓兒裏、且打一和。更有些兒得處囉。燒沙糖、香藥添和。

醜奴兒

黄庭堅

濟楚好得些。憔悴損、都是因它。那回得句閑言語，傍人盡道，你管又還，鬼那人吵。　　得過口兒嘛。直勾得、風了自家。是即好意也毒害，你還甜殺人了，怎生申報孩兒（“兒”字失叶，疑下奪“呵”字，古人歌麻通叶也。“申”字襯。黄詞尚有〔歸田樂令〕一首，殘缺不可句讀，今不録。）。

一八　論詞有平仄通叶

詞牌中叶韵可平可仄者，不獨白石〔滿江红〕改仄爲平也。〔浣溪沙〕本平叶，而李後主詞云：“红日已高三丈透。金鑪次第添香獸。红錦地衣隨步皺。　　佳人舞點金釵溜。酒惡時拈花蕊齅。别殿遥聞簫鼓奏。”則仄叶矣。〔念奴嬌〕本仄叶，而陳允平詞云：“凝雲沍曉，正醿花纔積，荻絮初殘。華表翩躚何處鶴，愛吟人在孤山。凍解苔鋪，水融莎甃，誰憑玉勾闌。茸衫氈帽，冷香吹上吟鞍鞭。　　將次柳際瓊消，梅邊粉瘦，添做十分寒。閑踏輕澌來薦菊，半潭新漲微瀾。水北峰巒，城陰樓觀，留向月中看。巘雲深處，好風飛下晴湍。”則平叶矣。此外如〔竹枝〕〔回波〕〔三臺〕〔閑中好〕〔南歌子〕〔浪淘沙〕〔憶王孫〕〔如夢令〕〔天仙子〕〔江城子〕〔上行杯〕〔醉太平〕〔霜天曉角〕〔憶秦娥〕〔人月圓〕〔沙塞子〕〔柳梢青〕〔雨中花慢〕〔引駕行〕〔鳳銜杯〕〔聲聲慢〕〔兩同心〕〔惜黄花慢〕〔撼庭竹〕〔山亭柳〕〔滿路花〕〔步月〕〔漢宫春〕〔萬年歡〕〔绛都春〕〔鳳歸雲〕〔慶春宫〕〔南浦〕〔西平樂〕，〔永遇樂〕〔尉遲杯〕〔大聖樂〕〔過秦樓〕〔八歸〕〔多麗〕，或叶平、或叶仄者，不勝枚舉。又有一首之中，平仄通叶者。如〔西江月〕〔换巢鸞鳳〕〔哨遍〕〔戚氏〕，皆是也。而〔哨遍〕〔戚氏〕兩調，最爲難讀。〔哨遍〕暗韵之多，加以增叠、增韵、减句，則尤難之難者。兹就吾曩所撰《詞律糾謬》迻寫於後，俾世明此兩調之本體焉。其有糾正吾説者，則吾攻疾之良醫，有證成吾説者，則吾多聞之益友也。

哨遍

蘇軾

爲米折腰，因酒弃家，身口交相累。歸去來，誰不遣君歸。覺從前俱非今是。露未晞。征夫指予歸路，門前笑語喧童稚。嗟舊菊都荒，新松暗老，吾年今已如此。但小牎容膝閉柴扉。策杖看、孤雲暮鴻飛。雲出無心，鳥倦知還，本非有意。　　噫。歸去來兮。我今忘我兼忘世。親戚無浪語，琴書中、有真味。步翠麓崎嶇，泛清溪窈窕，涓涓暗谷流春水。觀草木欣榮，幽人自感，吾生行且休矣。念寓形宇内復幾時。不自覺、皇皇欲何之。委吾心、去留難計。神仙知在何處，富貴非吾志。但知臨水登山嘯咏，自引壺觴自醉。此生天命更奚疑，且乘流、遇坎還止。

“哨”或作“稍”。《古今詞話》：“卓人月曰：‘此般涉調曲，於華言爲五聲。五聲，羽聲也。羽於五音之次爲五。’”今《北詞廣正譜》《南詞新譜》皆入般涉調。《雍熙樂府》入中吕宫。惟《九宫大成南北詞宫譜》入之小石調，似誤（《廣正譜》於《哨遍》調下，注：“亦入中吕。”又中吕宫類題借宫内有般涉《哨遍》。）。《詞律》載東坡此詞，而以其長而多訛。以辛稼軒、王初寮、劉後邨、方秋厓諸詞，逐句注釋，惟不能分字之正襯。又誤將暗韵一律作叶，遂至墮五里霧中，若瞽者之無相。其向來所持方千里和美成詞四聲無一字異之説，至此而扞格難通。一則曰韵脚平仄通叶，不拘；再則曰或有不叶者，不拘；再則曰平仄不異；分逗可不拘；再則曰平仄異，或可不拘，亦佛家所云歧舌矣。今爲學者燃覺燈，分出正襯之字，除去暗韵，庶幾沉沉黑暗地獄，放大光明。持此以讀東坡《春詞》及辛、王、劉、方諸詞，涣然冰釋矣。

此首“來”“歸”“晞”“扉”“噫”“兮”“時”“計”“疑”九字，皆暗韵也。何以知其然？一“來”字在襯字内，故《春詞》不叶也。二“歸”字、三“晞”字、《春詞》皆不叶。“晞”字且是破句，其句法應四、四也。四“噫”字、《春詞》不叶。王初寮用“嗟”字，汪方壺亦用“噫”字，皆非叶也。五“兮”字，初寮不叶。辛稼軒一首用“有命存焉”，“焉”字亦不叶也。六“計”字，稼軒一首用“鵾鵬變化”，“化”字不叶也。凡吾所説，皆有依據，非武斷者能藉口也。“扉”字、“時”字、“疑”字，何以亦知爲暗韵，以《春詞》後遍“醉鄉路穩不妨行，但人生要適情耳”，兩七字句準之，行字不叶。後邨之“呼僮秣馬更膏車，便與君從此逝矣”，“車”字亦不叶也。

“露未晞”二句，破四、四作三、五，增一字。“噫歸去來兮”至“忘世”，是過變。凡過變不必與前遍同。“去留難計”至“還止”，叠“翠麓崎嶇”至“何之”八句，看似比前遍增，實則減“雲出無心”三句也。“雲出無心”三句，何以要減？則以既增八句一叠，詞太冗長，不得不伸縮變化，俾歌者至此得少休也。《雍熙樂府》中吕宫載〔哨遍〕十首，有〔么篇〕者九首，皆有遍末之三句或一句，然無加叠。此中消息，願與學人參之。

“身口”字、“俱”字、“春”字、“志”字、“奚”字，據《苕溪漁隱叢話》改。“清”字據添。

哨遍

蘇軾

睡起畫堂，銀蒜押簾，珠幕雲垂地。初雨歇，洗出碧羅天，正溶溶養花天氣。一霎暖風回，芳草榮光浮動，捲皺銀塘水。方杏靨匀酥，花鬚吐綉，園林翠红排比。見乳燕捎蝶過繁枝，忽一綫爐香惹游絲。晝永人閑，獨立斜陽，晚來情味。　便乘興携將佳麗。深入芳非裏。撥胡琴語，輕攏慢撚總伶俐。看緊約羅裙，急趣檀板，霓裳入破驚鴻起。顰月臨眉，醉霞横臉，歌聲悠揚雲際。任滿頭紅雨落花飛墜。漸鳷鵲樓西玉蟾低。尚徘徊、未盡歡意。君看今古悠悠，浮幻人間世。這些百歲光陰幾日，三萬六千而已。醉鄉路穩不妨行，但人生、要適情耳。

此首“時”“枝”“麗”“眉”“墜”“意”六字皆暗韵。

此詞即《詞律》所再三謂與本調不合，不必從者也。讀名家詞，不知增、減、攤、破之法及分别官韵、暗韵，终身如矮人觀場，不能見詞之本體也。前遍“風回芳草”八字，即破前一首之“露未晞”八字。彼爲三、五，此爲四、四。彼爲攤四，四作三、五，此爲破三、五作四、四也。“撥胡琴語”十一字，亦破前一首之“親戚無浪語”十一字。彼爲五、六，此則四、七也。“這些百歲”句，與前一首“但知臨水”句，均攤四、四兩句爲八字一句。吾平時謂工尺衹有高低，無平仄，故北宋人平仄可以易也。嘌唱衹有斷續，無句讀，故北宋人句讀可以破也。南宋人詞與音樂離，除姜、張外，鮮能解此，於红友更無足責矣。其所云“坡公《春詞》‘洗出碧羅天’不叶韵”者，彼不知“誰不遣君歸”之“歸”字乃暗韵也。其所云“‘一霎晴（今改時字，從《南詞宫譜》。）。風回芳草，榮光浮動，捲皺銀塘水’與本調不合”，又“‘任滿頭红雨落花飛’各刻俱於‘飛’字下增一‘墜’字，人遂謂九字句，誤”者，彼不知“一霎暖”三字，“落”字，皆襯字也。其所云“‘但小窗’‘窗’字坡又作‘燕’，不如用平”，又“‘君看今古悠悠’與本調不合”者，彼不知平、仄可以易也。其所云“‘便乘興携將佳麗，深入芳菲裏’，不但無一‘噫’字，其下句亦非一四、一七，故云與本調不合”者，彼不知此爲過變。凡過變，後遍與前遍可不同也。其於前首“親戚無浪語”二句下注云：“坡《春詞》此二句作上四、下七，與本調不合”，則攤、破之法不同，上文詳之矣。

哨遍

辛弃疾

池上主人，人適忘魚，魚適還忘水。洋洋乎，翠藻青萍裏。相魚兮、無便於此。嘗試思。莊周談兩事。一明豕蝨一羊蟻。説蟻慕於羶，於蟻弃知。又説於羊弃意。甚蝨焚於豕獨忘之。却驟説於魚爲得計。千古遺文，我不知言，以我非子。噫。子固非魚，魚之爲計子焉知。河水深且廣，風濤萬頃堪依。　　有網罟如雲，鵜鶘成陣，過而留泣計應非。其外海茫茫，下有龍伯，飢時一啖千里。更任公五十犗爲餌。使海上人人厭腥味。似鵾鵬變化，幾東游入海，此計直以命爲嬉。古來謬算狂圖，五鼎烹死。指爲平地。嗟魚欲事遠游時。請三思而行可矣。

此首“裏”“思”“事”“知”“之”“噫”“餌”“死”“時”九字，皆暗韵。“嘗試思”句，攤四、四二句爲八字一句，與蘇前首同。“古來”三句，破四、四、六作六、四、四。《詞律》於前遍第六句，謂“‘談’字上落一‘嘗’字或‘曾’字”，不知何據。其尤謬者，謂各家俱於“幾”上落一字，讀作“鵾鵬變化口幾”爲一句，“東游入海此計”爲一句。而力詆《圖譜》之注“似鵾鵬變化”爲五字句，“幾東游入海”亦注爲五字句而下注七字句爲“無此體例”，爲“可嘆可嘆”。指天畫地、信口開合，不知所謂體例者，是何體例也。

哨遍

辛弃疾

蝸角鬥爭，左觸右蠻，一戰連千里。君試思、方寸此心微。總虛空、并包無際。喻此理。何言泰山毫末，從來天地一稊米。嗟小大相形，鳩鵬自樂，之二蟲又何知。記跖行仁義孔丘非。更殤樂長年老彭悲。火鼠論寒，冰蠶語熱，定誰同異。　　噫。貴賤隨時。連城纔换一羊皮。誰與齊萬物，莊周吾夢見之。正商略遺篇，翩然顧笑，空堂夢覺題秋水。有客問洪河，百川灌雨，涇流不辨涯涘。於是焉河伯欣然喜。以天下之美盡在己。渺滄溟望洋東視。逡巡向若驚嘆，謂我非逢子。大方達觀之家，未免長見悠然笑耳。此堂之水幾何其。但清溪一曲而已。

此首“思”“微”“理”“非”“噫”“時”“喜”“視”“其”九字，皆暗韵。“喻此理”句攤四、四二句爲一句，實際與前首句法同，但中增一字耳。“大方”二句，又攤前首之六、四、四爲六、八，與蘇之八、六，同爲攤法。而所攤之法不同，以正法眼觀之，歸於一也。《詞律》致疑於句法不同，又曲爲之説，謂“觀”音“貫”，平仄不異，分逗可不拘。不知分逗平仄，唱時衹須還他本腔，本無拘束。即有拗句，歌者固能融之，使諧於口與耳也。至“達觀”之“觀”，與佛家“止觀”之“觀”，本應讀作去聲，注之反覺其陋。

哨遍

辛弃疾

一壑自專，五柳笑人，晚乃歸田里。問誰知、幾者動之微。望飛鴻、冥冥天際。論妙理。濁醪正堪長醉。從今自釀躬耕米。嗟美惡難齊，盈虛如代，天耶何必人知。試回頭五十九年非。似夢裏歡娱覺來悲。夔乃憐蚿，榖亦亡羊，算來何異。　嘻。物諱窮時。豐狐文豹罪因皮。富貴非吾願，皇皇乎欲何之。正萬籟都沉，月明中夜，心彌萬里清如水。却自覺神游，歸來坐對，依稀淮岸江涘。看一時魚鳥忘情喜。會我已忘機更忘己。又何曾物我相視。非魚濠上遺意，要是吾非子。但教河伯、休慚海若，大小均爲水耳。世間喜愠更何其。笑先生三仕三已。

此首“知”“微”“理”“醉”“非”“嘻”“時”“喜”“視”“意”“其”十一字皆暗韵。“論妙理”句與前首攤法同。“但教”三句四、四六、與前首攤法異，實非異也。

哨遍

王安中

世有達人，瀟灑出塵，招隱青霄際。終始追游覽，老山栖。藐千金、輕脱如屣。彼假容江皋，濫巾雲岳，纓情好爵欺松桂。觀向釋談空，尋真講道，巢由何足相擬。待詔書來起便驧馳。席次早焚裂芰荷衣。敲樸喧喧，牒訢匆匆，抗顔自喜。　嗟。明月高霞，石徑幽絶誰回睇。空悵猿驚處，淒凉孤鶴嘹唳。任別壑争譏。衆峰竦誚，林慚澗愧移星歲。方浪枻神京，騰裝魏闕，徘徊經過留憩。致草堂靈怒蔣侯麾。扃岫幌驅烟勒新移。忍丹崖碧嶺重滓。鳴湍聲斷深谷，逋客歸何計。信知一逐浮榮，便喪素守，身成俗士。伯鸞家有孟光妻。豈逡巡、眷戀名利。

此首“栖”“馳”“譏”“麾”“滓”“妻”六字皆暗韵。“終始”句上五、下三，不作上三，下五。“假容”二句四、四，增一字，不作三、五。“信知”三句六，四、四，不作八，四、六，而與稼軒“古來”三句同，皆破法也。“嗟”字、“霞”字忽换韵，與汪方壺“述詰”韵忽押“朧”“雄”“春”“同”“淙”“風”等字同。以此爲暗韵，非正韵，可出入也。《詞律》謂“彼假容”之“容”字不叶。彼未知東坡“晞”字，因攤破句法不同，加一暗韵，求美聽也。

哨遍

劉克莊

勝處可宫，平處可田，泉土尤甘美。深復深，路絶住人稀。有人兮盤旋於此。送子歸。是他隱居求志。是要明主媒當世。嗟此意誰論，其言甚壯，孔顔猶有遺旨。大丈夫之被遇於時。便入坐廊廟出旗麾。列屋名姬，夾道武夫，滿前才子。　噫。有命存焉，吾非惡此而逃之。富貴人所欲，如之何、幸而致。向茂樹堪休，清泉可濯，谷中别有閑天地。愛鱠細於絲。蕨甜似蜜，采於山，釣於水。大丈夫不遇之所爲。唐處士，依稀是吾師。覺山林、尊如朝市。五侯門下賓客，擾擾趨權勢。嗟盤之樂，誰争子所，占斷千秋萬歲。呼僮秣馬更膏車，便與君，從此逝矣。

此首“稀”“歸”“志”“時”“姬”“噫”“絲”“爲”“市”九字皆暗韵。句法與東坡前一首同。惟“有命存焉”之“焉”字不叶。以東坡“兮”字本暗韵，非官韵也。“采於山”六字，東坡作一句，此破作三、三。“嗟盤”三句，東坡作八、六，此破作四、四、六，實無不同，红友少見多怪耳。红友又云：“‘大丈夫不遇之所爲’，毛刻於‘遇’字下誤多一‘時’字。”按毛刻有“時”字，有亦增字，不得云誤多。

哨遍

方岳

月亦老乎，勸爾一杯，聽説平生事。吾問汝。開闢自何時。有乾坤便應有爾。年幾許。鴻荒邈哉遐已。吾今斷自唐虞起。繄帝曰放勛，甲辰踐祚，數至今、宋嘉熙。凡三千五百卅年餘。嘆雨僽風僝幾盈虧。老兔奔馳。痴蟆吞吐，定應衰矣。　　噫。月豈無悲。吾觀人壽幾期頤。炯炯雙眸子。明清無過嬰兒。但纔到中年，昏然欲眊，那堪老矣知何似。試以此推之。吾言有理。不能不自疑耳。恐古時月與今時異。恨則恨今人不千歲。但見今、冰輪如洗。阿誰曾自前古，看到隋唐世。幾時明潔，幾時昏暗，畢竟少晴多雨。須臾月落夜何其。曰先生、寘之姑醉。

此首“汝”“時”“許”“已”“餘”“馳”“噫”“悲”“子”“之”“理”“異”“洗”“其”十四字皆暗韵。句法亦與東坡前一首同。惟“幾時”三句，東坡作八、六，此破作四、四、六耳。“之”字添一暗韵，於本體無關，且通首暗韵，不止一“之”字。红友以爲可以不必叶，吾以爲可以不必説也。

哨遍

方岳

月日不然，君亦怎知。天上從前事。吾語汝。月豈有弦時。奈人間并觀乃爾。休浪許。曆家繆悠而已。誰云魄死生明起。又明死魄生，循環晦朔，有老兔、自熙熙。妄相傳月遡日光餘。嘆萬古誰知了無虧。玉斧修成，銀蟾奔去，此言荒矣。　　噫。世已堪悲。聽君歌復解人頤。桂魄何曾死，寒光不減些兒。但與日相望，對如兩鏡，山河大地無疑似。待既望觀之。冰輪漸側轉斜纔一鈎耳。論本來不與中秋異。恐天問靈均未知此。又底用、咸池重洗。乾坤一點英氣。寧老人間世。飛上天來，摩挲月去，纔信有晴無雨。人生圓闕幾何其。且徘徊、與君同醉。

此首“知”“汝”“時”“許”“已”“餘”“噫”“悲”“死”“之”“異”“洗”“氣”“其”十四字皆暗韵。句法亦與前首同，惟“冰輪”句攤四、六兩句作十字一句。“天問”句押“此”字與前首押“歲”字異。此句當東坡“不自覺皇皇欲何之”句，亦即當前、後之“策仗看孤雲暮鴻飛”，“且乘流遇坎還止”兩句。此調凡三用七字句，上句爲暗韵，下句爲增韵。增韵不在官韵中，故秋崖雖和前詞，可不依也。至汪方壺詞，首尾用“詰述”韵者，至此且轉“東鍾”韵，押“雄”字、“春”字矣。吾前引坡詞“醉鄉路穩不妨行”之“行”字，劉後邨詞“呼僮秣馬更膏車”之“車”字，證兩七字之上句爲暗韵（坡詞爲“扉”“時”“疑”三字。）。此則足證下句亦增韵（坡詞爲“飛”“之”“止”三字。）。而向來持長調每遍官韵衹有四個之説，不誣也。至各詞增字，有可於句中移上移下者，見仁見智，容或各有不同，要其爲增，則一也。

附録　北曲

哨遍

朱庭玉

唤起瑣窗離恨，鬧花深處鳴啼鴂。獨立高樓望郊原，但凝眸堪畫宜詩。是則是年年景物，歲歲風光，無比正三二。偏得東風造化，緑裁翡翠，红染胭脂。斷雲微雨養花天，暖日和風困人時。妝點人愁，將近清明，纔過上巳。

首二句破四、四五作六、七。“偏得”三句，破四、四、六作六、四、四。李玄玉謂：“與詩餘不同”，蓋未達耳。

戚氏

柳永

晚秋天，一霎微雨灑庭軒。檻菊蕭疏，井梧零亂，惹殘烟。凄然。望江關，飛雲黯淡夕陽間。當時宋玉悲感，向此臨水與登山。

遠道迢遞，行人凄楚，倦聽隴水潺湲。正蟬吟敗葉，蛩響衰草，相應聲喧。　孤館，度日如年。風露漸變，悄悄至更闌。長天静，絳河清淺，皓月嬋娟思綿綿。夜永對景，那堪屈指，暗想從前。未名未禄，綺陌紅樓，往往經歲遷延。　帝里風光好，當年少日，暮宴朝歡。况有狂朋怪侣，遇當歌對酒競留連。别來迅景如梭，舊游似夢，烟水程何限。念名利，憔悴長縈絆。追往事、空慘愁顔。漏箭移，稍覺輕寒。聽嗚咽，畫角數聲殘。對閑窗畔，停燈向曉，抱影無眠。

《歷代詩餘》謂："〔戚氏〕本曲名。"今南北曲俱無。僅據《樂章集》，知其隸中吕調而已。《詞律》以"往往經歲遷延"分段，作第二遍，蓋沿坊刻《樂章集》之誤。《詞律拾遺補注》云："'帝里風光好'三句與第一段'正蟬鳴'三句字數相同。且所言即是經歲遷延時所爲之事，正可屬之第二段下。""况有狂朋怪侣"句乃是於"暮宴朝歡"外推開説，尤似换頭語也。"其説甚是，從之。并爲分别暗韵、增韵、增字、增叠，讀者可一醒心目矣。

第一遍："望江關"至"與登山"，叠上"晚秋天"至"惹殘烟"四句，增"凄然"二字。"天"字、"然"字、"關"字并暗韵。"倦聽"二字、"正"字并增。第二遍："孤館"至"思綿綿"，當第一遍起四句。惟與第三遍皆不加叠（"孤館"句是過變，不必去增字。）。"年"字、"變"字、"淺"字、"娟"字并暗韵。"悄悄"二字、"長天静"三字、"往往"二字、"好"字并增。"帝里"至"朝歡"，叠"未名"至"遷延"三句。遍首不叠，而與第三首皆叠遍尾，以求匀襯。此詞家變化不測處，吾於《樂章》《清真》兩集，時時遇之。第三遍：起句不叶，以"天"字、"年"字非官韵也。"遇"字、"别來"二字、"烟水"二字，增。"限"字仄叶，是官韵。"利名"四句，并破四、四、四作六、六。增"念"字、"長"字、"追"字，"箭"字、"聽"字、"數"字及中間"絆"字、"寒"字并暗韵。大抵無論何詞、分正、襯，解攤、破，則萬法歸一。不能分正、襯，解攤、破，則蒙頭蓋面，永永不識太行山，而慢詞爲尤甚也。

戚氏

蘇軾

玉龜山。東皇靈姥統群仙。絳闕岧嶢，翠房深回倚霏烟。幽閑。志蕭然。金城千里鎖嬋娟。當時穆滿巡狩，篆華曾到海西邊。風露明霽，鯨波極目，勢浮輿蓋方圓。正迢迢麗日，玄圃清寂，瓊草芊綿。　　争解綉勒香韉。鸞輅駐蹕，八馬戲芝田。瑶池近、畫樓隱隱，翠鳥翩翩。肆華筵。間作脆管鳴弦。宛若帝所鈞天。稚顔皓齒，緑髪方瞳，舉止恬淡高妍。　　盡倒瓊壺酒，獻金鼎藥，固大椿年。縹緲飛瓊妙舞，命雙成、奏曲醉留連。雲璈韵響瀉寒泉。浩歌暢飲，斜月低河漢。漸綺霞無際紅深淺。動歸思、回首塵寰。爛漫游、玉輦東還。杏花風、數里響鳴鞭。望長安路，依稀柳色，翠點秦川。

此首亦依《詞律拾遺》分段。《詞律》引李方叔云：“此是因妓歌此調，詞不佳。公適讀《山海經》，乃令妓復歌，隨字填去，歌完詞就。”當日有井水處，皆能歌柳詞。吾意此妓所歌，爲柳詞也。東坡在當時，一切一切均在耆卿上，惟詞名不及耆卿之當行。而一生好勝，對耆卿未稍放鬆。十八女郎曉風殘月，與關西大漢銅琶鐵板，既著定評。而《高齋詩話》載：“少游自會稽入都，見東坡。東坡曰：‘不意别後却學柳七作詞。’因戲作‘山抹微雲秦學士，露花倒影柳屯田’之句。”蓋以其氣格爲病也。月旦所加，遂爲定論。故耆卿詞有俗名，此詞又有不佳之名。後來南宋人“不曉音律，乃故爲豪放不羈之語，遂借東坡、稼軒諸賢自諉”（此《樂府指迷》語。作者沈義父，固南宋人也。）。世遂無學耆卿詞者，避俗名也。清真學耆卿，世猶以爲時不免俗，此皆受東坡之賜，此中實有一大關鍵，詞家不可不知。比如韓、白同時，韓在生前，詩名不及香山，而意氣不肯相下，乃開生硬一派。後得歐公提倡，荆公、逢原承其緒餘，而香山亦被俗名也。東坡此詞，按之平仄，無不與耆卿合（東坡“翠華”之“華”字平，耆卿“此”字固上作平也。“杏花風”之“風”字平，耆卿“咽”字固入作平也。）。其所用“弦”“泉”二韵，乃暗合，不得云叶。又“雲璈韵”之“韵”字，疑衍。餘説見柳詞。

此外，則宋人詞尚有一韵到底者，世目爲獨木橋體。

卷下

一九　論詞有集詞

南曲有集曲。集曲者，集同一宫調之他曲而成此曲也。然必於句首注明。試舉一例，如黄鐘宫集曲〔黄龍醉太平〕，則云：“〔降黄龍〕首至四運際昇平，三洞空虚皎日朱庭。恰青陽啓號，調律崐侖欲和咸韺（〔醉太平〕五至末。）。晶瑩。北宫御女黑衣繒。捧的個湯盤禹鼎，九重承應，一泓方水朗頌岡陵。”蓋〔降黄龍〕起四句，爲“宦室門楣，寒士尋常若望雲霄。爲時移事遷，地覆天翻君去民逃”。〔醉太平〕五句至末句，爲“思昔。絶糧陳蔡自弦歌，那夫子幾曾悲戚。讀書學道，他時自然榮貴赫弈”也。此外尚有集三四曲而成一曲者。惟詞句之先後，不可亂次。如彼曲之起句，此亦應在起；中間句，此亦應在中間；末後句，此亦應在末後。若以起句置中間或末後，則亂次矣。此不可不知者也。或不同一宫調，則須同一笛色，詞家所謂犯是也。

曲有集曲。詞但苦於不注明，使學者能由之而不能知之耳。今惟劉龍洲詞有一首，足以證成吾説。其〔四犯剪梅花〕云：“水殿風凉，賜環歸正是、夢熊華旦。（〔解連環〕）叠雪羅輕，稱雲章題扇。（〔醉蓬萊〕）西清侍宴。望黄傘、日華籠輦。（〔雪獅兒〕）金券三王，玉堂四世，帝恩偏眷。（〔醉蓬萊〕）臨安記、龍飛鳳舞，信神明有後，竹梧陰滿。（〔解連環〕）笑折花看，挹荷香紅淺。（〔醉蓬萊〕）功名歲晚，帶河與、礪山長遠。（〔雪獅兒〕）麟脯杯行，狨韉坐穩，内家宣勸。”（〔醉蓬萊〕）以蔣捷〔解連環〕證之，前遍起云：“妒花風惡。吹青陰漲却，亂紅池閣。”後遍起云：“天津霽虹似昨。聽鶗聲度月，春又寥寞。”（〔龍洲詞〕“記”字是襯。）吕渭老〔醉蓬萊〕前遍中間云：“閑伴游絲，過曉園庭沼。”末後云：“碧縷牆頭，紅雲水面，柳堤花岛。”後遍中間云：“鶯語丁寧，問何時重到。”末後云：“處處傷懷，年年遠念，惜春人老。”程垓〔雪獅兒〕前遍中間云：“紅爐對謔，正酒面瓊酥初削。”後遍中間云：“花嬌柳弱，漸倚醉要人摟著。”以此推之，所謂〔三犯渡江雲〕〔玲瓏四犯〕〔八犯玉交枝〕，皆集詞。乃至〔六醜〕〔八歸〕，無一非集詞也。（〔蓮子居詞話〕云：“〔六醜〕詞，周邦彦所作。上問六醜之義。對曰：此犯六調，皆聲之美者，然極難歌。高陽氏有子六人，才而醜，故以比之。”）

其他詞牌至五字，除用古人名句或已句標新領異外，皆爲集詞。如〔玉女摇仙佩〕爲集〔傳言玉女〕〔法曲獻仙音〕〔解佩令〕而成；〔黄鸝繞碧樹〕爲集〔黄鶯兒〕〔繞池游〕〔春草碧〕而成；〔鶯聲繞紅樓〕爲集〔黄鶯兒〕〔繞池游〕〔百尺樓〕（即〔卜算子〕。）而成；〔瀟湘逢故人〕爲集〔瀟湘夜雨〕〔憶故人〕而成；〔春從天上來〕爲集〔絳都春〕〔齊天樂〕〔上林春〕〔燕歸來〕（即〔喜遷鶯〕。）而成。試列於後。若好學深思之士，一一能證其爲某詞集某詞，亦可爲詞學中放一異彩也。

玉女摇仙佩

柳永

飛瓊伴侣，偶别珠宫，未返神仙行綴。取次梳妝，尋常言語，有得幾多姝麗。擬把名花比。恐傍人笑我，談何容易。细思算、奇葩艷卉，惟是深红淺白而已。争如這多情，占得人間，千嬌百媚。　　須信畫堂綉閣，皓月春風，忍把光陰輕弃。自古及今，佳人才子，少得當年雙美。且恁相偎倚。未消得、憐我多才多藝。願奶奶、蘭心蕙性，枕前言下，表余深意。爲盟誓。從今斷不負鴛被。

附

凡詞之後遍，除一起有换頭有不换頭不計外，其他均與前遍同。

一夜東風，不見柳梢殘雪。御樓烟暖，對鰲山彩结。蕭鼓向晚，鳳輦初回宫闕。（晁沖之〔傳言玉女〕起六句。）

悔恨臨岐處，正携手翻成，雲雨離析。（柳永〔法曲獻仙音〕中間二句。）春雨如絲，綉出花枝红裊。怎禁他、孟婆合早。（蔣捷〔解佩令〕末三句。）

黄鸝繞碧樹

周邦彦

雙闕籠佳氣，寒威日晚，歲華將暮。小院閑庭，对寒梅照雪，淡烟凝素。忍當迅景，動無限、傷春情緒。猶賴是、上苑風光，漸好芳容將煦。　　草莢蘭芽漸吐。且尋芳、更休思慮。這浮世、甚驅馳利禄，奔競塵土。縱有魏珠照乘，未買得流年住。争如剩引榴花，醉偎瓊樹。

附

園林静晝誰爲主。（柳永〔黄鶯兒〕起句。南曲商調起句五字，故知“園林”二字襯。）玉漏花深寒淺。（無名氏〔繞池游〕次句。三、三攤作六字。）

東風裏、誰望斷西塞，恨迷南浦。天涯地角，意不盡消沈萬古。曾是送别長亭下，细绿暗烟雨。（万俟雅言〔春草碧〕四至末。末二句破四、六作五、五。後遍不破破。）

鶯聲繞紅樓

姜夔

十畝梅花作雪飛。冷香下、携手多時。兩年不到斷橋西。長笛爲予吹。　　人妒垂楊绿，春風爲、染作仙衣。垂楊却又妒腰肢。近前舞絲絲。

附

園林静晝誰爲主。（柳永〔黄鶯兒〕起句。）

玉漏花深寒淺。（無名氏〔繞池游〕次句。）

時見幽人獨往來，縹緲孤鴻影。（蘇軾〔卜算子〕末二句。〔卜算子〕又名〔百尺樓〕。南唐、兩宋人平仄叶不拘。）

瀟湘逢故人

王安禮

熏風微動，方榴花弄色，萱草成窩。翠帷敞輕羅。試冰簟初展，幾尺湘波。疏櫓廣廈，稱瀟湘一枕南柯。引多少夢魂歸绪，洞庭兩棹烟蓑。　　驚回處，閑晝永，更時時燕雛鶯友相過。正緑影婆娑。况庭有幽花，池有新荷。青梅煮酒，幸隨分贏取高歌。功名事到頭終在，歲華忍負清和。

附

釵點銀缸，高擎蓮炬，夜深不耐微風。重重簾幕捲堂中。香漸遠、長烟裊穟，光不定寒影摇红。（趙長卿〔瀟湘夜雨〕起六句。）

無奈雲沉雨散。憑闌干、東風淚眼。海棠開後，燕子來時，黄昏庭院。（王詵〔憶故人〕五至末。破六、六作四、四、四。此詞舊分兩遍，非也。〔燭影摇紅〕即就全詞加一叠者。）

春從天上來

王惲

羅綺深宫，記紫袖雙垂，當日昭容。錦封香重，彤管春融。帝座一點雲红。正臺門事簡，更捷奏、清晝相同。聽鈞天，倚瀛池内宴，長樂歌鐘。　　回頭五雲雙闕，恍天上繁華，玉殿珠櫳。白髮歸來，昆明灰冷，十年一夢無踪。寫杜娘哀怨，和淚點彈與孤鴻。淡長空。看五陵何似，無樹秋風。

附

情黏舞綫，悵駐馬灞橋，天寒人遠。（吴文英〔絳都春〕起三句。）

乍咽凉柯，還移暗葉，重把離愁深訴。（王沂孫〔齊天樂〕四、五、六句。）

滿城車馬，對明月有誰閑坐。（晁沖之〔上林春〕七、八句。）

對此景，動高歌一曲，何妨行樂。（蔣捷〔喜遷鶯〕末三句。〔喜遷鶯〕二名〔燕歸來〕。）

大抵詞家犯調，即是曲之集曲。曩讀周美成〔瑞龍吟〕詞。《花庵》云：“此詞自‘章臺路’至‘歸來舊處’是第一段。自

‘黯凝佇’至‘盈盈笑語’是第二段。此謂之雙拽頭，屬正平調。自‘前度劉郎’以下，即犯大石。至‘歸騎晚’以下。再歸正平”。此語自來無人能解。萬红友謂“既以尾爲‘再歸正平’，則該分四叠，應在‘縷’字再分一段”云云，完全不知詞體，真痴人前説不得夢也。此爲美成自製腔，以〔瑞鶴仙〕犯〔龍山會〕。〔瑞鶴仙〕屬正平調。正平殺聲用四字。〔龍山會〕屬大石（《虚齋詞》謂是商調，蓋黄鐘商也。黄鐘商俗名大石調。），大石亦殺聲用四字。同一笛色，故能犯也。

瑞龍吟

周邦彦

章臺路。還見褪粉梅梢，試華桃樹。愔愔坊陌人家，定巢燕子，歸來舊處。　　黯凝佇。因記個人痴小，乍窺門户。侵晨淺約宫黄，障風映袖，盈盈笑語。　　前度。劉郎重到，訪鄰尋里，同時歌舞。唯有舊家，秋娘聲價如故。吟牋賦筆，猶記燕臺句。知誰伴、名園露飲，東城閑步。事與孤鴻去。探春盡是，傷離意緒。官柳低金縷。歸騎晚、纖纖池塘飛雨。斷腸院落，一簾風絮。

附：

暖烟籠细柳。弄萬縷千絲，年年春色。（周邦彦〔瑞鶴仙〕起三句。當“章臺路”至“桃樹”。）對重門半掩，黄昏淡月，院宇深寂。（〔瑞鶴仙〕前遍末三句。當“坊陌”至“舊處”。）

愁極。因思前事，洞房佳宴，正值寒食。（〔瑞鶴仙〕後遍起三句。當“前度”至“歌舞”。其第二遍之“黯凝佇”至“笑語”，則叠第一遍之“章臺路”至“舊處”。《花庵》所謂雙拽頭也。）

今朝寒菊依然，重上南樓，草草成歡聚。（趙以夫〔龍山會〕换頭三句。當“唯有”至“燕臺”句，《花庵》所謂“劉郎”以下犯大石也。中間襯“聲價”二字，叠“吟牋賦筆”一句。“名園”至“孤鴻去”，“探春”至“低金縷”，均叠“唯有舊家”三句。此美成變化使人莫捉處，其與耆卿均爲詞壇聖手在此。其“故”字、“步”字、“緒”字皆暗韵，以求美聽。若認作官韵，則不知此爲增叠矣。）

早歸來，雲館深處，那人正憶。（〔瑞鶴仙〕末三句，當“歸騎晚”至“風絮”。中間“纖纖”句增。《花庵》所謂“歸騎晚”以下再歸正平調也。若以“歸騎晚”

“纖纖”五字作襯，以“池塘”三句當“坊陌”三句，亦可。）

觀此、知古人自度腔，必以宮調相同或笛色相同者集合而成。今詞之宮調既殘，而時人居然有自度腔刻入詞集，不知所據爲何宮何調也，吾服其膽。

二〇　論詞有聯套

聯套者，以一詞聯綴衆詞而成，或以兩詞回環聯綴而成。曲家謂之套數，詞亦有之。樂府之〔九張機〕，歐公之〔十二月漁家傲〕詞，皆聯套之先聲也。至趙德麟以〔蝶戀花〕詞譜《會真記》，遂爲後來雜劇、傳奇之祖。金董解元繼之作《西厢記》。今爲劃分作三時期。宋人以一調到底，仍名之曰詞。金人用不止一調，不必同宮，故謂之諸宮調。元人以後，則一折之中，所用之調，必同一宮。其法以後起者爲嚴，至於水磨腔而極，乃至分别四聲；乃至一聲之中，又分别陰陽；乃至對於《琵琶》《拜月》千古名作，亦譏爲不尋宮數調。此以後來眼光，責備古人。知二五而不知十者，則以所學止於嘌唱，不知從流溯源故也。趙詞長不録。

九張機

一張機，采桑陌上試春衣。風晴日暖慵無力，桃花枝上，啼鶯言語，不肯放人歸。

兩張機，行人立馬意遲遲。深心未忍輕分付，回頭一笑，花間歸去，衹恐被花知。

三張機，吴蠶已老燕雛飛。東風宴罷長洲苑，輕綃催趁，館娃宫女，要换舞時衣。

四張機，咿啞聲裏暗顰眉。回梭織朵垂蓮子，盤花易綰，愁心難整，脉脉亂如絲。

五張機，横紋織就沈郎詩。中心一句無人會，不言愁恨，不言憔悴，衹恁寄相思。

六張機，行行都是要花兒。花間更有雙蝴蝶，停梭一餉，閑窗影裏，獨自看多時。

七張機，鴛鴦織就又遲疑。衹恐被人輕裁剪，分飛兩處，一場離恨，何計再相隨？

八張機，回紋知是阿誰詩？織成一片凄凉意，行行讀遍，厭厭無語，不忍更尋思。

九張機，雙花雙葉又雙枝。薄情自古多離别，從頭到底，將心縈繫，穿過一條絲。

漁家傲

歐陽修

正月新陽生翠琯，花苞柳綫春猶淺。簾幕千重方半捲，池水泮，東風吹水琉璃軟。　　漸好憑闌醒醉眼，隴梅暗落芳英斷。初日已知長一綫，清宵短，夢魂怎奈珠宫遠。

二月春期看已半，江邊春色青猶短。天氣養花紅日暖，深深院，真珠簾額初飛燕。　　漸覺銜杯心緒懶，酒侵花臉嬌波慢。一撚閑愁無處遣，牽不斷，游絲百尺隨風遠。

三月芳菲看欲暮，胭脂泪灑梨花雨。寶馬綉軒南陌路，笙歌舉，踏青鬥草人無數。　　強欲留春春不住，東皇肯信韶華故。安得此身如柳絮，隨風去，穿簾透幕尋朱户。

四月芳林何悄悄，緑陰滿地青梅小。南陌采桑何窈窕，争語笑，亂絲滿腹吴蠶老。　　宿酒半醒新睡覺，雛鶯相語匆匆曉。惹得此情縈寸抱，休臨眺，樓頭一望皆芳草。

五月薰風才一信，初荷出水清香嫩。乳燕學飛簾額峻，誰借問，東鄰期約嘗佳醖。　　漏短日長人乍困，裙腰減盡柔肌損。一撮眉尖千叠恨，慵整頓，黄梅雨細多閑悶。

六月炎蒸何太盛，海榴灼灼紅相映。天外奇峰千掌迥，風影定，漢宫圓扇初成咏。　　珠箔初褰深院静，絳綃衣窄冰膚瑩。睡起日高堆酒興，厭厭病，宿酲和夢何時醒。

七月芙蓉生翠水，明霞拂臉新妝媚。疑是楚宫歌舞妓，争寵麗，臨風起舞誇腰細。　　烏鵲橋邊新雨霽，長河清水冰無地。此夕有人千里外，經年歲，猶嗟不及牽牛會。

八月微凉生枕簟，金盤露洗清光淡。池上月華開寶鑒，波瀲灧，故人千里應憑檻。　　蟬樹無情風苒苒，燕歸碧海珠簾掩。沉臂（原注疑。）冒霜潘鬢減，愁黯黯，年年此夕多悲感。

九月重陽還又到，東籬菊放金錢小。月下風前愁不少，誰語笑，吴娘搗練腰肢裊。　　槁葉半軒慵更掃，憑闌豈是閑臨眺。欲向南雲新雁道，休草草，來時覓取伊消耗。

十月輕寒生晚暮，霜華暗捲樓南樹。十二闌干堪倚處，聊一顧，亂山衰草還家路。　　悔别情懷多感慕，胡笳不管離心苦。猶喜清宵長數鼓，雙綉户，夢魂盡遠還須去。

律應黄鐘寒氣苦，冰生玉水雲如絮。千里鄉關空倚慕，無尺素，雙魚不食南鴻渡。　　把酒遣愁愁已去，風摧酒力愁還聚。却憶獸爐追舊處，頭懶舉，爐灰剔盡痕無數。

臘月年光如激浪，凍雲欲北寒根向（原注疑。）。謝女雪詩真絶唱，無比况，長堤柳絮飛來往。　　便好開尊誇酒量，酒闌莫遣笙歌放，此去青春都一晌，休悵望，瑶林即日堪尋訪。

此外《初寮詞》之〔六花〕，亦聯套之最佳者。（尚有〔安陽好〕九首，亦聯套，不録。）

蝶戀花

王安中

露桃烟杏逐年新。回首東風迹已陳。頃刻開花公莫愛，四時俱好是長春。

曲徑深叢枝裊裊。暈粉揉綿，破蕊烘清曉。十二番開寒最好。此花不惜春歸早。　　青女飛來紅翠少。特地芳菲，絶艷驚衰草。衹殢東風終甚了。久長欲伴姮娥老。

右長春花

無窮芳草度年華。尚有寒來幾種花。好在朱朱兼白白，一天飛雪映山茶。

巧剪明霞成片片。欲笑還顰，金蕊依稀見。拾翠人寒妝易淺。

濃香别注唇膏點。　竹雀喧喧烟岫遠。晚色溟濛，六出花飛遍。此際一枝紅緑眩。畫工誰寫銀屏面。

右山茶花

雪裏園林玉作臺。侵寒錯認暗香回。化工清氣先誰得，品格高奇是臘梅。

剪蠟成梅天著意。黄色濃濃，對萼匀裝綴。百和薰肌香旖旎。仙裳應漬薔薇水。　雪徑相逢人半醉。手折低枝，擁髻雲争翠。嗅蕊撚枝無限思。玉真未灑梨花泪。

右臘梅花

千林臘雪綴瑶瑰。晴日南枝暖獨回。知有和羹尋鼎實，未春先發看紅梅。

青玉一枝紅類吐。粉頰愁寒，濃與胭脂傅。辨杏猜桃君莫誤。天姿不到風塵處。　雲破月來花下住。要伴佳人，弄影参差舞。衹有暗香穿綉户。昭華一曲驚吹去。

右紅梅花

年年節物欲争新。玉頰朱顔一笑頻。勾引東鳳到池館，春前花發自迎春。

雪霽花梢春欲到。餞臈迎春，一夜花開早。青帝回輿雲縹緲。鮮鮮金雀來飛繞。　綉閣紗窗人窈窕。翠縷紅絲，鬥剪幡兒小。戴在花枝争笑道。願人常共春難老。

右迎春花

鴛瓦鋪霜朔吹高。畫堂歌管醉香醪。小春特地風光好，艷粉嬌紅看小桃。

穠艷夭桃春信漏。弄粉飄香，楓葉飛丹後。酒入冰肌紅欲透。無言不許群芳鬥。　樓外何人揎翠袖。剪落金刀，插處濃雲覆。肯與劉郎仙去否。武陵曲路相思瘦。

右小桃花

二一　論摘遍

詞牌中有摘遍二字者，非調名，當用小字注寫。沈存中《夢溪筆談》云："曲有大遍者，凡數十解，每解中有數叠，裁截用之，則謂之摘遍。"晏小山詞有〔泛清波摘遍〕一首，萬紅友疑是"四段合成。應以'催花'至'春早'爲一段，'秋千'至'多少'爲二段，而'長安道'三字，乃换頭語也……'楚天渺'至'清曉'爲三段，'帝城'至'頻倒'爲四段"，是也。此即存中所謂"裁截每解中之數叠而用之"者也。惜〔泛清波〕大曲，今已不傳，無能引證。惟趙虚齋詞有〔薄媚摘遍〕一首。今《樂府雅詞》所載有董穎咏西子詞〔薄媚〕十首，似全遍矣，然從排遍第八起。説者疑第八以前，尚缺七遍。以校虚齋詞，知虚齋蓋摘入破之一遍也。

薄媚摘遍

趙以夫

桂香銷，梧影瘦，黄菊迷深院。倚西風，看落日，長江東去如練。先生底事，有賦飄然。剛道爲田園。獨醒何爲，持杯自勸未能免。　　休把茱萸吟翫。但管年年健。千古事，幾憑欄。吾生早，九十强半。歡娱終日，富貴何時，一笑醉鄉寬。倒載歸來，迴廊月又滿（"廊"字下舊無"又"字，依江刻《宋元名家詞》補。董詞此句作七字，但按其全遍，此遍末應作四、四兩句，則"回廊月滿"四字實不誤。今姑就兩詞劃一耳。〔薄媚〕全遍劃一，别詳吾所撰《宋曲章句》。）。

入破第一

董穎

窣湘裙，揺漢珮。步步香風起。斂雙蛾，論時事。蘭心巧會君意。殊珍異寶，猶自朝臣未與。妾何人，被此隆恩，雖令效死奉嚴旨。　　隱約龍姿懽悦。重把甘言説。辭俊雅，質娉婷，天教汝、衆美兼備。聞吴重色，憑汝和親，應爲靖邊陲。將别金門，俄揮粉泪靚妝洗。（“與”字是韵，不可忽過。吾校宋人詞，“魚模”“支思”通叶者，不知凡幾。）

詞牌中有〔法曲獻仙音〕，亦摘遍也。云法曲者，指示此爲唐人法曲之遺。法曲二字，亦當用小字注寫。柳耆卿有〔法曲獻仙音〕，又有〔法曲第二〕，乍閲之，不知爲何調之第二。及細按之，仍〔獻仙音〕也。吾初校《樂章集》，於〔獻仙音〕一調，有懷疑者三事。其一：唐人無長調，而此詞長至九十餘字。其二：詞之有兩遍或多遍者，其後遍除有攤、破增改外，其聲響無不與前遍相同，而此詞僅前遍“悔恨臨歧處”與後遍“早是乍清減”句同，餘無同者。其三：〔法曲第二〕，即〔法曲獻仙音〕。何以同調異名？繼始悟前遍爲〔獻仙音〕之其一，“其二”二字，應在後偏之前。二詞蓋合〔獻仙音〕之第一、二闋聯綴爲之，故字數如此之長，而又前後遍不對。《夢溪筆談》所謂“裁截数叠”爲之者也。《筆談》又云：“或謂今燕樂有〔獻仙音〕曲，乃《霓裳》遺聲。”然則此二闋合之〔霓裳中序第一〕，皆爲明皇殘譜，南唐周后所傳，故又名〔獻仙音〕也。萬红友《詞律》收耆卿“追想秦樓”一首，吴夢窗“落葉霞翻”一首，而云：“柳詞多訛，與諸家句法太異，必有錯誤處，不可從。”红友不知詞有正、襯耳。正、襯一分，不獨與〔法曲第二〕同，與清真、白石、玉田、夢窗，無不同也。

法曲獻仙音

柳永

追想秦樓心事，當年使約，於飛比翼。悔恨臨歧處，正携手、翻成雲雨離析。念倚玉偎香前事，慣輕擲。慣憐惜。　饒心性，正厭厭多病，柳腰花態嬌無力。早是乍清減，别後忍教愁寂。記取盟言，少孜煎、剩好將息。遇佳景、臨風對月，事須時恁相憶。

（四、五、六句破四、四、六作五、三、六。“偎香”二句破四、六作四、三、三。）。

法曲第二

柳永

青翼傳情，香徑偷期，自覺當初草草。未省同衾枕，便輕許相將，平生歡笑。怎生向、人間好事，到頭少。漫悔懊。　　细追思，恨從前容易，致得恩愛成煩惱。心下事千種，盡憑音耗。以此縈牽，等伊來、自家向道。洎相見喜歡存問，又還忘了。（“盡憑”句奪二字。末二破四、六作六、四。）

法曲獻仙音

周邦彥

蟬咽涼柯，燕飛塵幕，漏閣籤聲時度。倦脱綸巾，困便湘竹，桐陰半侵庭户。向抱影凝情處。時聞打窗雨。　　耿無語。嘆文園、近來多病，情緒懶，尊酒易成閑阻。縹緲玉京人，想依然、京兆眉嫵。翠幕深中，對徽容、空在紈素。待花前月下，見了不教歸去。（“抱影”二句，破作五、五，後來皆依此填。）

法曲獻仙音

張炎

雲隱山暉，樹分溪影，未放妝臺簾捲。篝密籠香，鏡圓窺粉，花深自然寒淺。正人在、銀屏底，琵琶半遮面。　　語聲軟。且休彈、玉關愁怨。怕喚起西湖那時春感。楊柳古灣頭，記小憐、隔水曾見。聽到無聲，謾贏得、情絮難剪。把一襟心事，散入落梅千點。

法曲獻仙音

姜夔

虚閣籠寒，小簾通月，暮色偏憐高處。樹隔離宫，水平馳道，湖山盡入尊俎。奈楚客淹留久，砧聲帶愁去。　　屢回顧。過秋風、未成歸計。誰念我、重見冷楓紅舞。唤起淡妝人，問逋仙、今在何許。象筆鸞牋，甚而今、不道秀句。怕平生幽恨，化作沙邊烟雨。

法曲獻仙音

吴文英

落葉霞翻，敗窗風咽，暮色凄凉深院。瘦不關秋，泪緣生别，情銷鬢霜千點。恨翠冷搔頭燕，那能語恩怨。　紫簫遠。記桃枝、向隨春渡，愁未洗、鉛水又將恨染。粉缟澀離箱，忍重拈、燈夜裁剪。望極藍橋，彩雲飛、羅扇歌斷。料鸚籠玉鎖，夢裏隔花時見。

法曲獻仙音

薩都剌

鬢未銀，東風早挂冠。侑詞圖鄉稱人瑞，度蓬瀛仙祝靈丹。繞膝舞斕斒。

此〔獻仙音〕第二遍，即吾前所云法曲之其二者也。起二句當柳詞“饒心性，正懨懨多病”二句。“侑詞圖”句當“柳腰”句。“度蓬瀛”句當“少孜煎”句。末句當“時恁相憶”句，增“舞”字。吾向疑唐詞無長調者，得此知此調長至九十餘字者，實合兩闋爲一首，而其中復有襯字。此則赤裸裸一遍中僅二十餘字，爲此詞本體之一遍。喜其足以證成吾説，盡祛諸疑，亟補録之。王晦叔謂“唐中葉漸有今體慢曲子”者，彼以〔念奴嬌〕爲天寶間所製曲，而所見〔念奴嬌〕詞，皆百字，皆有後遍，故有此云云。不知凡詞之有後遍者，皆就前偏叠成。前遍爲詞之本體，後遍即曲家之所謂么篇。以原則言，已屬第二首也。小令之有雙調者同。宋人刻詞，後遍多提行，此古法之未失者，惜無人理會耳。

姜白石有〔醉吟商小品〕一詞。“商”字、“小品”二字亦當用小字注寫、此實〔胡渭州〕也。“醉吟”與“濩落”“轉關”“歷弦”，皆形容琵琶之聲與指法。當名〔醉吟胡渭州〕或徑名〔胡渭州〕。其曰“商”者，白石自序云“雙聲”。戴長庚《律話》、陳澧《聲律通考》、張文虎《舒藝室餘筆》皆以爲雙調。按雙調爲雅樂之夾鐘商，住上字。今旁譜正住上字，則戴、陳、張諸家所説是也。故曰“商”也。“小品”，謂〔胡渭州〕爲〔六州〕之一。〔六州〕皆大曲，此爲小品，猶之摘遍也。

二二　論歌頭第一

《樂府詩集》載〔水調歌〕凡十二遍，皆五、七言绝句。前五遍爲歌，六遍以後爲入破，末遍爲徹（當即遣隊。）。詞牌之有〔水調歌頭〕，即依前五偏之五言絶句而增、減、攤、破之者。其詞蓋合四遍爲一首，今僅分爲兩段，不能得其本體矣。東坡之“明月幾時有，把酒問青天，不知天上宫闕，今夕是何年”，此四句爲第一遍。三四句攤五、五作六、五（後遍則攤作四、七。）。“我欲乘風歸去，又恐瓊樓玉宇，高處不勝寒。起舞弄清影，何似在人間”爲第二遍。“我欲”句增一字，下增“又恐”一句。“我欲”句既增爲六字，故增句亦六字也。“轉朱閣，低綺户，照無眠。不應有恨，何事常向别時圓”爲第三遍。此過變也。在曲家名换頭，可隨意增減。故起破五、五作三、三、三，中減一字。“人有悲歡離合，月有陰晴圓缺，此事古難全。但願人長久，千里共嬋娟”，增字增句法，與第二遍同。

唐天寶間、取邊地樂歌爲大曲，曰〔六州〕。〔六州〕者：〔甘州〕、〔石州〕、〔凉州〕（一作〔梁州〕。）、〔伊州〕、〔氐州〕、〔渭州〕也。《樂府詩集》載〔陸州歌〕凡七遍，前三遍爲歌，後四遍爲排遍。〔凉州歌〕凡十一遍、前三遍爲歌，後二遍爲排遍。又五遍爲大和（當即入破。），末遍爲徹。〔伊州歌〕凡十遍，前五遍爲歌，後五遍爲入破，皆五、七言絶句也。今詞牌中有〔甘州曲〕〔甘州子〕〔甘州遍〕〔甘州令〕。又〔八聲甘州〕，則犯詞也。有〔石州慢〕，有〔梁州令〕，其〔梁州令〕叠韵，則增遍也。有〔伊州令〕，其〔伊州三臺〕，則奏〔伊州〕大曲，至催酒時所歌之詞，非〔伊州〕本調也。有〔氐州第一〕，亦歌頭也。此歌頭不屬他州，故曰〔氐州第一〕也。有〔胡渭州〕，白石歌曲之〔醉吟商小品〕是也。〔六州歌頭〕即依〔六州歌〕前遍之五言絶句而增、減、攤、破之者。此調以《龍洲集》中二首爲最傳誦。而三字句之多，暗韵之多，亦最爲不易讀。

六州歌頭

劉過

鎮長淮，一都會，古揚州。昇平日，珠簾十里春風，小紅樓。誰知艱難去，邊塵暗，胡馬擾，笙歌散，衣冠渡，使人愁。屈指細思，血戰成何事，萬户封侯。但瓊花無恙，開落幾經秋。故壘荒邱，似含羞。　　悵望金陵宅，丹陽郡，山不斷，鬱綢繆。興亡夢，榮枯泪，水東流。甚時休。野竈炊烟裹，依然是，宿貔貅。嘆燈火，今蕭索，尚淹留。莫上醉翁亭，看濛濛雨、楊柳絲柔。笑書生無用，富貴拙身謀。騎鶴來游。

此詞三字句之多，中夾暗韵，使人莫得其音節。今細析之，前遍自"鎮長淮"至"小紅樓"爲第一節，蓋攤破五絶之"都會古揚州，十里小红樓"爲三、三、三，三、六、三也。"誰知"至"使人愁"爲第二節。蓋攤破"誰知艱難去，衣冠使人愁"爲五、三、三、三、三、三也。"屈指"至"封侯"爲第三節。蓋攤破"屈指思血戰，何事萬户候"爲四、五、四也。"但瓊花"至"幾經秋"，爲第四節。蓋即五言兩句，但上句破二、三作一、四耳。此詞亦合四遍爲一首。"州"字暗韵，"故壘荒邱"句爲泛聲。美成詞中，遍尾泛聲最多。若〔風流子〕之"多少暗愁密意，唯有天知"，〔夜飛鵲〕之"但徘徊班草，欷歔酹酒，極望天西"，〔大酺〕之"夜游誰共秉燭"，皆泛聲也。蓋〔風流子〕之"想寄恨書中，銀鈎空滿；斷腸聲裹，玉筯還垂"對前遍"砧杵韵高，喚回殘夢；綺羅香减，牽起餘悲"，本調已完，惟洞明音律者，爲能於所餘弦音，填以實字，故又增多少二句。朱子所謂"樂府衹是詩中間添却許多泛聲，後來人怕失了那泛聲，遂一添個實字，遂成長短句。今曲子便是"者是也。〔夜飛鵲〕之"兔葵燕麥，向殘陽影與人齊”對前遍之“花驄會意，縱揚鞭亦自行遲”；〔大酺〕之“况蕭瑟青蕪，紅糝鋪地，門外荆桃如菽”對前遍之“奈愁極頻驚，夢輕難記，自憐幽獨”，本調并完，故“但徘徊”三句，“夜游”句，并泛聲也。（美成〔大酺〕詞“青蕪”下刻本有“國”字，《詞統》云：“國字不通。”吾謂“青蕪國”三字見温飛卿詩，不能謂爲不通。萬紅友謂是借韵，亦誤。蓋此實爲衍字。“蕭瑟青蕪，紅糝鋪地”八字，齊齊整整。與“愁極頻驚，夢輕難記”相對。此處如何容有一國字耶？南渡播遷，圖書散失。《樂章》《清真》兩集，至爲踳駁。觀於毛幵《樵隱筆録》云：“周清真咏柳〔蘭陵王慢〕惟教坊老笛師能倚之以節歌者，其譜傳自趙忠簡家。”則知老笛師之外，無人能節。故今本乃以第四遍之起句爲第三遍之尾句也。千里和〔大酺〕詞，依據誤本，衹知填字，不知按律。後來夢窗亦不免此病。流傳至今，大失詞之本體。）

“似含羞”短句似應爲後遍之過變，即曲家换頭也。凡短句無不在换頭者。前遍尾句之“故壘荒邱”與後遍尾句“騎鶴來游”正相對。或云此與“故壘荒邱”并泛聲，亦通，今仍之。“悵望”二字并增。“興亡夢”至“甚時休”叠“金陵宅”至“鬱綢繆”四句。“繆”字、“流”字暗韵。此又爲第一節。蓋擵破“金陵山不斷，枯泪甚時休”爲八個三字句也。“野竈”至“淹留”，又爲第二節。蓋擵破“野竈炊烟裏，蕭索尚淹留”爲五、三、三、三、三、三也。“莫上”至“絲柔”又爲第三節。蓋擵破“莫上醉翁亭，濛濛柳絲柔”爲六、三、四也。“笑書生”二句破法與前遍同。“騎鶴來游”句亦泛聲而减尾三字。

六州歌頭

劉過

中興諸將，誰是萬人英。身草莽，人雖死，氣填膺。尚如生。年少起河朔，弓兩石，劍三尺，定襄漢，開虢洛，洗洞庭。北望帝京。狡兔依然在，良犬先烹。過舊時營壘，荆鄂有遺民。憶故將軍。泪如傾。　　説當年事，知恨苦，不奉詔，僞耶真。臣有罪，陛下聖，可鑒臨。一片心。萬古分茅土，終不到，舊奸臣。人世夜，白日照，忽開明。衮珮冕，圭百拜，九泉下，榮感君恩。看年年三月，滿地野花春。鹵簿迎神。

起二句破三、三、三作四、五，“英”字暗韵。“身草莽”四短句，破三、四、五作三、三、三、三，“膺”字暗韵。“年少”以下，至“憶故將軍”止，與前首同。“京”字亦暗韵。

“説”字增。“真”字、“臨”字、“臣”字，并暗韵。餘與前首同。

《尊前集》有唐莊宗〔歌頭〕，吾初疑晚唐不應有如此長調。且但名〔歌頭〕，與耆卿之〔法曲第二〕同，不知爲何法曲，爲何歌頭。沉吟久之，得其聲響，乃知即〔六州〕中之一歌頭也。〔六州歌頭〕以四首五絶爲本體，以三字短句爲本腔。此詞亦多短句，其分咏春、夏、秋、冬四季，應分四遍，極爲明顯。而自來皆作兩遍，誤也。《詞律》於此首點句多誤，今更正之。

歌頭

唐莊宗

賞芳春，暖風飄箔。鶯啼緑樹，輕烟籠晚閣。杏桃紅，開繁萼。靈和殿、禁柳千行斜，金絲絡。夏雲多，奇峰如削。紈扇動，微凉輕綃薄。梅雨霽，火雲爍。臨水檻、永日逃繁暑，泛觥酌。　露華濃冷，高梧雕萬葉。一霎晚風，蟬聲新雨歇。惜惜此光陰，如流水，東籬菊殘時，嘆蕭索。繁陰積，歲時莫。景難留，不覺朱顔失却。好容光，且且須呼賓友，西園長宵讌，雲謡歌皓齒，且行樂。

此詞每遍句法爲：三四、三五、三三、五三。第一遍“箔”“閣”“萼”“絡”四字韵。“緑”字、“靈和殿”三字，并增。“斜”字屬上。《詞律》作“斜金絲絡”，非。第二遍“削”“薄”“爍”“酌”韵。“臨水檻”三字增。“微凉”二字屬下。《詞律》作“紈扇動微凉”，非。第三遍“葉”字、“歇”字、“索”字韵。“水”字應叶。或本作“此光陰，流水惜”。下文“惜惜”二字，有一字在此，有一字衍。然此當五絶之第三句，叶與不叶均可。“濃”字、“萬”字，“一”字、“惜惜”二字并增。“冷”字屬上，“高梧”二字屬下。《詞律》作“露華濃（句），冷高梧（句），雕萬葉

(句)”，非。第四遍“莫”字，“却”字、“樂”字韵。“歲時”下少一字，或本作“歲時且暮”。下文“且且”二字，有一字在此，有一字涉“且行樂”而衍。“譃”字亦應叶不叶，與第三遍同。或是“嚼”字，今皆仍之。“失”字、“好容光”三字、“且且須”三字、“西園”二字并增。“譃”字屬上，“雲謡”二字屬下。《詞律》作“西園長宵(句)，譃雲謡(句)”，非。吾意若全首均讀爲三字一句，以蘆管吹之，尤合邊地羌人腔口，惜無他首可證也。

白香山〔霓裳羽衣曲〕自注：“散序六遍，無拍。中序始有拍，亦名拍序。”又云：“〔霓裳〕後六遍而曲終。”詞牌有〔霓裳中序第一〕：蓋後六遍之第一遍也。詞牌又有〔徵招調中腔〕〔鈿帶長中腔〕。

二三　論小令

小令在大曲之外。士夫文宴，花間尊前，出家姬行酒，式歌且舞，以娱賓客。其初尚執旗旛，故名之曰令。其後但作手勢，故曰打令(近人有以打令之令爲樂器者，非也。打令猶打諢打謎，以手作勢耳。不得謂諢與謎爲器具也。)。陳元靚《事林廣記》所載酒令，有〔卜算子令〕〔浪淘沙令〕〔調笑令〕〔花酒令〕(即〔甘草子〕。)。兹録其〔卜算子令〕并注云：“(先取花枝，然後行令，口唱其詞，逐句指點，舉動稍誤，則行罰酒後詞準此。)我有一枝花，(指自身，復指花。)斟我些兒酒(指自令斟酒。)。唯願花心似我心(指花，指自心頭。)。幾歲長相守(放下花枝叉手。)。滿滿泛金杯(指酒盞。)，重把花來嗅(把花以鼻嗅。)。不願花枝在我旁(把花向下座人。)，付與他人手(把花付下座接去。)。”尚可見當時行酒之式。後來或嫌其繁重，則僅僅嘌唱，而令之名不屬於酒而屬於詞矣。然猶有令之名，亦所謂羊存禮存也。

二四　論角徵二調

唐人無徵調(見段安節《琵琶録》。)，以琵琶祇宫、商、角、羽四弦，無徵弦也。宋乾興後不用角調，以黄鐘閏爲角，而其實則黄鐘商也。宋七閏角一均，借用七商，故《詞源》云："黄鐘閏俗名大石角，大吕閏俗名高大石角，夾鐘閏俗名雙角，仲吕閏俗名小石角，林鐘閏俗名歇指角，夷則閏俗名商角，無射閏俗名越角。"七正角一均，則借七宫，故《詞源》云："黄鐘角俗名正黄鐘宫角，大吕角俗名高宫角，夾鐘角俗名中吕正角，仲吕角俗名道宫角，林鐘角俗名南吕角，夷則角俗名仙吕角，無射角俗名黄鐘角。"蓋閏角借用七商，故其調名與七商同。正角則借用七宫，故其調名與七宫同也。白石志在復古，其歌曲中乃有〔角招〕〔徵招〕二調，其〔角招〕調自注黄鐘角。黄鐘角應住聲一字，而譜字住聲爲五，五爲高四，則仍黄鐘之商，俗名大石調者也。其後趙虚齋亦有〔角招〕一詞賦梅花，謂古樂府有大小梅花，皆角聲也。趙詞無譜，不知住聲何字，意亦用白石製腔而已。〔徵招〕一調自序："依《晋史》名曰黄鐘下徵調。"下徵調者，黄鐘變，非黄鐘正徵也。黄鐘正徵住聲尺字，不獨去母不用合字，即清聲之六字亦不用。黄鐘變則住聲勾字，用合、四、一、勾、尺、工、凡、六、五九聲，凌次仲譏其用合用六，謂"非於徵、角二調，實有所見"。蓋誤以黄鐘下徵爲黄鐘正徵，而不知白石所用實黄鐘變，故其住聲爲勾，又用合字、六字。自序謂"雖用母聲，較大晟爲無病"也。白石何以云"雖用母聲，較大晟爲無病"？則以黄鐘之徵，於律爲林鐘之宫，亦住聲尺（尺與勾秪差半音。）。其所用下五、高凡、工、尺、高一、高四、勾七聲，恰無合字、六字。故白石又雲，若不用黄鐘聲（指合字、六字。），便自成林鐘宫也（今南吕宫。）。然白石此詞，名爲自製，實即〔并蒂芙蓉〕。〔并蒂芙蓉〕又即〔黄河清慢〕。爲録晁次膺兩詞，俾學者可以對勘。晁詞即當日丁仙現譏爲落韵，而載之葉夢得《避暑録話》者也。

徵招

姜夔

潮回却過西陵浦，扁舟僅容居士。去得幾何時，黍離離如此。

客途今倦矣，漫赢得，一襟詩思。記憶江南，落帆沙際，此行還是。　　迤邐。剡中山，重相見依依，故人情味。似怨不來游，擁愁鬟十二。一邱聊復爾。也孤負，幼輿高致。水葓晚，漠漠摇烟，奈未成歸計。

“時”字、“矣”字、“邐”字、“爾”字并暗韵。“奈”字增。

并蒂芙蓉

晁端禮

太液波澄，同檻中照影，芙蓉同蒂。千柄緑荷深，并丹臉争媚。天心眷臨聖日，殿宇分明敞嘉瑞。弄香嗅蕊。願君王壽與，南山齊比。　　池邊屢回翠輦，擁群仙賞醉，憑闌凝思。萼録攬飛瓊，共波上游戲。西風又看露下，更結雙雙新蓮子。鬬妝競美。問鴛鴦、向誰留意。

一起破七、六作四、五、四。“殿宇”句、“更結”句并破上三、下四作上四、下三。末三句破三、四、四作四、三、四。“醉”字、“美”字暗韵。“眷”字、“願”字、“屢”字、“又”字并增。

黄河清慢

晁端禮

晴景初開風細細。雲收天淡如洗。望外鳳凰城闕，葱葱佳氣。朝罷香烟滿袖，侍臣報、天顔有喜。夜來連得封章，奏大河、徹底清泚。　　君王壽與天齊，馨香動上穹，頻降祥瑞。大晟奏功，六樂初调宫徵。合殿薰風乍轉，萬花覆、千官盡醉。内家傳詔。重開宴、未央宫裏。

“望外”二句破五、五作六、四。後遍“大晟”二句同。“夜來”二句破四、四、四作六，六。末三句亦破三、四、四作四、三、四。“細”字暗韵。“袖”字、“奏”字、“王”字、“乍”字并增。

附録

燉煌舞譜釋詞

往閲《燉煌掇瑣》所載舞譜，輒思爲釋其詞，以行篋携書無多，未敢下筆。自頃葉君玉華以所撰《唐人打令考》見寄，援引博洽，佳士也。《打令考》附此譜殘卷，兼有釋詞。略貢所知，復於葉君。葉君曰："譜内關於音節身段所用名詞，計十三目：令、送、舞、挼、據、摇、奇、約、拽、頭，揞、与、請是也。除舞字外，皆需解釋，而与、請、奇尤爲罕見。"余謂"与"即"由"之殘字。《詩·君子揚揚》章："右招我由房，右招我由敖。"箋云："欲使我從之於燕舞之位。"《全唐詩》所收酒令，有"送""摇""招""由"之目，即此"与"也。十三目有"由"無"招"者，言"由"而"招"已賅括，省文也。"請"即"精"字。《打令考》於唐人酒令之一斑下，引唐李肇《國史補》云："壁州刺史鄧宏慶，始創'平''索''看''精'四字令。"又於"據"字下，引宋王讜《唐語林》云："其後'平''索''看''精'四字，與律令全廢。"今《掇瑣》所載六調十四篇，僅〔遐方遠〕第二詞"請"字一見，則唐時此字僅存，今并不能求其義矣。葉知引《國史補》《唐語林》，或偶失之眉睫。"奇"爲"喝"之殘字。馬臻詩"新腔翻得梨園譜，喜入王孫喝采聲"，謂聽者於歌至此時能喝采，否則犯令。"令"即律録事所司之令，其初用旆，其後雖不盡用旆，餼羊尚存，故酒曰酒令，詞曰詞令也。葉疑"令"爲一種小樂器，非是。"送"字葉謂兼送酒、送聲二義。今案六調十四篇中，除叠字八十三見不計外，"送"字凡二百十三見。一首中少者六七見，多者三十二見。依王訓《美人舞》詩云"折腰送餘曲"，是送聲僅在遍尾，不能如此之多，當專屬之送酒。送酒爲觥録事所司。"挼"字當如葉説。但五代宋人詞用"挼"字可補證者尚多。“據”當讀如字。葉引唐皇甫松《醉鄉日月》及《唐語林》并有〔下次據令〕，是也。〔下次據〕蓋謂舞者以上及下，鱗次作反身貼地之態。元人雜劇中尚存“下次”二字，如《殺狗勸夫》中孫大妻云“下次小的每，接了兩個小叔羊者”，可證。“搖”，《爾雅·釋詁》：“動也。”婦人首飾，有簂步搖，見《後漢書·烏桓傳》。又《輿服志》注引《釋名》云：“皇后首飾，上有垂珠，步則搖之。”《朱子語類》云“搖則搖手呼喚之意”，非也。《詩·匏有苦葉》章“招招舟子”，呼喚乃招手，非搖手也。约，束也，謂舞者以手自束其腰也。《洛神賦》“腰如约素”，約、索聲近，素、索形近，疑即鄧宏慶“平”“索”“看”“精”之“索”字，樂府羽調曲有《丁娘十索》本此。謂一曲之中，舞者凡索十回也。“拽”指聲言。葉引白居易詩“慢拽歌頭唱渭城”是也。“頭”初謂是頭容，而與“搖”字無大分别。《打令考》謂是詞家换頭及雙拽頭之“頭”。但《掇瑣》中所舉六調十四篇，“頭”字凡十九見。其中加一叠者四見，加二叠者亦四見，遍尾有連用頭、頭，或頭、頭、頭，或頭、送、頭者，則不得謂爲换頭。諸“頭”字多在遍尾，惟〔遐方遠〕第二篇一“頭”字在遍中，他無在遍中者，則不得謂爲雙拽頭。且六調皆無雙拽頭。此“頭”字疑當爲投。《資暇録》云：“投子者，投擲於盤筵之義。今或作頭字，言其骨頭，非也。因此兼有作骰字者。”《唐語林》引白樂天詩云：“鞍馬呼教住，骰盤喝遣輸。長驅波捲白，連擲采成盧。”原注：“《骰盤》《捲白波》《莫走鞍馬》，皆當時酒令名。”《醉鄉日月》所載〔骰子令〕云：“聚十隻骰子齊擲，自出手六人依采飲焉。堂印本采人勸合席，碧油勸三人。骰子聚於一處，谓之酒星，依采聚散。”〔骰子令〕中改易不過三章，次改〔鞍馬令〕不過一章，與今時用骰子之戲回異。然皇甫亦自云：“今人不曉其法矣。”“揞”，葉疑“掯”之俗字，引張炎《詞源·謳曲要旨》曰：“七敲八掯靸中清”及元燕南芝庵《曲論》有“明掯兒”“長掯兒”“短掯兒”“碎掯兒”，亦確。

唐宋燕樂異名表（《燕樂考原》所列諸表誤，兹爲訂正）

雅樂	唐俗名	宋俗名
黄鐘宫	黄鐘宫（《唐會要》缺時號。）	正宫（《宋史·樂志》：燕樂七宫皆生於黄鐘。）
太簇商	越調（《唐會要》：黄鐘商時號越調。）	大食調（《宋史·樂志》：商聲七調皆生於太簇。）
姑洗角	越角	（宋教坊及舞隊皆不用七角，其以閏為角，但名存耳。）
蕤賓變（於十二律中陰陽易位，故謂之變。）		
林鐘徵		
南吕羽	黄鐘調（《唐會要》：黄鐘羽時號黄鐘調。）	般涉調（《宋史·樂志》：羽聲七調皆生於南吕。案此調元人不用，金有。今殆併入中吕宫。）
應鐘閏（變宫以七聲所不及收，故謂之閏。）		大食角（宋人以變宫爲角，故《宋史·樂志》曰：角聲七調皆生於應鐘。《筆談》仍用姑洗以下七律。）
右黄鐘均		
大吕宫		高宫
夾鐘商		高大食調（《補筆談》：大吕商今無。）
仲吕角		
林鐘變		
夷則徵		
無射羽		高般涉調（《補筆談》：大吕羽今無。）
黄鐘閏		高大食角（《補筆談》：大吕角今無。）
右大吕均		
太簇宫	正宫（《唐會要》又作沙陁調。）	
姑洗商	大食調（《唐會要》：太簇商時號大食調。）	

续表

雅樂	唐俗名	宋俗名
蕤賓角	大食角（《唐會要》缺時號。）	
夷則變		
南吕徵		
應鐘羽	般涉調（《唐會要》：太簇羽時號般涉調。）	
大吕閏		
右太簇均		
夾鐘宫	高宫（燕樂以夾鐘爲黄鐘，故謂夾鐘爲律本。然其聲實比黄鐘爲高，故名以高宫，而以正宫屬之低一律之太簇。）	中吕宫（宋樂較唐又差二律，故高宫屬之大吕，正宫屬之黄鐘。而黄鐘之宫則屬之無射。其夾鐘宫聲已當唐人中吕宫聲，故此名中吕宫也。餘遞推。）
仲吕商	高大食調	雙調
林鐘角	高大食角	
南吕變		
無射脂		
黄鐘羽	高般涉調	中吕調（《補筆談》：夾鐘羽今無。案：此調元人一人不用，金有。今附入仲吕宫。）
太簇閏		雙角
右夾鐘宫		
姑洗宫		
蕤賓商		
夷則角		
無射變		
應鐘徵		
大吕羽		
夾鐘閏		
右姑洗均		

续表

雅樂	唐俗名	宋俗名
仲吕宫	中吕宫	道調（《筆談》作道調宫。案：此宫調元人不用，金有。）
林鐘商	雙調（《唐會要》：仲吕商時號雙調。）	小食調（此調元人不用，金有。今併入大石調。）
南吕角	雙角	
應鐘變		
黄鐘徵		
太簇羽	中吕調	正平調（亦曰平調。案：此調乾興後不用）
姑洗閏		小食角
蕤賓宫		
夷則商		
無射角		
黄鐘變		
大吕徵		
夾鐘羽		
仲吕閏		
右蕤賓均		
林鐘宫	道調（《唐會要》：林鐘宫時號道調）	南吕宫
南吕商	小食調（《唐會要：林鐘商時號小食調》）	歇指調（此調元人不用，金有。今附雙調。）
應鐘角	小食角（《唐會要》缺時號。《琵琶録》又作正角調。）	
大吕變		
太簇徵		
姑洗羽	正平調（《唐會要》又作平調。）	高平調（此調元人不用。金有，今附雙調）
蕤賓閏		歇指角

续表

雅樂	唐俗名	宋俗名
右林鐘宫		
夷則宫		仙吕宫
無射商		商調（《補筆談》作林鐘商）
黄鐘角		
太簇變		
夾鐘徵		
仲吕羽		仙吕調（《補筆談》：夷則羽今無。案：此調元人不用，金有。今附雙調。）
林鐘閏		商角（《補筆談》作林鐘角。又云：夷則角今無。）
右夷則均		
南吕宫	南吕宫	
應鐘商	歇指調（《唐會要》又作水調）	
大吕角	歇指角	
夾鐘變		
姑洗徵		
蕤賓羽	高平調	
夷則閏		
右南吕均		
無射宫	仙吕宫	黄鐘宫
黄鐘商	林鐘商	越調
太簇角	林鐘角	
姑洗變		
仲吕徵